佐賀大学附属図書館
小城鍋島文庫蔵

十帖源氏

立圃自筆書入本

【翻刻と解説】

白石良夫・中尾友香梨編
小城鍋島文庫研究会校訂

笠間書院

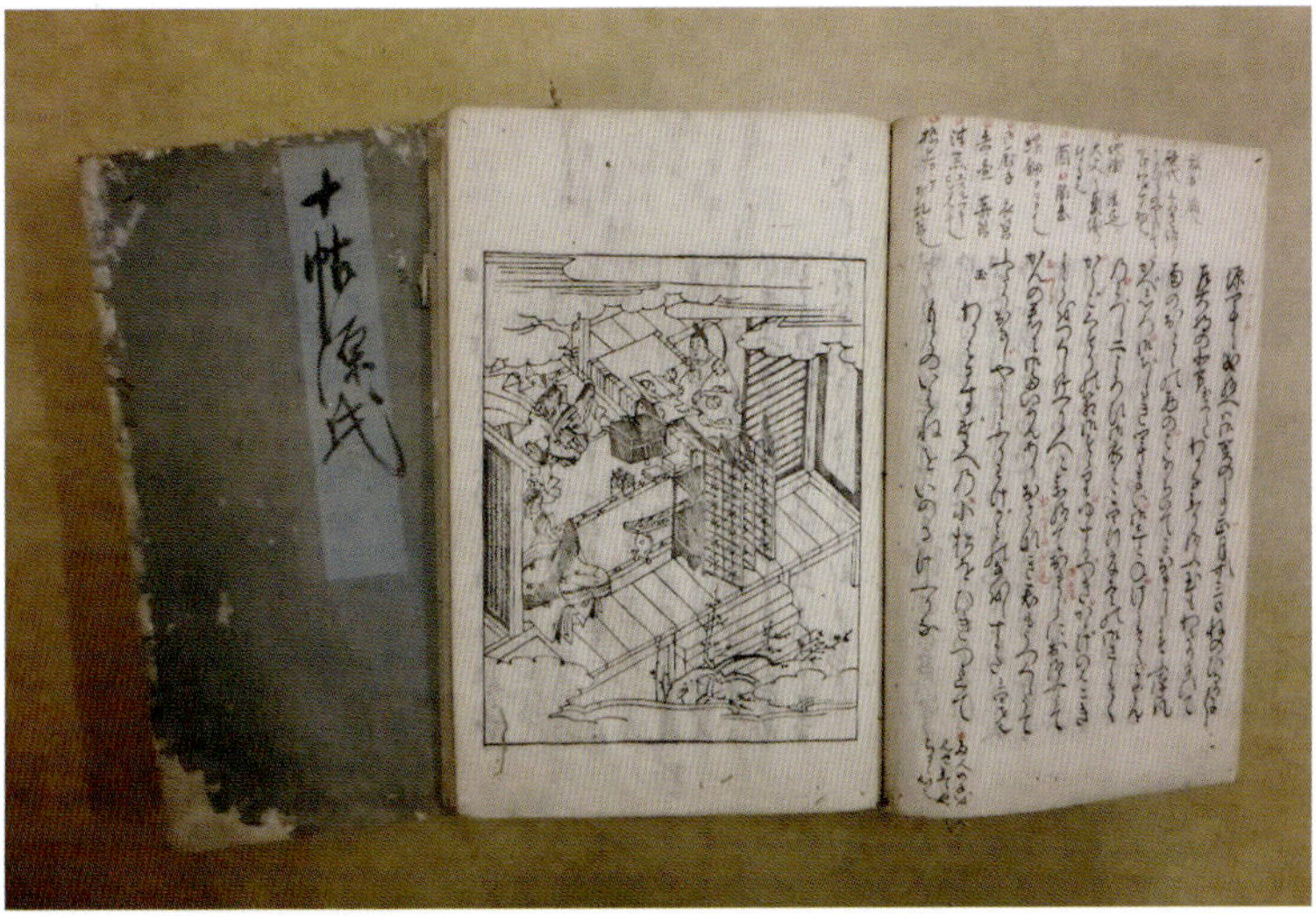

佐賀大学附属図書館小城鍋島文庫蔵『十帖源氏』甲本（原題簽は全冊剥落）

鍋島直能《なおよし》の蔵書印「藤」（各冊の末尾に捺される）

佐賀大学附属図書館小城鍋島文庫蔵『十帖源氏』乙本（原題簽が残る）　鍋島直嵩《なおたけ》（六代藩主直員《なおかず》の長男）旧蔵

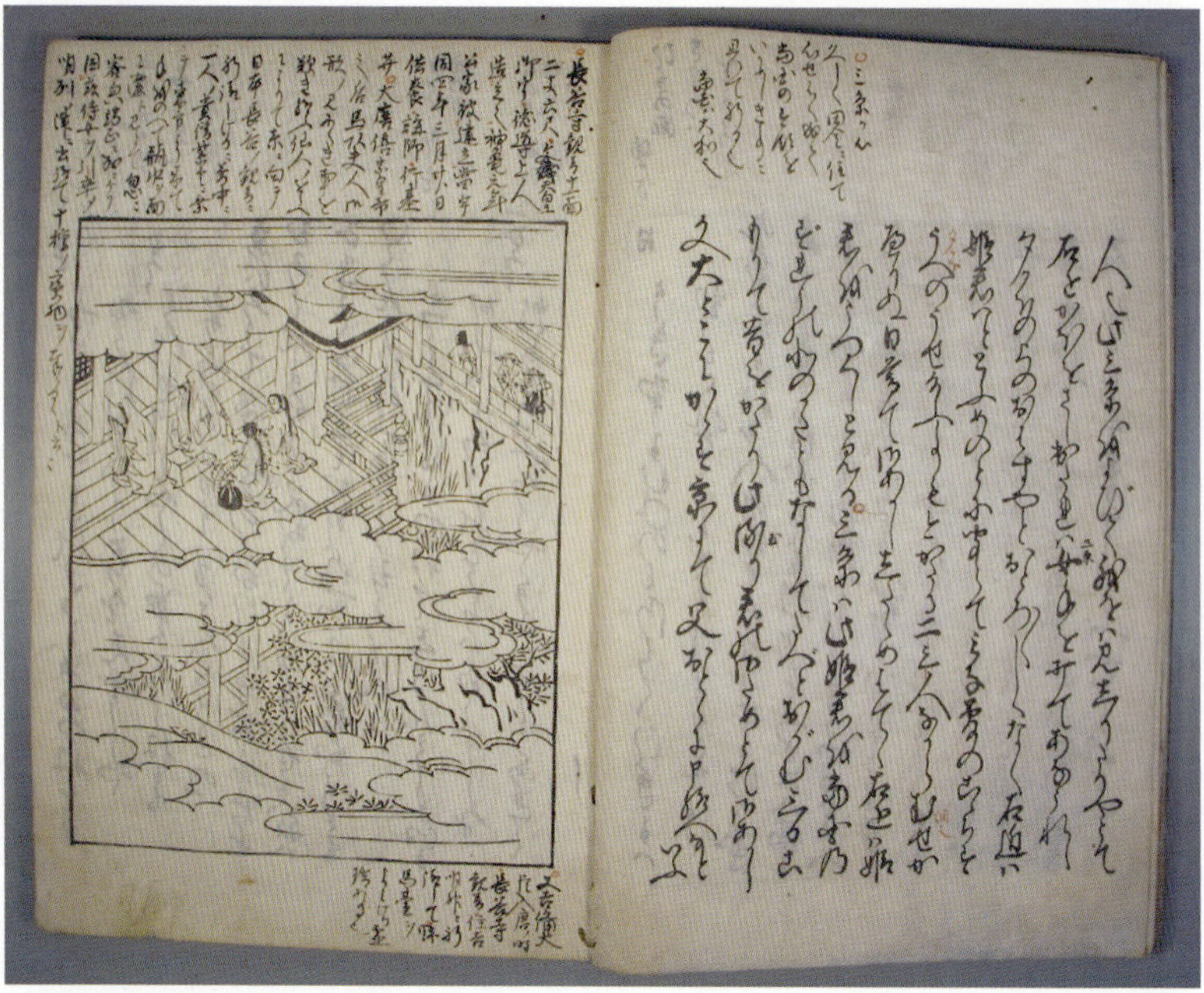

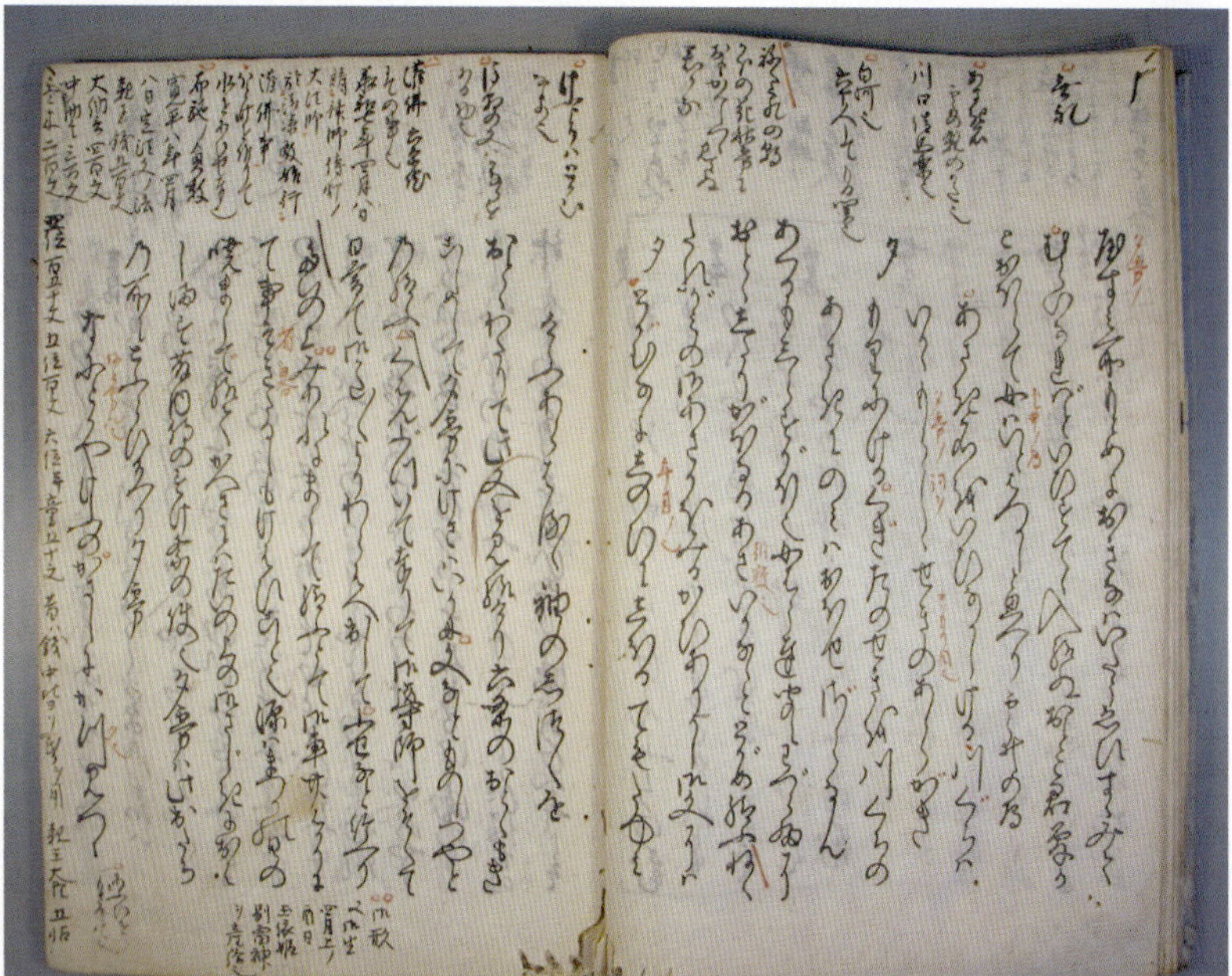

甲本の本文と書入れ（上は玉鬘巻、下は藤裏葉巻）

佐賀大学附属図書館小城鍋島文庫蔵

十帖源氏 立圃自筆書入本【翻刻と解説】

白石良夫・中尾友香梨編 小城鍋島文庫研究会校訂

目次

まえがき

白石良夫

小城鍋島文庫蔵『十帖源氏』を読み始めたのは平成二十四年四月。学生有志相手の和本リテラシー活動の一環であった。文庫蔵書中から、読みやすい版本で、仮名主体のオーソドックスに崩した文字を、ということを基準に選んだ。意図ありとするなら、源氏物語の梗概本というところが学生を惹きつけるか、という期待はあった。

曜日を決めて毎週、わたしの研究室では手狭になる、ぐらいの盛況を夢想していた。のだが、新年度のオリエンテーションで配布したチラシにつられてやって来た学生は、五指に満たなかった。くわえて、負担軽減のつもりで欠席自由としたのが効を奏したのか、単位の出ない勉強会ではモチベーションが保てなかったのか、それとももっとレベルの高い読書会を想定していたのか、一人欠け二人欠けしていった。崩し字を読んでみたいという、国文専攻以外の教員も数名参加して、こちらはやる気満々なのだが、校務雑務に障えられて出席がままならない。

そんなことで、夏休みに入るころには、わたしの研究室は閑古鳥が啼くようになった。

一方、当初は勉強会の教材にすぎない『十帖源氏』版本であったが、該書が著者立圃《りゅうほ》の自筆書入れのある手沢本であり、小城藩第二代藩主鍋島直能《なべしまなおよし》に親しく献上され、やがて小城藩の蔵書印も捺されて今日に伝わった、等の来歴をもつ資料であることが明らかになった。その書入れ中には、従来いわれていた承応三年成立、万治四年刊行説を大きく訂正する重要情報がふくまれていることも判明し、覆刻による異版の存在も知った（本書解説参照）。これらはわれわれにとっては想定外、学界にとっても未知のことであった。

そこで、開店休業状態の勉強会を独断で解散、該書に学術的メスを入れるべく、あらたに研究会を立ち上げることにした。

近隣のとくに若手研究者に声をかけて会員を募り、同年の十二月、佐賀大学附属図書館において発会の会合をもった。本格的に始動したのは、翌二十五年の一月からであった。

毎月の例会で輪読をおこない、成果の一端を佐賀大学の紀要（佐賀大学文化教育学部研究論文集・佐賀大学地域学歴史文化研究センター研究紀要）に発表しつつ今日に至った。本書はそれを礎稿として校訂整理しなおしたものである。

『十帖源氏』については、版本も数種の叢書で影印刊行され、ネット閲覧も可能になり、ほかの研究会などの成果も公開されている。が、当文庫所蔵本は、著者の自筆書入本という新出資料であり、他筆の朱書入れとあいまって、近世初期の源氏講読の痕跡を残しているという点で注目される。本書出版の意図は、ひとえにその痕跡を学界に提供し世に問うことにある。したがって、本書では著者書入れの正確な翻刻に力を入れた。

版本の本文は、段落を区切り、句読点を補うなど、読みやすい本文校訂を心掛けたが、本書が『十帖源氏』の最初の学術的翻刻であることを自覚して、妄りな改変は慎んだ。ただ、濁点の処理については、この資料の特性にかんがみて、一般の古典テキストとは趣を異にする工夫を試みた。そのことを一言しておきたい。

『十帖源氏』版本は、当時の文学テキストの例にもれず、濁点のうちかたがいたって気紛れである。こういった本文の校訂では、足らざるは補い、余計な濁点は削除する。それが国文学の翻刻の約束であるが、その判断は、一般に国語史の知見によってなされる。ただ、その知見なるものは、おおく音声言語（口頭語）の範疇に属する。古語辞典によくある「古くは清音」とか「近世以降は濁音」などという解説は、あくまでも口語の話である。

であるから、文学作品とくに擬古文や古典受容における清濁に、その時代の口語の清濁を機械的に持ち込むのは、適切とはいえない。

たとえば、版本『十帖源氏』には、左のような違和感のある濁点がまま見られる。

君か**じゝま**にまけぬらん（末摘花）

無言の意味で、国語史の知見に照らせば、「しゞま」とあるべきところ。だが、同時代に宮中でおこなわれていた源氏音読の資料『源氏清濁』には、第一音節にしっかり濁音符が、第二音節に清音符が付されている。版本のこの濁点が単純な間違いではない、確信的な濁点であろうと予想させられる。これが「**でうど**（調度）」「**なを〳〵じ**」のごとく、申し合わせたように何度も出現するとなると、偶然の誤記ではすまされなくなる。そのことは、朱で補われた書入れ濁点も同様であった（「**心どきめき**」「**くやうぜさせ**」など）。少数ながら清音註記のあることも（横笛・夕霧・総角）、それを裏付けているであろう。さきに「この資料の特性」といったのは、そういう意味である。

われわれは、底本にある濁点（版本も朱書入れも）を、近世初期源氏音読の慣習（読み癖）の反映と見なして、校訂テキストに生かすこととし、濁点の用例がある語については、統一して濁点を付していった。換言すれば、読み癖に配慮した近世擬古文のテキストの再現である。

もちろん、古典の読み癖は家々によって流儀がある。語彙レベルでの具体的実態もあきらかにされていない。公家でない立圃がどの程度、その読み癖の実践者であったか、定かではない。したがって、われわれの試みが十分成功したとは言いがたい。勇を鼓した実験であると汲み取っていただき、諸賢のご教示ご批判を期待する次第である。

平成三十年正月某日　佐賀大学附属図書館三階小城鍋島文庫にて

凡例

一　本書は佐賀大学附属図書館小城鍋島文庫蔵『十帖源氏』甲本（o91-9）の翻刻である。
一　版本の本文を下段に、著者立圃書入れを上段に配した。挿絵はその該当箇所の近くの上段に入れた。
一　漢字と仮名の遣い分け、送り仮名、仮名遣い等は底本に従った。
一　漢字は通行の字体を用いることを原則とした。
一　不審箇所等についての校訂者の註記は、（　）内に簡潔に記した。
一　通読の便を考慮して、以下の処理を施した。
ア　版本の本文について
　1　適宜、段落をもうけた。
　2　濁点、句読点を補い、会話、心中語、曲名等に「　」を付した。
　3　割書きや小書きは、〔　〕内に一行で表示した。
　4　本文行間の文字は明朝体で表示した。
　5　行間の墨筆書入れは〈　〉内に表示した。
　6　虫損等で判読不能の箇所は、同版の影印である古典文庫本をもって補った。
イ　立圃書入れについて
　1　本文の該当箇所に註番号を付し、その上部に配した。
　2　濁点等の表記は基本的に上記アに倣った。
　3　和歌や漢詩等には、「　」を付した。
　4　虫損等で判読不能の箇所は、小城鍋島文庫蔵乙本（o91-10）をもって補った。
ウ　朱筆書入れについて
　1　ゴシック体で表示した。
　2　濁点等の表記は基本的に上記アに倣った。
　3　清音符の表記は底本に従った。

1 題号、全篇以テ二光源氏ノ事ヲ一為レ詮。故ニ号二源氏ト一。時代、一条院寛弘ノ初ニ作り、堀河院康和ニ流布ス。寛弘より康和まで九十六年、寛弘より慶安まで六百五十年余。

【第一冊】

きりつぼ
はゝき木
うつせみ

[1]光源氏物語は、村上天皇女十宮大斎院より一条院の后上東門院へ、「めづらかなる草子や侍る」と御所望の時、式部をめして、「何にてもあたらしく作りてまいらせせよかし」とおほせらる。

式部、石山寺にこもりて、此事を祈り申す。折しも八月十五夜の月、湖水にうつりて、物語の風情、空にうかびければ、先須磨の巻より書たると也。

巻の数は天台六十巻、題号は四諦の法門、有門、空門、亦有亦空門、非有非空門也。一ニハ詞をとり、二ニハ歌をとり、三ニハ詞と歌とを取、四ニハ歌にも詞にもなき事也。

始は藤式部といひしを、此物語一部の内、むらさきの上の事を勝れておもしろく書たるゆへ、紫式部といひかへらるゝ也。観音ノ化身ト云々、檀那院僧正天台一心三観、血脈許可也。

堤中納言兼輔―惟正（因幡守）―為時（越前守）―女（2紫式部）
母ハ為信女（摂津守）〔堅子〕

2 式部ハ、左衛門佐宣孝ニ嫁テ、大弐三位ヲ生リ。狭衣ノ作者也。

（桐壺）

いづれの御時にか、女御[1]、かうゐ[2]あまたさぶらひ給ける中に、いとやんご[3]となきゝはにはあらぬが、すぐれてときめき給ふありけり〔いづれの御時とは、醍醐天皇[4]《六十代》をさしていへり。時めき給ふとは、きりつぼの更衣の事也〕。

梨壺〔照陽舎〕　桐壺〔淑景舎〕　藤壺〔飛香舎〕

梅壺〔凝花舎〕　雷鳴壺〔襲芳舎〕

此きりつぼ[5]にすみ給ふかうゐを御てうあひあれば、きりつぼのみかどゝも申也。あまたの女御、かうゐそねみて、あさゆふの御みやづかへにつけても心をのみうごかし、うらみ[6]をふつもりにや、あつしく成ゆき〔をもき病也〕、物心ぼそげに里がちなるを、みかどいよ〳〵あはれにおぼして、人のそしりをもえはゞからせ給はず。「もろこし[7]にもかゝる事のおこりにこそ、世もみだれあしかりけれ」と、あぢきなう人のもてなやみぐさになりて、楊貴妃[8]のためしもひき出づべう成ぬ。此かうゐの父はなくなり、母北方いにしへのよしあるにて、御かた〴〵にもをとり給はねど、事とある時は[9]より所なく心ぼそげ也。

1　女御ハ至二位三位一。雄略天皇ニ始。漢朝ニハ、妃百廿人、后一人、夫人三人、嬪九人、世婦廿七人、女御八十一人。此帝ニハ、弘徽殿女御、承香殿女御、麗景殿女御。同、弘徽殿大后、藤壺中宮。

2　更衣ハ、中少将又ハ守領ノ女也。女官也。非奉公。自然ノ時参内セリ。御衣ヲ召カヘラル、便殿ニ居也。故号更衣。

3　無停事。上﨟は思し召す事やみ給はぬ故也。

4　醍醐、朱雀、村上、冷泉。むらかみをのけて冷泉とつゞくるは、天台四諦法文の心也。

5　桐壺ハ、壺ノ内ニ桐ヲ植るゆへの名也。

6「あしかれとおもはぬ山の峰にだにおふなるものを人のなげきは」

7　殷紂、妲己。周幽王、褒姒。

8　玄宗、楊貴妃。

さきの世にも御契りやふかゝりけん、きよらなる[10]玉のをのこみこさへ生れ給ぬ〔是を光君といふ也〕。一のみこは[11]右大臣の女御の御はらにて、うたがひなきまうけの君とかしづき聞ゆれど、此君の御にほひにはならび給ふべ《べう》もあらず。此みこ生れ給て後は、みかど御心ことにをきてたれば、「[12]坊にもゐ給ふべきなめり」と、一のみこの女御はおぼしうたがへり。あまたの御かた〴〵を過させ給ひ、ひまなき御前わたりに、人の心をつくし給ふもことはり也。

あまりうちしきり[13]まうのぼり給ふおり〳〵は、[14]うちはし、[15]わた殿こゝかしこの道にあやしきわざをして、御をくりむかへの人のきぬのすそたへがたう、[16]まさなき事どもあり。又ある時は、えさらぬ[17]めだうの戸をさしこめ、こなたかなた心をあはせ、[18]はしたなめわづらはせ給ふ時もおほかり。みかど、いとゞあはれと御らんじて、後涼殿にもとよりさぶらひ給ふかうゐをほかにうつし、此かうゐのうへつぼねに給はる。そのうらみまして、やらんかたなし。

みこ、みつに成給ふとし、御はかまぎの事、一の宮のにもをとらず。御かたち、心ばへありがたく、めづらしきまで見え給へば、此君をば人々もえそねみあへず。

9 無頼所。
10「あか玉のひかりはありと人はいへど君がよそひしたうとかりけり」斎宮豊玉姫歌。
11 二条右大臣ノ女。弘徽殿ノ女御。悪后とて心よからぬ人也。
12 春宮坊ト申也。
13 昇殿。昇進。参上。
14 内階。
15 渡殿。板を打渡タル也。
16 邪路なる事共也。不浄ヲちらす也。
17 馬道。えんのつゞき廊下也。
18 はしたなめハ、よきはき《よはき》ニつよくあたる心也。

其年の夏、御母御休所[19]〔更衣の事也〕わづらひて、里へ[20]まかでんとし給へど、つねのあつしさに御めなれて、いとまさらにゆるさせ給はず。日々にをもり給て、いとよはうなれば、更衣の母なく〳〵そうして、みこをばとゞめさせ、みやす所ばかりまかで給ふ。

うつくしき人のおもやせ、あるかなきかにきえ入ものし給ふを御覧《ミカド》じて、きしかたゆくすゑよろづの事を契りの給へど、御いらへもきこえず、まゆもたゆげにて、[21]われかのけしき也。「かぎりあらんみちにも、をくれさきだゝじ」とちぎらせ給けるを、「打すてゝは、えゆきやらじ」との給はするを、女もいみじと見奉りて、

かぎりとてわかるゝみちのかなしきにいかまほしきはいのちなりけり

[22]てぐるまのせんじなどの給はせて、まかで給ふ。みかど御むねふたがり、御使の行かふ。程もなきに、夜なかすぐる程にたえはて給ふ。きこしめす御心まどひ、何事もおぼしわかれず。みこをばかくても御らんぜまほしけれど、れいなき事なれば、まかでさせ給ふ。みこは何事ともおぼさず、人々のなきまどひ、うへも御涙のひまなくながれおはしますを、あやしと見奉給ふ。

19 御休所トハ、更衣ノ事也。御子生れ給ては、御休所と申也。
20 まかでん　退出。
21「夢にだになにかも見えずみゆれども我かもまどふ恋のしげきに」
22 延喜雑式ニ云、「凡乗《テ》二輦車《ニ》一出二入内裏一者、妃限《リ》二曹司《ヲ》一、夫人、内親王、限《リ》二温明殿、後涼殿ノ後《ヲ》一、命婦、三位《ハ》、限二兵衛陣《ヲ》一。但《シ》嬪、女御、及孫王大臣ノ嫡女《ハ》、限《ル》二兵衛陣一也。仁明天皇ノ女御、依レ病退出ノ時、被レ聴レ輦、卒逝ノ後、被レ贈二三位一」高僧、女ナド、禁中ノ間行歩不レ叶ニユルサル、也。「輿ニ輪ヲかけて手ニテ引」ト和秘抄ニ見えたり。

かぎりあれば、[23]をたぎといふ所にてけぶりになし奉る。母君も、「おなじ煙に」となきこがれ、御をくりの女ばうの車にしたひのりて出給ふ。内より御使ありて、[24]三位のくらゐをくり給ふ。

みかどは一の宮を見給ふにも、わか宮の御恋しさのみおぼし出つゝ、女ばう、めのとなどをつかはし、ありさまきこしめす。

野分だち、はだ寒き夕ぐれ、[25]ゆげいの命婦をつかはさる。勅書の歌、

みやぎ野の露ふきむすぶ風のをとに小萩がもとをおもひこそやれ

命婦、かうゐの母にあひて、

[26]すゞむしのこゑのかぎりをつくしてもながき夜あかずふるなみだかな

うば君 [27]いとゞしく虫のねしげきあさぢふに露をきそふる雲の[28]うへ人

「をくり物あるべきおりにもあらねば」とて、かうゐの残しをき給へる御さうぞく、[29]御ぐしあげの[30]でうどそへ給ふ。

みかどは、ふけても[31]おほとのごもらず。せんざいの花御覧ずるやうにて、女ばう四、五人さぶらはせて、御物語せさせ給へり。御返し奉るうば君の歌、

あらき風ふせぎしかげのかれしよりこはぎがうへぞしづごゝろなき

23 をたぎハ、鳥部野ヲ云也。

24 従三位。贈位也。

25 命婦ハ、女ノ惣名也。靫負、武官ニテ弓箭ヲ帯スル衛門ノムスメヲ云也。

26 虫ニ身を比してよめり。

27 母のもにこもりし更衣の歌、「五月雨にぬれにし袖をいとゞしく露をきそふる秋のわびしさ」

28 男女共ニ、昇殿の人ヲ雲の上人と云也。

29 みぐしあげ。かみをゆふ也。

30 調度。道具也。

31 御寝ならぬ也。

32 臨邛《リンゲウ》道士、幻術をもて貴妃ニあひて、かんざし、はさみなどを玄宗ニさづく。是は、更衣ニあはで母の方よりなれば、不足也。方士よりをとりたると也。
33 及助。をよすけ。
34 優々、又忌。ゆたか也。
35 承引。
36 孝経或は貞観政要ヲよみ給ふ也。
37 高麗人。
38 直人。臣下ニはあたら物也。
39 嵯峨天皇弘仁五年、男女卅人ニ源ノ姓ヲ玉フ。是、源氏ノ始也。

うば君の物語、わか君の御事などそうして、をくりもの御らんぜさすれば、

御[32]たづねゆくまぼろしもがなつてにても玉のありかをそことしるべく

一の宮の御母弘徽殿は、久しくうへの御つぼねにも参り給はず。月のおもしろきにあそび《管絃也》をぞし給ふ。人々、「かたはらいたし」ときゝけり。

みかど、うば君のもとをおぼして、

雲のうへもなみだにくるゝ秋の月いかですむらんあさぢふのやど

月日へて、わか君参り給ぬ。きよらに[33]およすけ給へば、いと[34]ゆゝしうおぼしたり。

あくる年の春、一の宮春宮にさだまり給ふにも、此君をひきこさまほしうおぼせど、世の[35]うけひくまじき事をはゞかり給て、色にもいでさせ給はず。彼うば君、なぐさむかたなきゆへにや、うせ給ぬれば、又これをかなしびおぼす。

若君[36]七つに成給へば、文はじめせさせ給て、御がくもんはさる物にて、琴笛のねにも雲井をひゞかし給へり。其頃、[37]こまうどのさうにん参りて、此君のざえ《才智也》かしこく、かたちのきよらなるにめで奉りて、「ひかる君」とつけ奉り、をくり物どもさゝげけり。此君を[38]たゞ人にはあたらしけれど、[39]源氏になしたて

まつるべくおぼしをきてたり。

年月にそへて、御休所の御事わすれさせ給はず、御心なぐさむかたなし。[40]先帝の四の君、御かたちすぐれ給へる事を、ないしのすけそうして参らせ給へり〔是を藤つぼと申也〕。昔の御休所によく似給て、人のきはもまさり給へば、おのづから御心うつりにけり。源氏の君はみかどの御あたりさり給はねば、藤つぼにもしげくわたり給ふ。光君に立ならび、御おぼえもとり〳〵なれば、「かゝやく日の宮」ときこゆ。

源氏の君、[41]十二にてげんぶくし給ひ、[42]ひきいれの大臣の[43]みこばらの姫君をそひぶしにとさだめ給ふ〔是、あふひの上也〕。

御　いときなきはつもとゆひにながきよをちぎるこゝろはむすびこめつや

左大臣御返し、

むすびつる心もふかきもとゆひにこきむらさきのいろしあせずは《かはらずは也》

[44]左のつかさの御馬、[45]蔵人所の鷹すへて給り給ふ。みはしのもとに上達部、みこたちつらねて、ろくどもしなぐ〳〵に給り給ふ。その夜、おとゞの御里に源氏の君まかでさせ給ふ〔源は十二才、あふひは十六也〕。おとゞの子蔵人少将には、

---

40 光孝、宇多。
41 元服令ニ云、「無位ハ黄袍也。元服ノ後ハ、縫腋ノ黄袍ヲ奉ルベシ」
42 おとゞハ、左大臣殿也。ひきいれハ、もとゞりを引入るゆへ也。加冠とて、ゑぼしおやと云も同じ事也。
43 おとゞノ北の方は、桐壺の帝の御妹也。此御むすめなれば、みこばらと也。
44 左馬寮也。
45 蔵人所ハ、禁中、仙洞、執柄大臣家にもあり。殿上の次の間ニ布障子ヲ隔テ、地下ノ者の候スル所也。

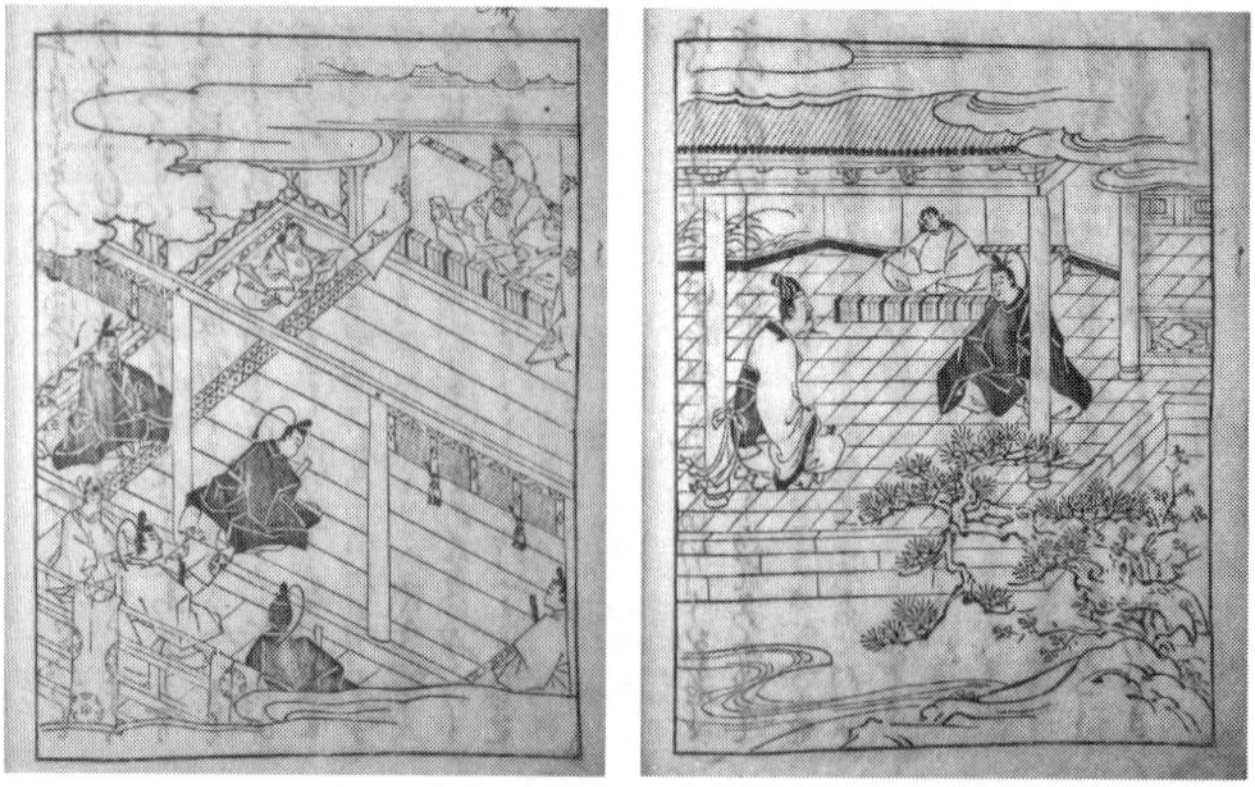

46 二条の悪大臣殿ノ御むすめ。弘徽殿のいもうと也。

[46]右大臣殿の四の君をあはせ給へり。

源氏の君は、うへのつねにめしまつはさせ給へば、心やすく里ずみもし給はず。藤つぼの御ありさまをたぐひなしとおぼし、「さやうならん人をこそ見め。にるものなくもおはしけるかな」とおぼせば、おほいどの《左大臣》の君《葵ノ上》には心もつかず。おとなになり給てのちは、有しやうにみす《藤壺ノ》の内にもいれ給はず。御あそびのおり〳〵、こと、ふえのねにきゝかよひ、ほのかなる御こゑをなぐさめにて、内ずみのみこのましうおぼえ給ふ。

箒木

〔以歌巻の名とせり。「[1]そのはらやふせ屋におふるはゝきゞのありとは見えてあはぬ君かな」平貞文。源十六才。きりつぼと此巻の間、三年あり。其内に、藤つぼに密通ありたりと思ふべし〕

源は藤つぼに御心ざしあれば、内にのみ[2]さぶらひようし給て、おほいどのにはたえ〴〵まかで給ふ〔あふひの上の事也〕。[3]なが雨はれまなき頃、うちの[4]御物いみさしつゞきて、いとゞながゐさぶらひ給ふ。〔あふひの兄〕[5]頭中将は中にしたしく、あそびをも、たはぶれをも、心やすくふるまひたり。此中将も右のおとゞ《四の君》のすみかは物うく、里にても我かた[6]のしつらひまばゆくして、源ともろ共にがくもんをも、あそびをも、[7]おさ〴〵たちをくれず、心のうちに、おもふ事かくしあへず、むつれ聞え給ふ。

つれ〴〵と降くらして、しめやかなるよゐの雨に、[8]おほとなぶら近くて、文共《文書也》み給ふ。ちかきみづしなる[9]いろ〳〵の紙なる文ども引出て、中将ゆかしがれば、「さりぬべき《源詞》、すこしは見せん。かたわなるべきもこそ」とゆるし給はねば、「《頭詞》やんごとなく[10]せちにかくし給ふべきなどは、かやうの[11]おほぞうなるみづしな

1 そのはらふせ屋ハ、信濃国の名所也。森の最上ニ箒ニ似たる木あると見て、其下ニゆけば、茂りたる森にて見えぬ心ニ、此歌よめり。一切衆生は悉あると見えて空なることはり也。

2 さぶらひよく也。

3 三日以上ヲ霖といふ也。

4 物忌。悪夢又は怪ある時、物忌ト書て門ニたつる也。

5 頭中将ハ、蔵人少将の事也。左大臣殿の子也。

6 しつらひ　料理。

7 おさ〳〵　治定。

8 おほとなぶら　灯台也。

9 いろ〳〵の紙なる文ハ、艶書也。

10 せちに　大切也。

11 おほぞう　大惣。外ざまの体也。

12　二のまち　次の心也。
13　是より品定也。
14　まどの内　「楊家有女初長成、養在深閨人未識」
15　ゆへづけ　由付。何にても一芸也。
16　うめき　歎く心也。
17　上智は悪人ニそへどもあしくならず、下愚は聖人ニあへどもうつらぬ也。

どに、ちらし給ふべくもあらず。これは二のまち[12]の心やすきなるべし」とて、かたはしづゝ見るに、心あてに、「それか、かれか」ととふ中に、いひあつるもあり、もてはなれたるも、「おかし」とおぼせど、ことずくなにて、とかくまぎらはし給ふ。

源詞「そなたにこそおほくつどへ給ふらめ。すこし見ばや。さてなん、此づしも心よくひらくべき」との給へば、頭詞「御らんじ所あらんこそかたく侍らめ」など聞え給ふついでに、女のしなをさだめ給へり。[13]頭中将詞〔初段〕「おやなど、たちそひもてあがめ、まどの内[14]なる程は、かたかどを聞つたへて心をうごかす事もあめり。はかなきすさびをも人まねに、ひとつゆへづけ[15]てしいづる事、をくれたるかたをばいひかくし、さて有ぬべきかたをばつくろひていふに、それ、しかあらじと、をしはかりてはいかゞ思ひくたさん。まことかと見もてゆくに、見をとりせぬやうはなくなんあるべき」とうめき[16]給へば、源もおぼしあはする事やあらん、ほゝゑみて、〔二段〕「そのかたかどもなき人はあらんや」との給ふ。

頭中[17]〔三段〕「とるかたなきと、すぐれたるとは、かずひとしくこそ侍らめ。

女ニ三アタル　しなたかく生れぬれば、人にかしづかれてかくるゝ事、じねんに其けはひこよなかるべし。中のしなになんを[18]のがじゝのたてたるおもむきもみえて、わかるべき事かた〳〵おほかるべし」。

〔四段〕（源詞）（明石入道の類なるべし）「もとのしなたかく生れながら、身はしづみ、くらゐみじかくて人気なきと、又なを人の上達部までのぼりたるが、家の内をかざり、人にをとらじと思へる、其けぢめをば、いかゞわくべき」。

[19]左の馬のかみ、藤式部丞、御物いみにこもらんとて参れり。此しな〳〵を、さだめあらそふ。

（馬詞）[20]「なを人のなりのぼりたるは、よの人の思ひなし猶ことなり。[21]又、もとはやんごとなきすぢなれど、おとろへぬれば、心は心としてことたらず、わろびたる事どもおつるわざなめれば、中のしなにぞをくべき。（軒端の荻ニあたる）ずりやうの品さだまりたる中にも、また、きざみ〳〵ありて、えり出づべきころほひなり。[22]もとのねざし、いやしからぬが、やすらかに身をもてなし、家の内にたらぬ事なかめるまゝに、[23]はぶかずまばゆきまでもてかしづけるむすめなどの、おとしめがたくおひいづるもあるべし。みやづかへに出たちて、（桐壺更衣ニあたる）思ひかけぬさいはひとりいづるもおほかりかし」などいへば、〔二段〕（源詞）「すべて、にぎはゝしきによるべきな

18 自恣。をのがさま〳〵也。
19 此二人、誰ともなし。
20 なを人　直人。
21 諸大夫などの従三位ニ成たるなるべし。
22 根本の種性。
23 不省略。

24「むしだにもあまた声せぬ浅茅生にひとりすむらん人をしぞおもふ」うつほの姫君の歌也。
25 二義あり。
26 器量の人にても、世中を一両人にては成がたしと也。

んや」とてわらひ給ふ。

〔三段〕「《馬詞》もとのしな、時代のおぼえ打あひたるは、をくれたる事はさらにもいはず。又すぐれたらん《藤つぼニあたる》もさるべき事とおぼえて、心もおどろくまじ。かみがかみは、なにがしらがをよぶべき程ならず」といふ。

「《源詞》世にありと人にしられず《夕顔ニあたる》、[24]むぐらのかどにおもひのほかに、らうたげならん人の、とぢられたらんこそ、めづらしくはおぼえめ。〔四段〕父のとしおひ、せうと《兄弟ノコト也》のかほにくげに《藤式部ガ姉ノ事也》、おもひやりことなる事なきねやの内に、いといたく思ひあがり、はかなくしいでたることわざもゆへなからず見えたらん。かたかどにても、いかゞおもひのほかにおかしからざらん。いでや、かみのしなとおもふにだにかたげなる世を」と君はおぼす。《葵の上などのしわざのすぐれたる事もなきゆへ也》しろき御ぞどもの、なよゝかなるに、なをしばかりをしどけなくきなし給て、そひぶし給へる御ほ《火》かげいとめでたく、[25]女にて見たてまつらまほし。

〔五段〕「《馬詞》大かたの世につけて見るにはとがなきも、我ものとうちたのむべきをえらばんに、えなんおもひさだむまじかりける。

おのこのおほやけにつかうまつるにも、まことの[26]うつはものとなるべきは、かたかるべし。かしこしとても、ひとりふたり世中をまつりごちしるべきならねば、上[27]は下にたすけられ、下は上になびきて、事ひろきにゆづろふらん。せばき家のあるじとすべき人ひとりをおもひめぐらすに、たえはてあしかるべき大事どもなんかた〴〵おほかる。

人はたゞ、しなにもよらじ、かたちをばさらにもいはず。いとくちおしく、[28]ねぢけがましき、おほたかになくは、たゞひとへに物まめやかにしづかなる心のおもむきならんよるべをぞ、つゐのたのみ所には思ひをくべかりける。馬 まだわらはに侍し時、女ばうなどの物がたりよみしを聞て、いと哀にかなしく心ぶかき事かなと、涙をさへおとし侍し。いま思ふには、いとかる〴〵しき事也。心ざしふかからんおとこをゝきて、めのまへにつらき事ありとも、人の心を見しらぬやうににげかくれて、人をまどはし、心を見んとする程に、ながき世の物おもひになる、いとあぢきなき事也。心ぶかしやなどほめたてられて、あはれすゝみぬれば、やがてあまになる。おとこきゝつけて、なみだおとせば、つかふ人、ふるごだちなどきて、[29]おとこの御心はあはれなる物を、あたら御身をなどいふに、くやしき事もおほかるに、仏も心ぎたなしと見給ひつべし。心は

27 上ハ含淳徳以通其下、下ハ懐忠臣以事其上。
28 佞人。ねぢけ人とは、うらおもてある人を云也。
29 「后之言ハ後也。言在ルリ二夫ノ之後ニ一。故ニ以テレ女ヲ謂フ二後達ト一」

30 永き別れと成行也。
31 怨。ゑんずる也。心の内ニうらむる也。
32 「泛《タルコト》若《シ》二不《ル》レ繋舟一」おとこの心はつながざる舟のごとくなるを、女のすこしのしつとにて、はなれゆく事もあると也。
33 ひゞらき　翥。鳥のはねをひろがるごとく也。
34 美麗。
35 調度。

うつろふかたありとも、見そめし心ざしいとおしく思はゞ、さるかたのよすが《たより也》にておもひても有ぬべきに、さるやうならんたぢろきに[30]絶ぬべきわざ也。すべて、よろづの事《紫ノ上ノ類なるべし》なだらかに、[31]ゑんずべき事はほのめかし、うらむべきふしをもにくからずかすめなさば、それにつけてあはれもまさりぬべし。我心も見る人からおさまりもすべし。おとこの心は[32]つながぬ舟のうきたるためしも、げにあやなし。さは侍らぬか」といへば、中将うなづく《歎状也》。

馬のかみ、物さだめのはかせに成て、[33]ひゞらきゐたり。

〔八段〕「木のみち《馬詞》のたくみのよろづの物をつくり出すも、りんじのもてあそび物のさだまらぬは、そばつきざればみたるも、いまめかしきにめうつりて、おかしきもあり。大事として、まことに[34]うるはしき[35]てうどの、かざりとするやうある物をなんなくしいづる事、まことの物の上手は、さまことに見えわかれ侍る。

又、ゑ所にも見をよばぬほうらいの山、いかれるいをのすがた、から国のはげしきけだものゝかたち、おにのかほなどの、おどろ〳〵しく作りたる物は、じち《実》には似ざらめど、さて有ぬべし。よのつねの山のたゝずまひ、水のながれ、人の家ゐ、げにと見え、心しらひ[36]をきて[37]などを、上手はいきほひことに、わろ物はをよばぬ所おほかめる。

手をかきたるにも、ふかき事はなくて、こゝかしこの、てんながにはしりがき、そこはかとなくけしきばめるは、打見るにかど〱[38]しくけしきだちたれど、まことのすぢにとりならべてみれば、猶じちになんよりける。はかなき事[39]だにかくこそ侍れ。まして人の心の、時にあたりてけしきばめらん見るめのなさけをば、えたのむまじく思給へて侍る。其始の事すき〲しくとも申侍らん」とてちかくゐよれば、君もめさまし、中将もいみじくしんじて、つらづえ[40]をつきてむかひゐ給へり。

〔九段〕馬物語[41]「はやう、まだ下らうに侍し時、あはれと思ふ人侍りき。かたちなどまほにも侍らざりしかば、とまりにとも思侍らず、とかくまぎれ侍しを、ものえんじいたくし侍しかば、心づきなく、かゝらで[42]おいらかならましかばと、うるさくおもひながら、数ならぬ身を、などかくしも思ふらんと、じねんに心おさめらるゝやは侍し。

此女、とかくにつけてものまめやかにうしろみ、心にたがふ事なくもがなと

36 心づかひ也。
37 掟。
38「相坂の関の岩かどふみならし山たち出るきりはらの駒」「逢坂の関の清水にかげ見えていまやひくらんもち月の駒」。唐大宗ノ時、柳公権「心正則《シキンバ》筆正《シ》、心不ㇾ正則不ㇾ正ㇾ筆」。御堂殿ノ時、行成ノ書ヲ唐ニ渡さるゝ、唐人讃テ曰、「日本ノ左大臣ハ、王義（羲）之再来」ト云。
39 かくはかなき　木ノ道、絵、手跡。
40 支頤《ツラツエ》。
41 昔也。
42 大やう。おとなしき心ならば也。又真実ならば也。

43不下習。あしくは非ず也。

44にくきかたひとつハ、物えんじ。

45悪。不祥也。

46小指。

47うらみて也。

48ゆびくひたる、ひとつばかりにてはなし。うき事あまたあると也。

49こなたにもうきふしをかぞへたると也。

50十一月酉日、大裏北ノ陣にて有。

51正身《さうじみ》。その身は、といふ心也。

52物を染る事。「見るごとに秋にもあるか立田姫紅葉そむとや山のてるらん」

53物をたちぬふ事。「あふ事はたなばたつめにひとしくてたちぬふわざはあへずぞ有ける」

54手つき　琴ひく事、物かく事。

55口つき　歌うたふ事、歌よむ事。


なびき、見にくきかたちを、見やう《我二也》とまれんとつくろひ、見なるゝまゝに、心も[43]けしうはあらず、たゞ、[44]此にくきかたひとつなん、心おさめず侍し。

いかでこるばかりのわざしておどして、此かたもすこしよろしく成、[45]さがなさもやめんと思ひて、なさけなくつれなきさまをみするに、えおさめぬすぢにて、[46]をよびひとつをひきよせて、くひて侍しを、おどろ〳〵しく[47]かこちて、かゝるきずさへつきぬれば、世をそむきぬべかめりなど、おどして、けふこそはかぎりなれと、をよびをかゞめて、

[48]手をおりてあひ見し事をかぞふればこれひとつやは君がうきふし

女　[49]うきふしをこゝろひとつにかぞへきてこや君がてをわかるべきおり

[50]りんじの祭のてうがく《調楽》に夜ふけて、雪打はらひ、こよゐ日ごろのうらみはとけなんと思給へしに、女ばう共ばかりゐて、[51]さうじみは、おやの家にわたりぬる、とこたへ侍り。[52]立田姫、[53]たなばたの手にもをとるまじく、ぐして侍し。いと哀に思ひたり」と申す。

「さて同じ頃、まかりかよひし所あり。心ばせまことにゆへありと見えぬべく、歌よみ、はしりがき、かいひく《琴》つまをと、[54]手つき、[55]口つき、たど〳〵しか

56 無事。ほめたる心也。
57 しげく也。
58 まばゆく　打とけぬいやな心也。
59 退出《マカデ》。
60 殿上人。
61 板敷。えん也。
62 十二絃ノ琴也。
63 きゝはやすべき人　馬のかみをさして殿上人ノ云也。
64 うはの空なる事なれば、何として引とゞめんぞと也。
65 白痴。

らず。見るめ[56]事もなく侍しかば、ゆびくひの女うせて後、[57]しば〳〵なるゝまゝに、[58]まばゆく、えんにこのましき事はめにつかぬ所あるに、打たのむべくはみえず、かれ〳〵に見するに、又しのびて心かよはす人ぞありけらし。

神な月の頃、月おもしろき夜、内より[59]まかで侍るに、ある[60]うへ人、此車にあひのりて、この人いふやう、こよひ人待らん。心くるしとて、此女の家の、あれたるくづれより池の水月だにやどるすみかをとて、おりて入ぬ。もとより心かはせるにや、らうの[61]すのこだつ物にしりかけて、笛とり出て、ふきならす。内より[62]わこんをかきあはせたり。おとこ、菊をおりて、

ことのねもきく《月》もえならぬやどながらつれなき人をひきやとめける

[63]いま一こゑきゝはやすへき人のある時に、手なのこし給ふそと、あざれかくれば、女声つくろひて、

[64]こがらしにふきあはすめるふえのねをひきとゞむべきことのはぞなき

すきたはめらん女に心をかせ給へ。あやまちして見ん人のため、かたくなゝる名をもたてつべきものなり」といましむ。

「なにがし《頭中将》は[65]しれものゝ物語せん」とて、「忍びて見そめたりし人、おやもな

く心ぼそげにて、打たのめるけしきもらうたげ也。[66]かくのどけきにをだしくて、まからざりしに、四の君よりうたてある事をいはせける。頭ハ さりともしらで、久しくせうそこもせず、おさなきもの丶ありしに思ひわづらひて、なでしこの花をおこせたり〔此女、夕がほの上也〕。

　山がつのかきほ《荒》あるともおり〳〵にあはれはかけよなでしこの露

頭中　さきまじる花はいづれとわかねどもなをとこなつにしくものぞなき

夕　打はらふ袖に露けきとこなつに[67]あらしふきそふ秋もきにけり

〔此おさなき人、玉かづら也〕心やすくて、又とだえをき侍しに、あともなくこそうせにしが、まだ世にあらば、はかなき世にぞ[68]さすらふらん。いかで此なでしこをたづねんとおもひながら、えこそきゝつけ侍らね」とかたり給ふ。

藤式部、「まだ[69]文章のせうに侍し時、あるはかせのもとに、がくもんなどし侍とてかよひし程に、あるじのむすめにいひよりて侍しを、おやきゝつけて、盃もて出て、[70]ふたつの道うたふをきけとなん聞えしかど、打とけてもまからず。其むすめを師として、[71]こしおれ文作る事などならひ侍しかば、今にそのおんはわすれ侍らねど、さいしと打たのまんに、無才の人、[72]なまわろならんふるまひ

66 油断して也。
67 四君の方よりおどさるゝを、嵐吹そふとよめり。
68 流離。
69 文章生。儒者ノ初学也。
70 「富家女易嫁、嫁早軽其夫。貧家女難嫁、嫁晩孝於姑」
71 こしおれ歌のごとし。
72 そひにくからんと思ふ也。

を見えんにはづかしく、久しくまからで、物のたよりに立より侍れば、つねのかたには侍らで、ものごしにあひて侍しを、ふすぶるにやと思ふに、此さかし人、世のだうりをおもひとりて、うらみざりけり。

月ごろ[73]ふびやうをもきにたへかねて、ごくねちの[74]さうやくをぶくして、くさきにより、たいめん給はらぬ。此香うせなん時に立より給へといふ。式部、

[75]さゝがにのふるまひしるき夕ぐれに[76]ひるますぐせといふがあやなさ

[77]あふ事の夜をしへだてぬ中ならばひるまもなにかまばゆからまし」

君たち、「そらごと」ゝてわらひ給ふ。

からうじて、けふは日のけしきなをれり。かくのみこもりさぶらひ給ふも、おほとのゝ御心いとおしければ、まかで給ふ。内よりおほとのゝ御かたへは、[78]長神ふたがりたれば、「いづかたにかたゝがへし給はん」とあるに、[79]「紀のかみが家、[80]中川のわたり、此頃水せきいれてすゞしきかげ」ときこゆ。きのかみにおほせ事給へば、「いよのかみ家に[81]つゝしむ事侍て、女房なんうつれる頃にて、せばき所に侍れば、いかゞ」と申す。源詞「その人近なる所こそうれしかるべけれ」とて、俄におはしたり。

73腹病。
74蒜。ヒル也。
75「我せこがくべきよゐ也さゝがにのくものふるまひかねてしるしも」
76蒜ニ昼ヲもたせて也。
77へだてゝ たえ〲なる中なれば、恥ると也。
78天一神也。
79紀のかみハ、伊与介が子也。
80西は桂川、東は鴨川なれば、中川と云也。
81伊与介留守ト云心ニ、つゝしむ事と云り。

82 渡殿。
83 此姫君の事、前かたニはなし。こゝにて書出す也。式部卿宮は桃園ノ也。
84 客人。
85 次ノ間也。
86 湯殿也。
87 少々。細許。

水の心ばへおかしく、柴垣などして、虫の声、蛍しげし。[82]わたどのより出たるいづみにのぞみて、人々酒のむ。この西おもてに女の声聞ゆるを、立きゝ給へば、[83]式部卿宮の姫君へ源よりあさがほ奉り給し歌などの事をいふ。あるじの子共あまたある中に、十二、三ばかりなるあり。「是はいよのすけが女ばうの弟なるが、ちゝなく成て後、此あねにかゝりてゐたる也。殿上なども思ひかけながら、えまじらひ侍らず」と申す。此子にあねの事とひきゝ給ふ。人々は、皆ゐひふしぬ。

源はとけてもねられず。北のざうしのあなたに、あねの声して、此子に、[84]「まらうどはね給ひぬるか」とゝふ也。「中将《女の詞》の君はいづくにぞ。人気とをし」といへば、[85]なげしのしもに人々ふしていらへす。「[86]ゆに入てたゞ今参らん」といふも聞ゆ。

源はしやうじのかけがねをこゝろみに引あけ給へば、あなたよりはさゝざりけり。火はほのぐらきに、みだれがはしきからびつ《唐櫃》だつ物の中をわけ入給へば、[87]いとさゞやかにてふしたり。うへなるきぬをしやるまで、女は中将の君かと思へり。「人《源詞》しれぬおもひをかけて」との給ふに、おどろきたるをかきいだきて、ざうし[88]のもとに出給ふに、中将の君《女ばうたち》きて、「こはあさまし」と見奉り、「なみ〳〵の人ならばこそ、ひきもかなぐらめ、あまたの人のしらんはいかゞ」と心さはぐに、おくなるおましにいだきて入給ぬ。

鳥もなき、人々もおきさはげば、中将の君参りて、「かく」と申す。源、

つれ[89]なきをうらみもはてぬしのゝめにとりあへぬまでおどろかすらん

女は、「此ありさま、いよのすけが夢にやみゆらん」と空をそろしくて、

身のうさをなげくにあかであくる夜は[90]とりかさねてぞねもなかれぬる

月は有明なるに、西おもてのかうしより人々のぞく。源はかへりみがちにて出給ふ。

左大臣殿へかへり給ても、まどろまれ給はず。彼人《空》の思ふらん心の中おもひやり給へり。きのかみ参たるに、「彼小君はえさせてんや」との給てめしよせ、なつかしくかたらひ給ふ。わらべ心に、「うれし」と思ふ。あねの事もよくいひきかせて、御文を此子につかはし給ふ。

見しゆめをあふ夜ありやとなげくまにめさへあはでぞころもへにける

又の日、小君をめせば、あねに御返事いとこふ。「《あね詞》かゝる御文みるべき人も

88 曹司。房也。
89 中将の君きくゆへニ、つれなきとよみ給へり。鳥の心あり。
90 鳥の音ニ泣そへたる心也。

なしと申せ」といふ。「《小君》いかゞさやうには申さん」といへど、返しはなし。

きのかみも、此まゝ母をおもひかけてついせうし、此子をもかしづきけり。

「《源》きのふの返事はなきか」ととひ給ふに、「しか〳〵」と申す。「《源詞》いよのすけよりも、我はさきにあひみし中也」と此子にいつはりて御文はつねにあり。されど打とけたる御いらへもなし。

又物いみの頃、彼家におはしたり。女君には、「ひるよりかく」との給ふに、「有し夜の夢を又やくはへん」とおもひみだれ待奉らんも、まばゆくなやましきに、「こしを打たゝかせん」とて、中将といひしものゝつぼねにうつろひぬ。

源は人とくしづめて御せうそこあれど、小君え尋ねあはず。からうじてもとめきたり。「いかにかひなし」となくばかりいへば、「《空詞》おさなきものゝかゝる事はいはぬ物ぞ」といひおどし、「心ちなやましくて、あたりに人をはなさずをさへさせて、となん申せ」といひはなちて、心のうちには、「いかに程しらぬやうにおぼすらん」と思ひみだる。

源は小君を待ふし給へるに、「かく」と申せば、めづらかなる心の程を、「身もはづかしくうし」とおぼして、

　はゝきゞのこゝろをしらでそのはらのみちにあやなくまどひぬるかな

女もさすが、まどろまれざりけり。

　かずならぬふせやにおふる名のうさにあるにもあらずきゆるはゝきゞ

小君は、ねぶたくもあらでまどひありくを、「人々あやしとみるらん」とわび給ふ。

「其かくれゐたる所につれていけ」とのたまへば、小君「人あまた侍れば、いかでか」と申す。

空蟬〔幷。源十六才。以歌ノ名也〕

[1]源はねられ給はず。小君も涙をこぼしてふしたり。夜ふかく出給ふ。其後、御せうそこもたえてなし。「かくてもえやむまじければ、さりぬべきおりをみて、たいめんすべく、たばかれ」との給ふ。おさなごゝろに、「いかならんおりにか」とまちゐたるに、きのかみ、国にくだり、女どちのどやかなる夕やみのたどく〳〵しげなるに、我車に[2]ゐてたてまつる人、見ぬかたより引いれておろし奉り、ひがしの妻戸にたゝせ奉りて、我は南のかうしたゝきて入ぬ。「ひるより、きのかみがいもうとのにしの御かた、わたらせ給ひて、碁をうたせ給ふ」といふ。源は、すだれのはざまに入て、西ざまに見とをし給へば、「[3]もやの中ばしらに、そばめる人や心がくる」と、めとゞめ給へば、こきあやのひとへかさね、何にかあらんうへにきて、かしらつきほそやかに、ちいさし。いまひとりは、ひがしむきにて、残るところなくみゆ。しろきうすものゝひとへがさね、[4]ふたあひの[5]こうちき、[6]くれなゐのこしひき、ゆへるきはまでみえたり。つぶ〳〵とこえて、まみ、口つき、あいぎやうつき、はなやか也。

1 中川の宿にての事也。
2 さそひ奉る也。誘。
3 母屋ハ、本の居所。常ニ机丁ヲかくる。是を寝殿作と云也。中ニ一間〳〵柱あり、庇あり。又、其次ヲ孫庇ト云也。たつみの方より西を見とをし給ふニ、そばめるは空蟬也。
4 二あひハ、紫也。
5 小掛。うへニきる物也。
6 紅のこし引ゆへるは、はかま也。

碁うちはてゝ、[7]けちさすわたり、そこは、ぢにこそあらめ、此わたりのこうをこそ、などいへど、いで此たびはまけにけり。をよびをかゞめて、十、はた《廿》、みそ《卅》、よそ《四十》、などかぞふるさま、[8]いよのゆのゆげたも、たど〳〵しかるまじう見ゆ。

小君、源のおはせし所へきて、「[9]れいならぬ人侍て、ちかうもえより侍らず」といふ。「御《ミ》かうしは、さしてしづまりぬ。さらば、入てたばかれ」との給ふ。あねの心、たはむ所なく、まめだちたれば、いひあはせんかたなくて、「いかにしていれ奉らん」と思ふ也。

源詞「いもうともこなたにあるか、我に見せよ」とのたまふ。「いかでか、さは侍らん、かうしに几丁そへて侍」ときこゆ。人みな、ねて、火かげほのかなるに、いれ奉る。いかにぞとつゝましけれど、みちびくまゝに、帳のかたひら、ひきあげて入給へど、人はみなしづまりたり。女は几帳のすきかげ、御けはひしるければ、あさましくて、すゞしのひとへをきて、すべり出にけり。源は、たゞひとりふしたるを、心やすくより給へるに、ありしけはひよりも、もの〳〵しければ、あやしく、[10]やうかはりて、あさましく心やましけれど、人たがへと見

7けち　闕。又、詰、ため也。
8いよのゆのゆげたの数は、左八、右は九、中は十六、すべて卅三也。
9客人。
10やうたいかはりて也。

11 嗚呼。おかしき心也。

えむもおこ[11]がまし。女《むすめ》もめざめて、あぎれたるけしきなり。「我ともしらせじ」とおぼせど、「後にかゝる事ぞ」とおもひめぐらさんも、「彼つらき人のため」とおぼして、「たび〳〵のかたゝがへに、事づけ給し」などいひなし給ふ。

このむすめ、なま心なく、わかやかなるけはひも、あはれにて、なさけ〳〵しく契りをかせ給て、彼ぬぎすべしたるうす衣《ギヌ》を、とりて出給ぬ。小君をおこして、戸をあけさせたるに、老たる女のこゑにて、「たそ」とゝふ。小君、「まろぞ」といらふ。月くまなくさし出て、人かげみえければ、又、「おはする人はたそ」ととふ。「民部のおもとなり」と、つねにたけだち《せいノ高キ也》のたかくて、わらはるゝ人あるをいふ也。からうじて小君と車に乗給て、二条院におはしぬ〔二条院は源の御母の御跡也〕。

しばしうちやすみ給へど、ねられ給はず。源、

　うつせみの身をかへてける木のもとになを人がらのなつかしきかな

とかき給ふを、小君ふところに入て、もたり。彼むすめも、いかにおもふらんと、いとおしけれど、御ことづけもなし。うつせみの君も、あさからぬ御けしきを、ありしながらのわが身ならばと、しのびがたければ、

うつせみのはにをく露のこがくれてしのび〳〵にぬるゝ袖かな

〔是は伊勢が家の集の歌也〕

1 空蟬の巻は五月。此巻は六月也。
2 六条の御休所の事、始て云出せり。
3 半蔀。

【第二冊】

夕がほ
わかむらさき
すゑつむ花
もみぢの賀
花のえん
あふひ

夕顔〔以歌詞巻の名也〕

同じき年の夏[1]、六条の御休所[2]へしのびてかよひ給ふ中やどりに、源のめのと、惟光が母、いたくわづらひてあまに成たるをとぶらはんとて、五条なる家におはしたり。此家のかたはらに、ひがきをして、はじとみ[3]四、五けんあげわたし、すだれしろうすゞしげなるに、おかしきひたいつきのすきかげみえてのぞく。

4 夕顔ハ、五位以上ノ人の家ニハ不植ト云ならはせり。
5 随身。聖徳太子、甲斐の黒駒ニ、秦ノ川勝一人付て、空をかけり給しにしたがふ故の名也。是始也。大臣、大将へは、上から被下也。
6 みだれがはしき也。
7「世中にさらぬわかれのなくもがなちよもといのる人の子のため」
8 源氏の君と思ひやりて、折ふしの情に出したる扇也。

「いかなるもの丶つどへるにかあらん」とさしのぞき、「[4]夕がほの花のしろく咲かゝりたるを一ふさおりて参れ」とのたまへば、[5]ずいじん門に入ておる。やり戸ぐちに、黄なるすゞしのひとへばかまながくきなしたるわらは出きてうちまねく。しろき扇のいたうこがしたるを、「これにをきてまいらせよ。えだもなさけなげなかめる花を」とてたてまつる。

これみつは門のかぎをきまどはして、「[6]らうがはしき大路に《源ノ》たちおはしまして」とかしこまり申す。車ひきいれており給ふ。これみつが兄のあざり、むこの三河守、むすめなどつどひたる程に、かく《源ノ》おはしましたる事をよろこびかしこまる。あま君もおきあがり、よろこびてなく。「[7]さらぬわかれのなくもがな」と、こまやかにかたらひ給ふ。子ども皆打しほたれけり。ずほうなどの事のたまひをきて、出給ふとて、これみつにじそくめして、ありつるあふぎ御覧ずれば、

[8]心あてにそれかとぞみるしらつゆのひかりそへたるゆふがほの花

これみつに、「此西なる家はなに人のすむぞ」ととひ給へば、「五《惟詞》、六日こゝに侍れど、病者の事をおもひあつかひて、となりの事は聞侍らず」と申す。「此《源詞》わたりの事しれらんものをめしてとへ」との給へば、此やどもりのおのこをよ

びてとふ。
宿守詞
「揚名介なりける人の家になん侍る。おとこはゐなかにまかりて、御たゝわかき女なんあり」と申す。れいの、此かたにはをもからぬ御心にて、御たゝうがみに、あらぬさまにかきかへ給ひて、

[9]よりてこそそれかとも見めたそかれにほの〴〵見つる花のゆふがほ

ありつる御ずいじんしてつかはす。御さきの松ほのかにて、忍びて出給ふ。はじとみはおろして、ひま〳〵より見ゆる火のひかり、蛍よりほのかなり。それより御休所におはしまして、日さし出る程に、彼しとみの前わたり給ふ。其後、惟光参て、「彼小家の人はたれともしれ侍らず。時々中垣のかいま見し侍るに、わかき女どものすきかげ見え侍る中に、かほよき人侍る」と申す。

彼うつせみのまゝむすめを、あはれとおぼさぬにしもあらねど、うつせみの聞ゐたらん事もはづかしければ、「先うつせみのこゝろ見はてゝ」とおぼす程に、いよのすけのぼりて、源へまいり、国の物がたりなど申す。「むすめをば少将にあづけて、うつせみをつれてひたちへくだりぬべし」と聞給ふに、「今一度はえあるまじき事にや」と小君にかたらひ給ふ。秋にも成ぬ。

御休所は、物をあまりなるまでおぼししめたる御心ざまにて、よはひの程も

9 たそかれ時なれば、よりてこそ源氏と思ふらめ。なれずしてはしらじと也。

10しをん　おもて紫、うらすはう。
11朝がほを中将に比して。
12御休所に心をもとゞめ給はで、霧の晴をさへまたず出給ふと也。
13なにくれと云詞也。その人、此人也。

にげなく、人のもりきかんもつらくて、よがれのねざめ〳〵おぼししほるゝ事さま〴〵也〔源は十六才、みやす所廿四才也〕。霧ふかきあした、ねぶたげなるけしきに打なげき出給ふを、御休所の女ばうしゆ、中将のおもと、御ともに参る。[10]しをん色のうすもの、もを引ゆひたるこしつき、たをやかになまめきたるを、源見かへり給て、すみのまのかうらんに、しばしひきすへ給へり。源、

　　[11]さく花にうつるてふ名はつゝめどもおらですぎうきけさのあさがほ

手をとらへ給へば、いとなれて、中将、

　　[12]朝ぎりのはれまもまたぬけしきにて花にこゝろをとめぬとぞ見る

とおほやけ事にいひなす也。

惟光詞「彼はじとみのあたり、車のをとすれば、わかきものどものぞくに、主人とおぼしきもはひわたる。わらはべのいそぎて、右近の君、まづ物見給へ。頭中将殿こそ、これよりわたり給ぬれといへば、いそぎくるものはきぬのすそを物に引かけて、よろぼひたうれたり。中将殿の随身は、[13]なにがし、くれがしといふなり」といふにぞ。源心「さては雨夜の物語に、あはれにわすれざりし人にや」とおぼしよる。惟光にたばからせて、たれともしれず、彼ずいじん一人、わら

は一人ばかり御供にて、惟光が馬を奉りておはしたり。夕がほの上、あやしう心えぬ心ちのみして、御つかひに人をそへ、「御ありか見せん」と尋れど、そこはかとなくまどはせり。むかしありけん[14]へんげめきて、うたて思ひなげかるれど、源の御けはひは手さぐりにもしるきわざなれば、「たればかりにかあらん」とやうたがひたる。物思ひをなんしける。

源も忍びがたく、くるしきまでおぼえ給へば、「猶たれとなくて二条院にむかへてん」とおぼして、「いざ、心やすき所にてのどかに聞えん」とかたらひ給へば、「猶あやしくをそろしくこそ」とわかびていへば、「げに」とほゝゑまれ、「いづれか狐ならん」となつかしげにの給へば、女もいみじうなびきて、さもありぬべう思ひたり。彼頭中将のとこなつうたがはしけれど、あながちにもとひ給はず。

八月十五夜、くまなき月影、いたやのひまもりくるも見ならひ給はぬさまなるに、暁ちかく成て、[15]となりの家々、あやしきしづのおの、めさまし、「哀、いとさむしや。ことしこそなりはひもたのむ所すくなく、ゐなかのかよひも思ひかけねば、いと心ぼそけれ。北殿、聞給ふや」などいひかはすも聞ゆ。ごほ

14 三輪の神の小蛇と成給へる事也。日本紀の心は、おほものぬしの神の妻也。その神、ひるは見えずして、夜来る。やまとゝ姫のみこと、夫に語ていはく、「君つねにひるは見えず。あきらかにかほを見る事なし。ねがはくは、暫とゞまれ。いましがかたちをみん」と。答ていはく、「君がくしげのなかにおらん。おどろく事なかれ」。やまとゝひの命、心の中にあやしむ。夜明て、くしげをひらきて見るに、うるはしき小蛇あり。おほんしたひもの如シ。驚てさけぶ時、大神はぢて、たちまちに人のかたちに成て、其妻に語ていはく、「汝、われにはぢ見す。いましにはぢ見せん」といひて、大空をふみて、みもろ山にのぼりぬ。

15 稔。同農。同農業。田作る事也。

16 枕上。
17 砧。
18 和。やはらか也。
19 藹。良《同》。労《同》。
20 真実也。誠也。
21 御嵩。金峰山也。吉野蔵王権現ハ弥勒出世ノ時、地ニ敷べき金ヲ守給ふト也。過去、尺迦。現在、観音。当来、弥勒。三会ノ導師也。
22 額拝。礼拝也。
23 四部ノ御弟子。比丘、比丘尼、優婆塞、(優婆)——夷。
24 現在のうきにて、三世を知たると也。
25 月出さまにやすらふ心也。
26 河原院歟。六条坊門万里小路。

〳〵となるかみよりもおどろ〳〵しうふみならすからうすのをとも枕[16]がみにおぼゆ。きぬた[17]の音もかすかに、こなたかなた空とぶ雁の声とりあつめて忍びがたき事おほかり。虫のこゑみだりがはしく、かべの中のきり〴〵すも、さまかへておぼさる。

白きあはせうす色のなよらか[18]なるをかさねて、花やかならぬすがた、いとら[19]うたげ也。[源言]「いざ、たゞ此わたり近き所に、心やすくてあかさん」との給へば、[夕言]「いかでか俄ならん」とおいらか[20]にいひゐたり。右近をめして随身をめさせ、御車引入させ、明がたちかう成にけり。鳥のこゑ聞えて、みたけ[21]さうじ《精進》にやあらん、おきなびたる声にてぬかづく[22]ぞきこゆる。「なむたうらいだうし」とぞおがむなる。[源ノ詞]「かれきゝ給へ。此世とのみは思はざりけり」とあはれがり給て、

うばそく[23]がおこなふみちをしるべにてこん世もふかきちぎりたがふな

夕がほの上　さき[24]の世のちぎりしらるゝ身のうさにゆくすゑかねてたのみがたさよ

十五日の月いさよふ[25]程にかろらかに打のせ給へば、右近ぞのりける。其わたりちかきなにがし[26]の院におはして、あづかりめし出るあれたる門の、しのぶ草霧もふかく露けきに、御袖もいたうぬれにけり。源、

27 いにしへも如此深切のおもひはと也。
28 山の端ハ、月をかくす所なるをしらでゆく月のと也。源ヲ山の端ニよそへて也。
29「里はあれて人はふりにし宿なれや庭もまがきも秋の野らなる」
30 扇の縁にて如此也ト。
31 たそかれ時にて、しか〳〵と見る事なかりしとおぼめきて答也。今はたぐひなしと也。
32 蠢。ムクメリ、ムク〳〵シ。

[27]いにしへもかくやは人のまどひけん我またしらぬしのゝめのみち

夕　[28]山のはのこゝろもしらでゆく月はうはのそらにて影やたえなん

いといたくあれて人めもなく、木だちうとましう、草木は見所なくみな秋の野[29]らにて、池もみくさにうづもれ、「けうとげに成にける所かな。さり共鬼なども我をば見ゆるしてん」とのたまふ。

[30]夕露にひもとく花は玉ぼこのたよりに見えしえにこそありけれ

「露のひかりやいかに」との給へば、しりめに見おこせて、

夕がほの上

[31]ひかりありと見し夕がほのうはつゆはたそかれ時のそらめなりけり

つきせずへだて給へるつらさに、「名のりし給へ。いと[32]むくつけし」との給へど、打とけぬさまにてくらし給ふ。惟光たづねて御くだ物など参らす。たとしへなくしづかなるゆふべの空をながめ給て、「おくのかたはくらく物むつかし」と女は思ひたれば、はしのすだれをあげてそひぶし給へり。かうしとくおろして、おほとなぶら参らせて、すこし打とけゆくけしき也。源は、「内《禁中也》にいかにもとめさせ給はん」とおぼし、「六条《御休所》わたりにもいかに思ひみだれ、うらみられん」と、いとをしきすぢはまづ思ひ聞え給ふ。

よひ過る程にすこしねいりたまへるに、御枕がみにおかしげなる女ゐて、「をのがいとめでたしと見奉るをば尋給はで、かくことなき人を時めかし給ふこそつらけれ」とて、此夕がほの上をかきおこさんとすと見給ふ。物にをそはるゝ心ちしておどろき給へば、火もきえにけり。[源]太刀を引ぬきて右近をおこし給ふに、これもをそろしと思ひたるさまにて参よれり。「とのゐ人おこして、じそくさして参れといへ」との給へど、右近、「いかでまからん。くらうて」といへば、[源]打わらひ給て、手をたゝき給へば、[33]山びこの声うとまし。此女君いみじくわなゝきまどひて、「いかさまにせん」と思へり。あせもしとゞに成て、我[34]かのけしき也。「こゝにちかく」とて右近を引よせ給て、[源]西のつま戸に出給へば、[35]わたどのゝ火も消にけり。此院のあづかりの子、うへわらは一人、随身ばかりぞ有ける。「じそくさして参れ。ずいじんもつるうちして、絶ずこはづくれ」との給ふ。[番衆言]「惟光は御むかへに参るべきよし申て、まかで侍ぬる」と聞ゆ。かう申ものは[36]たき口也ければ、ゆづる打ならして、「[37]火あやうし」といふ。

[源]かへり入てさぐり給へば、女君はさながらふして、右近はかたはらにうつぶし〱たり。「そよ、などかうは」とてかいさぐり給へば、いきもせずなよ〱

33 山彦。天彦。こだまの類也。
34 「夢だにも何とも見えずみゆれ共我かもまどふことのしげさに」
35 渡殿。廊下也。
36 地下ノ番衆《ヒヤヨウシ》。兵具ヲ帯ス。
37 誰何火行。

として我にもあらぬさま也。じそくめしよせて見給へば、枕がみに夢に見えつる女、おもかげ見えて、ふときえうせぬ。「やゝ」とおどろかし給へど、ひえ入て、いきはとく絶にけり。「[38]あが君、いき出給へ」との給へど、ひえ入にたれば、けはひうとく成ゆく。右近はむつかしとおもひける心ち皆さめて、なきまどふさまいといみじ。

此院もりの子をめして、「惟光にいそぎ参べきよしいへ」と仰らる。「兄のあざりもそこに物する程ならば、くべきよしいへ。尼君のきかんに、おどろ〱しくいふな」との給ふ。夜中も過にけんかし。風あらく、松のひゞきこぶかく、鳥の[39]からこゑになきたるも、「ふくろふはこれにや」とおぼゆ。右近は物もおぼえず、君にそひ奉て、「わなゝきしぬべし。又これもいかならん」と心空にてとらへ給ふ。[40]火はほのかにまたゝきて、物のあしをとひし〱とふみならし、うしろよりくる心ちす。

惟光をばこゝかしこたづねける程に、暁がたに参れり。「爰にあやしき事のある。かゝる[41]とみの事にはすぎやうなどをこそすなれ。願などもたてさせん。あざり物せよといひやりつる」との給ふ。「《惟詞》あざりはきのふ山にのぼりにけり。

38 我君。
39 からびたる声也。「梟鳴《キ》二松桂枝《ニ》一、狐蔵《ル》二蘭菊叢《ノニ》一」ニ似たり。
40 燈のひらめくは、人の目たゝきに似たり。
41 急也。俄也。

42 便なき也。
43 源ノ偽をの給ふ也。
44 咳病。

いづれもわかきどちにていはんかたなけれど、此院守などにきかせん事はびん[42]なかるべし。まづ此院を出おはしましね」といふ。「さて、これより人ずくなゝる所はいかでかあらん」との給ふに、[惟光言]「昔見給へし女の尼にて侍る東山のへんにうつし奉らん」と、明はなるゝ程のまぎれに御車よす。うはむしろにをしくゝみて、これみつのせ奉る。かみのこぼれ出たるも、めくれまどひてあさましうかなし。「源は御馬にて二条院におはしませ。人さはがしくならぬ程に」とて、右近をそへて車をば出しつ。源は物もおぼえ給はず、[源心中]「などてのりそひていかざりつらん。いきかへりたらん時、つらくや思はん」と心まどひのうちにもおぼす。日たかくなれどおきあがり給はず、内より御使あり、大殿の君達も参給へど、「頭中将ばかりこなたにいり給へ」と、みすの内ながらのたまふ。[43源詞]「めのと、五月の頃よりをもくわづらひしをとぶらひ侍しに、其家のしも人俄になく成にけるををぢはゞかりて、日暮てとり出侍るを聞つけ侍しかば、神事の頃とかしこまりてえ参らぬ也。此あかつきより、我もしは[44]ぶきやみにや、かしらいたくてくるし」との給ふ。中将、「さらば、さるよしをそうし侍らん。まことしからず」といひ給へるに、[源]むねつぶれ給へり。頭中将の弟蔵人の弁をして、まめやかに

45 喪家仏事ノ次第、葬送以前ニハ無言ノ念仏。
46 大徳。

そうせさせ給ひ、大殿へもかゝる事ありてえ参らぬよし聞え給ふ。

日暮て惟光参れり。「今はかぎりにこそものし給ふめれ」といふ。「右近は」ととひ給ふ。〔惟光右近が事ヲ〕「我もをくれじとまよひ侍しを、先しばし思ひしづめよと、こしらへをき侍つる」と聞ゆ。〔源言〕「今一たびなきがらをだにみん。馬にて物せん」との給ふ。「さらば、夜もふけぬさきにかへらせ給へ」とて、惟光と随身をぐして出給ふ。十七日の月さし出て、おはしつきぬ。法師ばら二、三人、[45]声たてぬ念仏ぞする。清水のかたはひかりおほくて、人のけはひしげし。此あまの子[46]大とこ、声たうとく経よみたり。右近は屛風へだてゝふしぬ。女君のかたち、をそろしげもおぼえずらうたげに、いさゝかかはりたる所なし。手をとらへて、「我に今一たび声をだにきかせ給へ。いかなるむかしの契りにか」と、こゝろもおしまずなき給ふ。右近も、「同じ煙に」としたひしを、とかくすかして、「二条院へ」といさめ給ふ。明がたに、「はやかへらせ給へ」と聞ゆ。〔源〕むねつとふたがりて、御馬にもはか〴〵しく乗給ふべき御さまならねば又これみつそひたすけて、おはしまさする堤の程にて馬よりすべりおりて、御心ちまどひければ、惟光川の水にて手をあらひ、清水のくはんをんをねんじ奉る。君も御心をおこして仏をね

47 雨夜の物語ニありし也。
48 人ノ果ハ煙。煙ハ雲ト成也。

んじ、二条院へ帰り給ふ。

彼右近はつぼねなどちかく給て、二条院にさぶらはせ、「い《源詞》かなる人ぞ。七日〳〵の仏かゝせても、たがためとか思はん」とのたまへど、「み《右近心》づから忍び過し給し事を、なき跡にさがなくやは」とて、「父《詞》は三位中将となん聞えしが、はやううせ給ひにき。頭中将まだ少将にものし給し時見そめ給て、三とせばかりかよひ給ひしを、[47]こぞの秋、右大臣殿よりをそろしき事の聞えたりしに物をぢし給て、西の京に御めのとのすみける所にはひかくれ給へりしが、見ぐるしきにすみわびて、あやしき所《五条》にものし給しを見あらはされ奉る事」とかたるに、「さ《源》ればよ」とおぼして、いよ〳〵哀さまさりぬ。「おさなき人まどはしたりと、中将のうれへしはさる人にや」とゝひ給ふ。「し《右詞》か。おとゝしの春ものし給へりし。女にてらうたげになん」と聞ゆ。「其《源詞》子はいづくにぞ。我にえさせよ。あとはかなくいみじと思ふ人の、かたみに見ん」との給ふ。「西《右詞》の京にておひ出給はんは、はか〴〵しくあつかふ人なし」ときこゆ〔夕がほの上は十九才也〕。

源　[48]見し人のけぶりを雲とながむればゆふべのそらもむつましきかな

源わづらひ給ふをうつせみ聞て、「今はおぼしわするゝや」とこゝろみに、

[49]とはぬをもなどかとゝはでほどふるにいかばかりかはおもひみだるゝ

源もめづらしきにあはれわすられ給はず、

[50]うつせみの世はうき物としりにしを又ことのはにかゝるいのちよ

まゝむすめのかたへ、小君して、

ほのかにも軒端のおぎをむすばずは露のかごとをなにゝかけまし

返し

[51]ほのめかす風につけても下おぎのなかばゝ霜にむすぼゝれつゝ

夕がほの上の四十九日、ひえの法花堂にて忍てず経などせさせ給ふ。惟光が兄のあざりたうとき人にて、[52]になうしけり。ふせにつかはさるゝはかまをとりよせて、源、

なく〳〵もけふはわがゆふ下ひもをいづれの世にかとけて見るべき

彼夕顔の宿に残りたる人々、「いづかたに」と思ひまどへど、え尋ね聞えず。源ももらさじと忍給へば、右近もわか君《玉かづら》の事をもえきかず。

いよのすけ、神な月のついたち頃、ひたちへ下る。「女ばうもくだらんに」とて、くし、扇、[53]ぬさなど、彼こうちきもつかはさる。

[54]あふまでのかたみばかりと見し程にひたすら袖のくちにけるかな

---

49 はゞかりてえとひ奉らぬを、などかおどろかさせ給はぬと也。

50 又とはれて、其詞に命かけたると也。

51 ほのとはれて思ひ絶し心の、又むすぼゝるゝと也。

52 無二。

53 餞別。送物也。祓麻。羇中ニテハ、道祖神ニ手向るゆへに旅人ニ送る也。「此たびはぬさもとりあへず手向山紅葉の錦神のまに〳〵」

54「あふまでのかたみとてこそとゞめけれなみだにうかぶもくづなりけり」

うつせみ

[55]せみのはもたちかへてけるなつ衣かへすを見てもねはなかれけり

けふぞ冬たつ日もしるく、打しぐれ、空のけしきあはれ也。ながめくらし給て、

源、

[56]過にしもけふわかるゝも二みちにゆくかたしらぬ秋のくれかな

55 十月一日ニ更衣あり。一年ニ二度也。
56 過にしハ、夕がほ。わかるゝハ、空蟬。

若紫〔以歌名也〕

源十七才の春、わらはやみ[1]にわづらひ給て、北山におとなひ人のあるに、御供四、五人ばかりして、あかつきおはしたり。三月つごもりなれば、山の桜はまだ盛也。さるべき物《符也》つくりてすかせ[2]奉り、かぢなど参る程に、日たかくさしあがりぬ。

すこし立出見給へば、爰かしこ僧房ども、つゞらおり[3]のしもに、小柴うるは《麗》しう屋らう[4]をつゞけてあか奉り、花おりなどするは、なにがし僧都の二とせこもれる所といへり。こゝにおかしげなる女こども、わかき人、わらはべなん見ゆるといふ。日たくるまゝに、源はうしろ《シリヘノ》の山に出て、京のかたを見給ふに、「かすみたる四方のこずゑ、絵に似たる」などのたまへば、御供の人々、「いこくの海山のさま、ふじの山、なにがしのだけ」などかたり申す。「はりまのあかしのさきのかみ、しぼち[5]のむすめかしづく」など義清申出す。

夕暮のかすみたるに、惟光ばかり御供にて、彼小柴垣のもとに立出、のぞき給へば、西おもてに持仏すへておこなふあま君、四十あまりにて、たゞ人とみ

1 瘧《ヲコリ》。
2 のまする也。
3 盤折。九《同》折。清少納言枕草子「とをくて近き物、くらまのつゞらおり」
4 屋廊。
5 新発意ハ、初テ釈門ニ入人也。初発心ノ義也。

6 山吹。表朽葉、裏黄。
7 犬公。
8 なく体也。
9 ねびゆく　調行。
10 成長。をくらすハ、尼君のはやくきえん事也。姫君を思召す故也。
11 紫を残して何とてきえん、との給ふぞと也。

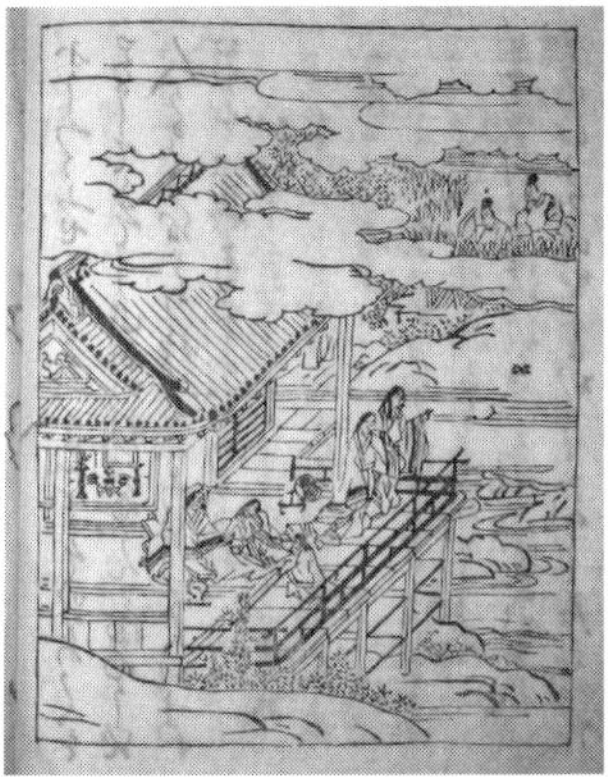

えず。きよげなるおとな二人、わらはべ出入あそぶ中に、十ばかりにやあらん、しろきゝぬ、山ぶき[6]ゝてはしりきたる女ご、あまたみえつる子どもににるべうもあらず、うつくしげ也。「すゞめの子を[7]いぬきがにがしつる、ふせごにこめつる物を」とて、[8]かほあかくすりなしてたてり。「此子の[9]ねびゆかんさま、ゆかしき人かな」とめをとめ給ふに、「藤つぼによく似たり」とおぼす。此姫君の事を、あま君、

[10]おひたらんありかもしらぬわか草ををくらす露ぞきえんそらなき

少納言のめのと、

[11]はつ草のおひゆくすゑもしらぬまにいかでか露のきえんとすらん

と聞ゆる程に、僧都きたりて、「源氏の中将、此上のひじりのかたにおはします」と尼君にいへり。

此僧都より源へ御弟子をつかはさる。源そうづへおはしまし、御物語聞え給ふ。木草も心ことに植なし、やり水にかゞり火、とうろなど参たり。ひるの面影心にかゝりて、[源詞]「尋まほしき夢を見給しかな」と聞え給へば、僧都打わらひて、「うちつけなる御夢語かな。故按察大納言、世になくなる。其北方は、なにが

しがいもうとにて、世をそむきしが、大納言のむすめ一人をもてあつかひしを、[12]兵部卿宮かたらひ給ひしが、なく成て物おもひにやまひづく」など申給ふ。（源心）「さては、姫君は兵部卿の御むすめなるべし」とおぼし、くはしくとひ聞給ふ。（詞）「まだにげなきほどなれど、おさなき御うしろみすべく聞え給てんや。思ふ心ありて」との給ふ。（僧都）「いとうれしかるべきおほせ事なり。うば君にかたらひ聞えさせん」といへり。

初夜過るほどに、源、あま君のもとにおはして、少納言のめのとにあひ給ひて、

はつ草のわか葉のうへを見つるより旅ねの袖も露ぞかはかぬ

いりてあま君にきこゆ。あま君、

[13]まくらゆふこよひばかりの露けさをみ山のこけにくらべざらなん

ゆくすゑの事まで契り給ふ。

暁がたに、せんぼうのころ、山下風につきて滝の音にひゞきあひたり。

（源）[14]吹まよふみやまおろしにゆめさめてなみだもよほすたきのをとかな

（僧都）[15]さしぐみに袖ぬらしける山水にすめるこゝろはさはぎやはする

あけゆくまゝに、山の鳥どもそこはかとなくさへづり、鹿のたゝずみありく

---

12 兵部卿宮―┬薄雲女院
　　　　　　└源氏宮

13 一夜の枕さへ露けきに、深山の苔の袖に思ひくらべ給へよ、と也。苔は尼君の袖也。若草は不似合事なれば、取あひ給はぬ也。

14 山寺の体也。

15 源はさしよりにさへぬらし給ふ歟、我は耳なれて心さはがぬと也。

16我はみ山桜ニ目もうつらぬ也。
17花ニ立休らひ給ふ事まことならば、とまり給はんを見んと也。
18催馬楽、葛城「かづらきの寺のまへなるや、とよらの寺のにしなるや」

もめづらしく見給ふ。
御むかへの人々まいりて、おこたり給へるよろこびきこえ、内よりも御使あり。源、

宮人にゆきてかたらん山ざくら風よりさきにきてもみるべく

僧都 [16]うどんげの花まちえたる心ちしてみやまざくらにめこそうつらね

聖 おく山の松のとぼそをまれにあけてまだ見ぬ花のかほをみるかな

御まもりに独鈷たてまつる。僧都のもとなる童して、あま君にせうそこあり。源、

夕まぐれほのかに花のいろを見てけさはかすみのたちぞわづらふ

尼君 [17]まことにや花のあたりはたちうきとかすむるそらのけしきをも見ん

御むかへの人々、君達もあまた参り給へり。岩がくれのこけのうへになみゐて、かはらけまいる。頭中将、笛をとり出てふきすましたり。弁の君、「[18]とよらの寺のにしなるや」とうたふ。僧都、きんをもて参りて、「これたゞ御てひとつあそばして、山の鳥もおどろかし給へ」と聞え給へば、源かきならして、みなたち給ひぬ。

まづ内へ参給て、日ごろの御物語、聖のたうとかりける事など聞え給ひ、左大臣殿とつれてまうで給ふ。

又の日、北山へ御文奉れ給へり。

おもかげは身をもはなれず山ざくらこゝろのかぎりとめてこしかど

尼君

[19]あらしふくおのへのさくらちらぬまをこゝろとめけるほどのはかなさ

二、三日ありて、惟光を奉れ給ふ。

あさか山あさくも人をおもはぬになど山の井の[20]かけはなるらん

[21]くみそめてくやしときゝし山の井のあさきながらやかげをみるべき

「あま君わづらひ給ふ事、よろしくは此頃過して、京の殿にわたり給てなん聞えさすべき」とあるを、心もとなうおぼす。

三、四月の頃より、藤壺なやみ給ふ事ありて、三条の宮にまかで給ふ〔懐妊也〕。

源の密通の中立は王命婦也。源、

[22]見ても又あふ夜まれなる夢のうちにやがてまぎるゝわが身ともがな

[23]よがたりに人やつたへんたぐひなくうき身をさめぬ夢になしても

源の御なをしなどぬぎをき給へるを、王命婦かきあつめてもてきたり。

藤つぼ、七月に内へ参給ふ。すこしふくらかに成給ておもやせ給へる。にる

---

19 桜の上ばかりをよめり。

20 かけはなる　影ニかりて也。

21「くやしくぞくみそめてけるあさければ袖のみぬるゝ山の井の水」

22 逢見ても無実也。夢中ニ消うせたきと也。

23 夢になして我身はなく成ても、名は残らんと也。

ものなくめでたし。

尼君の京のすみか尋て、時々御せうそこあり。いたうよはり給ふと聞給て、とぶらひおはします。紫の上も、「源氏の君こそおはしたなれ」とのたまふを、人々かたはらいたしと思ふまにて、

源　いはけなき[24]たづの一こゑきゝしよりあしまになづむ舟ぞえならぬ

又　[25]手につみていつしかもみんむらさきのねにかよひける野べのわか草

僧都の御もとへも久しくをとづれ給はねば、人をつかはさる。「九月廿日の程に、尼君むなしく成給ふ」と御返事に聞ゆ。

京の御すみかには、姫君と少納言こもりゐたるを、源とぶらひ給て、

[26]あしわかのうらにみるめはかたくともこはたちながらかへるなみかは

少納言　[27]よる波の心もしらでわかのうらに玉もなびかんほどぞうきたる

姫君は源の御ひざを枕にて、何心なくふし給へり。[28]四十九日過て、父宮姫君の御むかへに参らんと也。あさからぬ心ざしは、父宮よりも源はまさらん物をとて、かいなでつゝかへりみがちにて出給ぬ。

道のほどに、しのび〳〵かよひ給ふ所あれば、門たゝかせ給へど、聞付る人

24　たづハ、紫の上の事也。
25　いつか我ものにせんと也。藤つぼのゆかりの心也。「紫の一もとゆへにむさしのゝ草はみながらあはれとぞ見る」
26　紫をあしわかニよめり。定家卿、源氏一部の名所ニ入らるゝ也。新勅撰「あしわかのうらにきよするしら波のしらじな君を我おもふとは」
27　源ヲ波ニして、玉もは紫也。
28　うば君の七々日也。

なし。御供の人にうたはせ給ふ。
　朝ぼらけ霧たつそらのまよひにも[29]ゆきすぎがたきいもが門かな
内よりつかひを出して、誰ともなし、
　たちどまり霧のまがきの[30]すぎうくは草のとざしにさはりしもせじ
二条の殿へかへり給ぬ。姫君は父のもとにむかへ給はんと聞えければ、源、惟光を御供にて、夜ふかくわたり給ひ、みなねたりけるをおどろかし、姫君をもいだきおこして、「宮の御使に参りきつるぞ、いそぎいざ給へ」とて、御車にのせ給ふ。少納言も、「夢のこゝちして、いかに」とやすらひながら、よろしききぬきがへてのりぬ。二条院におはしつきても、さすがこゑたてゝも、えなき給はず。「少納言がもとにねん」との給ふ。
日たかうおき給へば、わらはべ四人めしにつかはして、姫君に参らせらる。
藤つぼのめいなれば、源、
　[31]ねはみねどあはれとぞ思ふむさし野の露わけわぶる草のゆかりを
姫君
　[32]かこつべきゆへをしらねばおぼつかないかなる草のゆかりなるらん

29 猿丸大夫集に、あひしれる女の家のまへをわたるとて、草をむすびて入たりける、「妹が門行過かねて草むすぶ風ふきとくなあはん日までに」
30 過うくハ、とひ給へと也。
31 ねハ、寝也。藤つぼのゆかりと思ふと也。
32 紫の上は、ゆかりとあるもかこたれんもしり給はぬ也。実方集に、「かこつべきゆへもなき身にむさしのゝわかむらさきを何にかくらん」

1 透垣。
2 やすらふ月也。
3 諸人、月をば見る物なれども、入在所は見ざる物と也。

末摘花

〔源十七才、二月より次の年の春までの事也。若紫よりさきの事也。
夕顔の巻の次と見るべし。以詞名也〕

夕がほの上の事、おぼしわすれず。たゆふの命婦といふは、色このめるわかうどにて、め《源》しつかひ給ふ。故常陸のみこの御むすめ、心ぼそくて残りゐ給へるを、物のついでに源にかたり聞えければ、あはれと聞給て、この命婦にあんないさせ、いさよひの月おかしき程におはしたり。命婦入て、「御ことのね、いかに」とて、めしよすれば、姫君かきならし給ふ。「お《源》なじくは、けぢかくてきかせよ」との給へど、「心《命詞》くるしげに物し給ふを、うしろめたきさまにや」と聞ゆ。源はすいがい[1]のかくれのかたにたちより給ふに、もとよりたてるおとこあり。「誰ならん」とおぼせば、頭中将、源の内より出て、大殿にも二条院にもおはせぬを、「いづちならん」と、跡につきておはしたり。源のぬきあしにあゆみのき給ふに、ふとよりて、頭中将、

　もろともに大内山はいでつれどいるかた見せぬ[2]いさよひの月

源
[3]里わかぬかげをばみれどゆく月のいるさの山をたれかたづぬる

ひとつ車にのりて、大殿にかへり給ふ。

八月廿日あまりの月のおかしきに、命婦にかたらひあはせておはす。姫君、命婦にすかされて、たいめんし給ふ。

源　いくそたび君が[4]じゝまにまけぬらんものないひそといはぬたのみに

姫君の御めのとご、侍従とて、はやりかなるわか人、さしよりて、

[5]かねつきてとぢめん事はさすがにてこたへまうきぞかつはあやなき

源　[6]いはぬをもいふにまさるとしりながらをしこめたるはくるしかりけり

姫君は、たゞ我にもあらず、はづかしげなれば、いまはかゝるぞ哀におぼしける。

夜ふかう二条院へ帰給ふ。頭中将きて、「こよなき御あさいかな」といへば、おきあがり給ふ。「朱雀院行幸、楽人、舞人さだめらるべきよし、つたへ申さんとて、まかで侍」とて、同じ車にて内に参給ふ。

夕つかた、ひたちのみこの姫君に御文つかはし給ふ。

夕霧のはるゝ[7]けしきもまだ見ぬに[8]いぶせさそふるよひの雨かな

御返し、えし給はねば、侍従ぞ、例のをしへ聞ゆる。

はれぬよの月まつほどをおもひやれおなじこゝろに[9]ながめせずとも

4 無言也。
5 童ノ無言を行せんと約束して、無言〳〵と云テ、何にてもかねをつくとて、打ならして後、物いはぬ事也。八講などの論義の時、鐘義者かねといへば、威儀師磬を打鳴ス。其後、論義ヲやむる也。物不云事也。
6「心には下ゆく水のわきかへりいはで思ふぞいふにまされる」
7 けしきハ、女君にたとへたる也。
8 いぶせさ　物がなしき也。又、をそろしき也。
9 なが雨をもたせり。

試楽のほど過てぞ、時々おはしける。打とけたるよゐの程、入給て、かうしのはざまより見給へば、ごだち[10]四、五人、物くふもあり。みな、さむげにふるきものきて、ふるふもあり。かたはらいたければ、立《源》のきて、たゞいまおはするやうにて、打たゝき入給ふ。

　雪かきたれふり、風あれて、火もきえにけり。からうじて火ともしつ。此姫君は、ゐだけのたかう、をぜながに、御はなはふげん[11]ぼさちののり物とおぼゆ。いろ、雪はづかしくしろうて、ひたいつきはれたるに、猶しもがちにて、はなのさき色づきたり。かみは、うちきのすそにたまりてひかれたる程、一尺ばかり、うつくしげにめでたし。ゆるし色[12]のうはじらみたる一かさね、くろきうちき[13]、うはぎにはふるき[14]のかはぎぬ[15]、いときよらにかうばしきをき給へり。いたうはぢらひて、口おほひし、打ゑみ給ふけしきは、はしたなうすゞろび[16]たり。「いかで打とけぬ御心ざまぞ」[17]とて、

　朝日さす軒のたるひはとけながらなどかつらゝのむすぼゝるらん

との給へど、たゞ「むゝ」と打わらひて、口をもげなるもいとおし。「かゝる人をわれならぬ人は見忍びてんや」と哀におぼさる。松の雪のみあたゝかげに

10 後達。女房也。
11 普賢菩薩乗二大白象一、鼻如二紅蓮華色一。
12 紅ノ浅きを云也。紅葉ハ深キヲ禁色ト名付、タヤスク着用セズ。
13 褂。キヌノ上ニ着也。
14 貂。テン。
15 裘。
16 おかしげ也。
17 とけたるやうにて、むすぼゝれたると也。

18 見る源もおきなニをとらず袖ヲぬらすと也。
19 「いつか我涙はつきんから衣君が心のつらきかぎりは」
20 「よそにのみ見てやはこひん紅の末つむ花の色にいでずは」
21 命婦は女君の方人ニ成てよめる也。
22 永。ヒタスラ。
23 心のへだてを重るうへに、猶かさねよといふ心歟。我もみん、人も見よとや。

降つめる、山里めきて、橘の木のうづもれたる、御随身してはらはせ給ふ。うらやみがほに、松の木のをのれとおきかへり、さとこぼるゝも、おかしとおぼして、出給ぬ。

御車出べき門はあけざりければ、かぎのあづかり尋出たれば、おきなのいみじきが、むすめにや、さむしと思へるけしきにて、あやしき物に火をほのかに入て袖ぐゝみにもたり。おきなが戸をえあけやらねば、よりてひきたすくる。源、

ふりにけるかしらの雪を[18]みる人もをとらずぬらすあさの袖かな

きぬ、あや、わたなど、おひ人共、彼おきなのためまで、おぼしやりて奉り給ふ。

年も暮ぬ。命婦参りて、姫君の御文たてまつる。

[19]からごろも君が心のつらければたもとはかくぞそぼちつゝのみ

「あさましのくちつきや」とおぼして、此文のはしにて、ならひに、源、

[20]なつかしきいろともなしになにゝこのすゑつむ花を袖にふれけん

命婦 [21]くれなゐのひとはなごろも[22]うすくともひたすらくたすなをしたてずは

又の日、源より、

[23]あはぬ夜をへだつる中のころもでにかさねていとゞ見もしみよとや

七日の節会はてゝ、末つむへおはしたり。れいのさまより、けはひよづき給へり。

むらさきの上のかたへおはして、ひいなあそび、ゑなどかきて、いろどり、かみのながき女をかきて、はなにべにをつけて見給ふ。姫君もわらひ給へり。

くれなゐの花[24]ぞあやなくうとまるゝ梅のたちえはなつかしけれど

24 鼻を思ひ出て也。

紅葉賀[1]〔源十七才、十八才〕[2]

朱雀院[3]の行幸は神無月十日あまり、試楽をせさせ給ふ。源氏の君と頭中将、「青海波」[4]まひ給ふに、人みな涙おとしけり。みかど、藤つぼに、「けふの青海波のおもしろきを、いかゞ見給ひつや」と聞え給ふ。次の日、源より藤つぼへ、

物[5]おもふにたちまふべくもあらぬ身の袖うちふりしこゝろしりきや

藤壺 から人の袖ふる事はとをけれどたち《(たちゐ)》につけてあはれとは見き

行幸には、春宮、みこたち、世にのこる人なし。がくの舟、こま、もろこしとかざり、紅葉の陰に、四十人のかいしろ[6]物の音吹たてたり。「青海波」のかゝやき出たるに、かざしのもみぢいたうちりて、菊をおりて、さしかへ給ふ。承香殿の御はらの四のみこ、まだわらはにて、「秋風楽」まひ給ふ。其夜、源氏、正三位し給ふ。頭中将、正下《四位》のかゝゐし給へり。

藤つぼは懐妊ゆへ、参らせ給はず。源は、藤つぼのすみ給ふ三条の宮へおはしたるに、むらさきの上の父兵部卿宮も参り給ひて、御物がたりなど聞え給ふ。源をむこになどはおぼしよらで、「いとめでたき御さまかな」と見たてまつり

1 賀ノ始ハ、淳和天皇天長二年十一月、奉レ賀《シ》二太上天皇五八ノ御齡《ヲ》一。此賀、誰ノ為トモ見エズ。四十賀トハ見エタリ。今十年ノ齡ヲ奉レ祝心也。山海珍味ヲ以テ、酒宴音楽終日ト云々。興福寺ナドニテ御祈モアリ。五十賀ハ、五十寺、五十ノ具、何ニテモ用意ス。

2 紅葉賀トつゞきたる詞はなし。

3 院ノ御賀也。朱雀院ハ、三条朱雀ニアリ。朱雀、冷泉、いづれもおりゐのみかどのおはします院也。

4 青海波ハ、唐の楽也。清和ノ御時より始ル楽也。

5 けふの楽はたゞ御前に見せ奉らせ給ふべき為ト有しかば、なき手をつくしゝ心ざしをば、しらせおはしましつらんと云心也。

6 垣代。地下堂上相交。

7 清涼殿の東の庭ニ、四位、五位ニ至る迄、袖ヲ連テ舞踏スル也。
8 子ゆへ、又へだてある中と也。
9 藤壺は御子ヲ見ても歎給へり。源は見ぬとなげき給ふと也。
10 畢也。

給ふ。年あけて、源は、「朝拝[7]に参り給ふ」とて、紫のうへをさしのぞき、源詞「けふよりは、おとなしくなり給へり」とて打ゑみ給ふ。ひいなをしすへて三尺のみづし、又ちいさき屋どもあつめて、あそび給へり。

内より大殿へ参給へば、葵の上れいのよそ〳〵しき御けしき也。「ことしよりすこしよづきて見え給はゞ、うれしからん」とおぼす。藤壺は正月もたちて、二月十日あまりに、おとこみこうみ給ふ〔冷泉院、是也〕。みかどは、此若宮をゆかしくおぼしたり。あさましきまで源によくに給へば、「人の思ひとがめん」と、むつかしげなるもことはり也。源もいまだ見給はで、命婦に、

[8]いかさまにむかしむすべるちぎりにてこの世にかゝる中のへだてぞ

命婦 [9]見てもおもふ見ぬはたいかになげくらんこやよの人のまどふてふやみ

此若宮のうつくしかりけるを、源見給て、せんざいのとこなつさき出たるをおりて、命婦のかたへ、

よそへつゝみるに心はなぐさまで露けさまさるなでしこのはな

藤つぼにこれを見せ奉りければ、

袖ぬるゝ露のゆかりとおもふにもなをうとまれぬ[10]やまとなでしこ

11 央。サダ、半也。
12 「我門の一村薄刈かはん君が手なれの駒もこぬかな」
13 「篠わけば荒こそまさめ草がれの駒なづくめる森の下かも」
14 あまたの人のなづくる内侍なれば、人やとがめんと也。
15 上の句、卑下ノ心也。
16 転。ウタテ、ウタヽ。
17 源一人の恨ニテハあらじ也。

むらさきの上を源のかしづき給ふを、「大とのには、誰をかさのみもてかしづき給ふらん」と、あやしくおぼさる。内にもきこしめして、葵の上をいとおしとおぼしけり。源内侍のすけとて、年五十七、八なるが、いみじうあだめいたるありなど、「さしもさだ[11]過る迄みだるらん」と《源》おぼして、たはぶれ事いひて、心見給ふに、うへの御けづりぐしにさぶらひはてゝ、このましげに見ゆるを、さすがに過しがたくて、ものすそをひきおどろかし給へば、扇をかざして見かへりたり。わがもたまへるあふぎにさしかへて見給へば、歌あり。

君[12]しこばたなれのこまにかりかはんさかりすぎたるしたばなりとも

源 さ[13]ゝわ[14]けば人やとがめんいつとなくこまなづくめるもりのこがくれ

うへは、みさうじよりのぞかせ給て、わらはせ給ふ。頭中将、此事を聞て、我も此すけのこのみ、心を見まほしうおぼしたり。うんめいでんのわたりを、源たゝずみありき給へば、内侍、びはを引ゐたり。「あづまや」をうたひてより給へれば、内侍、

た[15]ちぬるゝ人しもあらじあづまやにう[16]たてもかゝるあまぞゝきかな

源、[17]「我ひとりしも、きゝをふまじ」とて、

18 まやハ、本ノ屋ヲ云也。あまりハ、庇也。
19 しづか也。
20 誰ともしられじとかまへたるを、うすき心とよみ給へり。
21 両人帰給ひしと也。
22 頭をうらみん事なし。まへ〳〵頭ヲよせたる故と也。
23 内侍ト頭ト中絶ばかこたれんと、帯を返し給ふ也。
24 はなだハ、空色也。中絶たる心也。

人づまはあなわづらはしあづまやの[18]まやのあまりもなれしとぞおもふ

頭中将、見あらはさんとて、「すこしまどろむにや」とみゆるに、[19]やをら入くるに、源は、此人ともしり給はず、屏風のうしろにかくれ給ぬ。頭中将、屏風をこほ〳〵とたゝみよせて、おどろ〳〵しくさはがし。太刀をひきぬけば、内侍、「あが君、〳〵」と手をするに、うちわらひぬ。源、「いで、此なをしきん」との給へば、つととらへて、ゆるし聞えず。「さらば、もろ共に」とて、頭のおびをときて、ぬがせ給へり。頭中将、

つゝむめる名やもりいでんひきかはしかくほころぶる中のころもに

源
[20]かくれなき物としる〳〵なつごろもきたるをうすき心とぞ見る

内侍あさましくて、おちとまれる御さしぬき、帯など、つとめて奉れり。

[21]うらみてもいふかひぞなきたちかさねひきてかへりしなみのなごりに

源
[22]あらだちし波にこゝろはさはがねどよせけんいそをいかゞうらみぬ

此御なをしの袖を、頭中将より奉らるれば、源、

[23]中たえばかごとやをふとあやうさに[24]はなだのおびはとりてだにみず

頭中将
君にかくひきとられぬる帯なればかくてたえぬる中とかこたん

源は宰相に成給ふ。「藤つぼの若宮を春宮に」とおぼせど、御うしろみおはせねば、弘徽殿の女御を引こして、藤壺を中宮にたて給ふ。入内也。源も御供にて、御こしの内おもひやられて、

つきもせぬ心のやみにくるゝかな雲井に人をみるにつけても

1 紫震（宸）殿也。
2 探韻《サグルイン》。
3「数ならぬ心を花にをき初て風吹ごとに物思ひつく」源の姿すぐれたるにより、藤壺の心にかゝれり。大かたのニはあらぬと也。
4 昇殿。参上《同》。
5「照もせずくもりもはてぬ春の夜のおぼろ月夜にしく物ぞなき」
6 かすむ月はゆくゑしりがたし。まだ入ざるに、月の名残、入やうニ思ひなさるゝと也。

花宴〔源十九才〕

きさらぎ廿日あまり、[1]南殿の桜のえんせさせ給ふ。中宮《藤壺》、春宮《一宮》、弘徽殿の女御、参り給ふ。みこ達、かんだちめ、[2]たんゐん給りて、文つくり給ふ。宰相君《源》、頭中将も、句をつくり給へり。やう〳〵入日になるほど、「春鶯囀」まふに、源の紅葉の賀のおりおぼし出て、春宮かざし給はせて、せちにせめ給ふ。頭中将も、「柳花苑」まひ給ふ。源に、中宮御めとまりて、

おほかたに花のすがたを見ましかば[3]露もこゝろのをかれましやは

上達部、后、春宮、かへらせ給ひ、月いとあかうさし出たるに、源ゑひ心ちに、藤つぼのわたりしのびうかゞひ、こうきでんのほそどのに立より給へば、三の口あきたり。女御はうへの御つぼねに[4]まうのぼり給て、人ずくな也。人はみなねたるに、いとわかうおかしげなる声の、なべての人とは聞えぬが、「[5]おぼろ月夜ににる物ぞなき」とずんじて、こなたざまにくる。ふと袖をとらへ、「何かうとましき」とて、

[6]ふかき夜のあはれをしるもいる月のおぼろけならぬちぎりとぞおもふ

7草の原までも尋給ふべき事なるを、名のらずは、尋給ふまじきかと也。

8此人、こき殿がたと覚えたり。源と右大臣、中よからぬ間、尋んまニさはがしからんと陳じ給へり。

9御酒かならず又ある也。

10檜扇ノ両方ノ端三枚づヽヲ、桜のうすやうにてつヽみ、色々の糸にてとづる也。末ニあふひを結びたる也。

11「有明の月のゆくゑをながめてぞ野寺の鐘はきくべかりける」慈円此心にてよめり。

12大かたならぬと、少しをごりたる歌と也。但二木斗トあるゆへ歟。


いだきおろして、戸はをしたてつ。「名のりし給へ。いかで、かうてやみなん」とのたまへば、女、

[7]うき身世にやがてきえなばたづねても草のはらをばとはじとやおもふ

源 [8]いづれぞと露のやどりをわかんまにこざゝがはらに風もこそふけ

人々おきさはげば、わりなくて、あふぎばかりを、しるしにとりかへて出給ぬ。その日は後宴《ゴエン》[9]の事ありて、まぎれくらし給つ。彼しるしの扇は、[10]桜の三重がさねにて、こきかたにかすめる月をかきて、水にうつしたる也。

[11]世にしらぬ心ちこそすれあり明の月のゆくゑをそらにまがへて

やよひの廿日、藤花のえんに、桜二木、をくれたる。いとおもしろきに、源氏の君おはせねば、大殿《左大臣》、

[12]我やどの花しなべてのいろならばなにかはさらに君をまたまし

いたう暮る程に、またれてぞわたり給ける。夜すこしふけゆくに、源はゑひなやめるさまにもてなし、まぎれたち給ぬ。しんでんに、弘徽殿の女一、女三おはします。戸口によりゐ、時々うちなげくかたによりかゝりて、几帳ごしにおぼろの手をとらへて、

13 ほのみしハ、ほそどのゝ事也。
14 まどふかなとある二、あたりてなるべし。心いらばまどはじとにや。廿日過なれば、弓張なるべし。面白キ歌と也。

源　あづさゆみいるさの山にまどふかなほのみし月のかげや見ゆると 13

返し　心いるかたならませばゆみはりの月なきそらにまよはましやは 14

葵〔源廿一、廿二才〕

桐壺のみかどの御世、朱雀院[1]にかはり、春宮《冷》の御うしろみは源に聞えつけ給ふ。六条の御休所は源のうと〳〵しくし給へば、姫君、斎宮にゐ給ふにことづけて、「伊勢へくだりやしなまし」とかねてよりおぼしけり。

御禊[2]の日、上達部、数さだまりて、かたちあるかぎり、したがさね、うへのはかま、馬、くらまでみなとゝのへたり。源大将も供奉[3]也。一条のおほぢより、所々の御さじき、心々にしつくし、いみじき物見也。

大とのゝ君《葵の上》は、なやましけれど、「あやしき山がつ、遠き国よりめこを引ぐしまうでくなるを」とて、にはかに見給ふ。

日たけ出給へば、ひまもなう車たちわたりたるを、さしのけさする中に、あじろ《網代》の、ふるくよしばめる車ふたつあり。「これは、さやうにさしのけなどすべきにはあらず」と口こはく手ふれさせず、「是は斎宮の御母みやす所の、しのびて出給へる也」といふ。あふひの上の人々、「さないはせそ」とて、御車どもたてつゞけつれば、人だまひ[4]のおくにをしやられて物も見えず。しぢ[5]な

1 朱雀院即位。

2 桃園式部卿宮ノ姫君おりゐ給て後の事也。桐壺ノ女三ノ宮、賀茂へ入せ給ふ時の御はらへ也。斎院御禊之事、先卜定ありて、東河ニテミソギ有て、すぐニ初テ斎院ニ入給ふ也。其年の四月ニ、御社へ参給はんとて、祭の前ニ吉日ヲえらびて御禊アリ。紫野の野宮ニ入給ふ。是ヲ二度ノはらへト云。卜定は、うらなふ事也。伊勢の斎宮ノ野宮は、差峨ノありす川ニあり。大内ノ左衛門のつかさニ入給ふべきを、諸司ニ入ト云也。諸司ニ入給はん時も、東河ニテ御禊アリ。又野宮ノ時もあれば、二度ノ御はらへと云也。

3 十二人。勅使也。

4 人給車。別ニ用意して、誰ニ成とも下されんための車也。

5 榻。シヂ。シヤウ木ノやうニして、上下ノ安からんため也。

どもみなをしおられて、人わろう、「何にきつらん」と、くやしくかへらんとし給へど、とをりいでんひまもなし。をしけたれたるありさま、こよなうおぼさる。

[6]かげをのみ見たらし川のつれなきに身のうきほどぞいとゞしらるゝ

まつりの日は、大との《葵の上》には物見給はず。大将の君は、彼御車の所あらそひ、いとおしうおぼす。

源は二条院におはして、むらさきの上の御ぐし、つねよりもきよらにみゆるをかきなで、「けふはよき日ならんかし」とて[7]御ぐしそぎ給ふ。源、

はかりなきちいろのそこの[8]みるぶさのおひゆくすゑはわれのみぞ見ん

紫上 [9]ちいろともいかでかしらんさだめなくみちひるしほののどけからぬに

源は、むらさきの上ひとつ車にてまつり見給ふ。上達部の車どもおほき中に、女車より扇をさし出てまねく。引よせさせ給て、「いかなるすきものならん」とおぼさるれば、源内侍、

[10]はかなしや人のかざせるあふひゆへ神のゆるしのけふをまちける

源 [11]かざしけるこゝろぞあだにおもほゆる[12]やそうぢ人になべてあふひを

6 源ヲ見給へども、源はさなき事をよめり。
7 びんそぎと云也。
8 うつほ十一ニ云、「かみのうつくしき事みるを付たるやう也」。海松は不変なる物なれば、祝シテ用也。
9 源ノ心不定トよめり。漸おとなびたる心也。
10 人々は、あふとなれば、けふを待けるは、はかなしと也。
11 後撰第四、賀茂祭日物見侍ける女の車に云入て侍ける「行かへる八十氏人の玉かづらかけてぞ頼むあふひてふ名を」返し「ゆふだすきかけてもいふなあだ人のあふひてふ名は御祓にぞせし」
12 八十氏人トは、天下ノかざしと成と也。

13 あふひは人だのめなる草の名と也。
14 生霊。
15 過。ヨグル。
16 源氏物語第一秀歌也。早苗とる時、おりたつ物也。
17 贈答第一と也。
18 吉備公誦文「玉はみつぬしはたれともしらねどもむすびぞとむるしたがへのつま」
19 芥子ノ香ハ、邪気祈禱の時、護摩にたく事有。
20 沐。ユスル。

又内侍　[13]くやしくもかざしけるかな名のみして人のためなる草葉ばかりを

葵の上は、めづらしき事《懐妊也》さへそひて、御なやみなれば、源、心くるしうおぼして、二条院にて御ずほうおこなはせ給ふ。物のけ、いきず玉[14]などいふものおほく、さま〴〵の名のりする中に、人にもさらにうつらず、つとそひたるさまにて、かた時はなるゝおりもなきものひとつあり。

御休所へ源より御文あり。「日ごろあふひの御なやみすこしおこたるさまなりつる心ちの、俄にくるしげに侍を、えひきよがで[15]な」とあり。

御休所　[16]袖ぬるゝこひぢ《泥ノ心也》とかつはしりながらおりたつたごのみづからぞうき

源　[17]あさみにや人はおりたつわがかたは身もそぼつまでふかき恋ぢを

物のけおこたらず、かぢの僧、声しづめて法花経よむ。

霊歌　なげきわび空にみだるゝわが玉を[18]むすびとゞめよしたがひのつま

すこし御こゑしづまり給へれば、大宮御ゆもてよせ給へるに、かきおこされて、生れ給ぬ〔是、夕霧也〕。山の座主、なにくれの僧ども、したりがほにあせをしのごひ、まかでぬ。御休所、霊と成給へば、御ぞなどもけしの香[19]にしみかへり、御ゆする[20]参り、きかへなどし給へど、おなじやうなれば、我身ながら

21 動。ユスル。
22 誘。イテ。
23 菊ヲ聞ニよせたり。
24 心をくらんとは、御休所ノ物のけニ成しをほのめかし給ふ也。
25 人の果は煙トなり、煙は空ト雲、又雨となる也。
26 雨と成たるは八月、やがて時雨といとゞ成たると也。

うとましうおぼす。
秋のつかさめしあるべきとて、大いどの、君達参り給て、殿の内人ずくなゝるに、葵の上、俄に、むねせきあげて、内に御せうそこ聞え給ふ程もなくたえ入給ぬ。ゆすり[21]みちて、いみじき御心まどひ也。二、三日見奉り給へど、かはり給ふ事どもあれば、鳥辺野にゐて[22]奉る。

源 のぼりぬる煙はそれとわかねどもなべて雲井のあはれなるかな

にばめる御ぞ奉るも、夢のこゝちして、源、

かぎりあればうす墨衣あさけれどなみだぞ袖をふちとなしける

菊のけしきばめる枝に文つけて、をきていにけり。見給へば、みやす所の御手也。

人の世をあはれときく[23]も露けきにをくるゝ袖をおもひこそやれ

源 とまる身もきえしもおなじ露の世に心[24]をくらんほどぞはかなき

御法事など過ぬれど、四十九日までは猶こもりおはす。頭中将、

[25]雨となりしぐるゝ空のうき雲をいづれのかたとわきてながめん

源 [26]見し人の雨と成にし雲井さへいとゞしぐれにかきくらす頃

夕霧 わか君の御めのと宰相の君して、大宮へ源より、

草がれのまがきに残るなでしこをわかれし秋のかたみとぞ見る

大宮 いまも見てなか〳〵袖をくたすかな[27]かきはあれにしやまとなでしこ

源よりあさがほの斎院の御かたへ、

[28]わきて此くれこそ袖は露けゝれものおもふ秋はあまたへぬれど

秋霧にたちをくれぬと[29]きゝしよりしぐるゝそらもいかゞとぞおもふ

[30]正日過て、源、「二条院にとまり給ふべし」とて人々まち聞ゆ。[31]「古き枕、ふるきふすま、誰と共にか」と、

[32]なき玉ぞいとゞかなしきねしとこのあぐかれがたきこゝろならひに

又 君なくてちりつもりぬるとこなつの露うちはらひいく夜ねぬらん

藤壺 中宮の御かたに参給て、思ひつきせぬ事共を、命婦の君して聞え給ふ。二条院にわたり給へば、紫上 姫君、いとうつくしく引つくろひておはす。ひさしかりつる程に、おとなび、はぢらひ給へる御さま也。

我御かたにわたり給て、中将の君、御あしなどまいりて、おほとののごもりぬ。つれ〴〵なるまゝに、紫の住給ふ西のたいにて、碁うち、[33]へんつぎなどしつゝ

---

27 かきほあれにしハ、葵の上の事也。

28 あさがほのつれなふある程にと成べし。

29 畢也。

30 四十九日。

31 「鴛鴦ノ瓦冷シテ霜ノ花重ク、翡翠ノ衾寒シテ誰ト与レ共ニカ」

32 我心から葵の魂を推量して也。

33 文字のへんをかくして、何の字といひあつる也。

日をくらし給ふ。おとこ君はとくおき給て、女君さらにおき給はぬあしたあり。人々、「御心ち、れいならずおぼさるゝにや」となげくに、引むすびたる文、御枕もとに、

[34]あやなくもへだてけるかな夜をかさねさすがになれしよるのころもを

其よさり、[35]ゐのこもちゐまいらせたり。君、南の方に出給て、惟光をめして、「此もちゐ、かう数々に所せきさまにはあらで、あすの暮にまいらせよ」との給ふ。《惟光詞》[36]「ねのこは、いくつかつかうまつらすべう侍らん」と申せば、《源》「みつがひとつにてもあらんかし」とのたまふ。

少納言がむすめの弁をよびて参らす。少納言は、「かうしもやは」とこそおもひつれ、あはれにかたじけなく、先打なかれぬ。「御父式部卿の宮にしらせてん」とおぼして、御もぎの事、おぼしまうくる。

[37]年かへりて、ついたちの日は、院、内、春宮に参給ひ、それより大殿へまかで給へり。おとゞ、あたらしき年ともおぼさず、源は若君《夕霧也》[38]のおよすけて、わらひおはするも哀におぼす。

あまたとしけふあらためしいろごろもきて[39]はなみだぞふるこゝちする

34 あぢきなくといふ心也。
35 十月亥日作餅食之。大豆、小豆、大角豆、胡麻、栗、柿、糖、七種粉也。
36 三日ノ夜ノ餅ハ白一色也。
37 源廿二才。
38 及助。
39 下ノ句、哀なる歌と也。

大宮

あたらしき年ともいはずふるものはふりぬる人のなみだなりけり

【第三冊】

榊 〔源廿二才九月より廿四才の夏まで〕

斎宮の御くだりちかづくまゝに、御休所物心ぼそく、おやそひてくだり給ふ。「れいもなけれど、憂世を行はなれなん」とおぼすに、大将《源》の君、「さすがに今は」とかけはなれ給はんも口おしうて、御せうそこたび〳〵かよふ。

野の宮には、九《ナガ》月七日ばかり、人しれずまち聞え給ふ。秋の花みなおとろへ、あさぢがはらもかれ〳〵なる。虫のねに松風すごく、物のねどもたえ〳〵聞ゆ。御供十よ人、いたう忍びておはしたり。物はかなげなる小柴垣、いた屋ども、あたり〳〵かりそめ也。[1]くろ木の鳥ゐ[2]かう〴〵しく、神づかさどもこゝかしこにうちしはぶけり。[3]火たき屋かすかにひかりて、人げすくなし。さか木をいさゝかおりて、「かはらぬ色を」とあれば、

御休所　[4]神がきはしるしの杉もなきものをいかにまがへておれるさかきぞ

源　[5]をとめ子があたりとおもへばさかき葉の[6]香をなつかしみとめてこそおれ

おもほし残す事なき御なからひに聞えかはし給ふ。

源　[7]あかつきのわかれはいつも露けきをこは世にしらぬ秋のそらかな

御休所　[8]大かたの秋のわかれもかなしきになくねなそへそ野べのまつむし

斎宮はわかき御心に、みやす所の御くだり不定なるに、源より御はなむけあれば、「御出立さだまり、うれし」とおぼす。源、

[9]やしまもるくに津み神も心あらばあかぬわかれの中をことはれ

---

1 皮ノ付たる木也。
2 神々しく也。
3 火焼屋。火爐御供所也。
4 「我庵は三輪の山もと恋しくはとぶらひきませ杉たてる門」
5 未通女子。少女。乙通女。神事ニしたがふ童女也。
6 「榊葉の香をかうばしみとめくれば八十氏人もまどゐせにけり」
7 「暁のなからましかば白露のおきてかなしき別れせましや」
8 「大底四時心物苦《テナリ》、就《レ》中腸断《ハ》是秋《ノ》天」
9 地祇ヲ国ツカミト云也。天照太神ニ斎宮ヲヨソヘテ、御息所ト源トノ中ヲことはれと也。

斎宮の御をば、女別当してかゝせ給へり。

　国津神そらにことはる中ならばなをざりごと[10]をまづやたゞさん

御息所、十六才にて故宮に参り、廿にてをくれ、三十[11]にてけふ又九重を見給ふ〔御いとま申に参り給ふ時の事也〕。

　そのかみ[12]をけふはかけじとしのぶれどこゝろのうちにものぞかなしき

斎宮は十四にぞ成給ける。いとうつくしければ、みかど御心うごきて、わかれ[13]の御ぐし奉り給ふ。

源　ふりすてゝけふはゆくともすゞか川やそせのなみに袖はぬれじや

御休　すゞか[14]川八十瀬の波にぬれ〳〵ずいせまでたれかおもひおこせん

源　ゆくかたをながめもやらんこの秋はあふさか山を霧なへだてそ

院《桐》は、かみな月に成ては、いとをもくなやみ給ふ。みかど《朱》きよらにねびまさらせ給ふを、「うれし」と御覧ず。大后《弘キ殿》も参り給はんとするを、中宮《藤つぼ》のそひおはすれば、御心をかれてやすらふ程に、院[15]かくれさせ給ふ。

其頃、二条右大臣殿は太政大臣にて、その御まゝに成なん世を、「いかならん」と上達部、殿上人、みな思ひなげく。藤壺の兄兵部卿の宮、院へ参り給て、

10 なをざりごとの源ノ心ヲことはる中ならば、たゞさんと也。

11 故宮ハ、前坊ノ事也。今三十才也。

12 祝言ノ日なれば、昔ヲ思召出まじきとおぼせども也。

13 天皇、大極殿ニ出給て、高御座ノ東ノ御座ニテ、筥ニ入タル櫛ヲとらせ給て、斎王ノ額ニさし給て、京ノ方ニおもむき給ふべからずと仰事有也。御代かはれば斎宮もかはらせ給ふゆへ也。

14 「鈴鹿川八十瀬わたりて誰ゆへに夜こえにこえん妻もあらなくに」ぬれずともぬるゝとも、そなたはわすれ給はんと也。

15 桐壺ノ御門崩御。

かげひろみたのみし松やかれにけんした葉ちりゆく年のくれかな

中宮 さえわたる池のかゞみのさやけきに見なれしかげを見ぬぞかなしき[16]

とし暮ていは井の水もこほりとぢ見し人かげのあせもゆくかな[17]

みくしげ殿《おぼろ月夜也》は、二月に内侍のかみに成給ぬ。登花殿[18]にむもれたりつるに、今は弘徽殿にはれ〴〵しくてすみ給ふ。

此かんの君《内侍のかみ也》へ、源より御文たび〳〵かよふ。内には五だんの御ず法[19]にて、つゝしみおはしますひまをうかゞひ、中納言の君《中立也》まぎらはして、源を引入奉る。かんの君、あかつきがたに、

心からかた〴〵袖をぬらすかなあくとをしふるこゑにつけても[20]

源 なげきつゝわが世はかくてすぐせとやむねのあくべき時ぞともなく[21]

藤つぼへまいり給て、源、

あふ事のかたきをけふにかぎらずはいまいく世をかなげきつゝへん[22]

中宮 ながきよのうらみを人に残してもかつはこゝろをあだとしらなん[23]

源は雲林院[24]にまうでゝ法文よみ、ろんぎせさせてきこしめし、「あぢきなき身をもてなやむかな」とおぼすうちにも、むらさきの上の事、御心にかゝりけれ

16「池は猶昔ながらの鏡にて影見し君がなきぞかなしき」

17 あせゆくハ、かはりゆく也。

18 弘徽殿、登花殿以上。后町、西殿、女御等ノ曹司。

19 不動、大威徳、降三世、軍荼利、金剛夜叉。

20 夜の明ゆくを近衛つぐる也。人ヲあくと聞なしたればかた〴〵也。

21 常ニむねのあく事なし。此まゝ闇の内ニテ身ヲつくせとや也。

22 あふ本意あらずは、いく世へん。やがてうせなんと也。

23 源ノあだと成べきぞと也。人ハ、藤壺ノ身也。

24 淳和ノ離宮也。北山ニアリ。

ば、御文に、

あさぢふの露のやどりに君をゝきてよものあらしぞしづごゝろなき[25]

紫上 風ふけばまつぞみだるゝいろかはるあさぢがつゆにかゝるさゝがに[26]

源の御手によく似たり。斎院へもほどちかければ、中将の君に、「かく旅のそらにて」などかきて、御前には、

斎院 かけまくもかしこけれどもそのかみの秋おもほゆるゆふだすきかな[27]

そのかみやいかゞはありしゆふだすきこゝろにかけてしのぶらんゆへ[28][29]

源は内へ参給て、昔いまの御物語し給ひ、春宮の御事などもの給てまかで給へば、大后のせうとの藤大納言の子頭弁、いもうとの麗景殿の御かたにゆくとて、大将の御さきを忍びやかにをへば、たちどまりて白虹日をつらぬけり。「太子をぢたり」とゆるゝかに打ずしたり。「大将まばゆし」ときゝ給ふ。中宮は春宮におはします。源参給へば、中宮、[30]

源 九重に霧やへだつる雲のうへの中をはるかにおもひやるかな

月かげは見しよの秋にかはらぬをへだつるきりのつらくもあるかな

おぼろの御かたより、

25 無閑心。

26 露ニかゝるさゝがにの体ヲ、女ノ身ニ比して也。

27 今は斎院ニテ、思ふかひなきと也。

28 ゆふだすきハ、以二蘿葛一為二手纒《ト》一。

29 源ノ歌の昔おぼゆるをとがめて也。源ノ心ニかけてしのばるゝ故ぞと也。

30 漢書曰、「荊軻慕《ネガフ》二燕丹之義一、欲レ刺《ント》二秦王《ヲ》一、其精誠上感《テズ》二於天一、乃《チ》白虹貫レ日。太子畏レ之」をらず、其心ざしとげがたかるべきを、荊軻をそれたる也。朱ヲ始皇帝、冷ヲ燕丹、源ハ荊軻。白虹日をつらぬけ共、つゐにと

31 源ヲ木枯ニよせて也。
32 なき人　桐壺帝。
33 ぼうもち　捧物。「法花経をわがえし事はたきゞこりなつみ水くみつかへてぞえし」
34 此世。御子ノ世也。

こがらし[31]のふくにつけつゝまちしまにおぼつかなさのころもへにけり
あひ見ずてしのぶる頃のなみだをもなべての秋のしぐれとや見る

霜月のついたち頃、御国忌なるに、雪いたうふりたり。大将どのより中宮へ、

わかれにしけふはくれどもなき人[32]にゆきあふほどをいつとたのまん

藤つぼ　ながらふるほどはうけれどゆきめぐりけふはそのよにあふこゝちして

十二月《シハス》十よ日《トヲカアマリ》ばかり、中宮の御八講也。まことの極楽おもひやらる。みこたちもさまぐ〵のぼうもち[33]さゝげ給ふ。大将殿の御ようい、にる物なし。はての日は、中宮わが御事をけちぐはんにて、世をそむき給ふに人々おどろきぬ。源、

月のすむ雲井をかけてしたふともこのよ[34]のやみになをやまどはん

中宮　大かたのうきにつけてはいとへどもいつかこの世をそむきはつべき

年かはりぬれば、内わたり花やか也。中宮は、御堂の西のたいの南にすこしはなれたるにわたらせ給て、御おこなひせさせ給ふ。

大将参給へり。さまぐ〵かはれる御すまゐ見まはし給ふに、とみに物ものたまはず。

源　ながめかるあまのすみかと見るからにまづしほたるゝ松がうらしま

中宮　ありしよのなごりだになきうら島[35]にたちよる波のめづらしきかな

今は二条の右大臣殿のぞうのみさかへ給へば、大とのはちじ[36]のへう奉り、世をのがれ給ふ。

夏の雨ふりつれ〴〵なる頃、中将殿、本どもあまたもたせて、源へわたり給へり。はしのもとのさうび[37]、けしきばかり咲て、春秋の花よりもおかし。

中将の御子、八、九つばかりにて、笛吹、「たかさご[38]」うたふ。

中将御かはらけ参りて、

それもかとけさひらけたるはつ花[39]にをとらぬ君がにほひをぞみる

源　時ならでけささく花は夏の雨にしほれにけらし[40]にほふほどなく

かんの君わらはやみおこたり給て、久しう里におはします。

「めづらしきひまなるを」と聞えかはし、よな〳〵源たいめし給ふ。

雨ふり神なるを、右大臣殿《二条ノ》とぶらひ給て、源のたゝうがみに手ならひし給へをきたるを見つけとりてかへり、大后に見せ給へり。

かんの君は、しぬべくおぼさる。源は御帳のうちにかくれ給へり。

35 浦島太郎、仙郷より帰りたる事を也。

36 致仕表。車ヲ先祖ノ廟ニカクル事也。

37 「われはけさうひにぞみつる花の名をあだなるものといふべかりけり」―「甕頭《ノ》竹葉《ハ》経《テ》レ春《ヲ》熟《シ》、階《ノ》底薔薇入《テ》レ夏《ニ》開《ク》」

38 催馬楽「高砂の、さいさご《少砂》の、尾上にたてる、白玉椿、白柳、それもかと《それかと云詞也》さん、まし《汝》もかと、けさ咲いたる、はつ花に、あはまし物を」

39 源ヲ花ニたとへてよめり。

40 我顔を花ニ比して、やがてしほるゝと也。

花散里〔以歌名也。源廿四才〕

れいけいでん《桐壺ノ女御》は、宮たちもおはせず。院かくれ給て後、源にもてかくされて過し給ふ。御《ン》いもうとの三の君〔花ちる里也〕、はかなうほのめき給しなごり、源忘れ給はず。五月雨の空めづらしう晴たるに、わたり給ふ。中川の程過給ふに、小家の木だちよし[1]ばめるに、あづま[2]にしらべてかきならす。御みゝとまりて、御車かへさせ、惟光いれ給ふ。

源　[3]をちかへり《なんべんも也》えぞしのばれぬ郭公ほのかたらひしやどのかきねに

返し[4]　ほと[5]ゝぎすかたらふこゑはそれなれどあなおぼつかなさみだれのそら

[6]彼ほゐの所は、人めなくしづかにて物哀也。まづ女御の御かた《レイケイデン》にて、昔物語聞え給ひ、廿日の月さし出る程に、時鳥、ありつるかきねのにや、おなじ声にうちなく。源、

[7]たちばなのかをなつかしみほとゝぎす花ちるさとをたづねてぞとふ

女御　人めなくあれたるやどはたちばなのはなこそ軒のつまどなりけれ

1　よしばめるハ、よしめいたる也。
2　あづまごとをしらべてと云心也。しやうの琴也。
3　をちかへり　百千反。
4　誰ともなし。
5　源ノうとかりし故也。
6　ほゐの所ハ、花ちる里也。
7　「橘の花ちる里にかよひなば山郭公どよませんかも」「橘のかをなつかしみ郭公かたらひしつゝなかぬ日ぞなき」

1 ひたゝけ　カマビスシキ也。叩。滔。
2 思ひのはし也。
3 葵の上の女房衆也。
4 葵の上をしたふとよめり。
5 猶々都をへだてばと也。

須磨〔源廿五才、三月より次の年まで。以二歌詞《トヲ》一名也〕

藤つぼの御事、かんの君《おぼろ月夜ノ》密通《ン》などにつけて、世の中わづらはしくおぼす。彼須磨は、昔こそ人のすみかもありけれ、今は里はなれ、すごくて、「蜑の家だにまれになん」と聞給へど、「人しげく[1]ひたたけたらんよりは」とおぼさる。「紫の上の思ひなげき給へるさま心ぐるし。引ぐし給へらんも、[2]おもひのつまなるべき」とおぼしかへす。人しれず《思ひ人達也》心をくだき給ふ人おほかりけり。入道の宮《藤壺》より、忍びての御とぶらひつねにあり。

三月《やよひ》廿日あまりの程、都はなれ給ふ。御供七、八人也。夜にまぎれ、大いどの《左大臣殿》にわたり給て、わか君をひざにすへ給へる御けしき、しのびがたげ也。おとゞ《左大臣殿》もたいめし給ふ。三位の中将《頭中将也》も参給て、御みきまいる。[3]中納言の君を人しれずあはれとおぼして、とまり給ふなるべし。女ばうたち也。葵の上の事を、大宮の御かたへ、源、

[4]とりべ山もえしけぶりもまがふやとあまのしほやくうらみにぞゆく

大宮　[5]なき人のわかれやいとゞへだつらんけぶりとなりし雲井ならでは

6 麗景殿也。

7 留ても也。

8 左遷ニくもる共、虚名なれば晴ント也。

9 文集　白楽天。詩賦七十二巻。長慶集ト云也。

10 無実のやうニよみ給へるは用心也。俊成女ハ此歌ヲ第一ト云伝タリ。

二条院におはしたれば、我御かたの人々もまどろまず。「あさまし」と思へるけしき也。きやうだい《鏡》により給へるに、「やせをとろへ給ふ。哀なるわざかな」との給へば、紫の上、一め見おこせてなき給へり。源、

身はかくてさすらへぬとも君があたりさらぬかゞみのかげははなれじ

紫上　わかれてもかげだにとまる物ならばかゞみを見てもなぐさめてまし

[6]女御の御かたへおはして、西おもて《花ちる里》へもおはします。鳥もしば〱《シゲク也》なけば出給ふに、花ちる里、

月影のやどれる袖はせばくとも[7]とめても見ばやあかぬひかりを

源　ゆきめぐりつゐにすむべき月かげのしばし[8]くもらんそらなながめそ

須磨へは、[9]文集など入《ン》たる箱、琴ひとつぞもたせ給ふ。領《ウケ》じ給ふみさう《御庄》、みまき《御牧》、みくらまち《御蔵町》、おさめ《納》殿、みなめのとの少納言に、けいし《家司》共そへての給ひをきつ。かん《おぼろ》の君の御もとへ、源、

[10]あふせなきなみだの川にしづみしやながるゝみをのはじめなりけん

返し　なみだ川うかぶみなはもきえぬべしながれてのちの世をもまたずて

入道の宮に参り給へば、藤つぼ、

11 見しはなく　桐壺ノ御事。「あるはなくなきは数そふ世中にあはれいづれの日までなげかん」
12 あるはかなしき　源の事。
13 院ニわかれし事也。
14 賀茂の時、葵の上など引つれていみじかりつるニ、今遠流の身と成給ふヲつらしと也。
15 我無名を神にたゞし給へと也。
16 源の心の中ニ、入道の宮への事かと、月のへだゝりたるを思ひ給へり。
17 春宮の栄花の春ニと也。
18 明春はかならず御帰京たるべしと也。

源
[11]見しはなく[12]あるはかなしき世のはてをそむきしかひもなく〳〵ぞふる
[13]わかれしにかなしき事はつきにしを又ぞ此世のうさはまされる

月まちて出給ふ。御馬にてぞおはする。紀の守（伊与守が子ノ）の弟右近のぞう、御馬のくちとりて、右近、

[14]ひきつれてあふひかざしゝそのかみをおもへばつらし神のみづがき

源
[15]うき世をばいまぞわかるゝとゞまらん名をばたゞすの神にまかせて

古院の御はかに参り給て、

なきかげやいかゞみるらんよそへつゝ[16]ながむる月も雲がくれぬる

冷
春宮にも御せうそこきこえ給ふ。

[17]いつかまた春のみやこの花をみんときうしなへる山がつにして

王命婦（藤つぼト源ノ中立シタル人也）、「御返りは」と申せば、「（春宮御詞）しばし見ぬだに恋しきに、とをくはましていかに、といへかし」とのたまふ。

王命
[18]さきてとくちるはうけれどゆく春は花のみやこをたちかへり見よ

源より、むらさきの上へ、

いける世のわかれをしらで契りつゝ命を人にかぎりけるかな

19 屈原ガ事也。讒言ニより湘南ニ放レタリ。釣スル翁、イカントトヘバ、答テ云、「人《ハ》皆酔《リ》。我独醒《タリ》。世《ハ》皆濁《レリ》。我独清《リ》」
20 心は難ㇾ帰とにや。
21 「わくらはにとふ人あらばすまの浦にもしほたれつゝわぶとこたへよ」
22 尼の心也。
23 こりず床しきと也。
24 やくハ、わざ也。

むらさき　おしからぬ命にかへてめのまへのわかれをしばしとゞめてしがな

船に乗給ぬ。日ながき頃、追風さへそひて、まださるの時ばかりに彼浦につき給ぬ。

[19]からくにゝ名を残しける人よりもゆくゑしられぬ家ゐをやせん

[20]ふるさとをみねのかすみはへだつれどながむるそらはおなじ雲井か

行平の中納言の、[21]もしほたれつゝわびける家ゐちかきわたり也。垣のさま、かや屋ども、蘆ふけるらう《廊》など《ン》、おかしくしつらひなしたり。水ふかうやりなし、うへ木ども見所ありてしなさせ給ふ。

紫の上の事、春宮、若君《夕霧》の、何心なきをおもひやり、京へ人出したて給ふ。

入道の宮へ、

松しまのあまの[22]とまやもいかならんすまのうら人しほたるゝころ

内侍のかみの御もとに、中納言の君のわたくし事のやうにて、

[23]こりずまの浦のみるめのゆかしきをしほやくあまやいかゞおもはん

入道宮御返　しほたるゝことを[24]やくにて松島にとしふるあまもなげきをぞつむ

かんの君御返　浦にたくあまだにつゝむ恋なればくゆるけぶりよゆくかたぞなき

25よるの衣也。

26源は定テ帰洛し給ふ事も有べしと也。

27「いせ人はあやしきものをなぞといへば小舟に乗て波のうへこぐ」伊勢へ同道したらば、かくうきめはあるまじき物をと也。

28身の上の便なき体をさしむきてよめり。源一身を頼たる人也。

29忠見「秋風の関吹こゆるたびごとに声うちそふるすまの浦波」、行平「旅人の袂涼しく成にけりせき吹こゆるすまの浦風」

30思ふかたハ、都也。

31「待人にあらぬ物からはつ雁のけさなく声のめづらしきかな」

32つらハ、類也。又、如也。


むらさきの上より、[25]とのゐ物をくらせ給ふ。

うら人のしほくむ袖にくらべ見よなみぢへだつるよるのころもを

伊勢へも御つかひあれば、御休所、

うきめかるいせおのあまをおもひやれもしほたるてふすまのうらにて

同　[26]いせじまやしほひのかたにあさりてもいふかひなきはわが身なりけり

源返　[27]伊勢人のなみのうへこぐ小舟にもうきめはからでのらましものを

同　あまがつむなげきのなかにしほたれていつまですまのうらにながめん

花ちる　[28]あれまさる軒のしのぶをながめつゝしげくも露のかゝる袖かな

須磨には、いとゞ心づくしの秋風に、海はすこしとをけれど、行平の中納言の[29]「せき吹こゆる」といひけんうら波、よる〳〵は聞えて、又なくあはれなるものは、かゝる所の秋也けり。琴をすこしかきならして、

恋わびてなくねにまがふうら波は[30]おもふかたより風やふくらん

からのあやな《ン》どに、さま〴〵の絵どもをかきすさひ《ミ》給へり。沖に船どものうたひのゝしりてこぎゆくな《ン》どもきこゆ。

[31]はつかりは恋しき人の[32]つらなれや旅のそらとぶこゑのかなしさ

義清　かきつらねむかしの事ぞおもほゆるかりはそのよの友ならねども

民部太輔惟光　[33]心からとこ世をすてゝなくかりを雲のよそにもおもひけるかな

前右近　[34]とこ世いでゝたびの空なるかりがねもつらにをくれぬほどぞなぐさむ

[35]入道の宮の、「霧やへだつる」との給はせしをおぼし出て、

源　みるほどぞしばしなぐさむめぐりあはん[36]月のみやこははるかなれども

[37]うしとのみひとへに物はおもほえてひだりみぎにもぬるゝ袖かな

其頃、[38]大弐はのぼりける。むすめがちにて、北の方は舟にてのぼる。源「大将かくておはす」須磨二と聞て、むすめたちは心げさうせらる。まして[39]五節の君は、きんの声聞ゆるに、心ぼそくなきにけり。帥、御せうそこ聞えたり。子のちくぜんのかみぞ参る。五節はとかくしてきこえたり。花ちるの巻にあひし人也。

琴の音にひきとめらるゝつなではたゆたふこゝろ君しるらめや

源　心ありてひきてのつなのたゆたはゞうちすぎまじやすまのうらなみ

煙のちかうたちくるを、「これや、あまのしほやくならん」とおぼすに、うしろの山に、柴といふもの、ふすぶるなりけり。

山がつのいほりにたける[40]しば〳〵もことゝひこなんこふる[41]里人

33 無用の雁の行かへると思ひしが、今思ひ知たる也。
34 源ニをくれずそひ奉りて慰と也。
35 榊の巻ニテ。
36 都ヲ月宮ニよせてよめる也。
37 左遷ノ事斗ヲ思ふニハ非ず。恩賜ノ御衣ヲ身ニそへて参る程ニ、左右ニぬるゝト也。朱雀院より玉ハリ玉フ御衣也。
38 太宰ノ大弐也。帥ノ闕ノ時ハ、大弐帥ノ事ヲ取ヲコナウ故ニ、如此云リ。帥ハ職也。
39 五節ハ、花ちるの巻ニあひし人也。
40 しば〳〵　しげき也。
41 里人ハ、都人也。

42 民部太輔。
43 月は雲ニ妨られて、終ニはかくす。源はいかゞと也。
44 都人ニともなふ事もやと、たのもしき也。
45 白地　あからさま。かりそめ也。
そとの間也。
46 苦痛。
47 大臣―前播磨守入道
　　按察大納言―雲林院律師
　　　　　　　　桐壺更衣
48 「百敷の大宮人はいとまあれやさくらかざしてけふもくらしつ」

雪ふりあれける頃、きんを引給ひて、義清に歌うたはせ、[42]太輔よこ笛吹てあそび給ふ。月の影すごくみゆるに、

[43]いづかたの雲路にわれもまよひなん月の見るらん事もはづかし

[44]友千鳥もろごゑになくあかつきはひとりねざめの床もたのもし

義清のあそん、彼入道のむすめを思ひ出て文をやれど、返事もせず。父入道より、「聞ゆべき事なん。[45]あからさまにたいめん《ヨシキヨニ》もがな」といひけれど、うけ《承》ひかざらん《引》。うしろ手くつし[46]いたうていかず。入道、源の御事を母君にかたり、「姫をこの君《源》に奉らん」といへば、「《母尼詞》あな、かたわや。京の人のかたるをきけば、やんごとなき御め《ン女》どもおほくもたまひて《持》、みかどの御めをさへあやまち給て、かゝる所にものし給ふ人の、あやしき山がつを心とゞめ給てんや」といふ。「《入道詞》つみにあたる事は、もろこしにもあり。[47]御休所は我ためいとこ也。此みこのいでき給ふ、いとめでたし。かく、女は心たかくつかふべき物也」。此姫を年に二たび住吉へまうでさせて、神の御しるしをぞ思ひける。

年かへりて、須磨には若木の桜さきそめたるに、よろづおぼし《源》出らる。

[48]いつとなく大みや人のこひしきにさくらかざし《花宴》ゝけふもきにけり

宰相《頭中将也》は物のおりごとに恋しく、俄に須磨へおはしたり。あまどもあさりして、[49]かいつ物もて参る。御ぞどもかづけ給ふ。御かはらけまいりて、源、

ふるさとをいづれの春かゆきてみんうらやましきはかへるかりがね

宰相　あかなくにかりのとこよをたちわかれ花のみやこにみちやまどはん

御《宰相ノ》をくりに[50]くろ駒奉り給ふ。源、

[51]雲ちかくとびかふ[52]たづもそらに見よわれは春日のくもりなき身ぞ

宰相　[53]たづがなき雲井にひとりねをぞなく[54]つばさならべし友をこひつゝ

かへりぬるなごり、かなしうながめくらし給ふ。

[55]やよひの日、「けふなん、みそぎし給ふべき」と聞ゆれば、海づらもゆかしうて出給ふ。此国にかよひけるを[56]んやうじめし、船にこと〴〵しき[57]人がたのせてながすを見給ふ。

しらざりしおほうみのはらにながれきて[58]ひとがたにやは物はかなしき

[59]やをよろづ《八百万》神もあはれとおもふらん[60]をかせるつみのそれとなければ

との給ふに、[61]俄に風吹出て、そらもかきくれぬ。御《ン》はらへもしはてず、ひぢかさ雨とかふりて、あはたゞ《周章》しければ、みなかへりなんとするに、かさもとりあ

49 海津物。貝津物。
50「我帰る道のくろ駒心あらば君はこずともをのれいなゝけ」
51 雲ハ、天子。
52 たづハ、頭中将也。
53 無便トにや。たづきなきの心也。
54 比翼。
55 世風記ニ云、「三月上巳、桃花ノ水下ル時ニ、飲食ヲ為レ哺《シ》（哺）ト、招レ魂ヲ請レ魄、払二除ク不祥一。三月上ノ巳日、宮人幷禊飲於東流ノ水上」
56 道満法師居住、当国也。清明道満ト云ツヾケタリ。
57 人形ニ衣装ヲキセテハラヘスル也。
58 一かたニ比して也。
59「みそぎして思ふ事をぞ祈りつるやをよろづよの神のまに〳〵」悪后の心ニ、朱雀院ノ御代ヲ源ノカタブケントシ玉フヲ意趣ニテ、左遷セラルヽ也。更ニ思食ヨラヌ事ナレバ、八百万神モア

へず、海はふすま[62]をはりたらんやうにひかりみちて、神なりひらめく。からう[63]じてたどりきて、経うちずんじ給ふ。神すこしなりやみて、風ぞよるもふく。源いさゝかねいり給へるに、そのさまとも見えぬ人きて、「宮よりめしあるに、などまいり給はぬ」とてたどりありくとみるに、おどろきて、「されば、龍王の見いれたる」とおぼすに、此すまゐたへがたくおぼしなりぬ。

ハレミ玉ヘトノ歌也。

60 中宮難波のはらへに、大伴皇子の歌、「とひ見ばやあまのまし人くさぐ〱にをかせるつみのありやなしやと」まし人は諸人也。祓ノ時はます人トよむ也。益人。

61 俄ノ雨風ハ、源ヲ帰京ノ瑞相天変ノサトシ也。

62 ふすま　白キ心也。道成集ニ、女院ノ御前にて雪のひろう降て侍しに、これを見て仰事あれば、「年ごとに冬ふる事としりながらとこめづらしき衾雪哉」。定家卿ノ明月記ニ云、「雨脚融《シ》レ地《ヲ》、電光張レ衾《ヲ》」

63 辛。カラフジテ。

1 源廿六才、三月より廿七ノ秋までの事也。
2 三月一日より十三日まで雨風也。十三日ニ明石浦へうつり給へり。
3 紫の上ノ袖、涙也。
4 七難即滅、七福即生。
5 往還ノ船ヲ守ランノ御誓也。
6 乱。
7 鳴動。ナキドヨム。

明石〔[1]歌詞共ノ名也〕

[2]猶雨風やまず、神なりしづまらで、日ごろに成ぬ。御夢にも、おなじさまなる物のみ見ゆ。京の方もおぼつかなくおぼせど、かしらさし出べくもあらず。二条院より、あやしきすがたにてそほち《ぬれたる体也》参れる。御文には、紫の上、

[3]うら風やいかに吹らんおもひやる袖うちぬらしなみまなきころ

「京にも、あやしきもの〻さとし《怪也》なりとて、[4]仁王会おこなはる。かくしつ〻世はつきぬべきにや」とおぼさる〻に、又の日のあかつきより、風いみじう《ツヨク也》吹て、塩みち、あらく、いはほも山ものこるまじきけしき也。君は、「[5]住吉の神、ちかきさかひをしづめまもり給へ」とおほくの願をたて給ふ。いよ〳〵神鳴とゞろきて、つゞきたるらう《廊》におちか〻りぬ。ほのほもえあがりて、らうはやけぬ。うしろの屋《家也》にうつし奉りて、上下となくたちこみて、[6]らうがはしく[7]なきどよむ。空はすみをすりたるやうにて、日もくれぬ。

やう〳〵風なをり、雨のあしゝめりて、星のひかり見ゆる。月さし出て、塩のちかくみちつる、なごり猶波あらきを、柴の戸をしあけて、ながめおはします。

8 住吉明神ハ、筑紫ノ橘ノ小戸の塩路よりうかび出給へる神也。
9 八百会《ヤヲァイ》。
10 薄雲、密通の事歟。

あまどもの、きゝもしり給はぬ事どもをさへづり《物いふ事也》あへるも、めづらかなり。源、

海[8]にます神のたすけにかゝらずはしほの[9]やをあひにさすらへなまし

古院のたゞおはしましゝ《現在ノさま也》さまながら立給ひて、「などかくあやしき所には物するぞ」とて、御《源ノ》手をとりて引たて給ふ。「住吉の神のみちびき給ふまゝに、はや舟出して、此浦をさりね」とのたまふ。「これはたゞ[10]いさゝかなる物のむくひ也。だいりにそうすべき事あり」とて立さり給ぬ。あかず《源ハ》かなしくて、「御供に参らん」となき入て、見あげ給へば、人もなく、月のみきら〱として、夢のこゝちもせず。さらにめもあはで、あかつきがたに成にけり。

なぎさにちいさやかなる船よせて、人二、三人、此御やどりをさしてくる。「明石の浦より、さきのかみしぼちの、舟よそひて参れる也。源少納言《義清》に事の心とり申さん」といふ。君、御夢などのおぼしあはする事もあり。「はやあへ」との給ふ。よしきよ、船にいきてあひたり。「い《入道言》ぬる《去也》ついたちの日の夢に、つげしらする事侍しかど、しんじがたき事と思ふ給へしに、十三日にあらたなるしるしみせん。舟をよそひまうけて、此浦《須磨》によせよと侍しかば、こゝろみにつげ侍らんとてなん。いとはゞかりおほく侍れど、此よし申給へ」といふ。義清、

11 法花三昧也。
12 須。
13 明也。

忍びやかに《源へ》つたへ申す。君、おぼしまはすに、夢うつゝさま〴〵しづかならず、「神のたすけにもあらんを、そむく物ならば、又これよりまさりて、人わらはれなるめをやみん。彼《明石》浦に、しづやかにかくろふべきくま侍なんや」との給ふ。か《入道》ぎりなくよろこび、かしこまり、「夜の明はてぬさきに御舟に奉れ」とて、四、五人ばかりして奉りぬ。れい《追手》の風出きて、とぶやうに明石につき給ぬ。

浜のさま、げにいとこと也《須磨ニかはりたる体也》。入道のらう《領》じたる海山、後の世の事を思ひすましつべき山水、いかめしき堂をたてゝ三昧[11]をおこなひ、此世のまうけに、秋のたのみ《田地》をとりおさめ、くらまち《蔵町》など見所あり。高塩にをぢて、むすめなどは岡べの宿にうつしてすませたり。船より御車に奉り、此浜のたち《館》に心やすくおはします。源の御けしきを入道見奉りて、老もわすれ、よはひのぶる心ちして、ゐみさかへたり。先住吉の神を拝み奉り、月日の影を手にえたる心ちして、いとなみ奉る。

京よりの使、須磨にとまりたるをめして、身にあまる物どもおほく給ひてつかはす。紫の御方へ、

　はるかにもおもひやるかなしらざりしうら[12]よりをち[13]に浦づたひして

14大臣ノ子ナレバ也。
15妙。アテ。
16「あはぢにてあはとはるかに見し月のちかきこよひは所がらかも」
17かすめしハ、入道の物語をしるべにとふと也。

入道は、たゞ此むすめひとりをもてわづらひたるけしき、時々もらしうれへ《源へ》聞ゆ。年は六十ばかりにて、きよげに、人の程[14]あて[15]はか也。打ひがみたる事はあれど、むかし物がたりなどせさせてきゝ給ふに、すこしつれ〴〵まぎれ給へり。源、

[16]あはと見るあはぢの島のあはれさへのこるくまなくすめる夜の月

久しく手もふれ給はぬきんをとり出て、かきならし給ふ。入道もえたへで、なく〳〵めできこゆ。びはの法師に成て、いとおかしうめづらしき手ひとつふたつひきたり。さうのこと参りたれば、すこし《源》引給ひ、「《源言》これは、女のひきたるこそ、おかしけれ」と大かたにの給ふを、入道は打ゑみたり。入道、

ひとりねは君もしりぬやつれ〴〵とおもひあかしのうらさびしさを

源　旅ごろもうらがなしさにあかしかね草のまくらは夢もむすばず

おかべ《むすめのかたへ》に御文つかはす。

をちこちのしらぬ雲井にながめわびかすめし[17]やどのこずゑをぞとふ

むすめははづかしげなるさまに、「心ちあし」とてふしぬ。いひわびて、入道ぞかく。

18源ト女ト。
19いぶせくもハ、心もとなき也。又、かなしき心也。
20ややハ、人をよびかけたる詞也。
21源の見もし給はで聞なやみ給ふらんかと、卑下なるべし。
22「あたら夜の月と花とをおなじくはあはれしれらん人に見せばや」
23都をこふる心なるべし。
24明上つれなきをうらみてにや。
25明ぬよの夢ハ、夢の中の夢也。

[18]ながむらんおなじ雲井をながむるはおもひもおなじ思ひなるらん

源
[19]いぶせくもこゝろに物をなやむかな[20]やよやいかにととふ人もなみ

むすめ
思ふらん心のほどややよいかに[21]まだ見ぬ人のきゝかなやまん

三月《ヤヨヒ》十三日、神鳴、雨風さはがしき夜、みかど《朱》の御夢に、院のみかど、御けしきあしうて、にらみきこえさせ給ふ事どもおほかり。源氏の御事なりけんかし。いと《御門》をそろしうおぼして、御母后《弘キ殿》にきこえさせ給ふ。にらみ給ひし目、見あはせ給ふけにや、御《朱》めわづらひ給て、たへがたうなやみ給ふ。「源《朱言》氏の君を、今はもとの位をも給てん」とたひ〴〵おぼしのたまふ。

源は、「彼物の《むすめの》ねきかばや。さらずは、かひなくこそ」などの給ふ。入道よろしき日見て、十三日の月はなやかにさし出たるに、「[22]あたら夜の」ときこえたり。御馬にて出給ふ。

[23]秋の夜の月げのこまよわがこふる雲井にかけれ時のまも見ん

源
[24]むつごとをかたりあはせん人もがなうき世のゆめもなかばさむやと

明上
返し
[25]あけぬ夜にやがてまどへる心にはいづれをゆめとわきてかたらん

紫の上、もり聞給はんも、「心のへだて有けるとおぼして、はかなき夢をこ

そ見侍し」など、とはず語に、

26しほ〴〵とまづぞながるゝかりそめのみるめはあまのすさび《ミ》なれども

紫上 27うらなくもおもひけるかな契りしを松より28波はこえじものぞと

みかど、御めのなやみ、をもくならせ給ひ、もの心ぼそくおぼしければ、七月《フミ》廿よ日《ハッカアマリ》の程に、又かさねて、京へかへり給ふべきせんじくだる。「つゐの事」と思ひしかど、又「此浦を今は」と思ひはなれん事をおぼしなげく。

明石の上は、六月《ミナ》ばかりより心くるしきけしき《懐妊》ありてなやみけり。あさてばかりに成て、岡辺にわたり給へり。「《源言》さるべきさまに京へむかへん」とて、源、

此たびはたちわかるとももしほやくけぶりはおなじそらになびかん

明上 29かきつめてあまのたくもの思ひにもいまはかひなきうらみだにせじ

「きんは、又かきあはするまでのかたみに」との給ふ。

明上 30なをざりにたのめをきける一《源ノ》こと《我ハ也》をつきせぬね《涙》にやかけてしのばん

源 あふまでのかたみにちぎる中31のをのしらべはことにかはらざらなん

御むかへの人々さはがし。源、

26 涙の事なるべし。

27 源ノ契りのたまひし事を、うらなくも思ふとの事也。

28 「ちぎりきなかたみに袖をしぼりつゝ末の松山波こさじとは」

29 かきあつめて也。おもひもかひなしと也。

30 源はなをざりニ頼めをき給ふ一言ヲ、我はいつまでと涙ニかけて忍び申さんと也。

31 六より十までの絃ヲいふにや。調子ノ「を」なるべし。かはるなどの事也。

打すてゝたつもかなしきうら波のなごりいかにとおもひやるかな

明上　[32]年へつるとまやもあれてうき浪のかへるかたにや身をたぐへまし

入道　よる波にたちかさねたる旅ごろも[33]しほどけしとや人のいとはん

源　[34]かたみにぞかふべかりけるあふ事の日かずへだてん中のころもを

入道　世をうみに[35]こゝら《あまた也》しほじむ身と成てなを[36]このきしをえこそはなれね

源　[37]都出し春のなげきにをとらめやとしふるうらをわかれぬる秋

君は、なにはのかたにわたりて、御はらへし給て、住吉にも願はたし申べきよし、[38]御使して申させ給ふ。二条院におはしつきぬ。紫の上、かひなき物におぼしすてつる命、うれしうおぼさるらんかし。程もなく、もとの御位あらたまりて、[39]かずのほかの[40]権大納言に成給ふ。

めしありて、内に参り給ひ、御物語ありて、夜に入ぬ。源、

わたづ海に[41]しづみうらぶれ[42]ひるの子のあしたゝざりし年はへにけり

御　[43]宮はしらめぐりあひける時しあればわかれし春のうらみのこすな

入道の宮にも、御心すこししづめて、御たいめんあり。

明石には、かへる波につけて御文つかはす。

---

32 同道して上洛ありたきと也。

33 しほたれたる也。卑下ノ心也。

34 形見。

35 巨々等。

36 此岸ハ、彼岸ニ対して也。

37 源、廿五才ノ三月廿日あまりニ都ヲ出給ひ、廿七才ノ秋、御帰京也。

38 代ニ使ヲ参らせける。

39 流罪ノ人、召かへされては、最初の位より又さらに叙する法也。但、三位已上は奏聞して別勅ヲうくれば、時にしたがふ也。

40 大納言二人、権一人、以上三人。中頃より、正一人、権十人ニ成也。

41 しづみうらぶれハ、なづみうれへたる心也。

42 蛭子ヲ蘆の舟ニノセテ放ツト云リ。三年ト云ン為也。「かぞいろはいかに哀と思ふらん三とせになりぬあしたゝずして」

43 宮柱ハ、枕詞也。天の浮橋の下にて二神めぐりあひ給ふ事を以

云也。
44「君がゆく浜べの宿に霧たゝば我たち歎くいきとしらなん」。霧ヲ我歎く息ト也。
45五節。須磨へ立よりし事也。
46かこつ。
47かへりてそなたがうらめしきとの心也。

[44]なげきつゝあかしの浦にあさ霧のたつやと人をおもひやるかな

帥のむすめの五せち[45]、物思ひさめぬる心ちして、

すまのうらに心をよせし舟人のやがてくたせる袖を見せばや

源　かへりてはかごと[46]やせましよせたりしなごり[47]に袖のひがたかりしを

花ちる里などにも、たゞ御せうそこばかり。

澪漂(標)〔源廿七、八才〕

須磨にて夢に見え給ふ後、院のみかどの御事、心にかけ給て、神無月に御八講し給ふ。太政大臣《二条ノ》うせ給て、大后《弘キデン》たのもしげなくおぼす。二月《キサラギ》に、春宮御元服〔冷泉院也。十一才〕、同じき月、俄に御国ゆづり給ひ、坊には承香殿のみこゐ給ぬ〔朱雀の御子也〕。源は内大臣、左大臣殿はやまひにより位をも返し奉りしを、摂政し給ふべきよし聞え給て、[1]太政大臣に成給ふ〔葵の上の父。年六十三也〕。御子《ミ》の宰相中将《ノ》、権中納言。此むすめ、四の君腹十二《弘キ殿》にて、「内に参らせん」とかしづき給ふ。二条院〔東の宮〕院《桐壺》の御[2]《ミ》せうぶんなりしを《源》、あらためつくらせ給ふ。

明石には三月《ヤヨイ》十六日に姫君生れ給ふ。「はか〳〵しきめのともありがたからん」とおぼして、「故院にさぶらひしせんじのむすめ、父母なくて子うみたり」ときこえしを、つかはさる。みやづかへせし時よりも《乳母》をとろへたれど、人ざま、わかやかにおかしければ、源はとかくたはぶれのたまひ、とりかへしつべくおぼせど、《乳母言》「おなじうは、姫君の御身ちかうつかうまつらん」と申せば、源、

1 天皇御元服の後も、幼主の時は摂政ト是をいふ。復辟の表を奉り、君に政を返し奉て後は、摂政を改て関白ト称ス。
2 御せうぶん　所分。

[3]かねてよりへだてぬ中とならはねどわかれはおしきものにぞありける

めのと　うちつけのわかれをおしむ[4]かごとにておもはんかたにしたひやはせぬ

[5]御はかし、さるべき物など、つかはさる。此めのとの事を明石へ、

[6]いつしかも袖うちかけんをとめごか世をへてなでん岩のおひさき

津の国までは舟にて、それよりは馬にて、つきぬ。入道よろこび、そなた《京ノ方》にむきておがみ聞えて、いよ〳〵いたはしう、をそろしきまで思ふ。明石の上、

ひとりしてなづるは[7]袖のほどなきにおほふばかりのかげをしぞまつ

むらさきの上にも此事かたらせ給ふ。葵の上、

[8]思ふどちなびくかたにはあらずともわれぞけぶりにさきだちなまし

「なにとかや。こゝろうや」。源、

[9]たれにより世をうみ山にゆきめぐりたえぬなみだにうきしづむ身ぞ

源、御琴引よせて、そゝのかし給へど、彼明石のうへの上手なりしもねたきにや、手ふれ給はず。

「五月《サツキ》五日、《姫君ノ》五十日《イカ》にあたるらん」とおぼして、明石へ御使あり。

[10]うみ松やときぞともなきかげにゐてなにの[11]あやめも[12]いかにわくらん

3 打つけの別れもおしきと也。

4 かごと　かこつけ也。源、明石へくだり給へとの心也。

5 御剣。二条院皇女、長和二年七月十六日生玉フ時、御博士《（みはかし）》奉る。皇女ノ誕生ニ御剣ヲ奉る事、是始也。

6 いつしかもろ共ニと也。天津乙女、羽衣ヲ以テナヅル巌ノ如ク、長久ニトノ心也。乙女子ハ、乳母《メノト》ヲさしていへり。

7 程なきハ、狭也。源ノかげを待と也。

8 明石にて、煙は同じかたになどあるを語り給ふ故、煙ならば、我は源よりさき立てきえん物をと也。

9 紫ゆへにこそ世を捨給はで、うきしづみつれと也。

10 海辺の松也。時ぞともなきハ、不変也。

11 五日なれば、あやめをもたせて也。

明石上　[13]数ならぬみしまがくれになくたづ《姫君》はけふもいかにととふ人ぞなき

御文を源の見給ふを、紫の上、しりめに見給ふ。

五月雨つれ〴〵なる頃、花ちる里へわたり給ふ。年ごろに、いよ〳〵あれまさり、すごげ也。女御《麗景殿》に御物がたり聞え給て、西のつま戸《花ちる里》には夜ふけてたちより給ふ。月おぼろにさしいれば、花ちる、

水鶏だにおどろかさずはいかでかはあれたるやどに月[14]をいれまし

源　をしなべてたゝく水鶏におどろかば[15]うはのそらなる月もこそいれ

かやうのついでにも、彼五せちおぼしいづ。かん《かほる》の君、猶え思ひはなち給はず。女はうきにこり給て、昔のやうにもあいしらべ給はず。

其頃、源は願はたしに、住吉へまうで給ふ。上達部、殿上人、我も〳〵とつかうまつり給ふ。折しも、明石の上、船にてまうでたり。月日もこそあれ、此有さま、はるかにみるも、身の程口おしうおぼさる。松原のふかみどりなる中に、花紅葉[16]こきちらしたる《衣裳色々ノ体也》とみゆる。若君《夕霧也》、御供也〔八才〕。馬くらまで、いみじき見物也。[17]国の守、御まうけ、よになくつかうまつる。惟光、

[18]すみよしのまづこそ物はかなしけれ神代の事をかけておもへば

12 いかにハ、五十日也。
13 卑下の心也。
14 月ハ、源也。
15 うはの空なる　人もとうたがひの心也。
16 こきちらしハ、かきちらし也。
17 国守　津守也。
18 先は松ニもたせて也。須磨にしづみ給ひし時の事にや。

19 すまにての事也。
20 「侘ぬれば今はたおなじ難波なるみをつくしてもあはんとぞ思ふ」
21 須磨、明石に似たる也。
22 遊女也。
23 御休所也。

源　[19]あらかりし波のまよひにすみよしの神をばかけてわすれやはする

彼明石の御事聞ゆれば、哀におぼして、[20]「今はたおなじなにはなる」とずんじ給へるを、御車のもと近き惟光、ふところにまうけたる、つかみじかき筆奉る。

身をつくしこふるしるしにこゝまでもめぐりあひけるえに《縁也》はふかしな

明上　かずならでなにはの事もかひなきになど身をつくしおもひそめけん

源独吟　露けさのむかしに[21]にたるたびごろもたみのゝしまの名にはかくれず

[22]あそびの女ども参るも、かんだちめ、わかやかに事このましげなるは、めとゞめ給へり。

彼斎宮もかはり給ひにしかば、御休所のぼり給ふ。ふりがたくて、よき女ばうおほく、すいたる人のつどひ所にて住給へりしが、俄にをもく煩ひ給て、尼に成給ぬ。「斎宮を見ゆづる人なければ」と、さま〴〵の給て、七、八日ありて、うせ給にけり。斎宮は何事もおぼえ給はず。源わたり給て、有べき事ども、人々におほせ給ふ。

雪、みぞれ、かきたれたる日、斎宮へ、源より、

ふりみだれひまなき空に[23]なき人のあまかけるらんやどぞかなしき

斎宮

[24]きえがてにふるぞかなしきかきくらしわが身それともおもほえぬ世に

此斎宮の[25]らうたげにあてはかなる《妙ニはかなき也》すぢに見え給へば、源の御心を故御休所《六条ノ》うしろめたくおぼされしに、「世の人も、さやうに思ひよりぬべきを、引かへて、心ぎよくあつかひたてゝ、内ずみせさせたてまつらん」とおぼす。朱雀院も、此斎宮の下り給ふ時の御かたち、わすれがたうて、御けしきあり。それを引たがへて冷へ参らせん事も、「かたじけなし」とおぼせど、[26]御ゆいごんもきゝをき給へば、「[27]入道の宮にかく」との給ふ。むらさきの上にも、「しかなん」とかたり聞え、[28]御わたりの事をいそぎ給へり。

---

24 身の消がてにふるとにや。霙をもたせて。
25 臈蘭。良—。労。
26 御休所の遺言。
27 入道の宮　薄雲ノ女院也。
28 御わたり　斎宮の参り給ふ事を也。

蓬生〔源廿五、六、八才までの事也。歌にも詞にも、蓬生とはなし〕

末つむは、源をまちうけ給ふ。たもとのせばきには、大ぞら[1]の星のひかりをたらいの水にうつしたる心ちして過し給しに、須磨へうつろひ給てより後、宮の内いよ〳〵人ずくなに成て、狐、ふくろふの声、こだま[2]など、所をえて、やう〳〵かたちをあらはす。ずりやうなどの、おもしろき家づくりこのむが、此宮の木だちを心にかけて、「はなち給てんや」[3]といふ。御でうど[4]も、古代になれたるをば、用して[5]、めにちかきけふあすの見ぐるしさをつくろはんとするも、姫君、いみじういさめ給て、「古宮の見よとてしをかせ給ふ物を、かろ〳〵しき人の家のかざりとはなさじ」との給ふ。

御せうとのぜんじの君[6]、まれに京に出給ふ時は、さしのぞき給へど、しげき草よもぎをだにかきはらはん物とも思ひより給はず。

春夏になれば、馬牛はなちかふあげまき[7]の心さへぞめざ《冷眼》ましき。野分あらかりし年、らう[8]共もたふれふし、しも屋は板ぶきなりしかど、ほねのみわづかに残りて、たちどまるげすだになし。ぬす人も、思ひやりのさびしければにや、

1 乞巧奠ノ儀式也。宮中ノ庭ニ琴ヲ立テ、牽牛、織女ヲ祭ル也。手洗ニ水を入テ、星ノ影ヲうつし見る事也。
2 樹神《コダマ》。木霊《同》。
3 売放也。
4 調度。
5 用して　要用して也。
6 禅師の君。兄弟也。
7 総角。童也。髫同。
8 廊。

此宮をばふみすぎてよりこざりけり。

ふりにたるみづしあけて、[9]からもり、[10]はこやとじ、[11]かぐや姫の物がたりの絵にかきたるを、時々のまさ[12]ぐり物にし給ふ。

母のはらから世におちぶれて、ず領の北のかたに成て、むすめ共かしづきけるが、時々いきかよひ、なまにくげなることば共いひ聞えて、「此姫君を我むすめどものつかひ人にしなしてん」と思ふ。

彼《おばむこ》あるじ大弐に成て、くだりなんとす。「此君を猶もいざなはん」といへど、さらに[13]うけひき給はねば、《おば言》「あな、にく。こと〴〵しや。心《末つむノ》ひとつにおぼしあがるとも、さるやぶはらに年へ給ふを、大将殿《源》もやんごとなく思ひ聞え給はじ」などいへり。くだるとて、いざなふべきよしいへど、うごくべうもあらねば、[14]めのとご侍従をつれて下る。いひとゞむべきかたもなくて、我御ぐしのおちたりけるをとりあつめてかづらにし給へるが、九尺あまりにていときよらなるを、はこに入て、昔の[15]くのえかう一つぼぐして、

[16]たゆまじきすぢをたのみし玉かづらおもひのほかにかけはなれぬる

侍従 玉かづらたえてもやまじゆくみちの[17]たむけの神もかけてちかはん

9 唐守。
10 藐姑射刀自。
11 焚奕姫。
12 弊。マサグル。
13 承引。
14 末摘のめのとの子也。大弐がおいの妻に成てくだる也。
15 薫衣香。焼物也。
16 乳主なれば、たゆまじきすぢ也。
17 道祖神も照覧あれと誓言也。

18 常陸の宮也。
19「ひねもすにふる春雨やいにしへをこふる袂の雫なるらん」
20 三径。門、井、厠。
21 拾遺ニ、「住吉明神へ三輪明神通給ふ」と也。「すみよしのきしもせざらん物ゆへにねたくや人にまつといはれん」
22 藤の花のたよりばかり也。

年かはりぬ。卯月ばかりに花ちる里をおぼし出て、源出給ふ。雨すこしそゝき、月さし出、あれたる家の、木だちしげく、松に藤のかゝりたるがなつかしく、そこはかとなきかほり也。

惟光めして、源言「こゝはひたちの宮ぞかしな。こゝに有し人かゝるついでに入て、せうそこせよ」との給ふ。

姫君は古宮[18]の夢に見え給ふなごりかなしう、ぬれたるひさしのはしのごはせなどして、姫君、

[19]なき人をこふるたもとのひまなきにあれたる軒のしづくさへそふ

惟光よりて、こはづくれば、まづしはぶきをさきにたてゝ、「たれぞ」とゝふ。惟光 名のりして、「侍従の君は」といへば、「おぼしわくまじ侍従がおば少将也」といふ。

源独吟 たづねてもわれこそとはめみち[20]もなくふかきよもぎがもとのこゝろを

御車よりおり給へば、馬のぶちして露をはらふ。

[21]藤なみの打過がたく見えつるは松こそやどのしるしなりけれ

末つむ [22]年をへてまつしるしなき我宿を花のたよりにすぎぬばかりか

東の院に、後はわたし給ける。大弐の北方のぼりて、おどろき思へるさま。
侍従が今しばしまちきこえざりける心あさゝを、はづかしう思へる。

1 石山寺。聖武天皇ノ時、朗弁求二勝地一ヲ、建二立観音ノ像一ヲ。
2 ゆくとくると也。「関こえてあはづの森のあはずとも清水に見えし影をわするな」
3 わくらは　玉さか也。

関屋〔以詞名也〕

源、須磨よりかへり給て、又の年、九月《ナガ》つごもり、石山[1]に、御願はたしにまうで給へり。其日、いよの介、ひたちよりのぼる。打出のはま、くる程に、殿《源》は粟田山こえ給ぬと、いよのすけがむかへに、紀のかみなどいひし子共、出てつげゝれば、関に皆おりゐて、杉の下に、車どもかきおろし、過し奉る《源ヲ》類い《ひたち》、ひろくて、車十ばかり、袖口の色あひ、よしめきたり。昔の小君、今は右衛門のすけなるを、源めしよせて、「けふの関むかへは、え思ひすて給はじ」などの給ふ。女も人しれず、むかしの事おもひて、

ゆくとくと[2]せきとめがたきなみだをやたえぬ清水と人はみるらん

石山より出給ふ御むかへに、ゑもんのすけ参れり。此すけは、源須磨への時、ひたちへくだりければ、御心《源》をきて年ごろはおぼしたれど、色にも出し給はず、家人のうちには、かぞへ給けり。すけ《右衛門》召よせて、御せうそこあり。源、

わくらは[3]にゆきあふみちをたのみしもなをかひなしやしほならぬうみ

うつせみ返し　あふさかのせきやいかなるせきなればしげきなげきの中をわくらん

いよのすけは、おひのつもりにや、なやましくのみして、つゐにうせぬ。きのかみ、今は河内守なるが、昔よりすき心ありて、[4]あさましき心の見えければ、うきすくせある身と、人しれず思ひしりて、うつせみはあまに成にけり。

4 好色を見するにや。

1くしの箱。髪の具。

2うちみだり　ふたなし。

3香壺匣。

4斎宮御下ノ時、二たび京のかたへおもむき給ふな、と有しをかこつけて、遠き中と神やいさめしと也。

5年中行事。

絵合〔源卅才。以詞為名〕

前斎宮の入内の事、入道の宮〔藤壺中宮〕、御心に入てもよほし聞え給ふ。源は院《朱》をはゞかり給て、しらずがほにて大かたの事どもはとりもちておやめき聞え給ふ。院《朱》はくちおしくおぼせど、御ぐし[1]の箱、うちみだり[2]のはこ、かうご[3]のはこ、御たきもの、心ことにとゝのへさせ給へり。

[4]わかれぢにそへしをぐしをかごとにてはるけき中と神やいさめし

御返物うくし給へば、「たゞ《源ノ詞》しるしばかりも聞えさせ給へ」とあれば、故みや《六条ノ》す所の事などかきて、斎、

わかるとてはるかにいひし一こともかへりてものはいまぞかなしき

うへ《冷》は絵をけう《興》ある物におぼしたり。此斎宮《ノ》女御、ゐをおかしうかゝせ給へば、これに御心うつりてわたらせ給ふ。殿上の若き人々も、此事まねぶを御心とゞめ給ひけり。権中納言、「われ人にをとりなんや」とはげみて、上手どもめして、物語絵、月なみ[5]のゑに言のはをかきつゞけて御らんぜさせ給ふ。いといたくひめて《秘》、弘徽殿へもてわたらせ給ふ〔権中納言の御むすめ也〕。源きゝ

給ひて、「権中納言のわか〳〵しさこそあらたまりがたけれ」とわらひ給ながら、源も紫の上ともろ共にえりとゝのへ、「長恨歌[6]、わうせうくん[7]はあはれなれど、ことのいみあるは奉らじ」とて、えりとゞめ給ふ。「彼すまの旅の御日記のはこをも、今まで見せ給はざりける」とうらみて、

紫上　[8]ひとりゐてながめしよりはあまのすむかたをかきてぞ見るべかりける

源　うきめみしそのおりよりもけふは又すぎにしかたにかへるなみだか[9]

かうゐどもあつめ給ふを権中納言聞給て、こゝろをつくし、ぢく《巻物也》、へうし、ひものかざり、いよ〳〵とゝのへ給へり。三月《ヤヨヒ》十日の程、入道の宮も参らせ給ひ、左右とわかたせ、左、梅壺《斎宮也》の御方には、平内侍、侍従の内侍、少将の命婦。右、弘徽殿《権中納言のむすめ》の御方には、大弐の内侍のすけ、中将の命婦、兵衛の命婦、心々にあらそふ。まづ、物語の出きはじめのおやなる竹とり[10]のおきなに、うつほ[11]のとしかげを合せ、伊勢物語に正三位をあはせて、左平内侍、

[12]いせのうみのふかき心をたどらずてふりにしあとゝなみやけつべき

右大弐　[13]雲の上におもひのぼれるこゝろにはちいろのそこもはるかにぞみる

中宮　[14]みるめこそうらふりぬらめ年へにしいせおのあまの名をやしづめん

6 楊キ妃ハ馬嵬ニテウシナハレ。
7 王昭君ハ、夷狄ニつかはされしニよつて事の忌ト也。
8 我も絵をも書て、慰むべかりし物をと也。
9 哉也。
10 竹取。作者不知。
11 うつほ　順。
12 伊勢を古キトいひけたんは、無曲とにや。
13 正三位ノ中ニこそあるらめ。
14 ふりぬるとも、しづめがたからんの心歟。

源はかくとり〴〵あらそふ心ばへおかしく、「御前にて此かちまけさだめん」との給ふ。須磨、明石の二まきは、おぼす事ありてとりまぜ給はす。院《朱》より梅壺へ、御ゑども昔の上手のかけるに、彼斎宮の伊勢へくだり給し日のぎしき、[15]きんもちにかゝせて、大極殿に御こしよせたる所に、御、

身こそかくしめのほかなれそのかみのこゝろのうちをわすれしもせず

[16]梅壺ノ返し
しめのうちはむかしにあらぬ心ちして神代の事もいまぞ恋しき

かんの君《おぼろ》、俄に梅つぼへもこうきでんへも御ゑども参らせらる。[17]女ばうのさぶらひに、北南にわかれて、おまし《御座》よそふ。殿上人はこうらうでんのすのこにをの〳〵さぶらふ。判者は兵部卿の宮也〔源の弟〕。さだめかねて夜に入ぬ。はてに成て、彼すまのゑいでたるに、人々なみだをおとし、左勝になりにけり。

廿日の月さし出て、[18]ぶんのつかさの御琴めし出て、わごん、権中納言。兵部卿の宮、さうの御こと。源は、きん。びわは、少将の命婦つかうまつる。明はてゝ、ろくどもは中宮《藤つぼ》より給はす。

15 巨勢—金岡　公忠—公望《孫》　采女正

16 しめの内ハ、禁中也。過にしかたなるべし。

17 台盤所ヲ云也。此絵合ハ、天徳四年三月晦日、内裏歌合ヲ摸シテ書なせる也。清涼殿ノ西ノ庇ニテアリ。台盤所ニ立テ二御倚子一ヲ、南第四ノ間為シ二左右ノ女房ノ座一ト、北ノ二間為ス二右方ノ座一ト。渡殿ノ北ニ、敷キ二縁端ノ畳一ヲ、為二公卿ノ座一ト、簀子ノ為二侍臣ノ座一ト云々。

18 物合ノ後ニは、かならず御遊アリ。書司《ブンノ》ハ、官ノ名也。和琴ヲつかさどるニよつて、和琴をもぶんのつかさと云也。

1 二条院也。
2 無レ弐。
3 領。

【第四冊】

松風
うす雲
あさがほ
をとめ

松風 〔以二歌詞《トヲ》一也。源卅才〕

[1]東の院作りたてゝ、花散里うつろはし給ふ。西のたい也。東のたいには、明石の御かたとおぼしをきてたり。北はひろくつくらせ、ゆくすゑたのめ給し人々つどひすむべきさまに、へだて〳〵しつらはせ、しんでんは時々《源ノ》わたり給ふ御やすみ所にしをかせ給へり。

明石へはのぼり給ふべき事をの給へど、「[2]こよなきゝはのまじはりいかゞ」とおぼす。昔、母君の御おほぢ中務の宮[3]らうじ給ふ、大井川のわたりに有ける

4 修理。
5 御庄。
6 蜂をはらふ時、うそを吹也。払ひのくる心也。
7 堪忍ならぬ也。
8 入道もろ共ニ也。
9 今はひとり野ニ也。
10 入道ニあはん事は也。

を、宿守よびとりて（明石へ）、「あれたる所、すり[4]などして」との給ふ。あづかりのゝふやう、「年ごろやぶに成て、しも屋にやどり侍る。此春、源氏の君、近き所に御堂つくらせ給て、おほくの人なん侍める」と申す。（母尼詞）「何か。それも彼殿の御かげにと思ふ事あれば、くるしからず。いそぎて大かたの事物せよ」といふ。（宿守詞）「みづかららうずる所に侍らねど、みさう[5]の田畠など、故民部太輔の君に申て、らうじつくり侍なん」と、はな打あかめて、はちぶき[6]いへば、（尼君詞）「さらに其田など、こゝにしるまじ。たゞ年ごろのやうに思ひて物せよ」となり。

源より惟光を大井へつかはして、こゝかしこのよういなどせさせ給ふ。明石へ御むかへの人々つかはさる。「今は」と思ふに、年へつる浦をはなれん事、入道の心ぼそくて、ひとりとまらん事、よろづにかなし。入道は、若君のいともうつくしげにて、「見なれまつはし給へる心ざま、かた時見奉らでは、いかでか過さん」とおもひて、

ゆくさきをはるかにいのるわかれぢにたへぬ[7]はおひのなみだなりけり

尼君　もろ共に[8]みやこはいでき此たびやひとり[9]野中のみちにまどはん

御かた　いきて[10]又あひ見ん事をいつとてかかぎりもしらぬ世をばたのまん

11 都のかたをそむきし物を、又帰ると也。
12「天河かよふ浮木にこと〵はん紅葉の橋はちるやちらずや」。張騫《ケン》、漢武帝ノ使トして、浮木ニ乗テ銀河ノ源ヲキハメントテ、孟津ニ至テ、牛女ニ逢て帰りしを思ひて也。
13 身をかへてハ、生をかへたる如ク也。
14 古郷ハ、明石也。
15 さへづるハ、物語の事。

「入道の命つきぬときこしめすとも、後の事おぼしいとなむな。けぶりとならんゆふべまでは、若君の御事、六時のつとめにも打まぜ侍べき」とて打ひそ《涙也》みぬ。たつの時に舟出し給ふ。尼君、

　かのきしに心よりにしあまぶねの[11]そむきしかたにこぎかへるかな

御かた　いくかへりゆきかふ秋を過しつゝ[12]うき木にのりて我かへるらん

大井の家のさま、年ごろへつる海づらにおぼえ《似タル》たれば、所かへたる心ちもし給はず。源より、まうけの事せさせ給へり。御かた物思ひつゞけられて、琴をならし給へば、あま君、

　[13]身をかへてひとりかへれる山里にきゝしににたる松風ぞふく

明石ノ御かた　[14]ふるさとにみしよの友をこひわびて[15]さへづることをたれかわくらん

おとゞ《源》わたり給ふ。わか君を見給ふも、いかゞあさくはおぼされん、「二条院へうつろひ給へ」との給へど、「うゐ〳〵しき程過して」と聞ゆるもことはり也。あかのぐなどのあるを見給ふ《源》に、おぼし出て、「尼君はこなたにか」との給ふ。

尼君、昔みこの住給ける事を、

源　[16]すみなれし人はかへりてたどれども清水ぞやどのあるじがほなる

源　[17]いさら井は[18]はやくの事もわすれじをもとのあるじやおもがはりせる

源は御寺にわたらせ給ひ、[19]十四日、[20]十五日、[21]つごもりの日おこなはるべき事さだめをかせ給ふ。琴をかきならして、

明石ニて琴の契りの事あり

源　ちぎりしにかはらぬことのしらべにてたえぬこゝろのほどはしりきや

御かた　かはらじと契りしことをたのみにて[22]松のひゞきにねをそへしかな

源出給ふ程、頭中将、兵衛督まいる。「かるぐ〵しきかくれ、見あらはされぬるこそねたう」と[23]からがり給ふ。「けふもこなたに」とて、俄なる[24]御《ミ》あるじ、鵜かひどもめす。きのふ野にとまりぬる君だち、小鳥つけさせたる[25]萩のえだなど、つとにして参れり。月さし出る程に、[26]おほみき《三木》参り、びわ、わごん、笛ども、川風吹あはせておもしろし。

夜更ぬるに、殿上人四、五人、又参れり。勅使には蔵人の弁、

御　月のすむ川のをちなる里なればかつらのかげはのどけかるらん

源返　ひさかたのひかりにちかき名のみして[27]あさゆふぎりもはれぬ山里

源　めぐりきて手にとるばかりさやけきやあはぢのしまのあはと見し月

16 兼明親王ノ事也。親王のゆかりにてなけれども也。
17 小井。
18 はやくハ、昔也。
19 十四日、普賢。
20 十五日、阿弥陀。
21 卅日、尺迦。
22 我なくねをそへし也。
23 辛。
24 みあるじハ、まうけ也。
25 小鳥付る枝之事。数九羽のしたをはさみて、山すげ、もしはほそきかづらにて付也。あたる所をゆひ分る也。萩、薄、菊の枝などにても付る也。
26 三木、三季、三寸、御酒。
27 山里ゆへ、朝夕霧ニ光もなきと也。

28 明石などへの事も、月ニ雲のかゝる程也。行末猶晴天ならんと也。

29「草ふかき霞の谷にかげかくしてる日のくれしけふにやはあらぬ」

30 らうたき　労。イタハル。

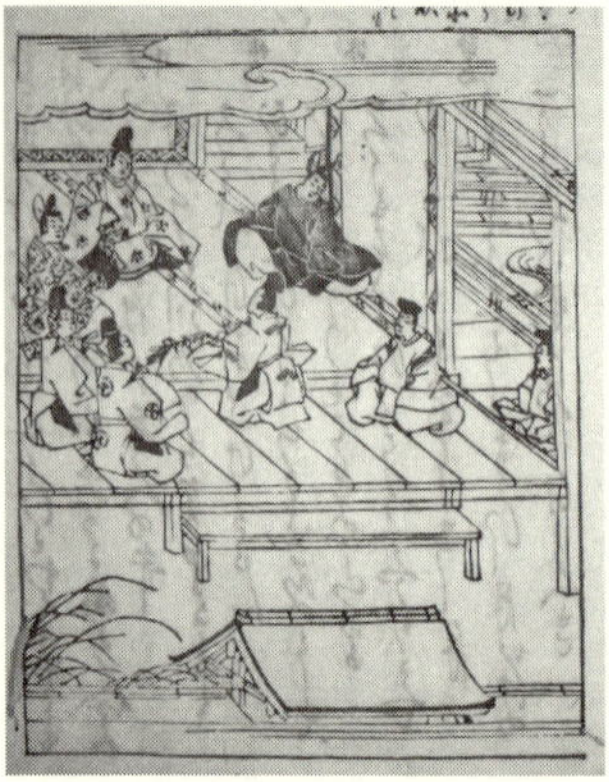

頭中将 うき雲[28]にしばしまがひし月かげのすみはつる夜ぞのどけかるべき

左大弁、古院の御時にもつかうまつりし人也。

雲の上のすみかをすてゝ夜はの月いづれの谷[29]にかげかへしけん

源かへらせ給て、夜更ぬれど、むらさきの上の御《ミ》けしきとりにわたり給ふ。源のかき給ふ文を、「明石の御方へなるべし」とおぼして、そばめに見給へり。源詞「わか君、見すてがたくて」との給へば、紫の上はちごをわりなうらうたき[30]ものにし給ふ御《ミ》心なれば、「此君をえて、いだきかしづかばや」とおぼすに、源も、「むかへやせまし」とおぼしみだる。さがのゝ御《ミ》堂の念仏まち出て、月に二たびの御《ミ》契り也。

1 若君とあれど、姫君の事也。
2 文なりともかよはせよと、めのとをさして。
3「もろこしの吉野の山にこもるともをくれんと思ふ我ならなくに」

薄雲〔源卅、卅一才。以歌也〕

明石の上は、冬に成ゆくまゝに、川づらのすまゐ、心ぼそし。源も、「此人《明石上》、東院へわたり給へかし」とおぼす。若君[1]を、たいの上《紫上》ゆかしくおぼせど、明石は、若君をわたしてはうしろめたく、つれ〴〵なぐさむ方なく、「いかゞくらさん。源も立より給はじ」と、さま〴〵思ひみだれ給へり。

尼君は、「此若君のためよかるべらん《(べからん)》事をこそおもはめ。たゞ打たのみ聞えて、わたし奉てよ」と、源の御母更衣の事などいひ出して、いさめきこえ給ふ。しはすに成て、雪あられがちに、心ぼそさまさりて、汀の氷など見やり、涙をかきはらひて、

明上　雪ふかみみ山のみちははれずともなをふみ[2]かよへあとたえずして

めのと　雪まなきよしの[3]ゝ山をたづねてもこゝろのかよふあとたえめやは

此雪すこしとけて、源わたり給ふ。「若君をむかへにや《明石上ノ心》」とむねつぶれておぼす。

若君は何心なく、「御車にのらん」といそぎ給ふ。かたことの声はいとうつ

4 武隈。奥州ノ名所也。二木ノ松也。
5 松ニ小松。母ト姫君也。
6 御はかし　剣。
7 あまがつ　天児。三歳まで身ニそふる人形也。
8 賽。マカリマウシ。

くしうて、袖をとらへ、「母君にものり給へ」とひくもいみじうて、

明上　するとをき二ばの松にひきわかれいつか木高きかげを見るべき

源　おひそめしねもふかければ[4]たけくまの松に[5]こまつの千代をならべん

めのとの少将、[6]御はかし、[7]あまがつやうの物とりてのる。

くらうおはしつきたり。わか君は、道にてね給にけり。いだきおろされて、なきなどはし給はず。こなたにて御くだ物などまいり、やう〳〵見めぐらして、母君の見えぬをもとめて、らうたげ《臈蘭》に打ひそみ給へば、めのとめしいでゝ、なぐさめまぎらはし給ふ。しばしは人々もとめてなきなどし給へど、紫の上、心やすくおかしき心ざまなれば、いとよくつきむつび給へり。

大井には、「つきせず《母明石》恋し」とおぼすに、年の内に、源、忍てわたり給ふ。紫も此若君につみゆるし給て、恨《源ヲ》もし給はず。

年もかへりぬ。源、「大井へわたり給ふ」とて、桜の御なをしに、たきしめさうぞきて、紫に[8]まかり申給へば、姫君いはけなく、御さしぬきのすそにかゝりて、したひ聞え給ふ程に、立どまりて、「あすかへりこん」とて出給ふ。中将の君してむらさきの上、

[9]舟とむるをちかた人のなくはこそあすかへりこんせなとまち見め

源
ゆきてみてあすもさねこん[10]中々にをちかた人はこゝろをくとも

大井にて姫君の事かたり給ふ。

其頃、葵の上の父おほきおとゞうせ給ぬ。そのとし、大かた世中さはがしくて、物のさとし《怪也》しげく、れいにたがへる月日星のひかりみえ、雲のたゝずまひ、世の人おどろく。みち〳〵のかうがへ文[11]ども奉る。源の御心のうちには、おぼししらるゝ事あり。

入道后の宮《藤壺》、春のはじめよりなやみ給て、三月《ヤヨヒ》にはをもくて、行幸などあり。源は御いのりなどおぼしよらぬ事なし。ともし火のきゆるやうにてはて給ぬ。御とし三十七也。源、

[12]入日さすみねにたなびくうす雲はものおもふ袖に[13]色やまがへる

此入道の宮の御母后の御世よりつたはりて、御いのりの師にてさぶらひける僧都、とし七十ばかりなるが、宮の御事により出たるを、内よりめし有て、常にさぶらはせ給ふ。世中の事そうするついでに、「過おはしましにし院、后の宮、たゞいま世をまつりごち給ふおとゞ《源》の御ため、すべてよからぬ事にや、もり出

9 舟とむるをちかた「桜人」のうたひ物也。明石の上のとめられんと也。
10 さねこんも催馬楽也。実来ん也。
11 勘文。
12 薄雲女院ト云也。
13 雲もにび色ニ成と也。

侍らん」など、彼密通のさま聞ゆるを、あさましうめづらかにて、をそろしうもかなしうも、御心《みかど》みだれたり。御《ミ》心にしり給はで、「後の世までのとがめ有べかりける事也。又、世につたふるたぐひやあらん」との給ふ。「僧都と王命婦よりほかに、しりたる人侍らず」とそうして《奏聞》、まかでぬ。おとゞ《みかどの御心》のかくたゞ人にて世につかへ給ふも、あはれにかたじけなくおぼしなやみて、日たくるまで出させ給はず。

其日、桃園の式部卿[14]うせ給ぬるよしそうするに、いよ〳〵世中さはがし。お《源》とゞは内にのみさぶらひ給ふに、うへも、かくとゝはまほしくおぼせど、さすがにはしたなくえ打いで聞え給はず。王命婦にもきこしめさず。もろこし[15]には、か丶るすぢあらはれても忍びてもあり。日本にはなし。

秋のつかさめしに、太政大臣に成給ふべき事さだめ給ふついでに、即位の事も《源》らし聞え給ふ。おとゞ、まばゆくをそろしくて、さらにあるまじきよしを申返し給ふ。「しばし」とおぼす所ありて、たゞ御位そひて、牛車[16]ゆるされて参りまかで《退》給ふを、みかど、あかず[17]かたじけなき物におもひきこえ給ふ。世の御うしろみには、葵の兄権中納言、大納言になりて右大将かけ給へるを、今一き

14 桐壺ノ御弟。

15 堯湯ハ負洪水大旱ノ責、高宗成王ハ有雊雉迅風ノ変。秦始皇ハ、荘襄王ノ御子トシテ位ニ即トイヘドモ、実ハ母大后、嫪毒、呂不韋ト云臣下ニ密通シテ所生也。陽成院ノ御母ハ、二条ノ后也。業平近付参る事、伊勢物語ニ見えたり。日本ニなしとは相違歟ト。

16 寛弘八八月、左大臣藤原朝臣、乗牛車入待賢門上東門。

17 あかず　不満足也。

18 ともかくも心安くおはせん也。
19 薄雲ノ愁傷也。
20 「春秋に思ひ乱れて分かねつ時につけつゝうつる心は」「春はたゞ花のひとへに咲ばかり物のあはれは秋ぞまされる」「大かたの秋に心をよせしかど花見る時はいづれともなし」
21 源も秋ヲ取分思し召とよみ給へり。

ざみあがり給て、何事もゆづりて、さて其後、[18]「ともかくも」とぞおぼしける。

源は、「あやしうかゝる事を、たれかもらしそうしたる」とおぼして、王命婦、今は御《ミ》くしげ《匣》殿《御服所也》にかはりたるをめして、「そうしつるや」ととひ給へど、「さらに聞ゆる事なし」といふ。

秋の頃、二条院に斎宮まかで給へり。雨ふりてしめやかなるに、おとゞわたり給ひ、御木丁へだてゝ、みづから聞え給ふ。「前栽ども残りなくひもとき侍にけり。[19]物すさまじき年なるに、時しりがほなるも哀にこそ」とて、はしらによりゐ給へる。夕ばへいとめでたし。彼野の宮の明ぼのなど聞え給ひ、斎宮へも色めきたる事の給へば、むつかしうて御いら《斎宮ノ》へもなければ、「さりや《源心》。あな、心う」とて、こと事にまぎらはし給つ。[20]「春の花の林、秋の野のさかり、昔よりとり〴〵にあらそひ侍ける。もろこしには春の花の錦にしく物なしといへり。やまとは、秋のあはれを取たてゝおもへる。いづれもえこそ」。源、

君もさば《さらば也》あはれをかはせ[21]人しれずわが身にしむる秋の夕風

それ《〈花ちる里〉》より西のたいにわたり給ふ。「山里の人《明石上》もいかに」など、たえずおぼして、ふだんの御念仏にことづけてわたり《大井へ》給へり。

22 鵜舟の篝。あまのいさり火ニまがへり。
23「かゞり火の影となる身の侘しきはながれてしたにもゆる也けり」

かゞり火のかげ、やり水の蛍にまがふもおかし。明石上、
[22]いさりせしかげわすられぬかゞり火は身のうきふねやしたひきにけん
源
あさからぬ[23]したのおもひをしらねばやなをかゞり火のかげはさはげる

朝顔〔源卅一才の秋。歌幷詞ニテの名也〕

[1]槿の斎院は、御ぶくにておりゐ給ふ。おとゞ《源》、れいのおぼしそめつる御くせにて、御とぶらひしげし。宮《斎》はわづらはしくおぼして、御返りもとけて聞え給はず。長月に、桃園の宮に斎院わたり給ふを、おとゞ聞給て、[2]女五の宮の御とぶらひにことづけてまうで給ふ。しんでんの西ひがしにすみ給ふ。女五の宮は、院《桐壺》のかくれ給て後、心ぼそく侍つるに、[3]此宮《斎》《式部卿ノ宮》さへ打捨給へれば、いよ〳〵あるかなきかにとまり侍を、おとゞ《源》かく立より給ふに、「物わすれしぬべく」と聞え給ふ〔此女五の宮は、古院の御いもうと也〕。斎院のおまへを見やり給へば、前栽の心ばへ、のどやかにながめ給ふらん御有さまゆかしくて、わたり給ふ。[4]にび色のみす、くろき御几帳のすきかげ、をひ風なまめかし。[5]せんじ、たいめんして、御せうそこ聞ゆ。「年月のらうかぞへられ侍るに、[6]今は内外もゆるさせ給へかし」とあれど、人づて也。源、

人しれず神のゆるしをまちしまに[7]こゝらつれなき世《年ノ心也》をすぐすかな

斎　[8]なべて世のあはればかりをとふからにちかひしことゝ[9]かみやいさめん

1 桐壺ノ御門の御弟、桃薗の式部卿ノ宮の姫君也。此宮かくれ給て御服也。
2 女五ノ宮ハ、式部卿のいもうと也。
3（傍註「斎」を朱で抹消し、下部に「式部卿ノ宮」と朱で書き入れ）
4 鈍色。
5 宣旨。斎院ニ成給ふ時、御使申たるを、後まで宣旨ト云也。
6 斎院ニテハ、男女ノかたらひはゞかり有。
7 こゝら　巨々等。おほくの年也。
8 世上ノ事を也。いつきのみやの時、ちかひし事あれば、神は忘れず、いさめ給ふべきかと也。いさめハ、せつかん也。
9「恋しくはきても見よかしちはやふるやふる神のいさむるみちならなくに」

10 源は斎を御覧じたる事なけれど、箒木の巻ニ沙汰あり。それを見しおりの露、わすられぬと也。
11 盛過やしぬらんハ、うしろめたき心なるべし。
12 身の程をあそばす、尤にや。

源、二条院へかへり給て、朝霧をながめ給ふ。かれたる花どもの中に、あさがほのあるかなきかに、匂ひもかはれるをおらせ給て、「斎院へつかはし給ふ」とて、

[10]見しおりの露わすられぬあさがほの花のさかり[11]はすぎやしぬらん

斎 [12]秋はてゝ霧のまがきにむすぼゝれあるかなきかにうつるあさがほ

薄雲《女院》、式部卿《桃園》の宮かくれ給へば、冬つかた、神《ン》わざなどもとまりて、さびしきに、女五の宮におとゞおはしましたり。人しげきかたの門はかろ〲しければ、西なる門あけさせ給ふ。みかどもり《御門守》さむげなるけはひに出きて、とみにもえあけやらず。こほ〲とひきて、「じやうのいたくさびにければ、あかず」とうれふるを、あはれときこしめす。源、

いつのまによもぎかもとゝむすぼゝれ雪ふるさとゝあれしかきねぞ

やゝひさしう、ひこしろひあけて入給ふ。れいの御物語聞え給ふに、御みゝもおどろかず、ねぶたきに、宮もあくび打し給て、いびきのをとすれば、おとゞはよろこびながら出給はんとするに、ふるめかしき人参て、名のり出るにぞ、おぼしいづる。源内侍の介、あまに成て、此宮に御でしにてなんありける。す

13「おやのおやとおもはましかばとけてまし我子の子にはあらぬなるべし」

14生をかへて也。

15人の上を聞てさへ、心のふそくはおもはしからぬを、何としてあらためんぞと也。

16怨。うらみて也。

17「しはすの月夜すさまじ」と清少納言いひしを、紫式部同時の人ニテ、いどみあらそふ心も有しにや。色なきものゝ身にしむと云り。


げみたる口つき、こはづかひ、したつきにて、打ざれんとは猶思へり。内侍、

　年ふれど此ちぎりこそわすられね[13]おやのおやとかいひし一こと

源　身[14]をかへてのちもまち見よ此世にておやをわするゝためしありやと

斎院のすみ給ふ西おもてにわたり給ふ。今夜も人侍に、いとまめやかに聞え給へば、「浅ましうつらし」と思聞え給ふ。

　つれなさを昔にこりぬこゝろにて(こそ)人のつらきにそへてつらけれ

斎　あらため[15]て何かは見えん人のうへにかゝりときゝし心ばかりを

かひなくえんじ[16]て出給ふ。おとゞは、おほやけ事、よろづのしげさにたえ〳〵なるを、見ならはぬ事と、紫たいの上おぼしたり。源詞「今はさりとも、心のどかにおぼせ。おとなび給ひ《ン》ためれど、まだいと思ひやりもなく、人の心も見しらぬさまに物し給ふこそらうたけれ」などの給て、御ひたいがみ、引つくろひ給へど、いよ〳〵そむきて物も聞え給はず。雪のいたうつもりたるうへに、今もちりつゝ、松と竹とのけぢめおかしうみゆる夕暮に、人の御かたちもひかりまさりてみゆ。「花紅葉のさかりよりも、冬[17]の夜のすめる月に、雪のひかりあひたる空こそ、あやしう色なき物の身にしみて、此世のほかの事まで思ひながさ

18 童は汗衫を上ニきたれど、ぬぎて袙斗をきたるにや。
19 けざやかハ、あらは也。
20 むさぼる也。福付。おほく付たがる心也。
21 一とせ　中宮の薄雲の巻ニ見えぬ事也。
22 其夜の体也。
23 かきあつめて也。
24 哉也。

れ、おもしろさも哀さも残らぬおりなれ。すさまじきためしにいひをきけん人の心あさゝよ」とて、みすまきあげさせ給ふ。月はくまなきに、わらはべおろして、雪まろばしせさせ給ふ。おほきやかになれたる、さま〴〵[18]あこめみだれき、ほび《(おび)》しどけなきとのゐすがた、なまめいたるに、こよなう《無越》あまれるかみのする、しろきには《雪ノ庭ノ体也》ましてもてはやしたる、いと[19]けざやかなり。ちいさきは、わらはげてよろこびはしるに、扇などもおとして、打とけがほおかしげ也。いとおほうまろばさんと、[20]ふくつけがれど、えもをしうごかさでわぶめり。「[21]一とせ、中宮のおまへに雪の山つくられたりし事おぼしいづ。前斎院、内侍督《おぼろ》、明石の上、花ちる里の事共、しな〴〵かたり給ふ。月いよ〳〵すみて、しづかにおもしろし。むらさきの上、

[22]こほりとぢ石まの水はゆきなやみそらすむ月のかげぞながるゝ

御《ミ》かたち《紫ノ》にる物なくうつくしげ也。かんざし《髪》、おもやう《面》、恋きこゆる人のおも影にふとおぼえて、めでたければ、いさゝかわくる御《ミ》心も取かへしつべし。を《鴛》しのうちなきたるに、源、

[23]かきつめてむかしこひしき雪もよにあはれをそふるをしのうきねか[24]

入給ても、薄雲の御事思つゝおほとのごもれる《寝給ふ也》に、夢ともなくほのかに見給て、御いらへ聞ゆとおぼすに、おそはるゝ心ちし給へば、紫の上、「こは、など。かくは」との給ふに、おどろきて、なみだもながれ出にけり。源、

とけてねぬねざめさびしき冬のよにむすぼゝれつるゆめのみじかさ

とくおき給て、所々に御ずぎやうせさせ給ふ。

なき人をしたふ心にまかせても[25]かげ見ぬ水のせにやまどはん

25 かげみぬ水　三瀬川也。

乙女〔源卅二、三、四。以詞歌〕

賀茂のまつりの頃、前斎院にはつれ〲とながめ給ふ。みそぎの日、源よりとぶらひ聞え給ふ。「けふは、

[1]かけきやは川瀬のなみもたちかへり君がみそぎのふぢのやつれを」

藤の花につけ給へり。御返し、

ふぢころもきしはきのふとおもふまにけふはみそぎの[2]せにかはる世を

[3]御ぶくなをしの程などにも、せんじのもとに、所せきまでおぼしやれる事どもあるを、斎院は見ぐるしき事におもほしの給へど、「[4]けしきばめる御文などのあらばこそ、とかくも聞えかへさめ。いとまめやかなれば、いかゞは聞えまぎらはすべからん」と、もてわづらひ給ふ。女五宮は、「源をきのふけふまでちごと思ひしを、かくおとなびてとぶらひ給ふ事」とほめ給ふを、わかき人々はわらふ。

葵の上の若君の御げんぶくの事、大宮のいとゆかしくおぼしたるも、ことはりに心くるしければ、三条の殿《うば君ノ方》にてせさせ給ふ。右大将殿《頭中将》をはじめ、御をぢの

---

1 除服ノ祓などあそばされんとは、おもひがけず也。

2「あすか川ふちにもあらぬわが宿もせにかはりゆく物にぞ有ける」

3 御服かへさせ給ふ。御ぞどもを、をくらせ給ふ也。

4 けしきばめるハ、けしきめく也。好色めきたるにてはあらぬ也。

5 親王ノ子ハ、元服ノ後、頓て従四位下ニ叙ス。皆人さあるべきと思ふニ、斟酌ある也。
6 雅。キビハ。十二才也。
7 浅黄ハ、六位ノ袍也。
8 大学の道。儒道也。政ノ為也。
9 聖廟ノ字、菅三。三善ノ清行ハ三耀。文屋ノ康秀ハ文琳。

殿ばら、みな上達部のやんごとなき御《ミ》おぼえにて、我も〳〵と、さるべき事つかうまつり給ふ。「四位[5]になしてん」とおぼし、世人《ノ》も「さぞあらん」と思へるを、「まだいときび[6]はなれば」とて、あさぎ[7]にて殿上に帰給ふを、大宮《うば君》はあさましき事とおぼしたるぞ、ことはりにいとおしかりける。

「此若君をば、大がく[8]の道にしばしならはさんのほゐ侍る也。はかなきおやに、かしこき子のまさるためしは、かたき《難》事になん侍れば、ましてつぎ〳〵つたはりつゝ、へだゝりゆかん行さき、うしろめたきにより、思ふ給へをきて侍る。たかき家の子として、つかさかうぶり心にかなひ、世中さかりにおごりならひぬれば、がくもんなどに身をくるしめん事は、いとゝをく《最遠》なんおぼゆべかめる。たはぶれあそびをこのみて、心のまゝなる官しやくにのぼりぬれば、世人《ノ》、し《下》たにははなまじろき《おかしがる体也》をして、ついせうし、したがふ也。時うつり、さるべき人に立をくれて、世おとろふる末には、人にあなづらるゝに、かゝり所なくなん侍る。ざえをもとゝしてこそ、やまと玉しゐの世にもちひらるゝかたもつよく侍らめ」。

あざ[9]なつくる事は、東の院にてし給ふ。花ちる里の御方也。はかせ《博士》共参る。

おとゞ《源》は、みすの内にかくれてぞ御覧じける。かずさだまれる座につきあまりて、かへりまかづる大がくのしうどもあるを、源きこしめして、つりどの《釣殿》ゝ方にとゞめて、ことに物など給はせけり。事はてゝまかづる《退出》を、又々文つくらせ給ふ。左中弁、かうじつかうまつる。こはづかひ物々しく神さびて、よみあげたる程おもしろし。かゝる高き家に生れ給て、窓のほたる[10]、えだの雪[11]をならし給ふ心ざし、心々につくり《作文ニ》あつめたる句ごとに、もろこしまでもつたへまほしげなる夜の文共也。

打つゞき、にうがく《入学》といふ事せさせ給ひ、しづかなる所にこめ奉り、たゞ四、五月のうちに、史記などいふ文、よみはて給ふ。

紫のちゝ、兵部卿、今は式部卿にて、やんごとなき御《ミ》おぼえ也。おとゞ《源》、太政大臣にあがり、大将《頭中将》は内大臣に成給ぬ。御子ども十よ人、御《ミ》むすめは女御《弘徽殿》と今一所《雲井雁》おはしける。此姫君《雲井》をば、くはざ《冠者》の君《夕霧》とひとつ所にて、大宮《うば君》のおふしたて給ふ。十にあまり給へば、けどをくもてなされ、おさな心ちに思ふ事なきにしもあらねば、はかなき花、紅葉、ひいなあそびをも、ねんごろにまつはれ、はぢ聞え給はず。女君《雲井》こそ何心なくおはすれ、おとこ君《夕霧》はさこそ物げな

10 蛍　車胤。
11 雪　孫康。

12 あなたハ、みづからの方へ也。
13 真立。

き程と見きこゆれ、よそ〳〵に成ては、かきかはしたる文どものおちつるを、御かた〴〵《召つかひの》の人々見かくしつゝ有なるべし。

　内のおとゞ、大宮に参給て、姫君、御琴などひかせ給ふ。大宮、物の上手にて、つたへ給ひ、大宮もひかせ給ふ。おとゞ《内大》、わごん。「秋風楽」にかきあはせて、さうがし給へる声、いとおもしろし。くはざの君《夕霧》も参り給て、笛吹給ふ。姫君[12]はあなたにわたし給つ。

　二日ばかりありて、おとゞ《内大》又大宮に参り、姫君くはざの君と《ト》心かはし給ふ事の給ひ出て、「《詞》したしき程のえんは、しわくのものだによからぬ事になん。おさなき人々の心にまかせて御覧じはなちけるを、心うく思ひ給ふる」と聞え給ふに、夢にも大宮はしり給はぬ事なれば、あさましうて、「《詞》たれかはかゝる事は聞えけん」との給ふ。「《詞》さぶらふ人々のいひし事共、立きゝし給つれば」とて、立給ぬ。

　くはざの君、大宮に参給ふ。常はまちよろこび給しが、[13]まめだちて内大のうらみ給し事をいひいで給ふ。くはざの君は、心にかゝれるすぢなれば、おもてあかみて、「がくもんにこもり侍し後、人のまじはりなければ、恨給ふべき事

14「霧ふかき雲井の雁も我ごとやはれせず物のかなしかるらん」
15内大臣の心のうたてしき也。
16むつがるハ、腹立也。

も侍らじ」とて、はづかしと思へるけしき也。

「今より、文のかよひもかたき《難成也》なめり」と打なげき、ね給ひぬれど、心空也。中のさうじをひけど、つとさして、をともせず。女君もめをさまして、雁のなきわたるに、とかくおぼしみだるゝにや、[14]「雲井の雁もわがごとや《如ク也》」とひとりごち給ふ。「小侍従《冠者ノ詞》やさぶらふ。これあけさせ給へ」との給へど、をともせず。

さよ中に《夕霧》ともよびわたるかりがねに[15]うたてふきそふおぎのうは風

内大は其まゝに大宮へ参給はず、「いとつらし」とおもひ聞え給ふ。内大の御むすめ弘徽殿は、「梅壺《斎宮也》にをされてくるし」とのみわぶめる、と[16]むつがりて、俄にまかでさせ給ふ。雲井の雁をも、女御の御もとへわたし給ふ。

大宮より、雲井へ御文あり。「おとゞこそうらみもし給はめ、君《雲井》は、さりとも心ざしの程もしり給ふらん。わたりて見え給へ」とあれば、姫君引つくろひて、わたり給ふ。十四になんおはしける。

夕霧は十二才也。夕霧のめのと、宰相の君、「姫君《詞》をも夕霧をも同じ事とこそたのみ聞えさせつれ。殿はことざまにおぼしめすとも、思ひなびかせ給ふな」ゝど、姫君へさゝめき聞ゆれば、いよ〳〵《姫君》はづかしとおぼしたり。

夕霧は、物のうしろに入給て、涙をしのごひおはするを、めのと心くるしうて、大宮に聞えたばかり、夕暮のまぎれに、たいめん《姫君ニ》せさせ給へり。俄に内大参り給へば、姫君のめのと、もとめ奉り、此けしきをみて、「あな、心づきなや。物のはじめの六位[17]すくせ[18]よ」とつぶやく。おとこ君、我を位なしとて、はしたなむる。「あれ《姫君ニ》聞給へ」とて、夕霧、

一　くれなゐのなみだにふかき袖の色をあさみどり[19]ニとやいひしほるべき

姫君　色々に身のうきほどのしらるゝはいかにぞめける[20]中のころも[21]ぞ

あくれば、「二条院へおはします」とて、

霜こほりうたてむすべるあけぐれ[22]のそらかきくらしふるなみだかな

大殿《源》にはことし五せち[23]奉り給ふ。人々のさうぞく、東のゐんにてせさせ給ふ。秋このむ中宮より、わらは、しもづかへのれうまで、奉給へり。殿の舞姫[24]は、惟光がむすめ也。うちならしに、源のおまへをわたらせて、とさだめ給ふ。夕霧も見給ふに、此むすめのさま、雲井の雁の程と見えて、今少しそびやかに、やうだいことさらにまさりてみゆ。きぬのすそをひきならし給て、夕霧、

あめにますとよわかひめ《豊岡姫》のみや人《五節ノ舞姫ノ事也》もわがこゝろざすしめ《領》をわするな

17 いまだ五位ニならざるによって、六位ト云。無位也。祝言ノ始ニいやト思ふ心也。
18 すくせハ、夫婦の契りの宿縁也。
19 あさみどりハ、六位ノ袍也。
20 ぞめけるハ、云さはがるゝぞ也。
21 衣ぞハ、契也。
22 空も涙ニくもりたるか也。
23 毎年十一月ニあり。豊明節会ト云也。昔、浄御原ノ天皇、御吉野宮日暮弾琴給ふ時、むかひの山より雲立のぼりて、神女あらはれ、袖を五度返すニより、五節ト名付。御門の御目ニ斗見ゆる也。御歌「乙女子もをとめさびすもからたまをたもとにまきてをとめさびすも」
24 舞姫ハ、未嫁ヲ乙女ト云。大嘗会ニハ五人、たゞノ年ハ四人也。

うしろみども《後見ノ者共也》ちかうよれば、立さり給ぬ。

源は昔の乙女《筑紫ノ五節》のすがたおぼし出で、御文をつかはす。

乙女子も神さびぬらしあまつ袖ふるきよのともよはひへぬれば

つくしの五節、返し、

[25]かけていへばけふの事とぞおもほゆる[26]日かげの霜の[27]袖にとけしも

此舞姫ども、うへにみやづかへすべきよし、御けしき有けれど、此たびはまかでさせて、[28]あふみの[29]からさきのはらへ〔義清がむすめ也〕、つのかみは[30]なにはのはらへ、といどみてまかでぬ〔惟光がむすめ也〕。「内侍のすけあきたるに」と申させたれば、「さもや」と大殿《源》もおぼい《し也》たり。くはざの君、聞給て、「口おし」とおぼす。此内侍がせうと《兄弟ノコト》のわらはして、文をつかはさる。夕霧、

日かげにもしるかりけめやをとめ子があまのはそでにかけしこゝろは

兄弟これを見けるを、惟光、「なぞの文ぞ」とて、とりてとへば、「くはざの君の」といふ。名残《父》なく打ゑみて、母にも見せて、「此君の、かく人数におぼさば、[31]おほぞうのみやづかへよりは、奉り《此冠者ノ君ニ》てまし。明石の入道のためしにや」

---

25 かけていへば　いひかくれば也。
26 蘿ノかづらを日かげとよめば、舞姫の日陰の糸をかざしによする也。
27 袖にとけしもハ、源ニあひし時を也。
28 斎宮の帰京ニハ難波、斎院ハ辛崎ニテ、祓ヲ修シテ、神事を解除也。近代ハ内野ニテ祓アル也。此乙女は国守ニよせありて、如此書なせる妙也。
29 斎院。
30 斎宮。
31 おほぞう　大惣。

など思ふ。

年の暮には、む月の御《ミ》さうぞく、大宮はくはざの君のを、あまたくだり、きよらにしたて給ふ。

二月《キサラギ》廿日あまり、朱雀院《スサク》に行幸あり。桜の色もいとおもしろければ、めしありて、おほきおとゞ《源　太政大臣》も参給ふ。天子も源もおなじ赤色をき給へば、ひとつ物とかゝやきて見え給ふ。ざえかしこき[32]がくしやう十人めして、御だい《題》給ふ。くはざの君のこゝろみ給ふべきゆへなめり。がくの舟どもこぎまひて《まはして也》、調子どもそうす。昔の花のえんの程、院の給はすれば、

源　うぐひすのさへづるこゑはむかしにてむつれし[33]花のかげぞかはれる

院の上　九重をかすみへだつる[34]すみかにも春とつげくるうぐひすのこゑ

[35]帥の宮、今は兵部卿にて、御かはらけ参らせ給ふ〔源の弟也〕。

いにしへをふきつたへたる笛竹に[36]さへづるとりのねさへかはらぬ《かはりたる也》

冷　[37]うぐひすのむかしをこひてさへづるはこつたふ花のいろやあせたる

兵部卿宮、琵琶。内のおとゞ、和琴。さうの御こと、院の上。琴は、おほきおとゞ。殿上人あまた「[38]あなたうと」「桜人」うたふ。此つゐでに、大后宮へさぶらひ給ふ。

32 学生。
33 花の陰。古院也。桐壺。
34 すみか　仙洞。
35 源ノ弟也。当代ヲ祝シ玉ヘリ。
36 「春鶯囀」也。
37 当代ハ昔ニ不及ト卑下ノ御歌也。
38 あなたうと　催馬楽也。

39 苦丹。クダニ。牡丹ト云説。又、イワフレト云物也ト。

おとゞもさぶらひ給へば、待よろこび、御たいめんあり。

大がくの君、其日文うつくしう作り給て、秋のつかさめしに、侍従に成給ぬ。

大とのゝ《源》御すまゐ、六でう京極、中宮の古き宮のほとりを、四町《ヨマチ》をしめて《領》つくらせ給ふ。あけん《明》年、式部卿宮《紫ノ父》、五十になり給ふ。御賀の事、たいの上《紫》おぼしまうくるに、「おなじくは、めづらしき御家ゐにて」と、いそがせ給ふ。

八月《ハヅキ》に、六条院つくりはてゝ、わたり給ふ。ひつじさるのまちは、中宮の古宮なれば、やがておはしますべし。たつみは、殿《源》のおはすべき町也。うしとらは紫上、いぬゐの町は明石の御かた、とおぼしたり。

むらさきの上の南の東は、山たかく、春の花、池、おもしろく、五葉、こうばい、桜、藤、やまぶき、いはつゝじうへて、秋のぜんさいをば、ほのかによせたり。

中宮のは、もとの山に、紅葉の色。いづみの水とをく、岩をたて、滝おとして、秋の野をはるかに作れり。其頃《八月也》にあひて、咲みだれたり。

北の東は、涼しげなるいづみありて、夏によれり。くれ竹、こだかき木ども、山里めきて、うの花かきね、むかしおぼゆるたち花、なでしこ、さうび、くだ[39]になどやうの草々うへたり。

40移徙也。

41袙。アコメ。きぬニかさぬる物也。

42しをん色。表すはう、うら青シ。

43汗衫。上ニきる物也。

44見給へ也。

45春ノ色のをもきをかけてみんと也。まされとの心也。

東おもては、馬ばのおとゞつくり、らち《埒》ゆひて、五《サ》月の御《ミ》あそび所にて、むかひにみまや《御馬屋》して、よになき上手(馬)ども、と〻のへたてさせ給へり。

西は御蔵まち也。へだての垣に、から竹、松しげく、雪をもてあそばんたよりによせ、菊のまがき、はゝそはら《柞原》、名もしらぬみ山木ども、植たり。

[40]先、花ちる里、その夜そひて、うつろひ給ふ。紫の上の御車十五、四位、五位、六位殿上人、侍従の君《夕霧》、そひてわたり給へり。五、六日《イッカムユカ》過て、中宮《秋好》まかで給ふ。所せし。長月になれば、中宮の御前の紅葉、むら〳〵色づきておもしろし。御はこのふたに、花紅葉こきまぜて、おほきやかなるわらはの、こき[41]あこめ、し[42]をんのをり物かさねて、あかくちばのうす物のかざみ[43]、いたうなれて、紫の上に奉らせ給ふ。らう《廊下》、わたどの《渡殿》ゝそりはし《反橋》をわたりてまいる。中宮、

紫ノ上

心から春まつそのはわがやどのもみぢを風のつてにだに見よ[44]

御返は、此ふたにこけしき、いはほの心ばへして、五えうのえだに、

紫ノ上返し

風にちるもみぢはかろし春[45]のいろをいはねのまつにかけてこそ見め

明石の上は、神な月にわたり給ふ。

【第五冊】

玉かづら
はつね
こてふ
ほたる
とこなつ
かゞり火
野わき
みゆき
ふぢばかま
まきばしら

玉鬘 〔源卅五才。以歌〕

1 仁明天皇承和元年七月勅ニシテ、諸国ノ守、介、志、以二四年ヲ一可レ為レ限。但シ陸奥、出羽、太宰府、是ヲ云二官国ト一。
2 誘。イテ。
3 せうそこ伝へたがれど也。

年月へだゝりぬれど、夕がほの事わすれ給はず。右近をかたみとおぼして、たい《紫ノ上》の上の御かたにさぶらはせ給へり。

西の京にとまりし姫君《玉かづら》は、御めのとのおとこ、少弐[1]に成て、四才のとし、つくしにぐしていきける。舟のうちにて、むすめ二人の歌、

　舟人もたれをこふとかおほしまのうらがなしげにこゑのきこゆる

　こしかたもゆくゑもしらぬ沖に出てあはれいづくに君をこふらん

つくし、ひぜんにくだりても、うへ《夕がほ》をこひなきて、此君《玉かづら》をかしづき奉る。夢に見え給ては、名残心ちあしければ、「世になく成給にけるな《ン》めり」とのみ思ふ。少弐、任はてゝのぼりなんとするに、をのこ子三人あるに、「此《玉》君を京にゐ[2]て奉りて、さるべき人にもしらせ奉れ」といひて、姫君十ばかりの頃、少弐はうせぬ。

京の出立をするに、中あしき国の人おほくて、をぢはゞかり、年月を過す。姫君のかたちよきを聞て、ゐなか人ども、せうそこ[3]がれど、《めのと詞》「いみじきかたわのあれば、尼になして、我よのかぎりはもたらん」といふ也。むすめもをのこも、所につけたるよすがども出きて、京の事はいや遠ざかる

やうにて、姫君廿ばかりに成給ふ頃、ひごの国に大夫《卅才斗也》の監とて、いきほひいかめしきつはものあり。すき心ありて、「此君かたわありとも、見かくしてもたらん」とねんごろにいひて、をして此国に来りぬ。二郎と三郎は、「ゆくすゑ身のよるべ」とたのもしくて、これにおもむきけり。ぶんご《少弐ノ子》の介といひしは、「少弐のいひし事もあれば、京にのぼせ奉らん」といふ。

此監、二郎をかたらひとりぬ。《監ガ》「心をやぶらじ」とて、めのと出て監にあひたり。《監詞》「かたわなりとも、わたくしの君とおもひて、いたゞきにさゝげん」といふ。

監、

　君[4]にもし心たがはゞまつらなるかゞみの神をかけてちかはん

めのと心をもちひかへて、

　年[5]をへていのるこゝろのたがひなばかゞみの神をつらしとや見ん

《監詞》「都の人とても何ばかりかあらん。あなづりそ。四《ウ》月廿日の程にむかへにこん」といひてかへりぬ。

ぶんごの介と兵部の君といふむすめそひて、よるにげて、舟にのりけり。兵部の君、

4 肥前国。「あひみんと思ふ心は松浦なる鏡の神や空にしるらん」

5 年月可然やう二と念じつる二、監にとられてはと云心也。

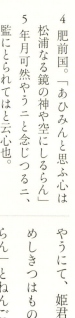

[6]うきしまをこぎはなれてもゆくかたやいづくとまりとしらずもあるかな

玉かづら　ゆくさきもみえぬなみぢに船出して風にまかする身こそうきたれ

同　うき事にむねのみさはぐ[7]ひゞきにはひゞきのなだも[8]さはらざりけり

九条に、昔しれる人尋出てゐけり。すみつくべきたよりもなく、彼国にても願をたてつれば、八幡《ヤハタ》にまうで、又うちにて[9]初瀬へ参らせらる。四日といふに、からうじて[10]つばいちといふ所につきたり。

此宿に、又おとこ女おほく、馬四、五ひかせてつきたり。[11]ぜ上へだてゝおはす。さるは、よとゝもにこひなく右近也。

ぶんごの介、まいり物、手づからとりて、「これはおまへに参らせ給へ」などいふを、右近のぞけば、此おとこの顔見し心ちす。「三条めす《女ノ名也》」とよぶ女をみれば、又見し人也。此三条をよびて、「我をば見しりたりや」とて、右近かほをさし出たれば、女《三条》、手を打て、「あな、うれし。夕がほの上のおはすや」とおどろ〳〵しくなく。右近は、「姫君は」ととふ。めのとに聞えて、みな夢のこゝちす。うへ《夕がほ》のうせ給ふ事も、今かたる。二、三人ながらむせ《涙也》かへりぬ。

日暮て、御あかししたゝめはてゝ、右近は姫君をうつくしと見る。

6 憂所也。非名所。うきたる心もあり。
7 ひゞきの灘。播磨守。
8 さはらぬハ、をとりたる心也。
9 長谷寺観音十一面、二丈六尺、文武天皇御宇、徳導上人造㆓立之㆒。神亀元年、公家被㆓建立㆒、当宇同四年三月廿日供養。講師、行基菩薩。大唐僖宗皇帝之后馬頭夫人、御形ノみにくき事を歎き給ふ。仙人ノをしへによりて、東ニ向テ、日本長谷ノ観音ニ祈請しけるニ、夢中ニ一人ノ貴僧、紫雲ニ乗テ東方より来て、手をのべて、瓶水ヲ面に灑ト見えて、忽ニ容貌端正ニ成ニケリ。因㆑茲侍女ヲ引率シテ、明州ノ津ニ出給て、十種ノ宝物ヲ奉らるゝト云々。又吉備大臣入唐ノ時、長谷寺観音、住吉明神ニ祈請して、野馬台ヲよみける霊瑞ある也。
10 椿市。「海石柏（榴）市のやそのちまたにたちぬらしむすびしひもをとかまくもおし」

11 軟障。幕ノ類也。松などの絵あり。

12 三条が心。久しく田舎ニ住て心せばく成て、当国のず領をいかめしき事ニ思ひて祈る也。当国ハ、大和也。

13 「初瀬川ふる川のへに二もとある杉年をへて又もあひみん二もとある杉」

14 はやくハ、昔也。

15 ながれぬハ、涙也。

16 そなたはしらずとも、源のゆかりにてあると也。

17 みくりハ、筋たえぬ物にや。藁。

18 召つかへ人の衣裳など、源よりつかはされ、ゐなかびたるをあらためらるゝ也。

19 ふどの。文殿。文書ヲ納玉フ所也。

三条[12]は、此姫君を、「当国のずれうの北のかたともなしてたべ」とおがむ。三日こもりて昔をかたり、「此るり君《玉》の御ため」とて、御あかし文、大とこにかゝす。「京にて父おとゞに申給へ」などいふ。

右近　ふたもと[13]のすぎのたちどをたづねずはふる川のへに君を見ましや

玉かづら　はつせ川はやく[14]の事はしらねどもけふのあふせに身さへながれぬ[15]

京にかへりて、源と紫の上おはします所にて、右近、玉かづらの事かたる。源詞「父おとゞにはなしらせそ。我は子もすくなければ、おぼえぬ所より尋出たりともいはん」との給ふ。源より玉かづらへ、

しらずとも[16]たづねてしらんみしま江におふるみくりのすぢはたえじを

玉かづら　数ならぬみくり[17]やなにのすぢなればうきにしもかくねをとゞめけん

右近がさとの五条に、先忍びてわたし奉り、人々[18]えりとゝのへ、さうぞくなどして、十月にぞわたり給ける。うしとらの町の西のたい、文殿[19]をことかたへうつして、花ちるとあひずみ也。源言「山がつめきておひ出たる人也。ひなびたる事は、花ちるにをしへ給へ」とこまやかに聞え給ふ。此母夕顔の事、紫へも花ちるへもかたり、此姫君をば子のやうにかたりなし給へり。

20（上欄）身はそれならでハ、夕顔にはあらで也。（下欄）身はそれならで　夕顔ニはあらで也。
21 いかなる筋　実父ヲこそ也。
22 ゐびぞめ　表すはう、裏はなだ。
23 小掛。
24 桜　おもて白、うら紫。又おもてすわう共。
25 ほそなが　おさなき上臈のうへニきる物也。
26 つやゝか　厳、又光。
27 かいねり　薄紅の綾はりたる也。
28 あさはなだ　そら色也。
29 かいふ　海賦。大波ニ海松貝などの紋ヲをりたる也。
30 山吹。おもて朽葉、うら紅梅。
31 柳　うす青。
32 こきつやゝか　濃紫。
33 青鈍。あさぎ。
34 ゆるし色　薄紅。
35 源のうと〳〵しきをうらみての歌也。

玉に源たいめんし給て、「おやのかほはゆかしきものとこそきけ。さもおぼさぬか」とて、几帳をやり給へば、はづかしげにて、そばみおはする。右近、火をかゝげてすこしよす。「おもな《玉かづら》の人や」とわらひ給ふ。「年《源詞》ごろ、心にかけぬひまなくなげき侍を見奉るも、夢の心ちして」とおやめきて聞え給ふ。よく夕顔におぼえ給へれば、源、

　こひわたる[20]身はそれならで玉かづら[21]いかなるすぢをたづねきつらん

　年の暮には、人々のさうぞくなど、おぼしをきて、紅梅のいともんうきたる[22]ゐびぞめの御[23]こうちき、今やう色のすぐれたるとは、紫の上。[24]桜の[25]ほそながに、[26]つややかなる[27]かいねりそへて、姫君の御れう。[28]あさはなだの[29]かいふのをり物、こきかいねりぐして、夏の御かた。[30]山ぶきのほそなが、玉かづら。[31]柳のをり物の、よしあるから草をれるを、末つむ。梅のおり枝、てふ、鳥ちがひ、からめいたる白きこうちきに、[32]こきつやゝかなるかさねて、あかしの御かた。うつせみのあま君に、[33]あをにびのをりもの、くちなしの御ぞ、[34]ゆるし色そへ給ふ。

　末つむは、二条のひがしのゐんにおはす也。末つむ、

[35]きてみればうらみられけりからごろもかへしやりてん袖をぬらして

（初音）

御使に、やまぶきのうちき、袖ぐちすゝけたるをかづけ給へり。

初音〔源卅六才。元旦也。以歌〕

六条院の内、見所おほき御かた〴〵の中に、春の御まへとりわきて梅のかもみすの内の匂ひにまがひてやすらかにすみなし給へり。さぶらふ人々もわかやかにすぐれたるを明石の姫君の御かたにえらせ給て、おとなびたるは中々よしく〳〵しくさうぞきて、こゝかしこにむれゐつゝ、[1]はがためのいはひしてもち[2]ゐかゞみをとりよせて千とせのかげにしるきいはひ事してそぼれあへるに、おとゞさしのぞき給へればふところで引なをしたり。

人々にたはぶれ事いひて中将の君ぞかねて見ゆるなど夕つかた、たいのうへにいはひ事きこえ給て、源、

うすごほりとけぬる[3]池のかゞみには世にたぐひなき[4]かげぞならべる

くもりなき池のかゞみによろづ代をすむべきかげぞしるくみえける

けふ[5]は子の日也。姫君のかたにわたり給へば、わらはしもづかへなど御前の山[6]の小松ひきあそぶ。明石のうへより、ひげこともわりごなど奉れ給へり。五えうのえだ《作り物也》にうつる鶯もおもふ心あらんかし。

1 歯固。身の吉日を見てノ祝也。

2 たかつき六本ニ折敷ヲすゆ。一ノ台ニ、餅、大根、橘ヲ盛ル。一近江国火きりの郷より用ゆ。「我をのみ世にももちゐのかゞみ草咲さかへたるかげぞうかべる」

3 白氏文集「柳ハ似二舞腰ニ一池ハ如ㇾ鏡」

4 かげぞならべる。源卜紫。

5 十節記云、「正月子日、登ㇾ岳遥ニ望メバ二四方ヲ一、得下陰陽ノ静ㇾ気除二憂悩ヲ一之術上」松は風霜にもをかさぬ徳あり。又「引テ二小松ヲ一延ブ二遐年ヲ一」、詩「倚二松根一摩ㇾ腰、千年ノ翠満ㇾ手」

6「千とせまでかぎれる松もけふよりは君にひかれて万代やへん」

とし月を松にひかれてふる人に[7]けふうぐひすのはつねきかせよ

姫君[8]

[9]ひきわかれとしはふれどもうぐひすの[10]すだちし松の[11]ねをわすれめや

花ちる

夏の御かたにはいとむつましく有がたからんいもせの契りばかり聞えかはし給て西のたいへわたり給ふ。

まだすみなれ給はねど、けはひおかしく物ぎよげにすみなし給へり〔玉かづら也〕。

明石の御かたにわたり給へば、硯、さうしどもとりちらし、きんうちをき、火おけにじゞうくゆらかし、「小松の御返めづらし」とみ給て、

めづらしや花の[12]ねぐらに来つたひてたにの[13]ふるすをとへるうぐひす

こなたにとまり給ぬ。明ぼのゝ程に出給て、紫へはあやしきうたゝねして、「今こそ」と聞え給ふに、[14]御いらへもなし。日たかくおきたり。けふは[15]りんじきやく、上達部、みこたち参給て御あそびありて、物のしらべ共、おもしろし。此とのうたひて時々おとゞ《源》も声打そへ給へり。

東のゐんにはなれ給へる人々は、つれ〴〵のみまさる日ごろへてわたり給へり。

7「松の上になく鶯の声をこそ初音の日とはいふべかりけれ」「めづらしき千よのはじめの子日にはまづけふをこそひくべかりけれ」

8 此歌、姫君のよみ始也。「春のたつけふ鶯の初声をなきてたれにかまづきかすらん」「けふだにも初音きかせよ鶯のをとせぬ里はすむかひもなし」**此二首ハ明石ノ歌ノ引歌也。**

9 紫へ姫君をわたして四、五年也。

10 すだちしハ、そなた也。

11 音ト根。

12 ねぐらハ、紫の上。

13 ふるすハ、明石ノ上。

14 少しねたみ心。

15 臨時客。摂政関白の亭ニ、春の始、上達部を招テ遊ぶをいふ也。さだまらぬ客を云歟。中宮、東宮、左大臣ハ大饗ト云也。二日、三日ノ事也。

末つむのおまへの紅梅見はやす人もなきを見わたし給て、

ふることの春のこずゑにたづねきてよのつねならぬ[16]花をみるかな

うつせみの尼は、仏に所えさせ奉りて、かごやかにつぼねずみにしなしおこなひつとめたるさま、哀也。

ことしは[17]おとこたうかあり。内より朱雀院に参て、次に此ゐん《六条院》にまいり、夜あけがた、大后《弘キ殿》の宮の御かたなどめづる也。殿の中将、内の大殿《頭中将》の君《子》、[18]「竹川」うたひて[19]かよれるすがた、なつかしきこゑ〳〵也。れいの、[20]わたかづきわたりてまかでぬ〔正月十[21]六日也〕。

16 花ハ、鼻也。
17 十四日、男踏歌。十六日、女踏歌。隔年ニある事也。舞妓ヲ進ル故ノ名也。男踏歌、昔ハ殿上、地下四位、十四日、五日ノ夜、京中ノ遊士共、月ニ興ジテウタヒ舞シ也。今ノ世ニ千秋万歳ト云テアリク、是也。天武天皇三年朔朝、節会。同十年正月七日、白馬節供也。同天平元年正月十四日、男踏歌。同天平十四年正月十六日、女踏歌。
18 竹川　催馬楽。
19 曲。カヨレル。
20 冠ノ高巾子ニ綿ヲカクル也。
21 （「六」を見消ちして「四」と墨書）

胡蝶〔源卅六才。歌弁詞〕

やよひ廿日あまり、春のおまへ《紫の上》、花の色、鳥の声、山のこだち、中島のわたり、めづらしう見ゆ。からめいたる船つくらせ、おろしはじめ給ふ。[1]うたづかさの人めして、ふねのがくせらる。上達部あまた参給ふ。秋好中宮、里におはします。「いかで、此花のおり御覧ぜさせん」とおぼせど、かるらかにわたり給ふべきならねば、わかき女房達をのせ給て、「南の池のこなたに」とをしかよはし給ふ。[2]龍頭[3]鷁首を、からのよそひにしつらひて、[4]みづらゆひたるわらはべ、かぢとりさほさす。らう《回廊》をめぐる藤の色も、池の水にかげをうつし、山ぶき岸よりこぼれて、いみじきさかり也。水鳥の、ほそきえだをくはへてとびちがふ。女房達《紫の上の》、

風ふけば波の花さへいろ見えてこや名にたてる[5]やまぶきのさき

同

春の池やゐでの川瀬にかよふらんきしのやまぶきそこもにほへり

[6]かめのうへの山もたづねじ舟のうちにおひせぬ名をもこゝにのこさん

春の日のうらゝにさしてゆくふねはさほのしづくも花ぞちりける

1 雅楽寮。楽ヲツカサドル也。
2 龍ハ水ヲ得タリ。
3 鷁ハ風ニ向テウシロヘ飛也。
4 からこの出立也。
5 近江国也。
6 王質古事「不レ見二蓬莱ヲ一、不シ二敢テ帰一、童男草女、舟ノ中ニ老タリ」仙宮ニタトヘテ也。蓬莱山ハ亀ノ背ニ負ト也。

「わうじやう」[7]といふがく、おもしろく、つりどのにさしよせられておりぬ。舞人など手のかぎりつくさせ給ふ。夜に入ぬれば、かゞり火ともして、御はしのもとの苔の上に、楽人めして、上達部、みこたちも、皆ひきもの、ふき物とりぐ\にし給ふ。こと共のしらべ、花やかにかきあはせ、「あなたうと」《うたひ物》あそび給へり。かへりごゑに「喜春楽」たちそひて、兵部卿宮《螢》、「青柳」《律》おりかへしうたひ給ふ。中宮[8]、物へだてゝ、ねたうきこしめす。

玉かづらの事を聞えいでゝ、心をなびかし給ふ人おほかり。

兵部卿宮　[9]むらさきのゆへにこゝろをしめたればふちに身をなげん名やはおしけき

源　ふちに身をなげつべしやとこの春は花のあたりをたちさらで見よ

けふは、中宮の[10]御どきやうの始也。春のおまへより中宮へ、御心ざしに、仏に花奉り給ふ。鳥、蝶[11]にさうぞきわけたるわらはべ八人、鳥には、しろかねの花がめに桜をさし、蝶には、こがねのかめに山ぶきをさして、南のおまへの山ぎはよりこぎ出て、おまへに出る、いとあはれにみゆ。御せうそこは、殿の中将《夕霧》して、

紫上　[12]花ぞのゝこてふをさへや下くさに秋まつむしはうとくみるらん

7 皇麞。平調。
8 紫ノ上のおまへなれば、中宮は秋を好み給ふにより、物隔テねたくおぼさるゝ也。
9 玉ヲ源ノ実子ト思給ふ。然れば、兵部卿のめいなれば、ゆかりの色をかこつと也。
10 禁中ニ、季ノ御読経トテ、四季ニ大般若経あり。天平十七年九月ニ、平城ノ中宮、僧六百人ヲ請じて講ぜらるゝ、是始也。
11 蝶ノ舞は宇多ノ御時作られたる也。
12「心から春まつそのは我やどの紅葉を風のつてにても見よ」秋好ノ歌也。前ニあり。此ゆへニ今つかはさるゝ也。

13藤　おもて薄紫、うら濃紫。上臈女房のきる物也
14「名にしおへば八重やまぶきぞうかりけるへだてゝおれる君によそへて」心へだてずは、さそはれゆかん也。

15此歌ゆへ岩もる中将と云也。水ニは色なき物なれば也。

16兄弟さへ知給はぬ玉かづらなれば、人ゑりしてとの給ふにや。

17辛。スヾロ。

18ませの内に　六条院也。

19まことの親をば也。


宮は、「彼紅葉の御返なり」とほゝゑみて御らんず。鳥には桜のほそなが、蝶にはやまぶき《黄なる重ね也　又朽葉》かさねて給る。中将の君には、[13]藤のほそなが、女のさうぞくかづけ給ふ。

中宮返　こてふにもさそはれなまし心ありて[14]やへやまぶきをへだてざりせば

玉　西のたいへ、人々の御文しげく成ゆくを、源　おとゞはおかしうおぼして、御返しそゝのかし聞え給ふ。兵部卿宮、内の大殿の中将《岩もる》、ひげぐろの右大将より也。大殿の中将は、いもうとゝもしり給はで、

[15]おもふとも君はしらじなわきかへり岩もる水にいろし見えねば

おとゞ、右近をめし出て、「此返しどもをば、[16]人えりしてせさせよ」との給ふ。「兵部卿の宮は、人がらいたうあだめいて、かよふ所あまたと聞ゆれば」とおほす。「大将《髯》は、ねび過たれば《年寄過たると思召也》、人々わづらはしがる也」と、さま〳〵に人しれず思ひさだめかね給ふ。源　おとゞもけしき《好宮ノ詞ヲ也》有ことばを時々まぜ給へど、玉は見しらぬさまなれば、[17]すゞろに打なげかれ給ふ。

源　[18]ませの内にねぶかくうへし竹の子のをのがよゝにやおひわかるべき

玉　[19]今さらにいかならんよかわか竹のおひはじめけんねをばたづねん

御くだ物のなかに、たちばなのあるをまさぐりて、源、
[20]たちばなのかほりし袖によそふればかはれる身ともおもほえぬかな
玉　[21]袖のかをよそふるからにたちばなのみさへはかなくなりもこそすれ
「むつかし」とおもひてうつぶし給へるさま、なつかしう、はだつきのこまかにうつくしげなるに、物思ひそふ心ちして、けふは思ふ事聞えしらせ給ける。女は心うく、わなゝかるゝけしきもしるけれど、「いとようもてかくして、人にとがめらるべくもあらぬ心の程ぞ。[22]さりげなくてもてかくし給へ」と聞え給ふ。さかしらなる御おや心なりかし。人々は、こまやかなる御物がたりにかしこまりて《をそれて也》、ちかくもさぶらはず。御ぞどものけはひ、いとようまぎらはしすべし給て、ちかやかにふし給ふ。「人もあやし」と思ふべければ、いたう夜もふかさで出給ぬ。
又の日、御文、
[23]うちとけてねも見ぬものをわか草の事ありがほにむすぼゝるらん
御返事聞えざらんも、人めあやしければ、たゞ、「うけ給ぬ。みだり心ちのあしう侍れば、聞えさせぬ」とのみあり。

20「さ月まつ花橘の香をかげば昔の人の袖の香ぞする」昔の袖は夕顔の上也。
21 夕顔ニよそふるからは、我もきえんと也。
22 さりげなく　さありげ也。
23「うらわかみねよげにみゆるわか草を人のむすばん事をしぞ思ふ」

蛍〔源卅六才、五月。以詞歌〕

玉かづらは、おとゞの思ひのほかなる御けしきにおぼしみだる。おとゞも打出そめ給ては、中々くるしくおぼす。しげくわたり給つゝ、人とをきおりは、けしきばみきこえ給ふ。[1]あいぎやうづきたるけはひのみそひ給へば、兵部卿宮などはまめやかにせめ聞え給ふ。[2]らうの程いくばくならぬに、御母かたのをぢなりける宰相の[3]むすめ、世におとろへたるを尋とり、おとなびたる人なれば、さるべきおり〳〵御かへりを（玉ニ）しへてかゝせ給ふ。

よろしき御かへりのあるを、兵はかくともしり給はで、しのびやかにおはしたり。源と兵は、御几帳ばかりへだてゝちかき程也。宰相の君出て、（兵部卿ニ）御せうそこつたへたり。

玉は、東おもてに引いりて御とのごもりけるを、（源ノ兵）「此宮などには、すこしけぢかくても聞え給へ」といさめ給て、[4]もやのきはなる御木丁のもとにすべり出給へり。御几丁のかたびらに蛍をおほくつゝみて、にはかにじそくをさし出たるかとあさましきに、玉は扇をさしかくし給へる。かたはらめいとおかしげ也。

1 愛敬。
2 らうの程　労也。夏をかさね、らうつもる也。
3 玉のいとこ也。
4 母屋。本屋也。おもやと云也。

5 そびやか　ちいさき姿也。
6 いはんや音をそゆる思ひはふかきと也。
7 声のなき虫の思ひこそふかけれ。人は言にもあらはせり。兵ノハ浅キト也。
8 けふは誰もひく物なれども、けふさへひく人もなきと也。
9 音にあらはれたるは浅きと也。

兵ものぞき給ひなん。まこと《源ノ》の御むすめをば、かくしもてさばき給はじ。うたてある御心也けり。源はことかたより、やをらすべり出給ぬ。

兵は御心どきめきせられ給て、玉の[5]そびやかにふし給へりつるやうだいおかしかりつるを、あかずおぼして、宮、

[6]なくこゑもきこえぬむしの思ひだに人のけつにはきゆるものかは

玉　[7]声はせで身をのみこがすほたるこそいふよりまさるおもひなるらめ

はかなく聞えなして、玉はひきいり給にければ、兵はうれはしさをうらみて、夜ふかく出給ぬ。

源はかゝる御心ぐせなれば、中宮《秋好》なども聞えうごかし給へど、やんごとなきかたのをよびなさに、わづらはしくて過給ぬるを、此君《玉かづら》をば、忍びがたきおり〳〵人のうたがひ思ふべき御もてなし也。

五日《五月ノ》には、馬ばのおとゞに出給ひけるついでにわたり給へり。源のさまわかくきよらに、つや《光》もいろもこぼるばかり也。兵部卿宮より、

[8]けふさへやひく人もなきみがくれにおふるあやめのねのみなかれん

玉　[9]あらはれていとゞあさくもみゆるかなあやめもわかずなかれけるねの

所々より源へ[10]くすだまゝいる。むまばのおとゞは、こなたのらうより見とをす、程遠からず。夕霧の中将、左のつかさ也。たいの御かたのわらはべ、物見にらうの戸口に、今めきたる[11]すそごの几丁たてわたし、しもづかへなどさまよふ。西のたいより、[12]さうぶがさねのあこめ、[13]ふたあひのかざみきたるわらはべ四人、しもづかへは、[14]あふちのすそ、このも、[15]なでしこのからぎぬなどきたり。花ちる里のは、こきひとへがさね、なでしこがさねの[16]かざみ、をの〳〵いどみがほ也。わかやかなる殿上人は、めをたてつゝけしきばむ。[17]みこたちおはしつどひ、てつがひども、さまことにあそびくらし給ふ。[18]打毬楽、らくそんなどあそびて、かちまけのゝしる。[19]とねりどものろくしな〳〵給る。夜更て、人々あがれ給ぬ。

おとゞは、花ちる里におほとのごもりぬ。今は大かたの御むつびにて、おましなどもこと事なれば、花ちる里、

[20]そのこまもすさめぬ草と名にたてる[21]みぎはのあやめけふやひきつる

源

にほどりにかげをならぶる[22]わかごまはいつかあやめにひきわかるべき

長雨いたくしてつれ〳〵なるに、ふる事どものついでに、源より玉のかたへ、

10 薬玉。霊糸共。昔、武徳殿ニテおこなはる群臣に酒ヲ給ふ。人々菖蒲葛ヲカク。薬玉ヲヒヂニカクルハ、悪鬼を払除クト也。如日蔭鬘、五色ノ糸ヲ付る也。

11 下濃。スソゴノ木帳。ウヘハ白、帷ノスソ、コンカ紫カ。

12 菖蒲重。おもて青、うら紅梅。

13 二藍。赤花、青花。上赤ク、下青シ。キ、ヤウ色ト云物歟。

14 樗。表薄色、裏青。

15 ナデシコ　表紅、裏紫。

16 汗衫。袖なし。打かけてきる物也。

17 競馬。左ハ蘇芳《アカネ》菲、舞ノ名。右ハ狛形、蘇―ハ獅子ノ如シ。子二人アリ。面形如犬。狛―ハ馬形二疋、乗尻ハ舞人也。以此舞ヲ、御輿ヲむかへ奉る也。五月三日、左近騎射荒手詰。五日真手詰。四日、右近ノ荒手。六日、真手詰。

18 六日、武徳殿ノ騎射《キシヤ》果テ、打毬ノ事アリ。唐人ノ装束ニテ馬ニ

乗テ、毬子ヲはしらむる。其時の楽也。
19 近衛舎人。
20 神楽「其駒」。「その駒ぞや、われにくさかふ、草はとりかはん、水はとりかはん」
21 菖蒲ハ、駒のすさめぬ草也。けふの御出はと也。
22 わかごまハ、こも也。こもとあやめの如ク、源ト花ちる、わかるまじきと也。影をならべん也。鳰鳥ハ、枕詞也。
23 かこちハ、うらみ也。
24 放埒《ハフレ》。甚也。

おもひあまりむかしのあとをたづぬれどおやにそむける子ぞたぐひなき

玉　ふるきあとをたづぬれどげになかりけりこの世にかゝるおやのこゝろは

夕霧の中将を、紫の御かたにはけどをくもてなし、みすのうちにはゆるし給はず。西のたいの姫君を右中将はふかく思ひしみて、夕霧をかこち[23]よりけれど、つれなくいらへ給へり。

頭中将 内のおとゞは、御子たち腹ばらにおほかるに、なでしこ（玉かづらの事也）を、「ゆくゑしらず、あやしきさまにてはふれ[24]やすらん」とおぼしわたる。玉かづらを源の御むすめとおぼして、君だちにも、「もしさやうの名のりする人あらば、みゝとゞめよ」などの給ふ。

瞿麦〔同六月。以詞ト歌。源卅六才〕

いとあつき日、東のつり殿[1]に出て、すゞみ給ふ。夕霧、殿上人、あまたさぶらひて、西川[2]より、鮎、かも川のいしぶし[3]奉る。おまへにててうじ[4]参らす。大殿の君たちも参給て、おほみき参り、ひみづ[5]、すいはん[6]、とりぐ〳〵にくふ。御物語のつゐでに、「内のおとゞの、ほかばらのむすめ尋出て、かしづき給ふは、まことか」ととひ給へば、弁少将、「此春の頃、夢がたりし[7]給けれど、くはしきさまはえしり侍らず」ときこゆ〔近江の君の事也〕。

源は、西《玉》のたいへわたり給て、わごん引よせて、月もなき頃なれば、「かゞり火、こなたに」とめす。いにしへ、父おとゞの、「なでしこ」とかたり出給しも、たゞ今のやうにて、

玉　山がつのかきほにおいしなでしこのもとのねざしをたれかたづねん

[8]なでしこのとこなつかしきいろを見ばもとのかきねを人やたづねん

内のおとゞ、弁《頭ノ子》の少将も御供にて、雲井の雁の御かたへわたり給へり。姫君はひるねし給へる程也。らうたげにさゞやか[9]也。すき給へるはだつきうつくし

1 六条院ノ東ノ釣殿也。涼所也。
2 西川。桂川也。禁河ト云。交野ヲ禁野ト云也。御狩ノ為ニ禁ズル所也。
3 イシブシ　小魚也。石臥。鮔。鮔。いしもちと云歟。
4 調。
5 氷水。
6 水飯。干飯ノ類也。
7 蛍のまきニ、内蔚の夢の事あり。夏なれ共、春の頃トかけり。柏木、此あふみの君ヲ尋出し参らせ給し也。
8 玉をなでしこト。はゝきゞの巻ニ、頭ノ中将ノ歌ニ有。
9 少々。細許。

10せうさい　勝賽。又、小目。
11したどく　舌利。舌早也。
12御大壺。小便筒也。
13いかゞしてたごの浦ニ立出んといへる心ばかり歟。
14ひずまし　下女也。

げに、扇をもちながら、かいなを枕にて、御ぐしおかしげ也。父おとゞ《内大臣》、扇をならし給へば、ふともおどろき給はず。見あげ給へるまみ、らうたげ也。

おとゞ、此北のたいの今姫君を、いかにせん、かへしをくらんもかる〴〵しく、物ぐるをしきやう也。女御《弘キ殿》の君に、「参らせん。女房などして、つゝまずいひをしへさせ給へ」と聞え給ふ。此あふみの君は、五せちの君と、すぐろくをぞうちける。「[10]せうさい〴〵」とこふ声、[11]したどく、「あな、うたて」と聞給ふ。「女御の里に物し給ふ時々、わたり給て、人の有さまも見ならひ給へ」との給へば、「《近江君》いとうれしき事かな。それをこそ、ねてもさめても年頃思ひつれ。[12]おほみおほつぼとりにもつかうまつりなん。水をくみ、いたゞきても」とさへづれば、「につかはしからぬやく也」とて打わらひ給ふ。「さて、いつか女御殿には参り侍らん」と聞ゆれば、「よろしき日などやいふべからん。よさりまうでん」とて、先文を参らす。

近江　草わかみひたちの海のいかゞ[13]さきいかであひみんたごのうらなみ

ちいさやかにまきむすんで、なでしこの花につけたり。

[14]ひずましわらは、女御《弘キ殿》の御かたの大ばん所《大盤所》によりて、「これまいらせ給へ」

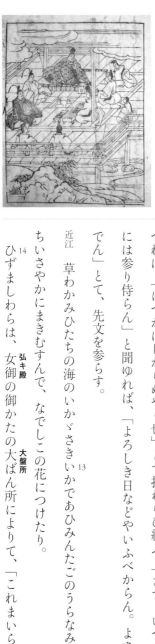

といふ。しもづかへ見しりて、御文とりいる。女御ほゝゑみて打をかせ給へる。中納言の君[15]、そば〳〵見けり。此返事、中納言の君に、「かき給へ」とゆづり給ふ。たゞ御文めきて、

ひたち[16]なるするがのうみのすまのうらなみたちいでよはこざきの松

女御は、「あな、うたて。まことにみづからのにもこそいひなさん」とおぼす。御かた《あふみ》、これをみて、「おかしの御くちつきや。まつ[17]との給ふ」とて、あまへたるたき物たきしめ、べに[18]といふ物かいつけて、つくろひたるさま、さるかたにあいぎやうつきたり。

---

15 女ばう達也。
16 四ヶ国ノ名所也。
17 松ハ、待との給ふと也。
18 「いたいけやべににも似たる物の花」天神七才の時の御詠也。

篝火〔同秋。以詞幷歌〕

はつ風涼しき五、六日の夕月夜、雲かくるゝに、**玉** 西のたいへ源わたり給て、わごんならはし給ふ。篝火きえがたになるを、御ともなる右近の太輔をめして、ともしつけさせ、御琴を枕にて、もろ共にそひぶし給へり。やり水のほとりに、ひろごりふしたるまゆみの木の下に、[1]うち松おどろ〳〵しからぬ程にをきたれば、御前のかたは、涼しげ也。

源　かゞり火に立そふ恋のけぶりこそよにはたえせぬほのほなりけれ

玉　[2]ゆくゑなきそらにけちてよかゞり火のたよりにたぐふけぶりとならば

東のたいのかたに、笛の音、[3]さうに吹あはせたり。「かゞり火とゞめられて、すゞしければ、こなたになん」とせうそこあれば、夕霧、柏木、弁少将まいれり。**夕霧** 源中将、ばんしきてうにおもしろく吹たり。弁少将、ひやうし打いでゝ、うたふ声、すゞむしにまがひたり。「みすの内に、物のねきゝわく人ものし給ふらんかし」との給ふ〔玉かづらの事也〕。

1 うち松　篝たく時ニ打入〳〵スルゆへニ打松と云也。
2 人のあやしぶべきにとの心也。
3 さう　笙。しやう也。

1 上より也。
2 愛敬。

野分〔同秋。以詞也〕

中宮〈秋好〉の御前に、秋の花をうへさせ、くろぎ、あかぎのませをゆひまぜ給へり。れいの年よりも、野分おどろ〳〵しく吹いづ。

南のおとゞ《紫の上》にも、せんざいつくろはせ給ふおりしも、かく吹出て、露もとまるまじくふきちらす。おとゞ《源》は、姫君《明石ノ》の御かたにおはします程に、夕ぎりの中将参給て、東のわたどのゝこざうじのかみより[1]、つまどのあきたるを、何心なく見いれ給へるに、ひさしのおましにゐ給へる人《紫上》、物にまぎるべくもあらず、けたかくきよら也。春の明ぼのゝかすみのまより、かば桜の咲みだれたる心ちす。見奉るわがかほにもうつりくるやうに、あいぎやう[2]は匂ひたり。みす吹あぐるを、人々をさへて、いかにしたるにか、打わらひ給へる。花《紫の上》どもを心くるしがりて、見すてゝ入給はず。御前の女房、あまた物ぎよげなれど、めうつるべくもあらず。おとゞ《源》のけどをくもてなし給へるも、ことはりにおぼす也。をそろしうて、たちさるにぞ、西の御かたより、おとゞわたり給ふを、中将《夕霧》、又よりてみれば、もの《紫上ニ》聞えて、おとゞ《源》もほゝゑみなどし給ふ。中将は、いま参り

3 みかうし参るも参らずも、起臥共ニ用る詞也。

たるやうにこはづくりて、あゆみ出給へれば、「されば《源ハ》よ。彼つま戸のあきたりける」と見とがめおぼす。

中将は、「三条の大宮《葵の上の母》の風にをぢ給はん」とて出給ふ。大宮、まちよろこび、たゞわなゝき給ふ。大きなる木の枝もおれ、おとゞ《殿作也》のかはら《瓦》さへ吹ちらす也。

暁がたに風少ししめりて、むら雨のやうにふりいづ。「六条院には、はなれたる屋どもたふれたり」など人々申す。「東のまち《花ちる》は、人ずくなにて、おどろき給はんに」と人めして、所々つくろはすべきよし、いひをきて、南のおとゞ《紫》に参り給へれば、まだみかうし[3]も参らず。うちしはぶき《夕霧》給ふを聞つけて、源おき給ふ。

中宮のおまへには、わらはべおろさせて、虫の籠どもに露かはせ、四、五人ばかり草むらにさまよふ。

源、むらさきの上に、「きのふ、風のまぎれに、中将《夕霧》は見給ふや。彼戸のあきたりしは」とのたまへば、おもて《紫ノ》あかみて、「いかでか、さはあらん。わた殿のかたには、人のをともせざりし物を」との給ふ。猶《源》ひとりごちて、中宮《秋好》へわたり給ふ。

4 洛神珠。保々都岐。
5 柔。和。

明石の上は、さうのことをまさぐり、はしちかくゐ給へるに、御さきの声しけり。風のさはぎばかりをとぶらひて、つれなく立かへり給へば、

明石上　大かたにおぎのはすぐる風のをともうき身ひとつにしむ心ちして

西のたい《玉かづら》には、「をそろし」と思ひあかしけるなごりに、ねすぐして、いまぞかゞみなど見給ふ。源、入給て、風につけても、れいのすぢに、むつかしう聞え給へば《玉》、うたてと思ひながら、ともに打ゑみ給ふ。つらつき、ほうづき[4]などいふめるやうにふくらかにて、うつくしうおぼゆ。

中将、「いかで此御《ミ》かたち見てしがな」と木丁ひきあげ給へば、よく見ゆ。「おや子《源ト玉ト》と聞えながら、かくふところはなれず、物ちかゝるべき程かは」とめとまりぬ。すこしそばみたるを、引よせ給へるに、御ぐしのなみよりて、はら〳〵とこぼれかゝりたる程《玉》、女も、いとむつかしきけしきながら、さすがなごやか[5]なるさまして、よりかゝり給へるは、「なれ〳〵しきにこそあ《ン》めれ。いかなる事にか」とおぼす。きのふみし《紫ノ上》御けはひには、をとりたれど、みるにゑまるゝさまは、立ならびぬべく見ゆ。八重山ふきの咲みだれたるさかりに、露かゝれる夕ばへぞ、ふとおもはるゝ。玉かづら、

ふきみだる風のけしきにをみなへししほれしぬべき心ちこそすれ

源　[6]下露になびかましかばをみなへしあらき風にはしほれざらまし

東《花ちる》の御かたへわたり給ふ。[7]ねびごだち、おまへにあまたして、[8]ほそびつめく物に、わたひきかけて[9]まさぐり、きよらなるきぬども、ひきちらし給ふ。

明石ノ姫君の御かたに夕霧参給へば、「風にをぢさせ給て、紫の御かたにおはします」とめのと申す。紙、すゞりこひて、雲井の雁への御文かゝせ給ふ。夕霧、

風さはぎむら雲まよふゆふべにもわするゝまなくわすられぬ君

大宮の御もとに参給へれば、よろしきわか人ども、こゝにもさぶらへど、彼[10]さくら、[11]やまぶきににるべくもあらず。内のおとゞも参り給ひ、御《ミ》物がたりのついでに、今姫君《近江》の事きこえ給ふ。

---

6 なびき給はゞ、あらき風はふかじと也。
7 調後達。
8 絹櫃。ぬりおけ也。
9 まさぐり　なぶる心也。
10 桜ハ、紫上。
11 款冬ハ、玉葛。

1 内々。
2 赤色袍。
3 胡簶。
4 鳥を枝ニ付る事。伊勢物語ニ、忠仁公奉る雉。九月也。梅の作枝ニ付たり。
5 延喜ノ帝、野の行幸あり。
6「大原や小塩の山の小松ばらはや木たかゝれ千代のかげみん」
7 源ノ御返、代々行幸はありしかど、けふのみゆき程なる目出キはあらじと也。

行幸〔源卅六、七才。以歌〕

玉かづらのゆくすゑ、蛍兵部卿、髯黒大将などへと、うち〳〵[1]におぼしいたらぬ事なし。

しはすに大原野の行幸とて、世に残る人なく見さはぐを、六条院よりも御かたゞ〳〵引出見給ふ。朱雀《スサカ》より五条のおほぢを西ざまにおれ給ふ。桂川のもとまで、物見車ひまなし。みこ達、かんだちめの御馬くら、随身、馬ぞへのさうぞくをかざり、左右の大臣、内大臣、納言よりしも残らず供奉也。雪いさゝかちりて、道の空えん也。みこたち、上達部は鷹にかゝづらひ給ふ。玉かづらはみかどのあか色[2]の御ぞ奉りて、うるはしき《麗》御かたちを、なずらへなく見給ふ。右大将《ひげぐろ》、やなぐゐ[3]をひてつかうまつれり。色くろくひげがちにて、心づきなし。

源は御供にはなし。御みき、くだ物など奉らせ給へり《源より》。蔵人の左衛門のぞう、御使にて、きじ[4]一えだ奉らせ《源へ》給ふ。

御　雪ふかきをしほの山にたつきじのふるきあと[5]をもけふはたづねよ

源御返　をしほ山[6]みゆきつもれる松ばら[7]にけふばかりなるあとやなからん

又の日、源より玉かづらへ、「きのふ、うへは見奉らせ給ふや。みやづかへの事はいかに」との御文也。御返しには、

[8]うちきらし朝ぐもりせしみゆきにはさやかにそらのひかりやは見し

源 [9]あかねさすひかりはそらにくもらぬをなどてみゆきにめをきらしけん

玉の[10]御もぎの事、二月にとおぼす。「此御こしゆひに父おとゞを」とあれば、大宮こぞの冬よりなやみ給、夕霧もよるひる三条にさぶらひ給ふ。「大宮世をはするうちに、玉の事あらはしてん」とおぼして、源わたらせ給ふ。大宮おきゐ給ひ、けうそくにかゝり、夕霧と雲井の事を、内大臣の心えずの給ふ、との事などかたり給ふ。源も玉かづらの事きこえ出給へば、近江の君の事も、大宮聞え給へり。

　大宮より内のおとゞへ御文あれば、「夕霧と姫君の事ならん」とおぼしながら参給へり。藤大納言《内大ノ弟》、殿上人、蔵人頭、五位蔵人、近衛の中少将、弁官など十よ人、たゞ人もおほく参りて、かはらけたび〳〵ながれ、昔いまの御物語して、玉の事ほのめかし給へば、「あはれに《内大》、めづらかにも侍るかな」と、まづ打なき給ふ。六条殿《源》もゑひなきにや、打しほたれ給へり。大宮の御心ちよろし

8 打霧シ。さやかに見えざるとの心也。「打きらし雪はふりつゝしかすがに我家の園に鶯のなく」

9 「あまの原あかねさし出る光にはいづれのぬまかきえ残るべき」朝日の出んとて、先あかきを云り。目ニ霧のさへぎりたるやう也。

10 男は元服、女は裳きる也。

う見え給へば、をの〳〵まかで給ふ。御ともの人々は何事ともしらず。夕霧もかゝる事の心しらせ給ふ。

御もぎは二月十六日也。三条のみやより御使あり。御ぐしのはこ、御文には、

[11]ふたかたにいひもてゆけば玉くしげわが身はなれぬかげと也けり

秋好中宮より、しろき御も、からぎぬ、御ぐしあげのさうぞく、つぼにからのたき物入て奉給ふ。すゑつむより、[12]あをにびの[13]ほそなが一かさね、[14]おちぐりのはかま、むらさきの[15]しらきり見ゆる、[16]あられぢのこうちき、衣ばこに入て、御文には、

わが身こそうらみられけれから衣君がたもとになれずとおもへば

源、「れいの」とおかしくおぼし、「此御返し、我せん」とて、

[17]からごろも又から衣からごろもかへす〴〵もからごろもなる

内のおとゞ、とく参給へり。御こしゆひの程、[18]え忍び給はぬ御けしき也。御かはらけ参りて、内大臣、

うらめしやおきつ[19]玉もをかづくまでいそがくれけるあまのこゝろよ

おとゞ、玉にかはりて、

---

11 玉は三条の宮の御孫、源氏ノ子ニシテモ、はなれぬ心ニ二かた也。

12 青にび。服者ならでも用る也。只にび色は服衣也。

13 ほそなが　おさなき上﨟ノ上ニきる物也。

14 おちぐり　濃紅のくろみ入たる也。

15 しらきりハ、しらみきばみたる也。

16 あられ地ハ、しゞら也

17 末摘ノ歌ニ、から衣おほきゆへ、如此よみ給へり。

18 え忍び給はぬハ、よろこびの涙也。

19 玉藻ハ、裳也。

20　こなたからみてうらみ申さんとにや。
21　懸想。
22　非道。柏木、近江を内侍ニと思ふニ、父おとゞの非道ニおぼしかけたると也。

[20]よるべなみかゝるなぎさに打よせてあまもたづねぬもくずとぞ見し
あまたの[21]けさう人は、「此内大臣のかく入おはして程ふるは、いかなるにか」とうたがひ給へり。近江の君聞て、女御のおまへに中将《柏木》、少将《蔵人》さぶらひ給ふに、「あな、めでた。殿は御むすめまうけ給へる。かれもをとり腹也」。「内侍のかみにて、みやづかへにいそぎ給ふときく」と女御をうらみかくれば、柏中将ほゝゑみて、「内侍のかみあかば、なにがしこそと思ふを。[22]ひだうにもおぼしかけたる」との給ふに、腹《近江》だちて、「中将の君こそ、つらくはおはすれ。せう〳〵の人は、えたてるまじき殿のうちかな。あなかしこ〳〵」と、しりへざまにゐざりゐたり。「内侍のかみには、をのれ《我ヲ》を申なし給へ」と女御をせめ聞ゆ。父おとゞ、此のぞみをきゝ、打わらひて、「中文《内大詞》をつくり、長歌などの心ばへを御覧ぜんには、すて《天子ノ》させ給はじ」との給へば、「やまと《近江詞》歌は、あしくもつゞけ侍らん。むね〳〵しき事は、殿より申させ給へ」とて、手をしすりてゐたり。御几帳のうしろにてきく女ばうは、しぬべくおぼゆ。殿は、「物むつかしきおりは、あふみのきみみるこそ、よろづまぎるれ」との給ふ。

蘭〔源卅七才、八、九月。以詞幷歌名也〕

[1]内侍のかみの御みやづかへの事を、玉は、「いかならん」とおぼす。「さりとて、かゝる有さまもあしき事はなけれど、おとゞ《源》のむつかしき御《ミ》心ばへを、いかなるついでにか、もてはなれ、心ぎよくありはつべき」とおぼす。

父おとゞは、源のかくまで御覧ぜられ、有がたき御はぐゝみにかくろへ侍れば、今さらにとりはなち[2]けざやぎ給ふべき事にもあらねば、「たゞ御《源ノ》もてなしにしたがひなむ」とおぼしめさる。

大宮《三条ノ》は三月廿日の頃うせ給ふ。[3]玉もにび色にやつれ、[4]宰相《夕霧》の中将もおなじ色の少しこまやかなるなをしすがたにて、内侍《玉》の督の事の御使におはしたり。

玉の御けはひ、らう〳〵じくなつかしきにつけても、かの野分のあしたの御あさがほ、心にかゝりて、猶あらぬ心ちそひて、「人《夕霧詞》にきかすまじと侍つる事あり」とけしきだてば、ちかき人々しりぞきて、御几帳のうしろにそばみあへり。

そらせうそこを[5]つぎ〳〵しう《作り事をいひつゞけ給ふ也》とりつゞけて、こまやかに聞え給ふ。いらへ《玉かづら》給はん事もなく、忍びやかにゐ給へる。いとうつくし。御ぶくも此月十三日には

1 里家ながら尚侍に任ぜられ、後に入内也。
2 けざやぎ　あらは也。
3 玉ノ鈍色。祖母なれば、三月なるべし。
4 夕霧の中将。みゆきと蘭の間ニ宰相ニ任ぜらるゝと見えたり。大宮も両巻のあひだニうせ給へる也。宰相ハ軽服也。直衣、鈍色、平絹、或ハ薄鼠色ヲ用ユ。巻纓ハ、冠ノかざりを除ク心也。
5 次々也。

ぬがせ給ふべきを、たがひに、「物うきかたみ」とおぼさる。

夕ノ詞「此[6]あらはしぎぬの色なくは、えこそ思給へわくまじけれ」との給ふつゐでに、[7]らにの花をみすのつまよりさしいれ給へば、とり給へる御袖をうごかして、

夕霧、

おなじ野の露にやつるゝ[8]藤ばかまあはれはかけよか[9]ごとばかりも

玉　[10]たづぬるに[11]はるけき野べの露ならばうすむらさきやかごとならまし

いますこしもらさまほしけれど、「あやしくなやまし」とて入はて給ひぬれば、いたくうちなげきてたち給ぬ。

源に御返リ聞え給へば、「十月《カミナ》ばかりに」玉ノ内侍督ノ事とおぼす。誰も〳〵くちおしくて、心よせのよすが〳〵にせめわび給へど、[12]吉野の滝をせかんよりもかたき事なれば、「いとわりなし」といらふ。

頭中将、父おとゞより御使に参りて、

[13]いもせ山ふかきみちをばたづねずてをだえの[14]はしにふみまどひける

玉　[15]まどひけるみちをばしらでいもせ山たど〳〵しくぞたれも[16]ふみ見し

大将《ひげぐろ》は中将をつねによびとり、おとゞにも申させ給。玉はみやづかへを物

6 あらはしきぬ　服衣也。
7 らに　らん也。蘭也。
8 藤衣ノ心斗にや。
9 かごとハ、少也。
10 「武蔵（武蔵野）は袖ひつばかり分しかどわかむらさきはたづねわびにき」
11 はるけき野べ　玉ト夕ト尋ぬれば兄弟ならず。いとこ也。うすきゆかりをかこち侍るべきニ、はるけき中ニてもなき程ニかこつ事は侍らじ、といひのがれたる心也。
12 「手をさへて吉野の滝はせきぬとも人の心はいかゞとぞ思ふ」
13 いもせハ、兄弟也。
14 「みちのくのをだえの橋やこれならんふみゝふまずみ心まどはす」。
15 何とも不知過しと也。
16 文也。

17 五月、九月、いむ月也。されど、いむ月が命とにや。月たゝば入内なれば、いとふべきかと也。
18 朝日ハ、天子。
19 霜ハ、我身。
20 葵は日ニむかひ葉をかたぶけ、根をかくす草也。葵だに我は心のまゝにならぬ身と也。

うげにおぼすに、くはしきたよりしあれば、大将きゝて、「たゞ大殿《源》の御おもむけのことなるにこそはあれ。まことのおやの御心だにたがはずは」と弁のおもとをせめて、大将、

かずならばいとひもせましなが[17]月にいのちをかくるおとぞはかなき

蛍兵部卿の宮、

[18]朝日さすひかりをみても玉ざゝのはわけの[19]霜をけたずもあらなん

むらさきの上の兄弟、兵衛のかみ、

わすれなんと思ふも物のかなしきをいかさまにしていかさまにせん

兵部卿宮の返し。玉かづら、

心もて[20]ひかりにむかふあふひだにあさをく霜をのれやはけつ

真木柱〔源卅七、八。以歌〕

髯黒大将、弁のおもとに中だちさせて、玉を恋し事、「うへにきこしめさんもかしこし《をそれ也》。人にもらさじ」といさめ給へど、つゝみあへ給はず。弁を、石山の仏とも、大将はおぼす。

源は御心ゆかねど、父おとゞのゆるしそめ給へれば、引返し、ゆるさぬ《源》けしきをみせんも、いとおし。大将は、我殿にわたし奉らん事をいそぎ給へど、「北の方、よくも思ふまじ」と、心のどかなるさまにもてなし給ふ。

霜月には神わざしげく、内侍所にも事おほかる頃、人さはがしきに、大将殿、かくろへたるさまにもてなし、こもりおはするを、かんの君《玉》は心づきなくおぼす。大将のおはせぬひるつかた、源、玉かづらへわたり給へれば、なやましげにしほれ給へるを、すこしおきあがり給へり。おかしげにおもやせ給ふ事のそひ給へるも〔玉は懐妊也〕、「よそに見はなつよ」とくちおしうて、源、

　おりたちてくみは見ねどもわたり川[1]人のせとはたちぎらざりしを

玉　[2]みつせ川わたらぬさきにいかでなをなみだのみかのあはときえなん

1 三途川ヲわたる時、契りし人の手をとりて渡るといへり。

2 わたらぬさきには、人のせとはいひがたかるべし。猶はやくきえはてんの心なるべし。地獄の絵を見てよめる歌「三瀬川わたるみさほもなかりけり何に衣をぬぎてかくらん」

大将の北方は、[3]おぼえ世にかろからず、かたちもいとようおはしけるを、あやしうしうねき御物のけに、とし頃わづらひ給て、[4]うつし心なきおり〳〵あれば、御なかも[5]あぐかれ、程へにけれど、大将の御心うつるかたもなきを、此玉かづらの内侍、めづらしき御かたちに、うつり給へるを、北のかたの父、式部卿の宮きこしめして、「いまめかしき人をわたして、もてかしづかんかたすみに、人わろくてそひものし給はんも、人ぎゝあしかるべし」とて、「宮の東のたいをしつらひて、わたし奉らん」との給ふを、北方は、「おやの御《ミ》あたりといひながら、今立かへらんも」と思ひみだれ給ふに、いとゞなやましくて。ふし給へり。此北方は、紫の上のあね君也。

大将、北方と日々とひいりゐて、かたらひ給ひ、暮ぬれば心空にうきたちて、「いかで出《玉へ》なん」とおぼすに、雪かきたれてふる。「かゝる空に、ふりいでんも人めいとおしう、いかにせん」と思ひみだれ、はしちかうながめゐ給へり。北方、けしきをみて、[6]「あやにくなる雪に、夜も更ぬめりやと、とゞむとも」と思ひめぐらし給へるけしき、いと哀也。

大将さうぞくして、ちいさき火とり、袖に引いれて、しめゐ給へり。北方

3 鬚大将の北の方は、紫の上の姉也。
4 うつし心　現也。
5 あぐかれ　よりつかぬ心也。
6 あひなき也。

7 臥籠也。
8 夜ニ非ず。
9 こちたく　こと〴〵しき也。

いみじう《ツヨク》思ひしづめて、よりふし給へりと見る程に、俄におきあがりて、大きなる[7]このしたなりつる火とりをとりて、物のうしろによりて、「さ」といかけ給ふ。こまかなるはい、大将殿のめはなにも入て、おぼれて物もおぼえず、はらひ給へど、たちみちたれば、御ぞどももぬぎ給ふ。心たがひとはいひながら、つまはじきせられ、うとましう成て、あはれと思ひつる心も残らず、玉へは御文奉れ給ふ。大将、

心さへそらにみだれし雪もよに[8]ひとりさへ《独ねノ体也》づるかたしきの袖

玉かづらは、大将殿の夜がれを何ともおぼさねば、御返はなし。暮れば、いそぎ出給ふに、御ぞどもやけとをり、にほひなど、ことやう也。けふはえとりあへ給はで、打あはぬさま也。もくの君、御たき物しつゝ聞ゆ〔女房衆也〕。

ひとりゐてこがるゝむねのくるしきにおもひあまれるほのをとぞ見し

大将　うき事をおもひさはげばさま〴〵にくゆるけぶりぞいとゞたちそふ

一夜のへだてだに、めづらしうおぼす。北方は、ずほうなどしさはげど、御物のけ、[9]こちたくおこり給へば、大将は殿にても、ことかたにはなれゐ給て、君達ばかりをぞ見給ふ。

10 北ノ方の兄弟衆也。
11 ひはだ　紫のきばみたる也。
12 もくはかりそめの人なれどとゞまり、北方はかげはなれ給ふと也。
13 水をもくニ比して不定ノ世也。かけは影の心也。

女君一所十二、三ばかり、おとこ君二人なんおはしける。父宮聞給て、「をのがあらん世のかぎりは、などかしたがひくづをれ給はん」とて、俄に[10]中将、侍従、民部太輔など、御車三ばかりして、御むかへに参れり。「けふをかぎり」と思へば、さぶらふ人々も、ほろ〳〵となきあへり。おとこ君達は残しをき給て、姫君は、をのれにそひ給へと也。姫君は殿《大将》のいとかなしうし給へば、「見奉らではいかでかあらん、えわたるまじ」とおぼす。つねによりゐ給ふ、東おもての柱を、人にゆづる心ちし給ふも哀にて、[11]ひわだ色の紙に、たゞいさゝかかきて、はしらのひわれたるはざまに、かうがいのさきして、をしいれ給ふ。

姫君　今はとてやどかれぬともなれきつるまきのはしらはわれをわするな

母君　なれきとはおもひいづともなにゝよりたちとまるべきまきのはしらぞ

中将のおもと　あさけれどいしまの水はすみはてゝやどもる君やかけはなるべき

もく[12]　ともかくもいはまの水のむすぼゝれ[13]かけとむべくもおもほえぬ世を

御車引出てかへり見るも、「又はいかでかは」とおぼす。

北のかたは、かくひきゝりなる心もなきを、父宮かる〴〵しうおはすると、大将は思ひて、玉へもかくとかたりて出給ふ。我殿にかへり給て、姫君の歌を

14 正月十四日。
15 女御ハ、北方のいもうと也。
16 めだう　馬道。廊下也。
17 承香殿。髭黒の妹也。此父は右大臣。御幸の巻より左大臣とみゆ。
18 大将の唐名。大樹。
19 玉かづらの局へ、上わたらせ給ふ也。
20 紫をそむるハ、灰をさす物也。
21 三位より紫を着用也。こなたには何とも無分別と也。

あはれにおぼし、式部卿へわたり給へり。おとこ君十なるは、殿上し給ふ。次の君は八ばかりにて、姫君にに給へれば、打なきて、此君達を車にのせ、我殿に帰り給ふ。

　年かへりて、[14]おとこたうかあり。玉は、内侍のはいがに参給へり。承香殿の東おもてに、御《玉ノ》つぼねしたり。此西に、式部卿の御むすめの[15]女御おはしければ、[16]めだうばかりのへだてなるに、御心の中は、はるかにへだゝりけんかし。秋好中宮、弘徽殿の女御、左大臣の[17]女御、さては中納言宰相のむすめ、二人ばかりぞさぶらひ給ふ。

　其夜、蛍兵部卿宮より、玉のかたへ、

　[18]三山木にはねうちかはしゐる鳥のまたなくねたき春にもあるかな

さすがにいとをしう、聞えんかたなく思ひゐ給へるに、[19]うへわたらせ給て、いとなつかしげに、思ひし事のたがひたるを、うらみの給はせて、御、

[20]などてかくはひあひがたきむらさきをこゝろにふかくおもひそめけん

　玉の御返し、三位にかゝゐし給ふ心にや、

　[21]いかならん色ともしらぬむらさきをこゝろしてこそ人はそめけれ

大将、「玉かづらを我殿へむかへん」とて、御手車よせたれば、

御　九重[22]にかすみへだてば梅の花たゞかばかり[23]もにほひこじとや

玉　香ばかりは風[24]にもつてよ花のえにたちならぶべきにほひなくとも

右近は玉につきて、大将殿へ参る。

二月の頃、雨降、つれ〴〵なるに、源、おぼし出て、右近がもとへ文つかはさる。

かきたれてのどけき頃の春雨にふるさと[25]人をいかにしのぶや

玉返し　ながめする軒のしづくに袖ぬれてうたかた[26]人をしのばざらめや[27]

藤、やまぶきのおもしろ《き》を見給ふにつけても、

おもはずにゐでのなか道へだつともいはで[28]ぞこふるやまぶきの花

鴨のいとおほかるを御覧じて、御文つかはす。源、

おなじす[29]にかへりしかひの見えぬかないかなる人か手ににぎるらん

大将見給て、御返しはかはりて、

すがくれてかず[30]にもあらぬかりの子をいづかたにかはとりかくすべき

十一月《シモ》に、わか君うみ給ふ。父おとゞは、「思ふやうなる御すくせ」と、かしづき聞え給ふ。

---

22 九重ハ、霞のふかき心也。
23 かばかりハ、角。又、少し也。
24 風にも思召出給へと也。
25 源の事をおもひ出せと也。
26 うたかた　しばし也。
27 少しも不忘と也。
28 「思ふともこふともいはじ山ぶきの色に衣を染てきなまし」
29 鳥のかいこかへりて後、もとの巣ニ来ぬ物也。
30 卑下ノ心也。

31 雲井の雁を思ふに、かなはずは、我によれと也。

又、いかなるおりにかありけん、殿上人あまた、宰相中将《夕霧》など、女御《弘キ殿》の御かたに参り、物のねしらべて、秋のゆふべのたゞならぬに、彼近江君、人々のなかを、をしわけて出ゐ給ふ。「あな、うたて。なぞ」と引いるれば、さがなげににらみて、はりゐたり。声いとさはやかにて、夕霧をさして、近江の君、

[31]おきつ舟よるへなみぢにたゞよはゞさほさしよらんとまりをしへよ

雲井の雁を恋給ふに、「かなはずは」との義也。夕霧、

よるべなみ風のさはがすふな人もおもはぬかたにいそづたひせず

1 男は元服、女は裳着。
2 桐壺の巻ニ源ヲ相せし時、高麗人色々ノ物を参らせし也。
3 緋金錦。赤地也。
4 料理《シツラヒ》。

【第六冊】

むめがえ
ふぢのうらば
わかな上
同下

梅之枝 〔源卅九才、春。以詞也〕

明石の姫君十二才、[1]御もぎの事おぼしいそぐ。朱雀院の御《ミ》子、冷泉院の御有子、十三才にて、二月に御かうぶりの事有へければ、入内《明石の姫君ノ》も打つゞくべきにや。二条院の御蔵あけさせ、綾、錦などとり出給ふ。古院の御時、[2]こま人の奉りけるあや、[3]ひごんき《赤地》など、さま〳〵御覧じあてつゝ、此たびの御[4]しつらひせさせ給ふ。香どもは、昔今のとりならべ、御かた〴〵にくばりて、たき物二くさづゝあはさせ給ふ。内にも外にも、かなうす《鉄臼》のをとみゝかしかましき頃也。

5 侍従、黒方ハ不男伝ト云。承和ノ御門ノ御いましめなれば、紫ノ上ヲ正記すべき也。
6 放出《ハナチイデ》。寝殿ノ母屋ノ内ヲ半分ワケテ、中《ナカ》ヲ隔テ、外様ノ人ヲ呼入ル所也。中トハ、母屋ト東西ノ廂トノ間ニ障子ヲ立テ、御帳ヲ立タル所ヲ云也。源モ此寝殿ノ内ニはなれておはします也。
7 散透。
8 麗。
9 今は、斎院ニましまさぬを、散にし枝と卑下ノ心也。
10 うつらん袖ハ、そなたの也。
11 「梅の花たちよるばかり有しより人のとがむる香にぞしみける」
12 御溝水。
13 埋㆓薫物㆒日数之事。掘㆑地事三尺、用㆓水辺地㆒、得㆓朝陽ノ理ヲ㆒也。春、秋、七日。夏、五日。冬、十日。説々多シ。
14 黒方、侍従、梅花。
15 紫ノ上ハ春ヲ好給ふニより、梅

おとゞはしん殿にはなれおはして、[5]黒方、侍従、合せ給ふ。紫の上は東の中の[6]はなちいでにて、八条の式部卿の御ほうをあはせ給へり。かうごのはこ《香壺匣》、つぼ、火とりの心ばへすぐれたらんどもを、「かぎあはせ、いれん」とおぼす。

蛍兵部卿宮、此御とぶらひにわたり給ひ、二月十日、雨少しふりて、おまへのこうばいをながめおはするに、前斎院より、[7]ちりすきたる梅のえだにつけたる文参る。こんるり《壺也》には五葉のえだ、しろきには梅をえりて引むすび、[8]なよびかになまめかしうし給へり。

斎院　[9]花の香はちりにしえだにとまらねど[10]うつらん袖にあさくしまめや

源　[11]花の枝にいとゞこゝろをしむるかな人のとがめん香をばつゝめど

兵部卿宮、たき物の判者也。源の二くさは、右近の陣の[12]みかは水のほとりになずらへて、西のわた殿の下より出る、みぎはちかう[13]うづませたまへるを、惟光の子兵衛のぞう、ほりて参る。夕霧の宰相とりてつたへ参らせらる。宮、「いとくるしきはんざにも侍かな。いとけぶたしや」となやみ給へり。

斎院の御くろぼう、源の侍従、たいのうへ《紫ノ上》のは、[14]三くさある中に、[15]「梅花をまさる匂ひあらじ」とめで給ふ。夏の御かた《花ちる里》は、[16]かえう一くさ。冬の御かた《明石》、

[17]くのえかう、[18]百ぶのほう、[19]いづれもむとくならずさだめ給ふを、「心ぎたなきはんざなめり」ときらひ給へり。

[20]蔵人所のかたに、御《姫君ノ》もぎの[21]打ならしに、御琴どものさうぞくなどして、殿上人あまた、笛の音ども聞ゆ。頭中将、弁少将など、まかづるをとゞめさせ、宮《兵部卿》は琵琶、おとゞ《源》さうの御こと、頭中将わごん、夕霧よこぶえ吹たり。弁の少将、拍子とりて[22]梅がえいだしたる程、いとおかし。御かはらけまいるに、宮、

うぐひすのこゑにやいとゞあぐかれんこゝろしめつる花のあたりに

源　色も香もうつるばかりにこのはるは花さくやどをかれずもあらなん

頭中将　[23]鶯のねぐらのえだもなびくまでなをふきとをせよはのふえ竹

夕霧　[24]心ありて風のよぐめる花の木にとりあへぬまでふきやよるべき

弁少将　かすみだに月と花とをへだてずはねぐらの鳥も[25]ほころびなまし

宮かへり給ふ。御をくり物に、みづからの御れうの御なをし、たきもの二つぼ奉らせ給ふ。宮、

花のかをえならぬ袖にうつしもて[26]ことあやまりといもやとがめん

源　めづらしとふるさと人もまちぞ見ん[27]花のにしきをきてかへる君

花をすき給。

16 荷葉。

17 薫衣香。

18 百歩香。

19 無徳。

20 蔵人所ハ、殿上ノ次ノ間ニ布障子ヲ立タル所也。執柄。大臣家ニモ有也。

21 打ならしハ、習礼也。

22 「梅がえにきゐる鶯春かけてなけどもいまだ雪はふりつゝ」

23 「花の色をあかずみるらん鶯のねぐらの竹に手をなふれそも」

24 心ありて　笛ニ落梅ノ曲ある心也。

25 ほころび　朝、心よげに鳥の啼事也。笛をかんじて鳥もなかんと也。

26 何たる袖のと。

27 朱買臣。ふるさと人ハ、妹也。

いぬの時に、秋好の御かたに、源わたり給ふ。[28]御ぐしあげの内侍なども参れり。むらさきの上も、此ついでに中宮《秋好》に御《ゴ》たいめんあり。ねの時に御も奉る。御母明石の上は、かゝるおりだにえ見《姫君ヲ》奉らぬを、[29]いみじとおもへり。

春宮の御元服は、廿よ日《ハツカアマリ》の程になん有ける。[30]梅がえの左大臣の三君《ノ》、四《ウ》月に参給ぬ。麗景殿と聞ゆ。姫君の御でうどゞも、さうし《双紙》共も、えらせ給。

宰相の中将、兵衛督、頭中将などに、「[31]あしで、歌ゑをかけ」との給へば、心々にいどむ《挑あらそふ也》べ《ン》かめり。

源はしんでんにはなれおはして、御心のゆくかぎり、[32]さうのもたゞのも、女でをいみじくかきつくし給ふ。女房二、三人ばかり、すみすらせて、[33]けうそくのうへにさうし打をき、筆のしりくはへて思ひめぐらし給へるさま、あくよなくめでたし。兵部卿の宮も、さうしもたせてわたり給へり。おとゞ御覧じおどろきぬ。「世の中に手かく」とおぼえたる上中下の人々にも、さるべき物どもはからひて、たづねかゝせ給ふ。

内のおとゞ《頭中将也》は、[34]此御いそぎを、人《他》のうへにて聞給ふも、いみじう心もとなく[35]さう〳〵しとおぼす。彼雲井の雁の君、さかりにとゝのひ、つれ〳〵と打しめ

28 御ぐしあげ　内侍なる人、其伎ヲつとむる也。かんざしする時の事也。
29 忌。
30 麗景殿ノ父ハ、紅梅ノ右大臣也。右ト左ノ書ちがへ歟。
31 絵を以歌を書也。
32 まな、かななるべし。
33 脇息。卓、ツクエ。
34 弘徽殿ノ女御は秋好ニをされ、雲井ノ雁ヲ春宮ヘトおぼすニ、夕霧ノけがし給ふ故ニ、え参らせ給はず。
35 寂寞。さびしき也。

36 こなたはわすれぬ也。世上ノ人ニは違ひたる也。

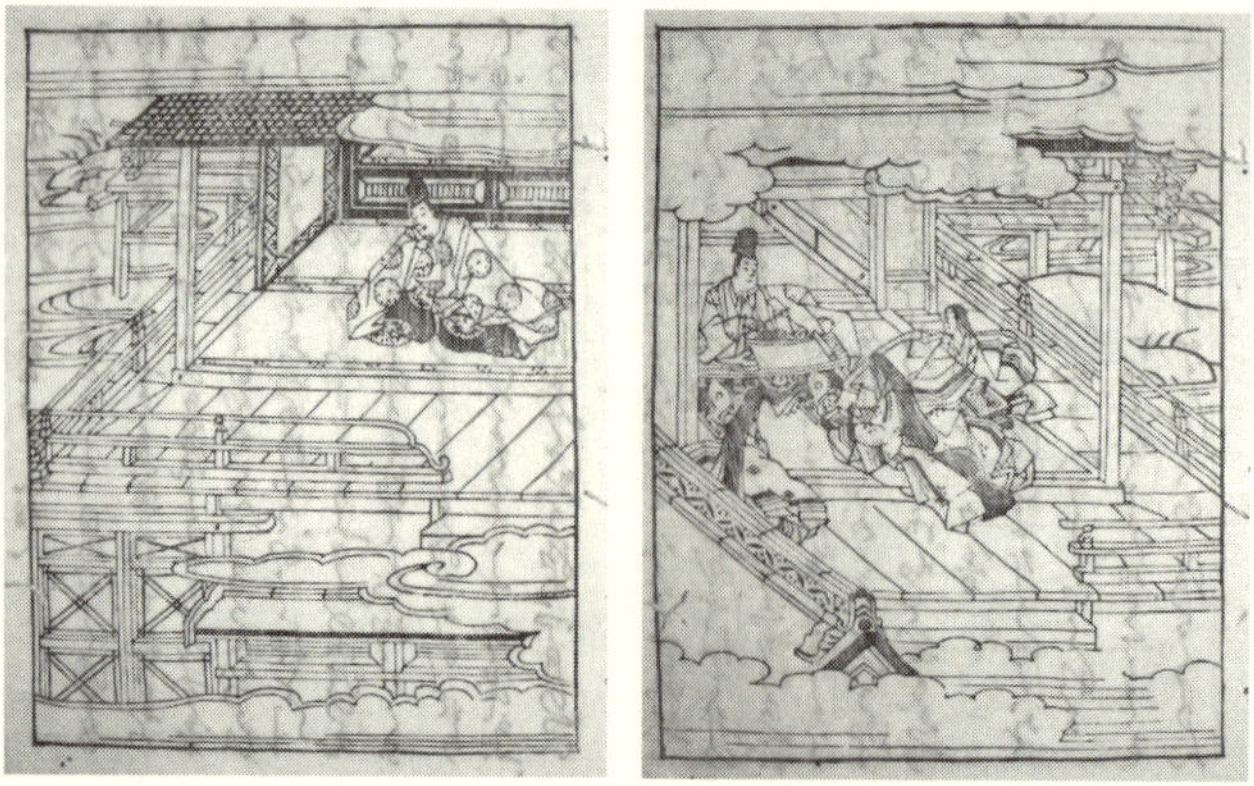

り給へば、「人のねんごろなりしきざみになびきなましかば」とくやしくおぼす。夕霧もかく《内大臣ノ》たはみ給へる御けしきを聞給へど、つらかりし御心を、「我もしづめて」とおぼす。

御文《姫君ヘノ》はたえず、夕霧、

36 つれなさはうきよのつねになりゆくをわすれぬ人や人にことなる

姫君 かぎりとてわすれがたきをわするゝもこや世になびくこゝろなるらん

1 昭宣公建立也。
2 無越。キワメテノ心也。
3 かうじ　勘当也。
4 ついたち頃とは、七日までを云歟。末ニ七日ト知ぬ。
5 御ゆるしにより、中々まどひたると也。
6 もてしづめて参り給へり。

藤裏葉〔源卅九才。以詞也〕

やよひ廿日、大宮《三条ノ》の御《ン》忌日にて、内のおとゞ、深草の極楽寺[1]にまうで給ふ。君達、宰相《夕霧》の中将も参り給へり。御《ミ》ずぎやうなどは、六条院よりせさせ給ふ。夕霧は此《内大》おとゞを「つらし」とおぼせば、見え奉るも心づかひせられて、いたうもてしづめ給ふを、おとゞ、袖を引よせて、「などか、こよなう[2]かうじ[3]給ふ。けふの御法のえをもたづねおぼさば、つみゆるし給てよや。残りすくなき世に、思ひすて給へる」とうらみ給ふ。打《夕霧》かしこまりて、「《詞》ゆるしなき御けしきに、はゞかりて」など、聞え給ふ。心あはたゞしき雨風に、みなかへり給ぬ。

四月のついたち頃[4]、おまへの藤さきみだれたるに、頭中将して夕霧へ御せうそこあり。内大臣、

わがやどの藤の色こきたそかれにたづねやはこぬ春のなごりを

夕霧　中々[5]におりやまどはんふぢの花たそかれ時のたど〳〵しくは

夕霧、おとゞ《源也》に御覧ぜさせ給へば、「《源詞》思ふやう有て、ものし給へるにやあらん。はやう参り給へ」とあり。心やましき[6]ほどに、まうで給へり。あるじの君達《ン》七、

八人、むかへいれたてまつる。

内のおとゞ、おまし引つくろひ、「《内大詞》北のかた、女ばう衆なども、のぞき《夕霧ヲ》て見給へ。ねびまさり、よういしづやかにもの〳〵しきかたは、父《源》おとゞにもまさり、ざ《才》えのきはも、[7]すくよかにたらひたり」などの給て、たいめし給ふ。

「春の花、みな打すてゝちりぬるが、うらめしうおぼゆる頃、此花《藤》のひとりたちをくれて、夏に咲かゝる程なん、あはれにおぼえ侍る。色もはた、なつかしきゆかりにしつべし」とて、ほゝゑみ、おほみきまいり、御あそびなどし給ふ。

おとゞ、程なくそらゑひして、[8]「藤のうらば」と打ずんし給へば、頭中将、ふさながきをおりて、まらうどの御さかづきにくはふ。

内大　[9]むらさきに[10]かごとはかけんふぢの花まつよりすぎてうれたけれども

夕霧　いくかへり露けき春を過しきて花のひもとくおりにあふらん

頭中将　[11]たをやめの袖にまがへる藤の花みる人からや色もまさらん

七日の夕月夜、影ほのかなるに、池のかゞみのどかにすみわたり、松にかゝれる藤のさま、よのつねならずおもしろし。弁少将、[12]「あしがき」うたふ。おとゞ《内大》、[13]「年へにける此家の」と打くはへ給ふ。


7健。スクヤカ也。

8「春日さす藤のうらばの打とけて君しおもはゞ我もたのまん」

9紫にとは、姫君に比して也。

10かごとハ、かごたれん也。松より咲こす花なれば也。

11婦人《タヲヤメ》。幼婦《同》。雲井も見る人からに色まさらん也。

12「蘆垣まがき、かきわけて、てふこすと、をひこすと、〔二段〕てふこすと、誰か此事を、おやにまうよこしけらしも、〔三段〕とゞろける此家のをとよめ、おやにまうよこしけらしも」

13とゞろけるを、年へけるといひかへらるゝ也。

夜更ゆくほどに、宰相の君《夕霧》、そらなやみをし給へば、おとゞ、頭中将に、「御《夕霧ノ》やすみ所もとめよ。おきなは、いたうゑひすゝみて、[14]むらいなれば」といひすてゝ、入給ぬ。

おとゞ君、夢かとおぼえて、女《雲井ノ雁》はいとはづかしと思へり。雲井の雁、

[15]あさき名をいひながしける[16]川ぐちはいかゞもらし《夕霧ノ詞ヲ》ゝせき《まもり目也》のあらがき

夕　もりにける[17]くきだのせきを川ぐちのあさきにのみはおほせざらなん

あくるもしらずがほ也。女ばう達、聞えわづらふに、おとゞ、「したりがほなるあさいかな《朝寝也》」など、とがめ給ふ。[18]ねくたれがみの御あさがほ、みるかひありかし。御文には、

夕　[19]とがむなよしの《年月ノ也》びにしぼるてもたゆみけふあらはるゝ袖のしづくを

おとゞ、わたりて、此文を見給けり。六条のおとゞもきこしめして、夕霧に、「けさはいかに。[20]文などものしつや」との給ふ。

[21]くはんぶついて奉りて、御導師をそくて、日暮て御かた〴〵より、わらはべ出して、[22]ふせなど給へり。

たいの上、[23]みあれにまうで給ふとて、御車廿ばかりにて、事《省略》そぎたるしも、

14 無礼。
15 あさき名　雲の親のかた也。
16 川口。催馬楽也。
17 白河也。六十人してもる関也。
18 「ねくたれの朝がほの花秋霧におもかくしつゝ見えぬ君かな」
19 けふよりはとがむなよ也。
20 後朝の文はかならずある物也。
21 灌仏。六条院にての事也。承和七年四月八日、請㆓律師伝灯ノ大法師㆒、於㆓清涼殿㆒始行㆓灌仏事㆒。ほとけを作りて、水をあびせ奉也。
22 布施ノ員数、寛平八年四月八日定法文ノ法、親王銭五百文、大納言四百文、中納言三百文、参木二百文、四位百五十文、五位百文、六位并童五十文。昔ハ銭、中頃ヨリ紙ヲ用。親王、大臣、五帖。
23 御形。又御生。四月上ノ酉日、玉依姫、別雷神ヲ産給也。

24 あふひをもたせて也。
25 久しくあひ給はぬ心也。
26 夕霧もと文章生にて有しをいへり。桂ヲおるは、及第ノ事なるべし。
27 始テ対面也。
28 うれしきも憂も、心はひとつにて、わかれぬ物は涙也。
29 御門ノ尊号、准三后ト云心也。
30 御封。

けはひこと也。源は、まつりの日の暁まうで給て、かへさには、たいの上の御さじきにおはします。

藤内侍のすけ、祭の使也。夕霧は此出たちの所にとぶらひ給へり。夕霧、

なにとか《何とやらん也》やけふの[24]かざしにかつ見つゝ《ク也》[25]おぼめくまでになりにけるかな

藤内侍 [26]かざしてもかつたどらるゝ草の名はかつらをおりし人やしるらん

入内には、紫の上そひて参給ひ、三日過してまかでさせ給へば、明石の上たちかはりて参給ふ夜、紫の上と明石の上とたいめんありて、[27]「おとなび《姫君ノ》給へれば、うと〳〵しきへだて、のこるまじうや」と、なつかしう物語などし給ふ。

姫君の御かたちうつくしげに、ひいなのやうなるを、明石の上は夢の心ちして見奉るにも、涙のとゞまらぬは、[28]ひとつ物とぞみえざりける。まことに住吉の神も、をろかならず、思ひしらる。

源は、あけん年、よそぢに成給ふ。御賀の事、おほやけ《雀》よりはじめ、おほきなる世のいそぎ也。其秋、[29]太上天皇になずらふ御位え給ふて、[30]みふくはゝり給ふ。内大臣《頭中》は太政大臣、夕霧は中納言也。雲井の雁のめのと、「六位すくせ」とつぶやきし事、おり〳〵おぼし出ければ、菊のうつろひたるを給はせて、中納言、

[31]あさみどりわかばの菊を露にてもこきむらさきのいろとかけきや

めのと
　二[32]葉より名だゝるそのゝきくなれどあさきいろわく露もなかりき

夕霧はおとゞ一所にすみ給はんも、所せければ、三[33]条殿のあれたるをすりし[34]なして、わたり給へり。ちいさき木ども、しげきかげとなり、昔おぼして、あはれにおもふさまなる御すまゐ也。夕霧、

なれ《清水ヲさして》こそは岩もるあ[35]るじ見し人のゆくゑはしるや宿のましみづ

女君も、大宮の事をおぼして、

[36]なき人のかげだにみえずつれなくてこゝろをやれるい[37]さら井の水

父おとゞ、内よりまかで給ふとて、紅葉の色におどろかされて、わたり給ひ、有つる手ならひどものちりたるを御覧じて、おとゞ、

　そのかみのおひ木は[38]むべもくちぬらんうへし小松もこけおひにけり

夕のめのと
　いづれをもかげぞたのむふたばよりねざしかはせる松のすゐ〳〵

神無月廿日あまりに、六条院に、冷、行幸あり。紅葉けうあるたび《度》にて、朱雀院にも〈御せうそこありておはします。先、巳の時に〉むまばの殿に、左右のつかさの御馬ひきならべて、五月のせちにあやめわかれず、ひつじくだる程

31 六位ノ袍也。コキ紫ヲモ、定家卿、参木三位ノ歌ニよめり。
32「露だにも名だゝる宿の菊なれば花のあるじや幾世なるらん」
33 三条ノ宮。大宮ノ家也。
34 修理。
35 あるじ　大宮の事也。清水は昔の人の行衛ヲ知かと也。
36 水も時をえたるかほと也。
37 いさら井ハ、浅キながれ也。
38 宜。

39 軟障。

40 みづし所　主上ノ御膳ヲつかさどる所也。

41 鷹飼ハ、蔵人所所掌也。近衛随身等、御鷹飼ニ補せらるゝ也。

42 朱雀院聖代ヲこふ也。

43 尭生れ玉フ時、紫雲出たり。徳星ト云。聖代ノ嘉瑞也。又、禁中ノ事をも紫ト云也。「久かたの雲の上にて見る菊は天つ星とぞあやまたれける」

に、南のしんでんにうつりおはします。道の程、そり橋、わた殿には、錦をしき、ぜん上[39]をひき、東の池に船どもうけ、みづし所[40]のうかひ《鵜飼》のおさ《長》、院の鵜かひめしならべて、おろさせ給へり。ちいさきふなどもくひたり。山の紅葉、いづれをとらねど、西の御前《秋好ノ方》のは心ことなるを、中のらうのかべをくづし、中門をひらきて、御覧ぜさせ給ふ。

御座ふたつよそひて、あるじ《源》の御ざ《座》はくだれるを、宣旨ありて、なをさせ給ふ。池の魚を、左の少将とり、蔵人所[41]の鷹かひ北野にかりつかうまつる鳥一つがひを、右のすけ《右中将》さゝげて、しんでんのひがしより出て、御はしの左右に、ひざをつきてそうす。おほきおとゞ、おほせ事給りて、てうじ《調》ておもの《御膳》にまいる。

暮かゝる程に、殿上のわらはべ、舞つかうまつる。「賀王恩」そうする程に、おほきおとゞの御子《ミ》、十ばかりなる、おもしろうまふ。みかど、御ぞ給ふ。おとゞ、おりてぶたう《舞踏》し給ふ。

あるじ《源》の院、菊をおり、昔おぼし出、

色まさるまがきのきくもおり〳〵に袖うちかけし秋をこふらし[42]

太政大臣　[43]むらさきの雲にまがへるきくのはなにごりなき世のほしかとぞ見る

かたちおかしきわらはべ、家の子ども、青き[44]あかきしらつるばみ[45]、左すわう、
右ゐびぞめきて、みづら《からこ》、ひたひばかりのけしきをみせて、みじかき物共をまひて、紅葉のかげにいる程、日の暮るもおしげ也。

院 秋をへて時雨ふりぬる[46]さと人もかゝるもみぢのおりをこそみね

御 よのつねのもみぢとやみる[47]いにしへのためしにひけるにはのにしきを

夕霧、笛。弁少将、声すぐれたり。紅梅大臣、是也。

44 青キ白つるばみ、赤キ白橡、二色アリ。

45「つるばみのきぬきし人は事なしといひし時よりきまほしくおもほゆ」万葉ニアリ。四位以上ノ人ノきるきぬ也。

46 ふりぬる里人ハ、院の御身也。

47 朱ノ御代の紅葉賀ノためしをひくと也。

1 悪后うせ給ふよし、此巻に見えたり。
2 猶其かた　御出家。
3 女一。女二、落葉。女三、御母藤つぼ。女四。

若菜上〔源卅九才より四十一まで〕

朱雀院は、ありし行幸の後、あつしく《重病》なやみわたらせ給ひ、此たびは物心ぼそく、年ごろおこなひのほゐふかきを、「[1]御母后おはします程は」とおぼしとゞこほりつるを、今は[2]猶其かたにもよほすにやあらん。

宮たちは春宮をゝき奉りて、[3]女宮四所おはします中に、藤つぼの御腹の女三の宮を、かなしき物にかしづき聞え給ふ。御年十三、四ばかりにおはす。「世をそむき、山籠し給ふ後、たれをたのむかげにものし給はん」と、朝夕にうしろめたくおぼしなげく。御《ン》たから物、御でうどゞも、はかなきあそび物まで、たゞ此御かたにわたし奉らせ給ふ。西山に御寺つくりてうつろはせ給はんの御いそぎ也。

御なやみにそへての御《ミ》心づかひきこしめして、春宮も御母承香殿もわたらせ給ふ。宮《春宮》には、世をたもち給はん事こまかに聞えさせ給ひ、暮行まゝにをもく成まさらせ給へば、六条院《源》より中納言《夕霧》の君参給へるを、よろこびおぼしめし、「《源》みづからとぶらひものし給ふべきよし申給へ」など、打しほたれつゝの給ふ。

此夕霧のかたち、さかりにきよらなるを御《御門》めとゞめて、このもてわづらはせ給ふ姫宮を、「此人にや」とおぼしよりけり。「十九才なれど、こよなき位にもすゝみ、ざえの程も、父《源》おとゞにはをとるまじ」などゝおぼしめさる。

めのとゞも《紫ノ上》めし出て、御もぎの事の給はするついでに、「六条のおとゞの式部卿のむすめおふしたてけんやうに、此宮《女三》をあづかりはぐゝまん人もがな。内《冷》には、秋好中宮、女御たちもやんごとなきかぎり物せらるゝに、はか〴〵しきうしろみなくて、まじらひいと中々ならん」。めのと女房衆は、「夕霧を」と申也。「《朱ノ御詞》されど、おとゞ《源》にあづけ聞えをかば、あまたの中にかゝづらひて、めざ[4]ましき思ひはありとも、やがておやざまにてめやすかりなん。[5]ふ《源ノ》りせぬあだげこそはうしろめたけれど、いくばく《なら》ぬ世のあひだは、彼人のあたりにふれば[6]ゝせまほしけれ。われ女ならば、はらからなりとも、かならずむつびよりなまし。女のあざむかれん[7]は、ことはりぞや」との給ふ。御め《女三ノ》のとのせうと左中弁、源《源》にも此宮にも心よせつかうまつるに、めのと、「しか〴〵御《朱ノ》けしきありと、彼院にもらし給へ」とかたる。この御《弁言》うしろみ《女三ノ》のぞむ人々あまたあれど、「き《朱ノ御心》のふまでたかきおやの家にあがめ[8]かしづかれし人のむすめ、けふはなを〴〵[9]じく

4 冷眼《メザマシ》。
5 ふりせぬ　古びざる色好み也。
6 ふればふ　触。
7 あざむかれん　愛せられん也。
8 崇愛《アガメカシヅク》。
9 なを〴〵じく　平人ノ心也。

くだれるきはの[10]すきものどもに名をたち、おやの[11]おもてぶせ、かげをはづかしむるたぐひもあり。あしく《朱ノ御心言》もよくも、さるべき人《親之一類也》の心にゆるしきたるまゝにて世中を過すは、[12]すくせ〳〵にて後の世にをとろへあるとも、みづからのあやまちにはならず。人もゆるさぬに、心づからの忍びわざし出たるなん、女のきずとおぼゆ。蛍兵部卿はなよび《柔》よしめき、をもきかたをくれたり。[13]大納言の朝臣の家《女三ノ》つかさのぞむは、物まめやかなる事にはあなれど、をしなべたるきはゝ、めざましくなん有べき。[14]柏《ノ》右衛門督はまだ年わかくて、むげにかろびたり」。「六条院《源》にこそ、おやざまにゆづり聞えさせめ」と御けしきあれば、「院《源ノ心詞》の御世の残りすくなしとて、こゝ《源》には又いくばくたちをくれ奉るべし、とてか其御うしろみをばうけとりきこえん、中々に世をさらんきざみ心くるしく、ほだしになん有べき。中納言《夕霧》などはかろ〳〵しきやうなれど、ゆくさきとをくて、人がらもつゐにおほやけの御《ミ》うしろみとも成ぬべき[15]おひさきなれば」とまめだちて、みづからはおぼしはなれたるさまなるを、弁もことはりに、いとをしくも口おしくもおもひて、うち《源ノ》〳〵におぼしたちにたるさまなど、くはしく聞ゆれば、院《朱ノ》さすがに打ゑみて、「さらば、内《冷》にこそたてまつらめ。人々おはすとて、

10 すきもの　好色ニすぎタルもの共也。
11 おもてぶせ　つらうちと云心也。
12 すくせ　宿世。宿習也。
13 大納言　系図ニなき人也。院ノ別当なるべし。おりゐの御門、又親王家ニめしつかはるゝを云也。女三宮ノ家司ヲ望む也。
14 中将也。始テ右衛門督ト見えたり。
15 小大。

それによるべき事にもあらず。古院《桐壺》の御時に、大后《弘キ殿》のいきまき[16]給しかど、するゐに参給へりし入道《藤つぼ》の宮にはしばしをされ給にきかし。此女三の御母《藤壺》女御《源氏宮》こそは、入道の宮の御はらからにものし給ふれ、かたちもよしといはれし人也しかば、いづかたにつけても、此姫宮《女三》は、をしなべてのきはにはおはせじ」とおぼす也。

年も暮ぬ。女三の御もぎの事、[17]かへ殿の西おもてに御帳よりはじめ、[18]もろこしの后のかざりおぼしやりて、かゝやくばかりとゝのへ給へり。御こしゆひには、おほきおとゞ《致仕》、大臣《左右》たち、上達部、みこたち八人、殿上人はたさらにもいはず、内、春宮、残らずいかめしきひゞき也。六条院《源》より、をくり物ども、人々のろくなど奉らせ給ける。秋好中宮より御《ミ》さうぞく、昔入内の時《朱ヨリ》参らせられし御ぐしあげのぐ、あらためくはへて夕つかた奉らせ給ふ。

中宮　[19]さしながらむかしをいまにつたふれば玉のをぐしぞかみさびにける

院御覧じつけて、あはれにおぼし出らる。御、

[20]さしつぎに見る物[21]にもがよろづよをつげのをぐしもかみさぶるまで

此御いそぎ、三日過して、つゐに御ぐしおろし給ふ。おぼろの内侍のかんの君は、つとさぶらひて、「かく思ひしみ給つるわかれの、たへがたくもあるかな」

16 息巻。いかる事也。

17 柏殿。朱雀院ニある殿也。柏梁殿也。皇后ノおはします西ノ対也。悪后住給ふかた也。

18 嵯峨天皇弘仁八、男女(ママ)レ被服二用唐法ニ一。

19 さしながらハ、さながら也。

20 中宮ノさしつぎニ女三ヲト思召ス也。

21 にもが　もがなの心也。

22 いむ事　受戒。
23 法服。
24 鳴動。
25 たどりすくなく　物の思ひわけすくなき也。
26 饗。精進物。
27 浅香。
28 御鉢。
29 いなび《ミ》ず　不辞。

とて御心みだれぬ。山の座主、御[22]いむ事のあざり三人、[23]ほうぶくなど奉る。女宮たち、女御、更衣、おとこ女、かみしもゆすりみちて[24]なきどよむ。

六《源》条院も参給て、「此かたのほゐふかくすゝみ侍しを、心よはくてをくれ奉り侍ぬる心のぬるさ、はづかしく思給へらるゝかな」となぐさめがたくおぼす。院は此内親王《女三》ひとりの御事を、源に、「はぐゝみ、さるべきよすがをおぼしさだめてあづけ給へ」と聞えまほしくおぼす。源は、「中納言《夕霧》はまだ位あさくて、[25]たどりすくなく、われはゆくさきみじかくて、つかうまつりさす事や侍らん」と、うたがはしきかたのみなん、心くるしく思ふ給へながら、うけひき申給つ。夜に入ぬれば、[26]御《ミ》あるじの事、さうじ物にてせさせ給ふ。院のおまへに、[27]せんかうのかけばんに[28]御はちなど、昔にかはりて参る。夜ふけて帰給ふ。院《朱》は、けふの雪にいとゞ御風くはゝりて、かきみだりなやましくおぼさるれど、此宮《女三》の御事聞えさだめつるを、心やすくおぼしけり。

又の日、紫の上に御《源》物語聞えかはし、「院のたのもしげなく成給にたる、御とぶらひに参て、女三の御事をすてがたくなんの給ふを、え[29]いなびず成にし。ことごとしくぞ人はいひなさん。御山ずみにうつろひ給はん程にこそ、わたし奉らめ。[30]いみじき事ありとも、御《紫ノ》ためよにかはる事は有まじきを、心なをき給そ」との給ふ。はかなき《源ノ》御すき心を、紫はめざましき物におぼす。
年もかへりぬ。朱雀院には、姫宮、六条院にうつろひ給はん御いそぎ也。源四十《ヨソヂ》に成給へば、御賀の事、正月《ム》廿三日ねのびなるに、左大将の北方〔玉かづら也〕、わかな参り給ふ。玉もわたり給ひて、南のおとゞの西のはなち[31]いでにおましよそふ。屏風、[32]かべしろ、[33]御ぢしき四十まい、[34]御しとね、[35]けうそく、[36]らでんの[37]みづし二よろひ、御衣ばこ四つ、夏冬の御さうぞく、[38]かうご、くすりの箱、御すゞり、[39]ゆするづき、[40]かゝげのはこ、きよらをつくし給へり。人々参給て、おまし《御座》に出給ふとて、かんの君《玉かづら》に御たいめんあり。おさなき君《玉かづらの子達》もうつくしうて、ふたりおなじやうにふりわけがみのなをしすがた〔三、四才也〕。

玉　わかばさす野べの[41]小松をひきつれてもとのいはねをいのるけふかな

源　小松ばらすゑのよはひにひかれてや野べのわかなもとしを[42]つむべき

上達部あまた南のひさしにつき給ふ。紫の上の父式部卿宮、大将《ヒゲグロ》、むまご《孫》の君たち、中納言、御かはらけ、[43]わかなのあつ物まいる。[44]このよそえだ《四十枝》、[45]おりひづものよそぢ、おまへ《源》には、ぢんのかけばん四、[46]御づき、[47]朱雀院たいらぎ給

30 いみじき　つよき心也。
31 放出。廂也。
32 壁代。しろき絹ヲかたびらのやうニしてかけわたす物也。
33 地舗。唐筵ニ大文高麗縁ヲ付る也。
34 茵。
35 脇息。
36 螺鈿。アヲガイ也。
37 御厨子。衣筥。
38 香壺。薬筥。
39 泔器。ユスルヅキ、ビンダライ也。
40 掻上。カヽゲ。打乱筥也。
41 両人の子を見せ参らせらるゝ心也。
42 源も年をつまんと也。
43 わかなのあつ物　羹ノ御肴也。
44 こもの　献物、又籠物。枝ニ付たるとあれば、籠物なるべし。
45 折櫃物。四ヅヽノ数ハ、四十賀ノ故也。
46 土器。ヅキ。

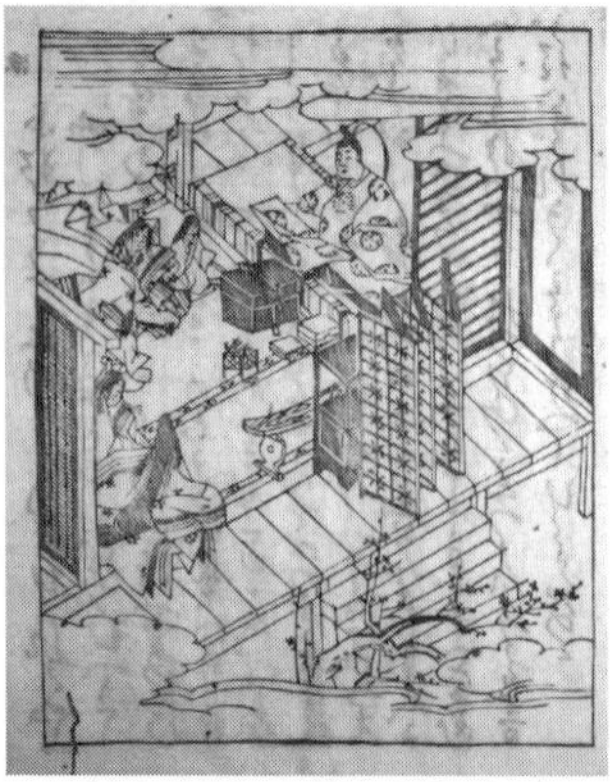

47御悩無平癒。
48よがれ　夜ヲへだてたる也。
49貫之「秋萩の下葉につけてめにちかくよそなる人の心をぞみる」
50命はたゆるとも、契りはかはらじと也。
51かよふ中ノ道也。

はぬにより、楽人などはめさず、御ふえおほきおとゞ《致仕》、和琴衛門督《柏木》、きんは兵《蛍》部卿宮、おまへ《源》にひかせ給ふ。御をくり物あり。
二月《キサラギ》十よ日、女三宮、六条院へわたり給ふ。女ばうのつぼね〳〵しつらひみがゝせ、三日が程は[48]よがれなくわたり給へば、むらさきの上、
[49]めにちかくうつればかはるよの中をゆくすゑとをくたのみけるかな
源　[50]命こそたゆともたえめさだめなきよのつねならぬなかのちぎりを
女三へとみにもえわたり給はぬを、紫の上、「かたはらいたきわざかな」とそゝのかし聞え給へば、渡り給ふ。源の女ばうたち、中務、中将の君などめくばせつゝ、「あまりなる御おもひやりかな」といふ。
源は夢におどろきて出給ひ、雪はさ(き)え残りたるに、紫の御かたの御《ミ》かうし打たゝき給ふに、人々そらねをしつゝ、やゝまたせ奉りてあげたり。上の《紫ノ上ノ》御ぞ引やりなどし給ふに、涙ひきかくして、さすがにうらみたる御けしき也。
その日は女三へ、御文つかはさる。源、
[51]中みちをへだつる程はなけれどもこゝろみだるゝけさのあは雪
梅につけ給へり。此花を紫へおりてみせ給ふに、女三の御返しまいる。めのと《女三ノ》

の歌、
52 はかなくてうはのそらにぞきえぬべき風にたゞよふ春のあは雪
けふはひるわたり給ふ。何《女三》心なく物はかなき御程にて、たゞ児のお53もぎらひせぬ心ちして、うつくしきさまし給へり。
院のみかど、二月に嵯峨の御寺にうつろひ給ぬ。六条院へも紫の上へも、院より御せうそこあり。
そむきにし此世にのこるこゝろこそいる山みちのほだしなりけれ
紫上　54 そむくよのうしろめたくはさりがたきほだしをしゐてかけなはなれそ
女御、更衣たち、を55のがじゝわかれ給ふも、哀なる事なんおほかりける。
内《おぼろ》侍のかんの君は、二条の宮にぞ住給ふ。院《朱》は、姫《女三》宮と此かんの君を、かへりみがちにおぼしたり。お《源》とゞ、哀《おぼろを》にあかずおぼして、昔の中納言の君、そのせうとのいづみの守して、せ《かんの君へ》うそこ聞え給ひ、紫の上には、「ひ《末摘》たちの君へ」といつはりて、よひ過て、かんの君へひそかにおはしたり。源、
56 年月をなかにへだてゝあふさかのさもせきがたくおつるなみだか

おぼろのかんの君

52 朱より源ヲ頼みて、女三ヲ参らせるゝ（らるゝ）に、夜がれし給へば、行末おぼつかなきと、めのとの心也。
53 おもぎらひ　面よはき也。
54 山中へは御無用と也。
55 自恣。ホシイマ（ママ）。をのがさま〴〵也。
56 涙のみせきがたくして、あふ事はたゆると也。あふ事には関あると也。

なみだのみせきとめがたき清水にてゆきあふみちははやくたえにき

日さし出る程に、出給ふとて、藤の花をおらせて、

源　しづみしもわすれぬものをこりずまに身もなげつべきやどの藤[57]なみ

かんの君　[58]身をなげんふちもまことのふちならでかけじやさらにこりずまのなみ

夏の頃より、明石の姫君、懐妊　たゞならずなやみ給て、女三のおはします東おもてに御かたしつらひたり。十三才也。明石の上、今は御身にそひ出入給ふもあらまほしき[59]御すくせ也。紫ノ上　たいの上、此姫君へわたり給ふついでに、女三にも始テ　たいめし給ふ。「思ふやうなる御かたらひ」と、源は打ゑみ給へり。たいの上、手ならひに、

身にちかく秋やきぬらんみるまゝにあをばの山もうつろひにけり

源　[60]水鳥のあをばは色もかはらぬを萩のしたこそけしきことなれ

明石の姫君は、じちの御母よりも、たいの上をむつましくたのみ聞え給へり。中の戸あけて、女三にもたいめし給ふ。女三の御母と式部卿とは御はらからなれば、いとこ也。中納言のめのともめし出さるゝ。

源四十才、今年は御賀につけて行幸も有べけれど、いなび申給ふ。しはすの

57 藤ハ、淵也。

58 身をなぐる淵ならば、波のかゝるもいとふまじきにと也。

59 宿世。

60 源ノ心は水鳥の羽也。紫ノ心、何とやらん、かはりたると也。

廿日あまり、秋好中宮より、ならの京の七大寺に、[61]御ずぎやう、布四千だん、此京の四十寺にきぬ四百疋をわかちて、せさせ給ふ。夕霧中納言、右大将にならせ給へり。院《源》もいとかしこくおどろきて、御座につき給ふ。まんざいらく、賀王恩まひて、けふのさほう、こと也。御馬四十疋[62]六《リク》衛府の官人引とゝのふる。かゝる時も、花ちるはよその事におぼしめせど、此大将《夕霧》の君の御ゆかりに、いとよくかずまへられ給ふ也。

姫君は二月[63]ばかりより、御けしきかはりてなやみ給へば、北の町の中のたいに、わたしたてまつり、御ずほうのげんざ共、のゝしる。あま君いとめでたう見奉るまゝに、

[64]おひのなみかひあるうらにたちいでゝしほたるゝあまをたれかとがめん

姫君　しほな《(た)》るゝあまをなみぢのしるべにてたづねも見ばやうらのとま屋を

明石の上　世をすてゝあかしのうらにすむ人もこゝろのやみははるけしもせじ

三月《ヤヨヒ》の十よ日の程に、おとこ君生れ給ふ。紫の上、おやめきて、わか宮をつといだきおはすれば、たゞまかせ奉りて、明石の上は御ゆどのゝあつかひなどをつかうまつり給ふ。七日の夜は、内より御うぶやしなひの事あり。御子たち、

61 東大寺、興福、元興、薬師、西大、大安、法隆寺也。
62 衛門、兵衛、近衛。
63 夏の頃よりなやみ給ひ、二月ばかりより、その気づきてなやみ給ふ也。
64 尼は本望也。

65天児。はふ子也。
66須弥山。
67国母也。
68春宮、世ヲたもち給ふべき也。又、入道闇より明ニおもむく心とも云り。

大臣、われも〳〵ときよらをつくし給へり。紫の上、あまがつ[65]てづからつくりおはするも、いとわか〳〵し。

彼明石の入道つたへ聞て、「今なん、此世のさかひを行はるるべき」と弟子どもにいひて、家をば寺になし、あたりの田は寺の事にしをきて、此国のおくの郡に人かよはぬ山あるを、年ごろしめ《領》をき、明石の上へ文を奉れ給へり。其文には、若宮のよろこびと、「むかし姫君の生れ給はん年の二月の夢に、すみ[66]の山を右の手にさゝげ、山の左右より月日のひかりさやかにさし出て、世をてらす。みづからは山のしものかげにかくれて、其ひかりにあたらず、山をば広き海にうかべ、ちいさき舟にのりて、西のかたをさしてゆく、となん見侍し。思ひのごとく、国の母[67]と成給へば、住吉の御社をはじめ、願どもはたし給へ。我は此思かなひぬれば、十万億の国へだてたる九品のうへののぞみうたがひなし。

ひかりいでん[68]あかつきちかくなりにけりいまぞ見しよの夢がたりする」

とて、月日かきたり。「命をはらん日も、さらになしろしめしそ。藤衣にもやつれ給ふな。たゞへんげのものとおぼしなして、くどくの事をつくり給へ。後の世のたいめん侍なん」とあり。願文どもは、ぢんのはこにふんじこめて奉給へり。尼君へは、「此月の十四日に草の庵まかりはなれて、ふかき山にいり、くま、おほかみにも身をせし侍りなん。[69]あきらかなる所にて又たいめんはありなん」とのみあり。使の大とこも、「麓までをくりてみなかへり、僧一人、わらは二人、御ともにさぶらふ。御琴、びわは仏に[70]まかり申て、御堂に施入し給、残りの物は、弟子六十よ人にみなそうぶし給ふ」と申す。院《源》も此文を見給て、あはれとおぼす。

柏木右衛門督は、院《朱》につねにしたしくさぶらひて、女三の宮の御事聞えよりしかど、[71]かくことざまになり給へるを口おしく、猶思ひはなれず。其おりよりかたらひける小侍従といふ御ちぬし《女三ノ》のたよりに聞えつたふるを、なぐさめに思ふぞ、はかなかりける。

やよひの空うらゝかなる日、六条院に、兵部卿宮《蛍》、衛門のかみ《柏》参り、御物語などし給、「つれ〴〵にまぎるゝ事なしや。こゆみいさせて見るべかりけり」。「大将《夕霧》は、うしとらの町に人々あまた[72]まりもてあそばして」ときこしめし、「こなたに」とあれば、若きんだちまりもたせてまいれり。しんでんの東おもて、

69来世。

70賽。マカリマウシ。

71かくことざまに　源へ参らせられ給へば也。

72鞠。黄帝所作。天智天皇ノ時、元興寺ニ大ナル槻ノ木アリ。是ヲカヽリトシテ、帝、内大臣、鎌足、入鹿ナドシテ御鞠アリ。

73白シ。
74御階。
75過。ヨグル。
76掛。ウチキ。上ニきる物也。
77ほそなが　袖なし也。
78いひしらず　いはんやうもなき也。
79おいらか　まことに也。真実也。

よしあるかゝりの程を尋て、立いづ。頭の弁、兵衛のすけ、大夫の君、大将、かんの君《柏》も、みなおり給て、花の陰にさまよひ、よきあしきけぢめあるを、ゐもんのかりそめに立まじり給へるあしもとに、ならぶ人なかりけり。おとゞ《源》も宮《兵部卿》も、すみのかうらんに出て御覧ず。大将《夕霧》は、桜の[73]なをし、かろ〳〵しくもみえず、花の雪のやうにふりかゝれば、見あげて枝すこしおりて、[74]御はしの中のしな程にゐ給ぬ。かんの君《柏》は、「桜は[75]よぎてこそ」などの給ひつゝ、宮《女三》の御前のかたをしりめにみれば、みすのつま〴〵、すきかげども見ゆ。からねこのちいさきを、少しおほきなるねこ、をひつゞきて、みすのつまよりはしりいづるに、人々さはぎてきぬのをとなひ、みゝかしかまし。ねこはまだなつかぬにや、つながくつきて、みすのそばあらはに引あげられたるを、とみに引なをす人なし。几帳のきは、すこし入たる程に、[76]うちきすがたにて立給へる人あり。紅梅にやあらん、こきうすきあまたかさなり、さうしのつまのやうにみえて、桜のをり物《表裏共ニスハウ》の[77]ほそながなるべし。御ぐしのすそ、ふさやかに七、八寸ばかりぞあまり給へる。[78]いひしらずあて《妙》に、らうたげ也。ねこのいたくなけば、見《女三》かへり給へるおも《カホ》ゝち、もてなし、いと[79]おいらかにて、「わかくうつくしの人や」

とふと見えたり。大将《夕霧》、心をえさせて、打しはぶき給へるにぞ、やをら《閑也》ひき入給ふ。かんの君《柏》、ねこをまねきよせてかきいだきたれば、かうばしくて、らうたげになくもなつかしく思へり。おとゞ《源》御覧じおこせて、たいの南おもてに入給へれば、みなそなたに参り給ぬ。

宮もゐなをり給へば、殿上人はすのこにわらうだ[80]めして、つばいもちい[81]、なし、かうじやうの物、さま〴〵に箱のふたにとりまぜつゝあるをくふ。大将、かんの君、ひとつ車にてみちの程、物語し給ふ。かんの君、

[82]いかなれば花にこづたふうぐひすのさくらをわきてねぐらとはせぬ

夕大将　[83]み山木にねぐら《源》さだむるはこどりもいかでか花のいろにあくべき

かんの君、むねいたくいぶせければ[84]、小侍従へ文やり給ふ。

よそに見ておらぬなげきはしげれどもなごりこひしき花の夕かげ

これを《女三》見せ奉れば、みすのつまおぼしあはせらるゝ。おとゞ《源》のつねに、「大将《夕霧》に見え給ふな」といましめ給ふをおぼしいづ。御返りは、小侍従、

今さらにいろにないでそ山ざくらをよばぬえだにこゝろがけきと

80 わらうだ　円座也。
81 椿餅。
82 鶯は源ニ比して、桜は女三ニして。
83 「み山木によるはきてぬるはこ鳥のあけばかへらん事をこそおもへ」
84 いぶせきハ、物がなしき也。

若菜下〔源四十一才より四十七まで。以詞〕

殿上ののりゆみ[1]、三月は御《薄雲ノ》き月なれば、口おしと思ふに、六条院《源》にあるべしとて、左右大将、すけたち、殿上人ども参給ふ。ゑもんのかみは、人よりことにながめ[2]をしつゝ物し給へば、夕霧の御めには見つけ給へり。みづから《柏》おとゞ《源》を見奉るに、けをそろしくまばゆく、おほけなき[3]事と思て、「彼ねこをだにえてしがな。かたはらさびしきなぐさめにもなつけん」と思ふに、「物ぐるおし。いかでかはぬすみ出ん」と、それさへぞかたき事也。内《禁中》の御ねこの、あまたひきつれはらから共の所々にあがれて[4]、春宮にも参れるを、衛門督見て、「六条院のねここそおかしう侍れ」と申給へば、春宮、猫をらう[5]たくせさせ給ふ御心にて、きりつぼより聞えさせ給ければ、女三よりまいらせらる。日頃へて、かんの君春宮に参り、御琴などをしへ給ふとて、「御ねこどももあまた侍りける。彼《鞠の時》見しか」とたづねて見つけ給へり。「これはしばし給りあづからん」と申給て、よるひるかきなでゝ、

恋わぶる人のかたみとたならせばなれよなにとてなくねなるらん

1 賭弓。正月十八日、臨時ニもおこなはる。堋ニ的ヲカケテ、左右ノ近衛兵衛などの舎人射る也。左右ノ大将、射手ヲ奏セラル。負方、罰酒ヲ行フ也。是ハ臨時也。
2 ながめ　物思ひの姿也。
3 及なき心。をそるゝ心也。
4 あがれて　別て也。
5 労。イタハル。

6 結目《けぢめ》。験《同》。
7 (「え」を抹消し、朱で「う」と書入れ。覆刻本では「う」。本書解説図版Ⅲ参照)
8 住吉詣也。

いよ〳〵らうたげになくを、ふところに入てながめゐ給へり。

彼ひげぐろの御むすめのまき柱の君を、かんの君にあはせんとあれど、猫には思ひおとし、おもひよらぬぞ口おしかりける。此姫君《まき柱》は兵部卿宮にのたまひあはせ給ふ。

冷泉院、御くらゐにつかせ給て十八年にならせ給ふ。日ごろをもくなやませ給ふ事ありて、俄におりゐさせ給ぬ。朱雀院の御子春宮《今上》打つぎて、6けぢめもなかりけり。おほきおとゞ、ちじのへう奉りてこもりゐ給ぬ。髯くろの左大将、右大臣に成給ふ。明石の御はらの一の宮、坊《春宮也》にゐ給ぬ。みこたちあまたかずそひて、御おぼえならびなし〔源四十六才也〕。

年月ふるまゝに、むらさきの上と源の御中へだて見え給はぬ物から、「今は、かうおこなひのみちにもと思ふよはひ《紫ノ上ノ》也。さる《出家》べきさまにゆるしてよ」と聞え給ふおり〳〵あるを、源、「みづからふかきほゐあれど、御有さまの7え《う》しろめたきによりこそながらふれ。我《ガ》そのほゐとげなん後に、ともかくもおぼしなれ」と聞え給ふ。

春宮の女御《明石ノ》の御いのりのため、彼箱あけ給て、院《源》の8御物まうでに事よせて、女御殿《明石ノ》、たいの上《紫ノ上》は、ひとつ車也。次の車には、明石の上、あま君、人だまひ《人給車》、うへの五つ、女御殿の五つ、明石の御あがれ[9]の三つ、目もあやにかざりたり。かんだちめ、舞人、御馬くら、随身、小舎人、又なき見物也。

十月中《カミナヅキ》の十日なれば、神のいがき[10]にはふくずも色かはり、松の下紅葉など、をとのみ秋をきかぬがほ也。「もとめ子」[11]はつる末に、上達部かたぬぎており給ふ。二の車《明石ノ上　尼君》に忍びて、

源　たれか又こゝろをしりてすみよしの神[12]よをへたる松にことゝふ

尼君　すみの江をいけるかひあるなぎさとはとしふるあまもけふやしるらん

明石の上独吟に、

むかしこそまづわすられねすみよしの神のしるしを見るにつけても

廿日の月はるかにすみて、海のおもておもしろし。たいの上《紫ノ上》は、かく都の外のありきはならひ給はねば、めづらしくて、

紫上　[13]すみの江の松に夜ぶかくをく霜は神のかけたるゆふかづらかも

女御　神人の手にとりもたるさか木ばにゆふかけそふるふかき夜の霜

たいの上の中務の君　はふり子がゆふちまがひをくしもはげに[14]いちじるき神のしるしか

9 あがれハ、ながれ也。流。
10「ちはやふる神のゐ垣にはふくずも秋にはあへずうつろひにけり」
11 求子。神楽也。
12 神力。
13 須磨などの事也。
14 いちじるき　納受也。尤しるき也。

15 織物ニテ張タル也。

ときはの陰に花の錦をひきくはへたると見ゆる、うへのきぬの色々をきて、かけばん取つゞき物まいる。尼君のおまへにも、せんかう《浅香》のおしき、あをにび[15]のおもてをりて、さうじ物《精進》まいらす。此あま君をば、よろづの事につけてめであさみ、世のことぐさにて、「明石の尼君」とぞ、さいはひ人にいひける。彼近江の君は、すぐ六うつ時も、「尼君〳〵」とぞさいはこひける。

春宮の御さしつぎの女一の宮を、たいの上《紫上》とりわきてかしづき、つれ〴〵なる《源ノ》よがれの程もなぐさめ給ひける。夏の御かた《花ちる里》、御むまごあつかひをうらやみて、大将《夕》の君の内侍ばらの君をむかへてかしづき給ふ。

入道《朱》のみかどは、女三の宮に今一たびたいめんあらまほしきを《源ノ心》、「五十《イソヂ》にたり給はん年、わかなゝどてうじてや」とおぼして、さま〴〵の御ほうぶくしつらひ、舞人、楽人などをとゝのへ給ふ。年かへりて、まづおほやけよりせさせ給へば、すこし程過して、二月十よ日、源よりとさだめ給へり。右の大殿《ヒゲグロ》の御子二人、大将《夕》の御子、兵部卿《蛍》の宮のわらは、うち〳〵《内々》の御こゝろみに、女三のおはしますしんでんに、みなわたし奉り給ふ。たいの上よりわらはべ四人、女御殿《明石ノ》よりのわらは、明石の御かたの四人、女三の御かたにもわらはべ、つくろはせ給へり。明石の御かた、琵琶。むらさきの上、わごん。女御、さうのこと。女三は、きん。大将（夕）ひやうしとりて[16]ざうがし、院（源）も時々扇うちならしてくはへ給ふ。[17]とうろこなたかなたにかけたり。女三の方を大将のぞき給へれば、人よ[18]りけにちいさくうつくしげにて、二月の中の十日ばかりの青柳の、しだりはじめたらん心ちして、鶯の羽風にもみだれぬべく、[19]あえかに見え給ふ〔廿四才也〕。（明石ノ）女御の君は、藤の花の、夏にかゝりてならぶ花なき朝ぼらけの心ちぞし給ふ〔懐妊の程也〕。なやましくおぼえ給ければ、御琴もをしやりて、けうそくにかゝり給へり。紫の上は桜にたとへても、猶ものよりすぐれたるけはひ、ことに物し給ふ〔卅七才也〕。明石の上は、さ月まつ花たちばなの、花もみもぐしてをしおれるかほりおぼゆ。

源は、紫の上の御かたにて、人々のうへをかたり給て、女三へわたらせ給へり。其夜の暁がたより、紫の上むねをなやみ給へば、源へ女御の御かたよりせうそこ聞え給ふに、おどろきいそぎわたり給ふ。いとくるしげにて、はかなきくだ物をだに、物うくし給て、おきあがり給ふ事たえて、日ごろへぬ。心ぼそくかなしと見給ふ。御賀のひゞきもしづまりぬ。院より御とぶらひたび〳〵聞え給

16 唱歌。
17 燈籠。
18 勝也。実也。
19 よはく。ひわづ也。

20 困。ごうして
21 斎院御禊。毎年中ノ午日也。

て、二月も過ぬ。「こゝろみに所をかへ給はん」とて二条院にわたし給ひ、御ずほうなど取わきて、つかうまつらせ給ふ。いとたのみすくなく、よはり給へば、いかさまにせんとまどひつゝ、女三の御かたへも、源はわたり給はず。院《六条》の内の人々は、みな二条院につどひ参りて、六条院は火をけちたるやう也。女御も女一《冷泉ノ》の宮もおはします。

　其頃、柏右衛門督は中納言になり、女三の御あねの二の宮をえ奉りける。下らうの更衣ばらなれど、彼宮《女三》のなぐさめがたきを、人めにとがめらるまじきばかりにもてなし聞え給へり。小侍従といふかたらひ人は、女三のめのとのむすめ也。そのめのとのあねは、柏木中納言のめのとなれば、小侍従をよびとりてかたらひ給へり。「いかに〳〵」と日々にせめられごうして[20]、さるべきおりうかゞひつけて、せうそこしおこせたり。衛門督よろこび忍びておはしぬ。四月《ウ》十よ日也。あすのみそぎ[21]みんとて、人々は物ゐひけさうじ、いとまなげにて、御前のかたしめやか也。柏をば御帳の東おもてにすへ奉る。女《女三》は何心もなくおほとのごもりて、おとこのけはひすれば、院《源》のおはするとおぼしたれば、いがきおろし奉るに、「物にをそはるゝか」と見あげ給へれば、あらぬ人也。あさまし《女三心》

22 誘。キテ。
23 鞠の時也。
24「涙川ながすね覚もある物をはらふばかりの露は何なり」

くむくつけく成て、人めせど、参るもなし。水のやうにあせもながれて、哀にらうたげ也。よろづかたらふるに、思ひしづむる心もうせて、「いづちへもゐ[22]てかくして、わが身も世にふるさまならず、跡たえてや」とまで思みだれぬ。[23]彼みすのつまを、ねこのつなびきたりし事も聞え出たり。「げに、さはだありけんよ」と口おしく、契り心うき御身なりとかなしくて、おさなげになき給ふ。あけゆくけしきなるに、かきいだきて出る。屏風を引ひろげて、戸をあけたれば、よべいりし南の戸はあきながら、ある物をいはんとし給へど、わなゝかれて、いとわかく〳〵しき御さま也。柏木、

おきてゆくそらもしられぬあけくれにいづくの露のかゝる袖なり[24]

女三　あけぐれの空にうき身は消なゝん夢なりけりと見てもやむべく

玉しゐは、まことに身をはなれて、とまりぬる心ちす。女二の御もとにもまうで給はで、大殿《父》へぞおはしける。

「女三はなやましげになん」とありければ、おとゞ《源》聞給て、わたり給へり。そこはかとくるしげなる事も見え給はず、いたくはぢらひて、さやかにも見あはせ給はぬを、「久《源ノ》しきたえまをうらめしくおぼすにや」といとをしくて、紫

の上の事など聞え給ふ。彼《女三ノ心》けしき《柏ノコト》源のしり給はぬもいとおしく、心くるしくおぼさる。

かん《柏》の君は、ましてながめふして、まつりの日は物みんとて、君達《ン》いひそゝのかせど、「なやまし」とて出給はず。わらはべのもたるあふひを見給て、柏、

くやしくぞつみ[25]をかしけるあふひ草神のゆるせるかざしならぬに

女二の宮はかゝるけしきを何事とはしり給はねど、はづかしくめざましくて、さうのこと引まさぐりておはす。さすがになまめかしけれど、女三にをよばざりける。「すくせ《宿世》よ」とおぼえて、衛門督、

もろかづらおちばを何にひろひけん名はむつましきかざし[26]なれども

おとゞ、女三へおはしたるに、「紫の上たえ入給ぬ」とて人参りたれば、御心もくれてわたり給ひ、いよ〳〵いみじき願どもをたてそへ、げんざどもめしあつめ、「今しばしのどめ給へ。不動[27]そんのちかひあり。其日数をだにかけとゞめ給へ」と、かしらよりくろけぶりをたてゝ、かぢし奉る。月ごろあらはれぬ物のけ、ちいさきわらはにうつりてよばひのゝしる程に、いき出給ふ。六条の御休所の霊也。昔葵の上のさまとおなじ事とみえたり。源、「あさまし」とお

25 摘。罪。
26 かざしハ、兄弟ノ事也。おち葉は二ノ宮ニして也。
27 不動ノ本誓、六ヶ月延命ト云々。大般若経ニハ、「定業亦能転。善無畏三蔵ノ師欲レ滅、弟子為《ニ》レ受《ンガ》二灌頂《ヲ》一、善無畏、行法シテ、悉ク受《ク》二灌頂一。其後、猶延命ノ事在之」

28 符籠。
29 優婆塞。――《（優婆）》夷。
30 あやしかりし　柏ニあひ給てはや懐妊也。

ぼしければ、此わらはの手をとらへ引すへて、「まことにその人《御休所》か。よからぬきつねなどのたぶれたるか。たしかなる名のりせよ」とあれば、童、

　わが身こそあらぬさまなれそれながらそらおぼれする君は君なり

「《霊言》秋好中宮にも聞え給へ。斎宮におはしましゝころほひの、御つみかるむべからんくどくの事を、かならずせさせ給へ。くやしき事になんありける」といへど、物《源》のけにむかひて物語し給はんもかたはらいたければ、ふうじこめて[28]、紫は又ことかたに忍びてわたし奉給ふ。

　紫は御ぐしおろしてん、いむ事のちからもやとて、御いたゞき[29]しるしばかりはさみて、五戒うけさせ給ふ。物のけのつみすくふべきわざ、日毎に法花経一部づゝくやうぜさせ、なにくれとたうとき事のせさせ給ふ。五月《サ》は、はれ〴〵しからぬ空のけしきに、えさはやぎ給はず。六月《ミナ》に成てぞ、時々御ぐしもたげ給ける。

　女三は[30]あやしかりし事をおぼしなげきしより、やがてれいのさまにもおはせず、なやましくあをみそこなはれ給ふ。御めのと達見とがめて、「院のわたらせ給ふ事もたまさかなるを」とつぶやく。

むらさきの上は、あつくむつかしとて、御ぐしすまして、すこしさはやかにもてなし給へり。源は、「かく見給へるこそ、夢の心ちすれ」との給へば、紫の上、

[31]きえとまるほどやはふべきたまさかにはちすの露のかゝるばかりを

源　[32]ちぎりをかん此世ならでもはちすばに玉ゐる露のこゝろへだつな

源「かゝる雲まにさへやはたへこもらん」とおぼしたちて、女三へわたり給ぬ。宮は、御心のおにゝはづかしくつゝましくおぼせば、御いらへも聞え給はず。源 おとなびたる人めして、御心ちのさまなどゝひ給ふ。「れいのさまならぬ御心ちにわづらひ給ふ」と聞ゆ。源心「年頃へぬる人々だにもさる事なきを、不定なる事にもや」と源おぼしけり。二、三日おはす。

衛門督聞ておぼつかなくて、文をおこせ給へり。忍びて女三に見せ奉る。源院入給へば、よくもかくし給はで、御しとねのしたにさしはさみ給ふ。夕さり、紫ノ上へ「二条院へわたり給はん」とて、ひるのおましに打ふして、御いとま聞え給ふに、日ぐらしのなきければ、

女三　夕露に袖ぬらせとやひぐらしのなく〳〵をきく〳〵おきてゆくらん

源　[33]まつ里もいかゞ聞らんかた〴〵にこゝろさはがすひぐらしのこゑ

31 命は露のごとくと也。程はあらじ也。
32 一蓮宅生。
33 待里ハ、二条院也。

おぼしやすらひとまり給て、まだ朝すゞみの程にわたり給はんとて、よべの[34]かはぼりをおとして、きのふうたゝねし給へりしおましのあたりを見給ふに、御しとねのすこしまよひたるつま《端》より、あさみどりのうすやうなる文のみゆるを御覧ずるに、おとこの手也。二かさねにこま〴〵とかきたるは、まぎるべくもなく、その人《柏》の手也と見給ふ。小侍従見つけて、きのふ文の色と見て、むねつぶ〳〵となる心ちす。宮《女三》は何心もなく、おほとのごもれり。「あな、いはけな」とおぼして《源》出給ぬ。侍従、「きのふの物《文》はいかゞ」と女三に申す。「今朝、院《源》の御らんじつる文の色こそにて侍つれ」とあさましく思ふ。日をへだてゝ、女三の懐妊を、院え思ひはなたれ給はで、わたり給ても、さる事《文》見きともあらはし給はず。

其頃、二条のおぼろのかんの君《尼》、御ほゐの事し給ひけりと聞給て、とぶらひきこえ給ふ。

あまのよ《源》をよそにきかめやすま[35]の浦にもしほたれしもたれならなくに

とくおぼしたちにし事なれど、此御さまたげにかゝづらひ、今までもとおぼし、文かよはしも、これを[36]とぢめとおぼせば、心とゞめてかき給ふ。内侍、

---

34 かはぼり《カウモリ》 扇也。見テ二蝙蝠一扇ヲ作リ始タル也。
35 左遷も誰ゆへぞと也。
36 とぢめハ、限り也。

37かへさひ　かへりて申也。辞退ノ心。

あまぶねにいかゞはおもひをくれけんあかしのうらにあさりせし君

こきあをにびのかみにて、しきみにさし給へり。

山《朱》のみかどの御賀十一月《シモ》にて、女三なやみ給へば、女二参給ふ。柏木も出給ける。源は紫の御なやみゆへ参り給はず。女三もわたり給はぬを、院《朱》は、「いかなるにか」と御むねつぶれて、女三へ御文あり。「御返りし給へ」とて、硯《源》引よせ、紙とりまかなひ、かゝせ奉り給へど、御手もわななきて、えかき給はず。「彼《柏ヘノ》返事はつゝまず、かよはし給ふらんかし」とにくけれど、ことばなどをしへてかゝせ給ふ。

十二月《シワスノ》十よ日、女三より、「朱の御賀有べし」とて、舞どもならし給ふに、紫も六条院へわたり給ふ。女御《明石ノ》は里におはします。おとこみこ生れ給ふ〈匂兵部卿、是也〉。右大臣殿《ヒゲグロ》の北方《玉かづら也》もわたり給へり。かゝる事のおり、柏木まじらはせざらんも、人あやしとかたぶきぬべき事なれば、参給ふべきよしあるを、わづらふよし申てまいらず。父おとゞも、「などか[37]かへさひ申されけるぞ」とそゝのかし給ふに、「くるし」と思ふ〳〵参ぬ。れいの、けぢかきみすの内にいれ給て、「《源詞》夕大将ともろ共に、舞のわらはべのようい、よくくはへ給へ。物の師などいふものは、わがたてたる事こそあれ」などなつかしくの給ふを、「う《柏心》れしき物から、[38]ことすくなにて、とくたちなん」と思へば、れいのやうにもあらで、やう〳〵すべり出ぬ。

たつみの方のつり殿につゞきたるらうをがく所《ソ》にして、山の南のそばより御前に出る程、[39]「仙遊霞」あそびて、雪のいさゝかちるに、梅のけしきみるかひ有て、ほゝゑみたり。右の大殿《ヒゲグロ》の四郎君、大将殿《夕霧》の三郎君、兵部卿宮《蛍》の君だち二人《ン》は「まんざいらく〳〵」、大将《夕霧》のすけばらの二郎君、式部卿宮の兵衛のかみの御子《ン》「わうじやう」、右のおほいどのゝ三郎君「れうわう」、大将殿の太郎君「らくそん」「たいへいらく〳〵」「喜春楽」まひける。ゑもんのかみは、盃のめぐりくるもかしらいたくおぼゆれば、けしきばかりにてまぎらはすを、源御覧じとがめて、たび〳〵しゐ給へば、心ちかきみだりてたへがたければ、まだ事もはてぬにまかで給ぬるまゝに、いといたくまどひて、おどろ〳〵しきゑひにもあらぬに、気のぼりぬるにや、いたくわづらひ給ふ。おとゞ、母北方さはぎて、よそ〳〵にてはおぼつかなしとて、殿にわたし給ふ。

女二の宮をも、「今はとわかれ奉るべきかとでにや」と、御休所もいみじく《ツヨク》

38 詞《ママ》すくなく也。
39 遊仙霞　舞也。

40 有識。

なげき給へば、「一条の宮にてたいらかに物し給ふまでこゝろみ給へ」とてわたし給ひ、御《女二ト》几帳ばかりをへだてて見奉り給ふ。又母北のかたうしろめたくおぼして、うらみ聞え給へば、なく〳〵かへり給ぬ。さる時の[40]いうそくのかくものし給へば、世中おしみあたらしがりて、御とぶらひに参り給はぬ人なし。

【第七冊】

かしは木
よこぶえ
すゞむし
夕ぎり
みのり
まぼろし
にほふみや
こうばい
たけ川

柏木 〔源四十八才、春より秋まで。以歌也〕

柏木
ゑもんのかんの君のなやみおこたらで、年もかへりぬ。父おとゞ、北のかたおぼしなげく。いさゝか病のひまありとて人々たちさり給へる程に、女三へ、文奉れ給ふ。

柏 いまはとてもえんけぶりもむすぼゝれたえぬおもひの猶やのこらん

父おとゞは、かづらき山より、かしこきおこなひ人さうじて[1]、御ず法、どきやうなども、おどろ〳〵しうさはぎたり。此ひじりの、あらゝかにだらに[2]よむを、〔柏心〕「あな、にくや。つみのふかき身にやあらん、だらにの声たかきはけをそろしうて、いよ〳〵しぬべくこそおぼゆれ」とて、やをらすべり出て、侍従とかたらひ給ふ。〔女三トノ中ノコト〕「かゝるとがを源にしられ奉りて、世にながらへん事もまばゆくおぼゆるは、ことなる[3]御ひかり[4]なるべし。ふかきあやまちもなきに、調楽の時、〔源ト〕見あはせ奉りし夕の程より、やがてかきみだり、まどひそめにし玉しゐ、身にもかへらずなりにしを、彼院の内にあぐかれ[5]ありかば、むすびとゞめ[6]給へよ」など、よはげに、から[7]のやうなるさまして、〔涙〕なきみ〔笑〕わらひみかたらひ給ふ。

女三も、けふかあすかの心ちして、物心ぼそけれぱ、返事をもし給はぬを、侍従御硯などまかなひて、せめ聞ゆれば、しぶ〳〵にかき給ふ。忍びてよゐのまぎれに、かしこに参りぬ。じそくめして見給へば、

1 請じて也。

2 陀羅尼。

3 世継物語ニ云、「時平公三男敦忠ノ中納言、心ち煩ひける時、薬師経をよませけるに、十二神ノ内くびら大じやうと云ヲ聞て、我頸ヲくゝれと云ぞと聞て、其まゝ死給ぬ。臆病の人ニ云伝へたり」枇杷中納言の事也。

4 源ノ威光。

5 うかれ也。

6 玉むすびの事也。「思ひあまり出にしたまのあるならんよぶかく見えば玉むすびせよ」「恋わびてよな〳〵まどふ我玉は中々身にもかへらざりけり」「うつせみはからを見つゝもなぐさめつふか草の山けぶりだにたて」

7 「玉はみつぬしは誰ともしらね共むすびぞとむるしたがへのつま」

8 猶《前ノ歌ニ》や残らんとあるに、□《（虫損、立カ）》そひてけぶりをくらべんと也。
9 思ひまじるハ、柏との事也。
10 屯食。下臈ニ給ふ物也。
11 饗。
12 庁召次所。
13 ならはぬ事　初ノ産也。

女三　[8]たちそひてきえやしなましうき事をおもひみだるゝけぶりくらべに

衛門　ゆくゑなきそらのけぶりとなりぬともおもふあたりをたちははなれじ

宮《女三》は此暮つかたより、なやましくし給ふを、其御けしき《誕生》とて、おとゞ《源》にも聞えければ、おどろきわたり給へり。御心のうちには、「あな、口おし。[9]思ひまじるかたなくて見奉らましかば、うれしからまし」とおぼす。夜ひとよなやみて、日さしあがる程に、おとこ君生れ給ふ〔是、かほる也〕。

五日の夜、秋好中宮の御方より、御うぶやしなひ、御かゆ、[10]どんじき五十具、所々の[11]饗、院のしもべ、[12]ちやうのめしつぎ所、何かのくまゝで、いかめしくせさせ給ふ。七夜は、内より也。

源は、よるはこなたにはおほとのごもらず、ひるつかたなどぞさしのぞき給。

女三　宮は[13]ならはぬ事のをそろしうおぼさるれば、御ゆなどもきこしめさず。「猶えいきたるまじき心ちし侍るを、尼に成にて、もしそれにやいきとまると心見、又なくなるも、つみをうしなふ事にもやとなん思ひ侍る」と、つねの御けはひよりはおとなびて聞え給ふ。

朱　山のみかどはたいらか《御産平安》なりときこしめして、ゆかしうおもほすに、かくなや

14 邪気。

み給ふよしのみあれば、御《ミ》おこなひもみだれておぼしけり。あるまじき事とはおぼしめしながら、夜にかくれて御幸《ミユキ》あれば、あるじの《源》ゐんおどろきかしこまり聞え給ふ。

「宮《女三詞》はいくべうもおぼえ侍らぬを、かく《院ノみかどノ》おはしましたるついでに、尼になさせ給てよ」と聞え給ふ。「今《院御詞》はかぎりのさまならば、かた時の程にても、そのたすけ有べきさまにてとなん思給ふる」との給へば、源、「日《言》ごろもかくなんと宮のの給へど、[14]ざけなどの心をたぶらかして、すゝむるやうも侍るなるをとて、聞いれ侍らず」との給ふ。御いのりにさぶらふ中に、やんごとなうたうときかぎりめしいれて、御ぐしおろさせ給ふ。「か《朱御詞》くても、たいらかにて、おなじうはねんずをもつとめ給へ」と聞えをき、明はてぬに出《朱》させ給ぬ。

後夜の御《ン》かぢに、御物のけ出きて、「ひとり《紫の上》をばとりかへしつとおぼ《源ノ》したりしが、ねたかりしかば、此わたりにさりげなくてなん日頃さぶらひつる。今はかへりなん」とて打わらふ〔是も御休所ノ霊也〕。

ゐもんのかみは、あま《女三ノ》に成給ふ事を聞て、いとゞきえいるやうに、たのむかたなく成給けり。「一条《女二》の宮に、今一たびまうでん」との給ふを、父母ゆるし給はず。女二の宮をかくて見捨奉りぬるも、いとおしくて、右大弁の君《夕霧の子也》にぞくはしう聞え置給ふ。かくかぎりと内《冷》にもきこしめして、俄に権大納言になさせ給ふ。夕霧の大将、つねにふかう思ひなげきとぶらひ聞え給ふ。[15]はやうより、いさゝかへだて給ふ事なく、むつびかはし給ふ御中なれば、涙をしのごひて、「をくれさきだつへだてなくとこそ契り聞えしが、いみじうもあるかな。おぼつかなくのみ」などの給ふ。大かたのなげきをばさる物にて、又心のうちに思ひみだるゝ事の侍るを、「かかる《柏詞》今はのきざみに、何かはもらすべきと思ひ侍れど、猶忍びがたき事を、誰にかはうれへ侍らん。六条院《源》にいさゝかのたがひめありて、月頃、心のうちに、かしこまり申事を、ほいなう、心ぼそうおもひなりて、やまひづきぬ。なからんうしろ《後》にも、[16]此かうじゆるされたらんなん、[17]をんどくに侍べき」などの給ふ。「[18]一条の宮には、事にふれてとぶらひ聞え給へ」。いはまほしき事はおほかるべけれど、心ちせんかたなくなりにければ、「出させ《夕霧ニ》給ひね」と、[19]てかき聞え給ふ。

女御《弘キデン》をばさらにもいはず、大将の御かた《雲井雁ノ》、右おほいどのゝ北方《玉かづら》などにも、いみじうなげき給。女二の宮にも、つゐにたいめし給はで、あはのきえいるやうに

15 はやう　昔也。
16 かうじ　勘当也。
17 恩徳。
18 女二ノ宮ヲ也。
19 手掻。手にてかきのくる心也。柏木は廿四、五才歟。

20 五十日《イカ》。
21 わか〳〵しき体なれば也。
22 「あさみどり糸よりかけてしら露を玉にもぬける春の柳か」「よりあはせて鳴なる声を糸にして我なみだをば玉にぬかなん」

てうせ給ぬ。

やよひの程、若君のいかにあたる日[20]、おとゞわたり給ひて、女三の御かたちのまだありつかぬ、御かたはらめふりがたうわりなき心ちする[21]。「とりかへす物にもがなや」とむねいたうさま〳〵におぼす。若君をいだき給て、

たが世《源》にかたねはまきしと人とはゞいかゞいはねの松はこたへん

しのびて聞え給へば、女三は御いらへもなく、ひれふし給へり。

一条の宮《女二》は、人げすくなう心ぼそげ也。つれ〳〵なるひるつかた、夕大将おはして、みやす所《女二ノ御母》たいめし給ふ。いまは《柏木ノ》の時、いひをきし事もかたらひ出て、

夕霧、

時しあればかはらぬ色ににほひけりかたえかれにしやどのさくらも《庭ノ花を見てよめる也》

御休所 此春は柳[22]のめにぞ玉はぬくさきちる花のゆくゑしらねば

それより、ちじの大殿《柏木ノ父》に参給ふ。君《ン》だちも、おとゞの御いでゐのかたへ入給へり。一条の宮にまうでたりつる有さま、聞え給ふ。おとゞ、

木《コ》のしたのしづくにぬれてさかさまにかすみのころもきたる春かな

夕 なき人もおもはざりけん打すてゝゆふべのかすみ君きたれとは

弁の君　うらめしやかすみの衣たれきよと[23]春よりさきに[24]花のちりけん

卯月ばかりに、大将、一条の宮へわたり給て、柏木とかえでと、物より[25]けに
わかやかなる色に、枝さしかはしたるを、

夕　[26]ことならば[27]ならしの枝にならさなん[28]はもりの神のゆるしありきと
「みすのへだてある程こそうらめしけれ」とて、なげしによりゐ給へり。女二
の宮、

　かしは木にはもりの神はまさずとも人ならすべきやどのこずゑか

御休所は、みだれ心ちなやましとて、やをらゐざり出給へり。「此大将の、お
なじくは、かやうにても出入給へかし」[29]と人々思ひいふ也。

23春ハ、父。

24花ハ、柏。

25勝。ケニ。

26如此也。

27「我宿をいつかは君がならのはのならしがほにはおりにおこせる」返し「柏木に葉守の神のましけるをしらでぞおりしたゝりなさるな」柏ニ限テ葉守ノあらんト基俊云。

28葉守の神ハ、右衛門督ヲさして也。

29召つかへの人々也。

横笛〔源四十九才、かほる二才。以歌也〕

柏木権大納言うせ給しを、こひ忍ぶ人おほかり。六《源》条院もあはれにおぼし出て、御はてのずぎやう。若君のためまで、又心ざし給ふて、こがね百両をなんべちにせさせ給ける。父[1]おとゞは、心もしらでかしこまりよろこび聞えさせ給ふ。

山のみかどより、たかうな[2]、ところ[3]など、女三へ奉れ給ふ。

御[4]世をわかれ入なんみちはをくるともおなじところを君もたづねよ

涙ぐみて見給ふ程に、お《源》とゞわたり給ひ、御返しを見給ふ。

女三[5]うき世にはあらぬところのゆかしくてそむく山ぢにおもひこそいれ

若君、いとらうたげに、しろくそびやか[6]に柳をけづりてつくりたらんやう也。かしらは露草して、いろどりたらん心ちして、口つきうつくしう、まみ[7]のびら[8]かにかほりたるなどは、よくお《柏》もひいでらる。わづかにあゆみなどし給ふ程也。「御はのおひ出るにくひあてん」とて、たかうなをつとにぎり、くひかなぐりなどし給ふ。お《源》とゞ、

1 父おとゞは柏ト女三ノ中ヲ知給はねば也。
2 筍。
3 野老。
4 後生は一蓮宅生の心也。
5「うき世にはあらぬところをえてしがな年ふりにたるかたちかくさん」
6 そびやか　ちいさき也。
7 眉。
8 展《ノビラカ》。

[9]うきふしもわすれずながらくれ竹のこはすてがたきものにぞありける

大将《夕霧》は、彼《柏ノ》今はのとぢめにとゞめし一ことを思ひ出つゝ、おとゞ《源》に聞えまほしうゆかしきを、ほの聞えて思ひよらるゝ事もあれば[10]《ど》、打出んもかたはらいたくて、秋の夕の物あはれなるに、一条の宮へわたり給へり。れいの、御休所たいめんし給て、昔の物語聞えかはし、故君[11]《柏木》のつねに引給ひしことをすこし引給て、みすのもとちかくをしよせ給へど、女二は引給はず。大将、

[12]こと《言》に《琴ヲ》出ていはぬをいふにまさるとは人にはぢたるけしきをぞ見る

女二　[13]ふかき夜のあはればかりはきゝわけどことよりほかはえやはいひける

御をくり物に笛をそへて奉れ給へば、あはれおぼしそひて、ばんしきてうになからばかり吹さして出給ふに、

御休所　[14]露しげきむぐらのやどにいにしへの秋にかはらぬむしの声かな

夕　[15]よこぶえのしらべはことにかはらぬをむなしくなりしねこそつきせね

女二の宮に心《夕霧ノ》がけ給ふよし、雲井の雁に人の聞えければ、かやうに夜ふかし給ふもにくゝて、入給ふをもきく〱ねたるやうにて物し給ふ。むつび《タト雲井》そめたる年月の程をかぞふるに、哀にことはりにおぼえ《夕》給けり。

9「いまさらに何生出ん竹の子のうきふししげき世とはしらずや」

10（「は」を見消ちし、朱で「ど」と書入れ）

11こ君。清てよむ也。

12「心にはしたゆく水のわきかへりいはでおもふぞいふにまされる」女二の、柏の事に恥給て引給はぬ事歟。

13いはぬを、いふにまさるにてはあらぬと也。

14笛の音を比せり。

15柏ノ音声の残りてつきせぬかと也。

16 かほるの方へつたへん物をとも也。
17 思ふかたことにハ、かほるへ笛をつたへたきとの心也。
18 散米也。
19 かこち　うらみ也。
20 ┌春宮 母明石中宮
├式部卿宮 同二
└匂兵部卿 同三
かほるの御母 女三

大将、すこしねいり給へる夢に、彼衛門督、此笛をとりて夢中の歌、
[16]ふえ竹にふきよる風のごと《如》ならばすゑのよながきねにつたへなん
[17]「思ふかたことに侍りき」といふを、とはんと思ふ程に、わか君のねをびれてなき給ふ御声にさめ給ぬ。
若君、ちをあましなどし給へば、めのとおきさはぎ、うへは御となぶら《燈》ちかくよせていだきゐて、乳をくゝめ、なぐさめ、[18]うちまきしちらしなどし給ふ。

「大将《うへノ詞》の、今めかしき御月めでに夜をふかし、かうしもあげられたれば、れいの物のけ入きたるなり」とわかくおかしきかほしてかこち[19]給へば、大将打わらひて、「まろかうしあげずは、道なくて、物のけえいりこざらまし」などの給ふ。

「此笛《夕霧ノ心》に柏木、心をとゞめて、夢にもみえけるか。さらば、仏の道におもむけん」などおぼす。

大将《夕》、六条院に参給へば、匂宮みつばかりにて、大将にいだかれ、[20]女御《明石の》へおはしたれば、こなたにも二の宮のあそびゐ給て、「まろも大将にいだかれん」との給ふを、三の宮、「あが大将をや」とてひかへ給へり。

大将は、「かほるをまだよくも見ぬかな」とおぼすに、かほるさし出給へれば、花の枝のかれておちたるを見せ奉りてまねき給へば、はし《かほる》りおはしたり。

鈴虫〔源五十才、夕霧卅才。以詞幷歌〕

夏頃、[1]はちすの花のさかりに、入道の姫宮、御持仏くやうぜさせ給ふ。おとゞの御《ミ》心ざしにて錦のはた、紫の上いそぎせさせ給ふ。うしろのかたに法花の[2]まだらかけて、しろかねの花がめ、あみだ仏[3]けうじのぼさち、をの〳〵びやくだんしてつくり奉る。あみだ経は[4]かねのけかけて、おとゞかゝせ給へり。ぢく、へうしは、このさまなどいへばさらなり。

講師[5]まうのぼり、院もあなたに出給ふとて、宮《女三》のおはします西のひさしさしのぞき給へれば、所せくあつげなるにさうぞきたる女房五、六人斗つどひたり。北のひさしにわらはべさまよふ。[6]火どもあまたしてけぶたきまでくゆりみちたり。わか君[7]らうがはしからん、いだきかくし奉れなどの給ふ。源、

[8]はちすばをおなじうてなと契りをきて露のわかるゝけふぞかなしき

御あふぎにかきつけ給へり。女三、

[9]へだてなくはちすのやどをちぎりても君がこゝろやすまじとすらん

れいのみこたちもあまた参給へり。

1 六条院の池の蓮也。
2 曼陀羅。
3 脇士ノ菩薩。観音、勢至。
4 金ノ計。
5 参上。
6 行香。焼香也。
7 労。クルシ。カラシ。
8 けふいよ〳〵へだてとならんと也。
9 君はいまだ世にしみ給へば蓮にもすまじと也。

10 淡々シ。
11 閼伽土器。
12 されど面白キと也。
13 鈴虫を女三ニ比せり。

これは忍びての御ねんずだうなれど、内《冷》にも山《朱》のみかどもきこしめして御使どもあり。

秋の頃、西《女三ノ》のわたどのゝまへを野につくらせ、あかのたなゝど、そのかたにしなさせ給ふ。御めのとふる人ども、我も〳〵と御でしにしたひ聞えけれど、源 おとゞきこしめして、「心ならぬ人すこしもまじりぬれば、かたへの人くるしう[10]あは〳〵しき聞え出つるわざなり」といさめ給て、十よ人かたちこと《尼》にてさぶらふ。

此野に虫どもはなたせ給て、すゞしき夕暮に源わたり給て、虫のねを聞給ふやうにて猶思《好宮ノ詞ヲ》ひはなれぬさまを聞えなやまし《女三へ》給へば、八《ハチ》月十五夜の月の夕暮に、宮は仏の前にねんずし給ふ。

わかき尼君たち二、三人花奉り、[11]あかづきのをと、水のけはひなど聞ゆ。すゞ虫のなきければ、女三、

おほかたの秋をばうしとしりにしを[12]ふりすてがたき[13]すゞむしのこゑ

源 心もて草のやどりをいとへどもなをすゞむしのこゑぞふりせぬ

きんの御ことめして引給ふ。宮《女三》は御ずゞ《珠数》ひきおこたりて御琴に心いれ給ひてか

14「三五夜中新月色、二千里外故人心」「いつとても月みぬ秋はなきものをわきてこよひのめづらしきかな」
15おりゐのみかどなれば也。
16源は昔ニかはりたると卑下也。
17「心みにほかの月をもみてしがな我宿からのあはれなるかと」

きならし給へり。

蛍兵部卿大将の君、殿上人もやがて参給ふ。月はいつとても物哀なるに、「[14]こよひのあらたなる月の色には、わが世の外までこそ思ひながさるれ」などの給ふ。

御かはらけふたわたりばかりまいる程に、冷泉院の御つかひあり。御、
[15]雲のうへをかけはなれたるすみかにもものわすれせぬ秋のよの月
源御返　[16]月影はおなじ雲井に見えながら[17]わがやどからの秋ぞかはれる
しづかなりつる御あそびまぎれて、人々皆院《冷》へ参給ふ。いたうおどろき、まちよろこびおぼして、あけがたにふみなどかうじて人々まかで給ふ。
院《源》は秋好中宮へわたり給て、御物語聞え給ふ。
御はゝ御休所《六条ノ》の彼御名のりなど聞給ふにも《中宮》おこなひの御心すゝみにたるを、人のゆるし聞え給ふまじき事なれば、くどくの事をたてゝおぼしいとなみ、心ぶかう世中をおぼしとれるさまに成まさり給ふ。

夕霧〔源五十才。以歌〕

夕霧の大将は、一条の宮の御事を、人めには昔をわすれぬよういにみせて、ねんごろにとぶらひ聞え給ふ。御休所、物のけにわづらひて、[1]小野に山里もたまへるにわたり給ふ。御車、[2]御ぜんなども、大将殿《夕霧》より奉れ給へり。夕の北のかた〔雲井の雁〕、[3]この御けしきとり給へば、[4]とみにえわたり給はず。

八《ハ》月十日ばかりの程、「[5]りつしにかたらふべき事あり。つゐでながら、御休所のわづらひ給ふとぶらひをも物せん」と、北のかたに聞えて出給ふ。

女二《小野にての事也》のいとこ、少将の君など、さぶらふ人々に物がたりし給て、「年ごろかう参りなれけるを、物《女二ノ》どもをうもてなさせ給へる、うらめし」との給へば、人々もさ思ひて、宮《女二》にかくと聞ゆ。大将、

山さとのあはれをそふる夕霧に[6]たちいでんそらもなき心ちして

女二　山がつのまがきをこめてたつ霧もこゝろそらなる人はとゞめず

「《夕霧ノ心中》なかぞらなるわざかな。家路もみえず、霧の籬は立とまるべうもあらず、[7]やらはせ給ふ。又かゝるおりありありなんや」と思ひめぐらし、「いかゞはせん」

1 小野ハ、横川の麓、たか野と云所歟。惟高のみこの住給ひし所也。又、大原と云説。
2 御前ハ、御供也。
3 夕霧の女二の宮へ心がけ給ふを、北の方推量し給へば也。
4 とみに　頓也。
5 横川の律師ニ用あると也。
6 夕霧の有まじき心のあるを、空なるといへり。常のにはかはれり。
7 やらはせ　追出す也。

8 秣。マクサ。
9 あざれ　ざれたる也。しどけなき也。
10 あへか《ン》なる　よはき心也。うつくしく、ひはづ也。
11 柏ト夕。
12 一度我にあひ給ひし事は空ごとにて有とも、世上には、さはいはじと也。

と思ひわたさる。右近の大夫の将監をめして、「此《ツ》りしにいふべき事あり。こよひ此わたりにとまりて、ものせん。随身などのおのこどもは、くるす野の庄ちかからんに、まくさ[8]などかはせて、こゝには人あまた声なせそ」との給ふ。

れいは、あざればみ[9]たるけしきも見え給はぬを、「うたてもあるかな」と女二はおぼせど、人のかげにつきて、大将まぎれ入給ぬ。宮はいとむくつけうなりて、ゐざり出給ふを、引とゞめ、いとのどやかにもてしづめて、思ふ事を聞えしらせ給ふ。女二 よとゝもに物を思ひ給ふけにや、やせ〳〵にあへかなる[10]心ちして、朧蘭気 らうたげに、やはらかなる心ちし給へり。

夜更ゆき、鹿の音、滝のをと、ひとつにみだれて、えんなり。女二 宮あはれげにない給ふて、

11 女二 我のみやうき世をしれるためしにてぬれそふ袖の名をくたすべき

12 夕 おほかたはわがぬれぎぬをきせずともくちにし袖の名やはかくるゝ

女二ノ心詞 致仕 「大殿などの聞思給はん事よ。朱 院のいかにきこしめしおぼされん。母 みやす所のしり給はざらんも、わびしければ、あかさで出給へ」とやらひ給ふ。夕ハ 出給ふ心、空也。

[13]おぎはらや軒ばの露にそほちつゝ八重たつ霧をわけぞゆくべき

女二 [14]わけゆかん草ばの露をかごとにてなをぬれぎぬをかけんとやおもふ

道の露けさも所せし。

三条殿へおはせば、女君《雲井》の、かゝるぬれをとがめ給ぬべければ、六条院東《花ちる里》のおとゞにまうで給ぬ。夏冬ときよらにしをき給へれば、かうのからびつより[15]とうでゝ、ぬぎかへ給ふ。かしこ《小野》に御文奉り給へれど、女二は御覧じもいれず。御休所の事しも、「ありがほに、おぼしみだれんに」とて、さしをき給ふを、人々心もとなくて、ひろげたり。

夕 [16]玉しゐをつれなき袖にとゞめをきてわが心からまどはるゝかな

御かぢのりし、「《御休所へノ詞》此大将は、いつより参りかよひ給ふぞ。よべも御車をかへして、けさなん出給ひつると、法師ばらいふ也。いと[17]やくなし。ほん[18]さいつよくものし給へば、女二のえをし給はじ。もはらうけひかず《不承引》」と、かしらふりて、いふ。御休所、あやしくおぼし、少将の君をめして、「いかで、をのれに、さなんとはきかせ給はざりし」との給へば、ありしやう、くはしく聞ゆ。いと口《御休所》おしうおぼすに、涙ほろ〳〵とこぼれぬ。

13 心のへだての霧を、いかばかりわけんぞと也。
14 かこつけにて、ぬれぎぬをかけんとやと也。ぬれぎぬはほす物なるを、きせんとはめづらしきと、とがめ給へり。
15 取出て也。
16「あかざりし袖の中にや入にけんわがたましゐのなき心ちする」
17 無益。
18 本妻。

少将、女二へ参て、「しかなん聞えさせ給ふ《御休所ノ》」と聞ゆれば、「わたり給はん《女二》」とおぼせど、なやましく、「あしのけのぼりぬ」とて、又ふし給ぬ。猶、「わたらせ給へ」とあれば、ぬりごめの戸あけあはせて、わたり給へり《女二》。御休所は、「いかなりし」などもとひ給はず。御だい、こなたにてまいらせ給ふ。

夕霧より又御文あり。御休所、「いで、その御文、返事聞え給へ。[19]そこに心ぎよくおぼすとも、しかもちゐる人はすくなくこそあらめ。心うつくしきやうに聞えかよひ給て、なをありしまゝならんこそよからめ」とて見《文》給ふ。夕の歌、

[20]せくからにあさゝぞ見えん山川のながれての名をつゝみはてずは

文言《御休所より返事》「女二の、なやましきを、とぶらひにわたり給へる《女二ノ》おりにて、御返事そゝの《女二ヲ》かし聞ゆれど、はれ〴〵しからぬさまに」などかき給ひて、御休所、

をみなへし[21]しほるゝ野べを《女二ノコト也》いづくとて一夜ばかりのやどをかりけん《無曲ト也》

大将《夕》は、三条殿にかへり給ふ。北方《雲井》は、かゝる御ありきを、心やましけれど、しらぬやうにて、君《ミ》たちもてあそびまぎらはし給へり。よひすぐる程に、御《小野よりの》返《リ》もて参る。女君《雲井》とく見つけ給て、うしろよりとり給つ。「《夕霧詞》こはいかにし給ふぞ。[22]六条の東院の上《花ちる里の事》の御文也。けさ、風おこりてなやみ給ふを、いかにと聞えたり

---

19 其《ソコ》。足下《ソコ》。底《ソコ》。
20 いづかたへぞ心のゆくかたあらん、さてはあさゝぞ見えんと也。
21 しほるゝハ、女二の体也。
22 偽をつくりて仰らるゝ也。

つる也」との給へど、返し給はず、引かくし給ふ。

明はてて、こゝかしこ見給へど、なし。女君《雲井》は君《ミ》たちのひいなつくり、すへてあそび給ひ、手ならひなど、さま〴〵にあはたゝしきに、とりし文の事も思出給はず。大将は、御文のさまも、えたしかにみずなりしかば、思ひわづらひて、「《詞》よべの文は、何事かありし。けふもとぶらひに聞ゆべし。我もなやましければ、文をこそ奉らめ」とのたまへど、とかくいひまぎらはし給ふ程に、暮にけり。

おましのおくのすこしあがりたる所をひきあげ給へば、さしはさみ給へる也。

うれしくて、御返《タノ》に、

秋の野の草のしげみを[23]分しかどかりねのまくらむすびやはせし。


かしこ《小野御休所ノ心》には、御返しだにみえず、けふの暮はてぬるを、「いかなる御心にかは」ともてはなれて、あさましう、心もくだけて、御心ち又いたうなやみ給ふ。

女二は、たゞ[24]おぼえぬ人《夕霧》に打とけたりしありさまを見えし事、口おしくおぼす。

御休所は、此宮《女》のいはけてつよき御心をきてのなきを、思ひみだれ、「《自ノ》今しばしの命もとゞめまほしうなん。たゞ《御休詞》人だに、[25]女は人ふたりとみるためしは心うきを、まもりてかゝる御身には[26]おぼろけにて、人のちかづき聞ゆべきにもあら

23 分入しかども、無実事と也。
24 おぼえぬ人　不定なる人也。
25 「忠臣不㆑事㆓二君㆒、貞女不㆑更㆓二夫㆒」
26 おぼろけ　大かた。

ず」など、さま〴〵にの給ひ、なきまどひ給ふ事、ことはり也。

かくさはぐ程に、大将殿《夕》より御文まいる。御休所、ほのかに聞給て、「今夜《心中》もおはす《夕霧ノ》まじきなめりと、心うく。何にさることのはを残しけん」とさま〴〵おぼし出るに、やがてたえ入給ぬ。「物のけの、れいのごとくとりいれたる」とかぢ参りさはげど、いまはのさまは、しるかりけり。宮《女二》は、「をくれじ」とおぼし入て、つとそひぶし給へり。

六条院《源》、ちじの大殿、御とぶらひあり。山《朱》のみかどより御文あり。宮《女二》めもみえ給はねど、御返し聞え給ふ。大将《夕》わたり給て、おいの《御休所ノ》大和のかみ、なく〳〵かしこまり聞ゆ。少将の君、彼《御休所ノ》おもほしなげきし有さまを、かたはし聞えて、かこちける。女二はたいめんなくて、かへり《夕》給ぬ。残りの事共、大和守したゝめ、大将殿のみさうの人々めしおほせて、つかうまつる。

宮《女二》は明くるゝもおぼしわかで、九月《ナガ》に成ぬ。大将殿より日々にとぶらひ給て、かきつくし給へど、とりても御覧ぜず。

大将の北方《雲井の雁》は、この女二の宮との御中を、「いかなるにか」とおぼしわけがたくて、はかなきかみのはしに、雲井の雁、

27 有や恋しきハ、女二。
28 無ハ、御休所。
29 つゐには何もとゞまらぬ物をと也。
30 柏ノ事也。
31 夢の世也。一ことハ、前ニ女二の夕へノせうそこを也。

あはれをもいかにしりてかなぐさめん[27]あるや恋しき[28]なきやかなしき

夕 [29]いづれとかわきてながめんきえかへる露も草葉のうへを見ぬ世を

九月《ナガ》十日あまりに、又、小野へわたり給て、少将をめして後、今《御休ノ》はのきはの御文のさま、もの給ひ出て、なき給へば、少将も御休所のはて給し御ありさまなどかたる。鹿のいたうなきければ、夕霧、

里とをみをの丶しのはらわけてきてわれもしかこそこゑもおしまね

少将 藤ごろも露けき秋の山人は鹿のなくねにねをぞそへつる

宮に御せうそこ聞え給へど、たいめし給はで、帰給ふ。

道すがら一条の宮を見給へば、人がけ(かげ)もなく、月のみすみたるに、

[30]見し人のかげすみはてぬ池水にひとりやどもる秋の夜の月

三条の殿にかへり給て、夕と雲井そむき〳〵になげきあかして、朝霧のはれまもまたず、小野へ文かき給ふ。北のかたは、心づきなしとおぼせど、ありしやうにもばひ給はず。

[31]夕霧 いつとかはおどろかすべきあけぬよの夢さめてとかいひし一こと

女二のてならひにかきつけ給へるを、少将が文にまきこめて返し奉る。

32（「左近」の誤りか）

33「すまのあまの塩やく煙風をいたみおもはぬかたにたなびきにけり」此心を引かへたり。

朝ゆふになくねをたつるをの山はたえぬなみだやをとなしの滝

女二は、「世をのがれ、かくて小野にすみはてん」とおぼすを、院《朱ノ御言》きこしめして、「《自》こゝにかく世を捨たるに、女三も身をやつし、又《女二ノ》かうあるは、すゑなきやうに人の思ひいはんも、うたてあるべし。世のうきにつけていとふは、人わろきわざ也。今すこし思しづめ給へ」と聞え給ふ。大和守《夕霧》めして、一条の宮、草しげう、女どちのすみなし給へりしを、みがきたるやうにしつらひなし、かべしろ、屛風、几帳まで奉らせ給ふ。

わたらせ給ふ日は、夕霧おはしゐて、小野へ御車奉れ給ふ。宮《女二》は、「さらにわたらじ」との給ひ、左五[32]《女房達》、少将、御ぞとも奉りかゆれど、我《女二ハ》にもあらぬ御有さま也。御ぐしは六尺ばかりにて、すこしほそりたれば、「いみじ《女二ノ》のおとろへや。人に見ゆべきさまにもあらず」とおぼして、

[33]のぼりにしみねのけぶりにたちまじりおもはぬかたになびかずもがな

その頃は、御はさみなどやうの物は、とりかくしたり。人々いそぎたちて、くしのはこ、手箱、からびつ、ふくろやう物《の》まで、皆さきだてゝはこびたれば、ひとりとまり給ふべうもあらで、なく〳〵御車にのり給ふ。御《剣》はかしに経ばこ

34 一向。ヒタフル。
35 小野にてもつれなかりしニ、又さしまさる也。

そへたるに、女二、

　恋しさのなぐさめがたきかたみにてなみだにくもる玉のはこかな

一条院の東のたいの南おもてを、夕霧の御かたにしつらひて、すみつきがほにおはす。夕霧わたり給て、少将の君をせめ給へば、「けふあすを過して聞えさせ給へ。**女二八**なき人のやうにふさせ給ぬるを、をしたちて、[34]ひたふるなる御心なつかはせ給ふぞ」と手をする。**夕**今はせかれ給ふべきならねば、少将を引たて〻、をしはかりに入給ふ。宮は心うくて、ぬりごめにおまししかせ、内よりさして、おほとのごもりにけり。「つらし」と思ひあかして、夕霧、

　[35]うらみわびむねあきがたき冬の夜に又さしまさるせきの岩かど

なく〳〵出て、六条院におはしけり。東の上《花ちる》、女二の事をとひ給へば、《夕霧詞》「故御休所の見ゆづる人のなければ、うしろみにと侍しかば、もとより心ざしも侍し事にて、かく思ひ給へ成ぬるを、彼人《女二》尼に成なんと思ひむすぼ〻れ給ふ。彼ゆいごんたがへじと思ひて、かくあつかひ侍る也。院《源》にも事のつゐでにかやうに聞えさせ給へ」と忍びやかにの給ふ。

日たけて、三条殿にわたり給へり。女君《雲井》めも見あはせ給はず。御ぞ引やり

36おいらか　真実也。

37愛敬。

38夕をうらみんよりも、尼ニならんと也。

39夕ヲよからずとおぼしめすとも、又別人ニ思ひかへ給はゞ、其名のたつ事、よからずと也。

40無礼。ナメゲ。


給へば、「《雲井詞》つねに鬼との給へば、成はてんとて」との給ふ。「《夕詞》此鬼こそは、今はをそろしくもあらず。神々しきけをそへばや」とたはぶれ給へど、「《雲詞》何事ぞ。[36]おいらかに死給ひね。まろもしなん。見れば、にくし。きけば、[37]あいぎやうなし。見すてゝしなば、うしろめたし」との給ふに、おかしきさまのみまされば、わらひて、なにくれとなぐさめ給ふ。雲井雁、

[38]なるゝ身をうらむるよりは松しまのあまのころもにたちやかへまし

夕　[39]松しまのあまのぬれ衣なれぬとてぬぎかへつてふ名をたゝめやは

宮は又その夜もたいめし給はず。ぬりごめの北の口より、いれ奉りてけり。おとこは、哀にもおかしうも聞えつくし給へど、女は、あさましうつらく、心づきなしとのみおぼいたり。あながちにも聞え給はず、歎きあかし給つ。

三条の君《雲井》は、「いかさまにして、[40]此なめげさを見じ」とおぼして、大殿《致仕》へわたり給ひ、女御《弘キ殿》の御里におはするに、たいめし、れいのやうにもかへり給はねば、夕霧おどろかれ、三条殿におはしたれば、君達うれへなき給ふを、心くるしとおぼす。せうそこたび〴〵聞え給へど、御かへり《雲井》だになし。おとゞ《父》の見聞給はん所もあれば、みづから参給へり。こゝにも若君たちおはしける。「今さらに

わか〳〵しの御まじらひや。かしこの君《三条》たちもこひ聞ゆめりし。姫君を、いざ給へ。おなじ所にて見奉らん」と聞え給ふ。

おとゞ《父》聞給て、蔵人《子》の少将を御使にて、女二宮へ奉給ふ。


　契りあれや君を心にとゞめをきて[41]あはれとおも[42]ひうらめしときく

女二　[43]何ゆへか世に数ならぬ身ひとつをうしともおもひつらしともきく

此少将も女二へ心をかけたり。

　藤内侍の介、かゝる事をきくに、「我を雲井のゆるさぬ物にの給ふなるに、かくあなづりにくき事出きにけるを」と思て、雲井へ文を奉れり。藤内侍、

　[44]数ならば身にしられまし世のうさを人のためにもぬらす袖かな

雲井返　[45]人の世のうきをあはれと見しかども身にかへんとはおもはざりしを

41柏ノ為あはれ。

42夕ノ為うらめし。

43何ゆへとも不知と也。

44我は数ならぬゆへ、女二へ夕の御出を何とも思はぬと也。

45人の上のうきをばあはれと思へども、内侍心中のごとく、身にかへてまでは思はずと也。

1「採《リ》レ菓《ヲ》汲《ミ》レ水、拾《ヒ》レ薪《ヲ》設《ク》レ食《ヲ》、于時奉レ事、経二於千歳《ヲ》一」。行基菩薩ノ歌「法花経をわがえし事はたきゞこりなつみ水くみつかへてぞえし」。方便品「如二薪尽《テ》火滅一」
2 明石の歌、祝ノ心ニ取なせり。
3 紫上、花ちるとは心のへだてなかりし也。

御法〔源五十一才、春より秋まで。以歌〕

紫の上、いたうわづらひ給ひし後、そこはかとなくなやみわたり給ふ事久しく成ぬ。「いかでほゐあるさまに成て、おこなひをまぎれなく」とおぼしのたまへど、源のゆるし給はず。

年ごろわたくしの御願にてかゝせ奉りける法花経千部、二条院にてくやうじ給ふ。花ちる里、明石などもわたり給へり。やよひ十日なれば、花さかり也。

紫の上、

おしからぬ此身ながらもかぎりとてたきゞつきなんことのかなしさ

明石　たきゞこるおもひはけふをはじめにて此世にねがふのりぞはるけき[1][2]

むらさきの上より花ちる里へ、

たえぬべきみのりながらぞたのまるゝ世々にとむすぶ中のちぎりを[3]（花ト紫）

花ちる　むすびをく契りはたえじ大かたののこりすくなきみのりなりとも

夏に成ては、れいのあつさに、いとゞきえ入給ひぬべきおり〳〵おほかり。名だいめんを聞給ふにも、其人かの人など、みゝとゞめらる。中宮は、久しき

4 をくヲ起居ニよせて也。
5 紫ニをくれずなく成度と也。
6 無礼。

御対面のとだえをめづらしく、御物語こまやかにて、匂宮を前にすへ奉りて、人のきかぬまに、「まろが侍らざらんに、おぼし出なんや」と聞え給へば、「いと恋しかりなん。まろは内《今上》のうへよりも、宮《中宮》よりも、母《紫の上》をこそまさりて思ひ聞ゆれ。母のおはせずは、心ちむつかしかりなん」とて、目をすりてまぎらはし給ふさまおかしければ、ほゝゑみながら涙はおちぬ。紫詞「おとなに成給ひては、こゝに住給て、紅梅と桜とは、花のおり〳〵もてあそび給へ。仏にも奉給へ」と聞え給へば、打《匂宮》うなづきて、御かほをまもり給ふ。

秋に成て、せんざい見給ふとて、けうそく《脇息》によりゐ給へるに、院わたり給へば、むらさきの上、

[4]をくと見るほどぞはかなきともすれば風にみだるゝ萩のうはつゆ

源 [5]やゝもせばきえをあらそふ露の世にをくれさきだつほどへずもがな

中宮 秋風にしばしとまらぬ露の世をたれか草ばのうへとのみ見ん

「いとくるし。なめげに[6]侍りや」とて、御几帳引よせてふし給へば、宮は御手をとらへてなく〳〵見奉給ふに、きえゆく露の心ちなれば、御物のけとうたがひ給て、夜ひとよさま〴〵の事をつくさせ給へど、かひもなく、明はつる程

7 野分の時、見し事也。
8 いにしへの秋ハ、葵の上の事也。

にきえはて給ぬ。殿のうち、あるかぎり、さらに物おぼえたるなし。院は、ましておぼししづめんかたなし。大将《夕》よびよせ給て、「年頃のほゐなれば」とて、御いみにこもるべき僧めして、さるべき事共、大将おこなひ給ふ。「まだかはらぬけしきながら、かぎりのさまはしるかりける」とて、御袖をかほにをしあて給ふ。大将も、涙にくれてめも見え給はず。其日おさめ奉る。かぎりありける事なれば、けぶりにのぼり給ひぬるもあへなく、そらをあゆむ心ちして、人にかゝりておはしける。物の心しらぬげすさへ、なかぬはなかりけり。

かゝる《源心》かなしさのまぎれに、昔よりの御ほゐ《出家》もとげまほしくおぼせど、そしりをおぼせば、此程をすぐさんとし給ふに、むねせきあへるぞたへがたかりける。大将は、「人めにはさしも見えじ」とつゝみて、「あみだ仏〳〵」とずゞひき給て、

[7]いにしへの秋の夕の恋しきにいまはと見えしあけくれの夢

源はふしてもおきても涙のひるよなく、きりふたがりて明し暮し給ふ。ちじのおとゞより、蔵人少将して、

[8]いにしへの秋さへ今のこゝちしてぬれにし袖に露ぞをきそふ

源

露けさはむかしいまともおもほえず大かた秋の世こそつらけれ

冷泉院の后の宮より〔秋好也〕、

[9]かれはつる野辺をうしとやなき人の秋にこゝろをとゞめざりけん

源

[10]のぼりにし雲井ながらもかへり見よわが秋はてぬつねならぬ世に

明石の中宮なども、わするゝ時のまなく、こひ聞え給ふ。

9 紫上、秋果給はんとて、秋に心をとゞめ給はぬかと也。

10 后の御位の事歟。

1 兵部卿を春ニして。
2 源ヲなぐさめんとてこそと也。
3「うき世には行かくれなんかきくもりふるは心の外にもあるかな」

幻〔源五十二才。以歌為名〕

春のひかりを見給ふにつけても、くれまどひたるやうにて、人々参給へど、「御心ちなやまし」とて、みすの内にのみおはします。蛍兵部卿宮わたり給へば、せうそこ聞え給ふ。

　[1]我やどは花もてはやす人もなしなに〻か春のたづねきつらん

宮　[2]香をとめてきつるかひなく大かたの花のたよりといひやなすべき

　思ひ人たちのかた〴〵へも、わたり給はず、源、

[3]うき世にはゆき消なんとおもひつ〻おもひのほかに猶ぞほどふる

中納言の君、上のめのと、中将の君などは、お前近くて、御物語聞ゆ。三の《匂》宮は、「母ののたまひし」とて、たいのまへのこうばい、とりわきうしろみありき給ふを、あはれと見奉り給ふ。源、

うへてみし花のあるじもなきやどにしらずがほにてきゐるうぐひす

山ぶき、心ちよげにさきみだれ、外の花はひとへちりて、八重さく花桜、さかり過、かばざくらはひらけ、藤はをくれ、時をわすれず、匂ひみちたるに、

4 雁也。
5 源ヲ雁ニ比して、紫ヲ苗代水。

〔匂〕若宮、「まろが桜は咲にけり。木のめぐりに帳をたて丶、かたびらをあげずは、風もえ吹よらじ」と、かしこうの給ふかほ、いとうつくし。源、

今はとてあらしやはてんなき人の心とゞめし春のかきねを

入道の宮へ〔源〕わたり給ふ。若宮〔匂〕も、いだかれておはしまし、こなたの若君《かほる》と、はしりあそびて、花おしみ給ふ心ばへ、いといはけなし。宮〔女三〕は仏の前に、経をぞよみ給ける。やがて、明石の御かたにわたり給て、のどやかに昔物語などし給ひ、夜ふけてかへらせ給ふ。つとめて、御文、

なく〱もかへりにしがなかり[4]の世はいづくもつゐのとこよならぬに

明石上　雁[5]がゐしなはしろ水のたえしよりうつりし花のかげをだに見ず

夏の御かたより、「御衣かへのさうぞく奉る」とて、

なつ衣たちかへてけるけふばかりふるきおもひ〔紫〕もすゝみやはせぬ

源返　はごろものうすきにかはるけふよりはうつせみの世ぞいとゞかなしき

まつりの日は、みやしろのさま、おぼしやる。中将の君〔女ばう達　おもひ人也〕、東おもてにうたゝねしたるを見給へば、さゞやかにおかしげ也。あふひをかたはらに、をきたりけるをとりて、「此名こそ忘れにけれ」との給へば、中将、

さもこそは[6]よるべの水にみぐさゐめけふのかざしよ名さへわするゝ

源　おほかたはおもひすてゝし世なれどもあふひはなをやつみをかすべき

五月雨は、いとゞながめくらし給ふ。大将、参給ふに、ほとゝぎすなきければ、源、

なき人をしのぶるよゐのむら雨にぬれてやきつる山ほとゝぎす

大将　郭公君につてなんふるさとの花たちばなはいまぞさかりと

日ぐらしのなきければ、源、

つれ〴〵とわがなきくらす夏の日をかごと《カコツケ》がましきむしの声かな

[7]蛍、おほうとびかふを見給て、

[8]夜るをしる蛍を見ても悲しきは時ぞともなきおもひなりけり

七月《フミ》七日、源、

七夕のあふせは雲のよそにみてわかれの庭に露ぞをきそふ

[9]はての御法事のいとなみに、八《ハ》月ついたち頃は、まぎらはしげ也。中将の君、

君こふる涙はきはもなきものをけふをばなにのはてといふらん

源　人こふる我身もするゐになりゆけどのこりおほかるなみだなりけり

6 よるべハ、たより也。神仏ニよせても可然歟。清輔朝臣、住吉社ノ歌合ニ、「月影はさえにけらしな神垣やよるべの水につらゝゐるまで」。よるべの水、賀茂ニ限ルト。又、余ノ社ニもありと。社頭ニある水也。

7「夕殿蛍飛思悄然、秋燈挑尽《テ》未《ダ》レ能レ眠」

8 蛍ハ夜昼ヲ知ル、源ハ思ひニ無分別ト也。

9 一周忌。

九《ナガ》月九日、源、

もろ共におきゐしきくの朝露もひとりたもとにかゝる秋かな

雁なきわたりければ、

大ぞらをかよふ[10]まぼろし夢にだに見えこぬ玉のゆくゑたづねよ

[11]五せちなどいひて、いまめかしげなるに〔十一月中の卯日〕、

宮人はとよのあかりにいそぐけふ日かげもしらでくらしつるかな

「ほゐとげ給はん」とおぼすに、年の暮ゆくも心ぼそく、人々の御文どもの、かたはなるべきを少し残し給へるを、やらせ給ひなどするに、彼すまのころほひ、所々より奉りける中に、むらさきの御手なるを、いまのやうにおぼして、

しでの山こえにし人をしたふとて[12]あとを見つゝもなをまどふかな

かきつめてみるもかひなしもしほ草おなじ雲井のけぶりとをなれ

[13]「御《ミ》仏名もことしばかり」とおぼせば、[14]錫杖の声々、あはれにおぼさる。源、

春までの命もしらず雪のうちにいろづく梅をけふかざしてん

導師御返　千世の春見るべき花といのりをきてわが身ぞ雪とともにふりぬる

源　物思ふとすぐる月日もしらぬまに年もわが世もけふやつきぬる

---

10 術者ヲ幻ト云也。雁ヲ幻ニシテ、術士ならば、紫ノ行衛ヲ尋ヨ也。方士。

11 豊明ハ節会ノ惣名。

12 跡ハ、筆也。

13 十二月十九日。

14 錫杖経。

（雲隠）[1]

1 第廿六、雲隠。有名無実。名をもつて心をあらはす也。此名題にて、六条院ひかるかくれ給ふ心しらるゝ也。万葉集ニ、人の逝去するを皆雲がくれといへり。弓削皇子薨時「大君はかみにしませばあま雲《クモ》のいをえがしたにかくれ給ひぬ」。大伴皇子被死時「もゝつての岩ねの池になく鴨をけふのみ見てや雲がくれなん」

匂宮〔かほる十四才より十九才、廿才。まぼろしと此巻の間、九年也。以詞〕

源かくれ給にし後、彼御かげにたちつゞき給ふべき人、そこらの御するゑ〴〵に有がたかりけり。匂宮、薫、ふた所なん、きよらなる御名とり給へり。三《匂》のみやは、紫の上はぐゝみ給しゆへ、二条院におはします。元服し給て、兵部卿と聞ゆ。一の宮は、春宮也。二宮は、夕霧の中姫君をえ奉り給へり。大《夕霧ノ》姫君は、春宮に参給ふ也。

源かくれ給て、御かた〴〵、つゐにおはすべきすみかどもに、うつろひ給ふ。花ちる里は、東《二条ノ》の院にわたり給けり。入道《女三》の宮は、三条の宮におはします。六条院、うしとらの町に、一条の女二《落葉》の宮をわたし、夕霧は、三条殿と夜毎に十五日づゝかよひすみ給ふ〔女二ハ柏木ノ後家也。三条殿ハ雲井ノ雁也〕。

かほるは十四にて、二月《キサラギ》に侍従になり、其秋、右近《ノ》中将にならせ給ふ。うへ《冷》にも秋好中宮にも、さぶらふ女ばうのなかに、かたちよきは、みな、かほるへわたさせ給て、院の内、すみよくとのみ、御あつかひぐさにおぼされけり。彼柏木の事、おさな心ちにほのきゝ給し事の、おり〳〵おぼつかなくおぼして、

1 媚。ナマメク、コビタリ。
2 三十二相ハ、卅二ノ毛ノ穴ヨリ香出也。
3 百歩。
4 春弓ヲ見る事、礼記よりおこれり。正月、賭弓果テ、勝かたの大将、里第にして還饗おこなへり。此時、夕霧ハ左大将。清和天皇、貞観二年正月十八日始之。此物語、皆左勝畢。

かほる、

おぼつかなたれにとはましいかにしてはじめもはてもしらぬ我身ぞ

夕霧のおとゞ、わが御子たちよりも、此かほるをばこまやかにもてかしづき給ふ。かほるのかほかたちは、そこはかとすぐれたる、きよらと見ゆる所もなけれど、たゞ[1]なまめかしう、心のおくありて、かの[2]かうばしさぞ、此世のにほひならず、あたり、とをきをひ風も、まことに[3]百ぶのほかもかほりぬべき心ちしける。

兵部卿の宮、いどましく《あらそふ心也》おぼして、春はむめ、秋はをみなへし、萩、菊、ふぢばかま、われもかうなど、わざとめきて、このましうし給ふれば、世の人、「匂兵部卿、かほる中将」と聞にくゝいひつゞく。

かほる十九に成給ふ年、三位の宰相にて、中将もはなれ給はず。夕霧の六の君、内侍ばらなるを、一条の宮《女二》の、さるあつかひぐさあらねば、むかへとり給ふ。「わざとはなくて、此匂、かほるに見せそめなば、かならず心とゞめ給ひてん」とたよりをつくりなし、[4]のりゆみのかへりあるじのまうけ、六条院にてし給へば、みこたちおはします。

紅梅〔かほる廿才。以詞名也〕

ひげぐろのおほきおとゞの御むすめ、まきばしらの君は、故蛍兵部卿の宮にあはせ、姫君一人まうけ給へりしを、宮うせ給て後、故ちじのおとゞの二郎君、あぜち[1]の大納言、北のかたうせ給て後、此まきばしらの君へ忍び〳〵かよひ、おとこ君一人まうけ給へり。もとの北方の御腹に、姫君二人おはします。蛍兵部卿の姫君も、へだてわかず、おとなび給ぬれば、御もなどきせ、七けんのしんでんつくりて、南に大納言殿のおほい君、西に中の君、東に宮の御かたと、すませ給へり。

此君達は、聞え給ふ人おほく、内、春宮より御けしきあれど、「内には明石の中宮おはします。春宮には夕霧の女御さぶらひ給へば、きしろひにくけれど、さのみいひてやは。人にまさらん」とおぼしたちて、あね君、春宮へ奉り給ふ。十七、八の程にて、うつくしげ也。中の君は、宮の君に、よろづの事をならひ、あそびわざをも、師のやうに思ひ聞てぞおはしける。

紅梅大納言、宮の君に、「琴を」とあれば、「くるし」とおぼしながら、すこ

1 此大納言、紅梅の右大臣。声のよき人也。此巻は、宇治ノ橋姫、椎本、総角同時也。仍竹川ノ巻ト幷ノ一、二定がたし。薫中将、竹川ニは始四位侍従、中央ニ宰相、終ニ中納言。此巻ニは、始より源中納言トアリ。然れば、竹川の次ト見ゆるニ、又、竹川の末ニ、按察大納言、右大臣ニなる。此巻ニは、按察大納言トいへり。所詮、此巻は竹川の中央ト見えたり。

しかきならし給ふ。

若君《大納言ノ子》、「内へ参らん」とて参り給へるに、笛をふかせ、軒ちかき紅梅、おもしろく匂ひたるを、一枝おりて、「匂宮の内におはしますに、持て参れ」と聞ゆ。源氏の君かくれ給てのかたみには、匂宮を、仏の[2]名残に、あなんがひかりはなちけんを、二たひ出給へるかとうたがふごとし。紅大、

心ありて風のにほはすその[3]ゝ梅にまづうぐひすのとはずやあるべき

と、くれなゐの紙にかきて、此若君のふところがみに、をしたゝみて、いだしたて給ふ。

匂宮、見つけ給て、「こよひは、とのゐなめり。こなだに」とめして、けぢかくふさせ給へり。若君、「うれし」と思ひ聞ゆ。「此花《匂詞》のあるじは、など春宮にはうつろひ給はざりし」との給へば、「[4]心《子詞》しらん人になど、父のいへる」と申す。つとめてまかづるに、御返し、匂宮、

[5]花のかにさそはれぬべき身なりせば風のたよりをすぐさましやは

中《匂心》の君よりも、宮の君のかたちを、やんごとなくおもひしみ給へば、「忍びやかに」と返々の給ふ。此若君も、東《宮ノ君》のをば、むつましう思ひて、「あはせ奉ら

2 大論云、「尺迦仏入涅槃之後、阿難登二高座《ニ》一結二集諸経一之時、其《ノ》形《チ》如レ仏、仍《テ》衆会疑二仏再《ビ》出給《ト》一」

3 「梅が香を風のたよりにたぐへてぞ鶯さそふしるべにはやる」

4 「君ならで誰にかみせん梅花色をも香をもしる人ぞしる」

5 大かたの花の香に、かろ〴〵しくうつらぬ心と也。

6本ツ香。
7中君を参らせんの心也。
8好色。

ばや」と思ふ。

紅大、此御返しを見て、けふも又、若君して、

もとつか[6]のにほへる君《匂》[7]が袖ふれば花もえならぬ名をやちらさん

匂　花のかをにほはす宿にとめゆかばいろにめづ[8]とや人のとがめん

北の方《まき柱》、内わたりの事のついでに、若君の一夜とのゐして出たりし匂ひのおかしかりしかば、「兵部卿宮《匂》より御せうそこや有し」とゝひ給へば、「梅《若君詞》の花めで給ふ君なればとて、紅大おりて奉らるうつり香ならん」といふ。「かほるは、たきにほはさでも、人香こそ世にあやしけれ」などかたらひ給へり。

紅梅の大納言は、「中の君をあはせん」と心がけ給へるを、北のかた、宮の君を「いとおし」と見ながら、匂宮のいたう色めき、かよひ給ふ所おほく、八の宮の姫君にもしげうまうで給ふ、たのもしげなきあだく/\しさなども、つゝましければ、宮の君の御返りなどのなきをもことはりに、さかしらがり聞え給ふ。

匂は、まけじの御心そひて、おもほしやむべくもあらず。

竹川〔うたひ物の名。以歌幷詞也〕

玉かづらの内侍のかみの御はらに、おとこ三人、女二人おはしける。ひげぐろうせ給にしかば、夢のやうにて、御みやづかへもおこたりぬ。

姫君たちのみやづかへの事、おとゞ《鬚》のそうしをき給ければ、内よりおほせ事絶ずあれど、明石の中宮のならびなくおはしませば、をされ給はんも心づくしなるべきをおもほしたゆたふ。冷泉院より、ねんごろにまめだち聞え給ひければ、「いかゞ《玉の詞》は有べき。よの末にや御覧じなをされまし」などさだめかね給ふ。

かたちよくおはするきこえありて、心がけ申給ふ人おほかり。夕霧の蔵人《母雲居雁》の少将も、ねんごろに申さる。いづかたにつけても、ゝてはなれ給はず。玉かづらより、御母雲井の雁へ御文奉り給へど、此中の君をぬすみもとりつべく、むくつけきまで、少将は思へり。

冷泉院に、かほる侍従を御《ミ》子のやうにおぼしかしづく。その頃十四、五ばかりにて、めやすく、人にまさりたるおいさき見え給ふを、かん《玉》の君はむこにても見まほしくおぼしたり。此殿は三条の宮と近き程なれば、おり〳〵君《ミ》達にひ

1女御ハ、姫君の叔母也。
2かほるを近ク見ば、猶まさらん也。
3楠木。枝葉なく、もぎあげたる木也。「枯はてゝもぎ木に成し昔より焼捨られん日をぞかぞふる」「我といへばあたごの山にしをりするもぎ木の枝のなさけなの世や」

かれて、かほるおはして見え給ふ。御かたち、此四位《かほる》の侍従ににる人ぞなかりける。わかき人々、心ことにめであへり。かんの君《玉》もなつかしう物聞えなどす。む月のついたち頃、紅梅の大納言、ひげぐろの子藤中将《ノ》、夕霧の御子六人、引つれておはしたり。蔵人の少将《夕ノ子》は思ふ事ありがほなるに、夕のおとゞは、御几帳へだてゝ玉と御物語聞え給ふついでに、姫君の事を冷泉院よりの給はする。「はか〴〵しきうしろみなき人のまじらひをと、思ふ給へわづらふ」と申給へば、「女御《夕詞》[1]《弘キ殿》はゆるし聞え給ふや」とのたまふ。「女御《玉ノ詞》も、つれ〴〵なぐさめまほしきを、などすゝめ給ふにつけて思ひ給へよる」となん聞え給ふ。

みな帰給ひて、かほる侍従、かんの君へ参給へり。わかき人々《女房達》は、「姫君の御かたはらには、これ《かほる》をこそならべて見め」と聞にくゝいふ。

かんの君は御ねんずだうにおはして、「こなたに」との給へば、みすの前にゐ《かほる》給へり。宰相の君と聞ゆる上らうのよみかけ給ふ。

　[2]おりて見ばいとゞにほひもまさるやとすこしいろめけ《心あれ也》梅のはつ花

よそ《かほる》にては[3]もぎ木なりとやさだむらんしたにゝほへるむめのはつはな

廿日あまりの頃、梅の花ざかりなるに、源侍従《かほる》、藤侍従《ひげぐろ子》のもとへおはしたり。

中門入給ふに、同じなをしすがたなる人たてり。蔵人少将《タノ子》也。引つれて、紅梅の木の本に、「梅がえ」うたふ。内より女ばう達、あづまをしあげて、かきあはせたり。はかなし事などいひて、和琴をさし出たり。かたみにゆづりて手ふれぬに、あるじの侍従して、かんの君、「こよひは猶鶯[4]にもさそはれ給へかし」との給へば、かほる心にもいらずかきわたし給ふ。少将《タノ子》、「さきくさ[5]」うたふ。藤侍従、「竹川」うたふ。

少将は、「源侍従にみな人心よせ給ふらめ」とくつして、少将、

[6]人はみな花に心をうつすらんひとりぞまどふ春のよのやみ

内の女ばう衆返し、

[7]おりからやあはれもしらん梅のはなたゞかばかりにうつりしもせじ

あしたに、源侍従より藤侍従のもとに、

[8]竹川のはしうちいでし一ふしにふかきこゝろのそこはしりきや

あるじの侍従　竹かはに夜をふかさじ[9]といそぎしもいかなるふし[10]をおもひをかまし

やよひに成て、さく桜あればちりかひくもり、さかりなる頃、あね君、桜のほそなが、山ぶきなどかさね〔十八、九の程也〕、中の君は、うす紅梅に御ぐし

4「鶯ノ声ニ誘引来二花下一」
5 さきくさ　うたひ物也。「此殿」。
6 かほるニ心うつすらんと也。
7 折からニこそ、心をまどはすらめ。さのみこゝ程へは、少将心うつさじと也。
8「竹川」うたひしをはしと也。
9 夜をふかさじ　よべの御帰ヲ。
10 いかなるふしにかとゞまり給はんと卑下也。

11 見助。助言也。
12 曹子。
13 おもひぐまハ、思ふかひなき也。
14 世を観じたる歌也。
15 うつろふ花ハ、こなたへよる心也。
16「枝よりもあだに散にし花なればおちても水のあはとこそなれ」

色にて、柳の糸のやうにたを〳〵とみゆ。

碁うち給ふとてむかひ給へる、いと見所あり。侍従、[11]けんぞし給ふとて、ちかうさぶらひ給ふ。あに君たちものぞき給へり。

左近中将〔廿七、八才〕、右大弁、かん《玉》の君かくおとなしき人のおやに成給へど、猶さかりの御かたちとみえ給へば、冷泉院昔恋しうおぼして、「何に付てかは」と、姫君の御事をあながちに聞え給ふにぞ有ける。

あに君たち立給て後、うちさし給へる碁、桜をかけ物にて暮し給ふ。蔵人《タノ子》、少将、侍従の御《ミ》[12]ざうしにきて、らうの戸よりのぞく。

君たちは花のあらそひをし給ふに、風あらゝかにふけば、姫君、

さくらゆへ風にこゝろのさはぐかな[13]おもひぐまなき花とみる〳〵

御かたの宰相の君、

[14]さくと見てかつはちりぬる花なればまくるをふかきうらみともせず

中の君　風にちる事はよのつねえだながら[15]うつろふ花をたゞにしも見じ

此御方の大ゆふの君、

[16]心ありて池のみぎはにおつるはなあはとなりても我かたによれ

かちかたのわらはべおりて、花の下にてひろひて、もてまいれり。右、

大ぞらの風にちれどもさくら花をのがものとぞかきつめて見る

左の[17]なれき、

[18]さくら花にほひあまたにちらさじとおほふばかりの[19]袖はありきや

院より、御せうそこ日々にあり。「女御のおぼしへだつるか」とおぼしのたまへば、「いそぎおぼしたちね」と女御からもせうそこあり〔此女御は、ひめ君のおば也〕。

此事を蔵人少将きゝて、しぬばかり思ひて、母の雲井の雁をせめ奉れば、雲井より玉かづらへ御文をまいらせらる。玉も心くるしくて、「院よりわりなくのたまへば、おぼししづめよ」との返事也。姫君の御参り過して、中の君《いもうと》をとおぼすなるべし。

少将はあね君に心うつりければ、侍従のざうしにきたるに、源侍従の文を見ゐ給へり。ばひとりてみれば、かほるの歌、

つれなくてすぐる月日をかぞへつゝものうらめしきくれの春かな

侍従は此返しせんとて、うへに参り給へば、少将腹だちて、なかだちの中将の

17 馴公。名也。
18「大ぞらにおほふ斗の袖もがな
春さく花を風にまかせじ」
19 袖はいづくにかあらんと也。

をもとにあひて、碁の時の事をかたりて、

いでやなぞ数ならぬ身にかなはぬは[20]人にまけじのこゝろなりけり

中将うちわらひて、

わりなしや[21]つよきによらんかちまけをこゝろひとつにいかゞまかする

（少将）あはれとて手をゆるせかしいきしにを君にまかする我身とならば

又の日は卯月に成にけり。少将、

花をみて春はくらしつけふよりや[22]しげきなげきのしたにまどはん

中将かんの君に聞ゆれば、いとをしと聞給て、

（玉）[23]けふぞしるそらをながむるけしきにて花にこゝろをうつしけりとも

九日にぞ、院へ参り給ふ。少将は、「今をかぎりの命」など中将へいひやる。

此文、姫君にみせ奉れば、

あはれてふつねならぬ世の[24]一こともいかなる人にかくるものぞは

（少将返）いける世のしにはこゝろにまかせねばきかでやゝまん[25]君が一こと

姫君、まづ女御の御かたにわたり給て、夜更てなんうへにまうのぼり給ける。

源侍従も心がけにしかば、藤侍従とつれてありくに、彼御かたのおまへの五

20 人にまけじと思へども、身にかなはず、冷へ御参りあると也。

21 助言にはよらず、つよきゆへと也。

22 冷へ参給はゞ歎キト也。

23 空おぼれしてけふぞしるると也。

24 一こともこなたにはしらぬと也。

25 姫君の一言を不聞して死やせんと思ひしに、不慮也とよろこぶ心也。

26 かほるの身を松ニ比して也。色もなき心也。
27 我まゝならぬゆかりと也。
28 正月十四日。
29 正月ニ玉かづらにて「梅がえ」うたひし其夜の事は也。
30 ながらへての心也。

葉に藤のさきかゝりたるを見やりて、

　手にかくる物にしあらばふぢの[26]はな松よりまさる色を見ましや

藤侍　むらさきの色はかよへど藤の[27]はなこゝろにえこそまかせざりけれ

内《今上》にはひげぐろの子中将をめして、此姫君の院へ参り給ふを、「父のをきてたがひたる」との給ふ。

　この姫君、七月よりはらみ給へり。

其年かへりて、[28]おとこたうか《節会也》あり。かほる侍従は右のかとう也。蔵人《タノ子》少将は、楽人の数の内にあり。十四日の月くもりなきに、御前より出て冷院に参る。内の御前より、此院をはづかしう、よういくはふる中にも、少将は、にほひなく見ぐるしきわた花かざして、「竹川」うたひて、みはしのもとによるほど、「姫君の見給ふらんかし」とおもひやりて、ひが事もしつべく、なみだぐみけり。

　事はてゝ、源侍従、院よりめして御休所《玉のむすめ》の御かたにわたらせ給ふ。かほる、御供也。少将の有さま聞え給て、内より、

　竹かはの[29]そのよの事はおもひいづやしのぶばかりのふしはなけれど

かほる　[30]ながれてのたのみむなしき竹川によはうきものとおもひしりにき

御休所さうのこと、侍従びわ、院わごんひかせ給て、此殿などあそび給ふ。

卯月に姫宮生れ給ぬ。

中の君には、母君、内侍督ゆづり給へり。あね君引ちがへ給へるを、なま心ゆかぬやうなれど、これもら《今上》う〳〵じくもてなし給ふ。母かんの君は、内には時々忍びて参給ふおりもあり。院《冷》には、わづらはしき御心ばへの猶たえねば、さらに参給はず。

年ごろありて、又おとこみこ生れ給へり。をろかならざる御すくせなど、世人おどろく。みかどは、「ましてかぎりなくめづらし」とおぼさる。されど、弘徽殿そねみ給へば、人々も心やすからず、くるしき事にいひあへれば、母かんの君、「くやし」とおぼす。

彼蔵人少将は三位中将とかいひて、左大臣の御むすめをえたれど、思ひそめし心たらず。

夕霧は左大臣、紅梅の大納言、左大将かけて右大臣に成給ふ。かほる中将、中納言。三位君は宰相也。かほるは此よろこびに、かんの君に参給へり。

宰相の中将は、[31]だいきやうの又の日、こ《玉》ゝに参給ふ。廿七、八にて、かたち

31 大饗。あるじまうけ也。

花やか也〔右兵衛督は右大弁、侍従は頭中将也〕。

【第八冊】

[1]宇治十でう　上

はしひめ

しゐがもと

あげまき

橋姫〔かほる十九才より廿一才。以二歌ノ詞ヲ一名也〕

八の宮《源ノ弟》は、[2]おほやけわたくし[3]により所なく、さしはなれ給へるやう也。北の方は、昔の大臣の御むすめにて、年ごろへ給ふ程に、御むすめ生れ給へり。又、さしつゞきけしきばみ給ふを、此たびはおとこにてもなどおぼしたるに、おなじさまにて、[4]たいらかにはしながら、いたくわづらひて、北の方うせ給ぬ。

宮は、[5]ほゐをもとげまほしくおぼせど、此おさなき人々見ゆづる人もなく、明暮のなぐさめにて過し給ふ。あね君は心ばせしづかに、よしありてけだかく、

1 宇治ノ巻ハ、菟道雅子ニ似タリ。応神天皇ト申ハ、宇佐ノ宮八幡大菩薩也。其御子ノ兄ヲ大鷦鷯ノ御子ト申。御弟ヲ菟道雅子ト申。父御門、うぢわか子を愛しおはしまして、春宮ニたて給ふ。御門かくれさせ給て後、たがひに位ヲゆづり給ひて、難波ニおほさゞきはおはしましける。民の御調物も、たがひにゆづりておさめ給はず。其後、宇治雅子わざとのやうにてかくれ給ひけるに、おほさゞきの御子、棺にむかひてかなしみ給ければ、蘇生ありて、限りある事とて、又棺に臥給へると云々。

優婆塞宮ハ、桐壺ノ御門ノ弟八ノ宮也。母ハ左大臣ノ女ト見えたり。冷泉院、春宮ニまし〳〵し時、朱雀院ノ母后ノ御孫、冷泉院ニ引こされ給へる。春宮ヲ無曲思食テ、此八ノ宮ヲ取立給へるニ、六条院ニをされ給て、

八ノ宮ト御中悪ク成テ、京ノ家さへ焼ければ、宇治へ引籠り給ふ也。
2 公。私。
3 頼所。
4 平安。
5 出家ノ御本意也。
6 篇ツギ。
7 姫君達の事也。
8 菅家「見る石の面に物はかゝざりきふしの揚枝はつかはざらめや」硯ハ文殊の眼トイヘリ。故眼石ト云也。
9 唱歌。

いもうとの君も、うつくしう、ゆゝしきまでものし給ふ。

年月にそへて、宮の内、物さびしく、さぶらふ人々まかでちりて、御めのとも、はか〴〵しくえりあへ給はざりければ、程につけたる心のあさゝにて、おさなきほどを見すて奉ければ、たゞ父宮ぞはぐゝみ給ける。持仏のかざりばかりを、わざとせさせ給ひ、明暮おこなひ給ふ。「かく見ぐるしき宮のうちも、をのづからもてなさるゝわざにや」と人はもどき聞ゆ。

御念誦のひま〳〵には、此姫君たちに、琴ならはし、碁うち、[6]へんつぎなどにつけて、心ばせ共を見奉り給ふ。春の日、池の水鳥、つがひはなれずさへづるを、うらやましくながめ給て、宮、

[7]打すてゝつがひさりにし水とりのかりのこの世にたちをくれけん

大君、御硯に、てならひのやうにかき給ふを、[8]「硯にはかきつけざなり」とて、紙奉り給へば、姫君

いかでかくすだちけるぞとおもふにもうきみづ鳥のちぎりをぞしる

いもうと

なく〳〵もはねうちきする君なくはわれぞすもりになるべかりける

姫君琵琶、いもうとの君にさうのこと、宮は経をかた手にもたまひて、[9]さう

がし給ふ。おほどかに、女のやうにて、御そうぶん[10]何やかや、はかなくうせはて丶、御でうど[11]ばかりなんおほかりける。

此宮やけて、うつろひ給ふべき所もなく、宇治に山里もたまへりけるに、わたり給ふ。野山のすゑにも、「[12]昔の人《北の方》物し給はましかば」とおもひきこえ給ふ。宮、

見し人も[13]やどもけぶりに成にしをなにとてわが身きえのこりけん

御すみかにたづねて参る人もなく、あやしきげす山がつ共のみ参りつかうまつる。此山里に、あざり[14]すみけり。ほうもんをよみならひ給へば、ふかき心を説、いよ〳〵此世のかりそめなる事を申す。このあざり、冷泉院にもしたしくさぶらひて、宮《八ノ》のいとかしこくないけう[15]の御ざえ、さとりふかくものし給ふ。いまだかたちはかへ給はず、「ぞくひじり」[16]とか人々申す。「出家の心ざしは、もとより物し給へど、姫君たち思ひすてぬと、なげき給ふ」と申給へば、かほる宰相の中将も、御前にさぶらひて、我こそ世中すさまじく、おこなひのかたをば思ひつれ、ぞくながらひじりの御心をきて、み丶とゞめ給ひ、此姫君たちを見奉らばやの心もつきて、あざりに物ならひきこゆべく、うち〳〵[17]に、かたらひ給ふ。みかど《冷》は、あはれなる御すまゐをおぼして、

10 御所分。
11 調度。
12 むかしの人　北の方也。
13 姫君の母も家も煙也。
14 阿闍梨。
15 内教。内典ノ才也。
16 四部ノ弟子ノ中、優婆塞アリ。浄名居士。身ハ在家、心ハ出家。
17 内々。

18 八ノ宮ノ御心ノへだてと也。
19「我庵は都のたつみしかぞすむ世をうぢ山と人はいふ也」
20 堪ぬ。
21 あやなく　あぢきなく也。道にての歌也。
22 透垣。
23 すのこ　えん也。

[18]世をいとふこゝろは山にかよへども八重たつ雲を君やへだつる

あざり、此御使をさきにたてゝ、八の宮に参れり。

宮

あとたえて心すむとはなけれども[19]世をうぢ山にやどをこそかれ

中将《かほる》の君、道心ふかげに物し給ふなど、かたり給ふ。それより、せうそこかよひて、かほるまうで給へり。げに、聞しよりも哀なる御すまゐ也。たび〳〵まいり給へば、うばそくながら、おこなふ山のふかき心、法文などの給ふ。

秋の末つかた、宮《八》は彼あざりの寺にて、七日のほどおこなひ給ふ。姫君たち心ぼそく、つれ〴〵なる頃、中将おはしましたり。かほる、

山おろしに[20]たへぬ木の葉の露よりも[21]あやなくもろき我なみだかな

ちかくなる程に、びわをわうしきてうにしらべて、さうのこと、あはれに、たえ〴〵聞ゆ。

とのゐ人、「宮《八》は《山二》こもりおはします也。御せうそこ、聞えさせめ」と申す。「年《かほる言》ごろ、人づてにのみ聞て、ゆかしき御ことのねどもを、うれしきおりかな、立かくれて聞べき物の、くまやある」と、[22]すいがいの戸を、すこしあけて見給へば、月をかしき程に、簾すこしまきあげ、[23]すのこにわらは一人、おとなゝどゐたり。

24 手なぐさみ也。
25 いみじく　つよき心也。
26 琴といへるも、琵琶同事也。入日を午にかへす手こそあれ、月ニはとの詞也。比巴の撥は隠月におさむるゆへ也。
27 人おはす　かほるの事を申也。
28 たびをかさね　度を也。
29 かほるの御懇をうれしくも思ひ、詞にも出し給へども、逢給ひてはいひにくきにやと也

内なる人ひとりは、はしらにゐかくれて、びわを前にをきて、ばちを[24]手まさぐりにしつゝゐたるに、雲がくれたりつる月の、にはかにいとあかくさし出たれば、「扇ならでこれ《撥》しても、月はまねきつべかりけり」とて、さしのぞきたるかほ、[25]いみじくらうたげ也。そひ《あね君》ぶしたる人は、[26]琴のうへに、「いる日をかへすばちこそ有けれ、さまことにも思ひをよび給ふ御心かな」とて、打わらひたるけはひ、今すこし、をもりかに、よしづきたり。

おくのかたより、「[27]人おはす」とつげたるにや、簾おろして皆入ぬ。姫君へ御せうそこあれば、みすの前に山さとびたるわか人共、御しとねさしいづ。「うちつけに浅き心にては、かくも尋参るまじ。[28]たびをかさねては、さり共、御らんじしるらん」など、まめやかにの給へば、姫君は、つゝましく、いらへにくゝて、おひ人の出きたるにゆづり給ふ〔弁の君也〕。「世《弁詞》の中に《姫君達》すまゐ給ふ数にもあらぬを、[29]かく有がたき御心ざしの程は、思ひ聞えさせつれど、わかき御心ちに、聞えさせにくきにや」といふ。

此弁は、柏木のめのとのむすめ也。此時、昔の御物語どもして、「かくおとなび給にけるよはひの程も、夢のやうになん。女三の御やまひの末つかた、の

給ひをくこと侍しを」といひさしたり。

かほるは、あやしきとはずがたりもきかまほしくおぼせど、人めしげし。「かならず此残りは」とて立給ふに、彼寺のかね聞えて、霧いとふかく立わたれり。

かほる　[30]朝ぼらけいゑぢも見えずたづねこし[31]まきのおやまはきりこめてけり

姫君　雲のゐる峰のかけぢを秋霧のいとゞへだつるころにもあるかな

西おもてにおはして、ながめ給ふ。「あじろは人さはがしげ也、[32]ひをもよらぬにやあらん」と御ともの人々いふ。あやしき舟どもに、柴かりつみ、ゆきかふ。

かほる　[33]はしひめのこゝろをくみてたかせさすさほのしづくに袖ぞぬれぬる

とのゐ人にもたせて、つかはさる。姫君、

さしかへる宇治の川おさ朝夕のしづくや袖をくたしはつらん

「京より御車参りぬ」と人々聞ゆれば、霧にぬれたる御ぞどもは、みなとのゐ人にぬぎかけて、御なほしに奉りかへつ。かへり給て、御文奉り給ふ。[34]けさうだちてもあらず。「今よりはみすの前を、心やすくおぼしゆるすべくなん」、左近のぜう、御使にて、「弁にふみもとらせよ」との給ふ。[35]ひわりごやうの物、あまたせさせ給ふ。

30 景気也。
31 槇尾山。宇治ニ有。
32 「宇治川のひをのよらねばねをぞなくあじろもるてふ人のつらさに」
33 橋下《モト》ノ姫大明神ト申也。離宮ノ通ヒ給フト。一説、住吉ノト。宇治橋ハ、孝徳天皇大化二年、沙門道登始造之。「さむしろに衣かたしきこよひもや我をまつらん宇治のはしひめ」神詠也。
34 懸想。
35 檜破籠参らせらるゝ也。

36網代ハ女房ノ用ル車也。
37縑。平絹也。殿上人、着用ス。老者、公卿ハ、夏冬更衣ノ時、着之。
38いぶかし　不審也。
39あかず　不満足也。
40あふれ　溢。
41さすらへん　流離。

又の日、彼御寺にも奉給へり。山ごもりの僧にも、きぬ、わた、けさ衣など、つかはさる。

とのゐ人は、彼御ぞきて、につかはしからぬ袖の香を、人毎にとがめられ、めでらるゝなん、所せかりける。

かほる、三の宮《匂兵部卿》へおはして、宇治の宮の事かたり出て、暁の有さま、くはしく聞え給ふに、匂宮、「いとせちに、おかし」とおぼいたり。

十月《カミナ》五《イツカ》、六日の程、かほる、宇治へまうで給ふ。かろらかに、[36]あじろ車にて、[37]かとりのなをし、さしぬき、ことさらびき給へり。宮《八》、まちよろこび、あざりもさうじ《請ジ》おろして、義《論義也》などいはせ給ふ。川風に木の葉ちりかふをと、物をそろしく、心ぼそき明がたなり。「さき《かほる詞》のたびに、めづらしき物のね、うけ給りし残りなん。[38]いぶかしう、[39]あかず思給へらるゝ」など聞え給へば、宮、きん取よせて、びわはまらうど《かほる》にそゝのかし給ふ。此宮《八》は琴の上手なれば、手《かほる》をとめて聞給ふ。姫君に、「ひかせ給へ」とあれど、聞えすまひて、ひき給はず。「身《宮の詞》の残りすくなきに、此姫君、[40]おちあぶれ[41]さすらへん事のみ、うしろめたく」と語り給ふ。「わざと《かほる詞》の御うしろみだち、はかぐ〳〵しきすぢに侍らずとも、うと〳〵

42 少々《サヽヤカ》。細許《同》。
43 反古。
44 浮線綾。

しからずおぼしめされんとなん思給ふる。かく打出給ふさまを、たがへ侍らじ」と申給へば、宮《八》、「いとうれし」とおぼす。

暁の御おこなひの程に、弁めせば、「《弁詞》故権大納言《柏木ノコト》の事は、小侍従と弁より外に、又しる人侍らじ」とて、始をはりをかたり、「彼御文どもゝ御らんぜさすべき事を、神仏にもねんじつるしるしにや、かくまうできたり給ふになん。今は何かは、やきも捨侍らん。小侍従は、いつかうせにけん。われはつくしにくだり、おとこうせて後、十とせあまりにてのぼり、此宮に五、六年の程さぶらふ」とて、[42]さゞやかに、をしまきあはせたるほぐ[43]どもの、かびくさきを、ふくろに入たる、とり出て奉る。《かほる詞》又、此頃過して、山の紅葉ちらぬさきに参るべきよし、聞え給ふ。

かへり給て、まづ此ふくろを見給へば、からのふせんれう[44]をぬひて、上といふもじを、うへにかきたり。ほそきくみして、口のかたをゆひたるに、かの御名《柏木》のふう《符》つきたり。あくるも、をそろしうおぼえ給ふ。彼御手にて、やまひはをもくかぎりに成たるに、御《女三ノ》かたちもかはりて《尼ニ》おはしますらんが、さまぐ〵かなしき事、五、六まいに、鳥のあとのやうにて、柏木、

めのまへに此よをそむく君よりもよそにわかるゝ玉ぞかなしき

同
命あらばそれとも見まし人しれぬ岩ねにとめし松[45]のおひすゑ
しみ[46]といふ虫のすみかに、ふるめいたれど、あとはきえず、たゞいまかきたらんにもたがはず、母宮《女三》のおまへに参りても、何かはしりにけりとも、しられ奉らん。

45 かほるの事を少し祝したる心也。
46 蛅。鮎。定家卿「いたづらにかきをく文の跡ながらあくればしみのすみかなりけり」

椎本〔かほる廿二才。以歌也。廿三才迄〕

きさらぎの廿日の程に、匂兵部卿の宮、初瀬にまうで給ふ。上達部、殿上人、世に残りなくつかうまつれり。

夕霧の大いどの丶[1]しり給ふ所は、川よりをちにひろくおもしろきに、御まうけせさせ給へり。かほる中将、けふの御むかへに参給ふに、「彼《八ノ宮》わたりのけしきもつたへよらん」と御心ゆきぬ。夕霧の御子、右大弁、侍従の宰相、権中将、頭少将、蔵人の兵衛のすけなど皆さぶらひ給ふ。

宮《匂》はこ丶にやすらはんの御心もふかければ、夕つかた、御琴めしてあそび給ふ。水のをとに物のねすみまさる心ちして、彼聖の宮にもたゞさしわたる程なれば、をひ風に八の宮聞給ふ。「《八宮ノ心》かほるの笛のねは、昔《源》の六条院よりもすみのぼりて、ちじのおと[2]ゞの御ぞうのねにこそにたなれ」などひとりごちおはす。「《心中》姫君たちの御《ミ》ありさまあたらしく、山ふところに引こめてはやむまじ。かほるをちかきゆかりにて見まほし」などおぼす。

[3]川ぞひ柳のおきふしなびく水かげなどをろかならず、人々めづらしくおぼさ

1 知行所。
2 御孫、子孫、一族の心也。
3 「いなむしろ河ぞひ柳水ゆけばなびきおひたちその根はたえず」日本紀、顕宗天皇御。

る。かほるはかゝるたよりすぐさず、「宮にまうでん」とおぼせど、「ひとりこぎ出ん。舟わたりもかろらかにや」とおぼすに、

《八ノ宮より》山風[4]にかすみふきとくこゑはあれどへだてゝみゆるをちのしら波

「此御返り、我[5]せん」とて、匂宮、

をちこちの汀に波はへだつともなをふきかよへうぢの川風

匂もかほるも参給ふ。舟さしやり給ふ程、かんすい楽[6]あそびて、水にのぞきたるらうにさしよせ、人々心しており給ふ。橋の心ばへおかしう、ゆへある宮なれば、ひき物どもわざとまうけたるやうにはあらで、つぎ〳〵に引いで給て、「さくら人」《催馬楽》あそび給へり。

御むすめたちを思やりつゝ、花の枝をおらせ給て、うへわらはのおかしきして、匂宮、

山ざくらにほふあたりにたづねきておなじ[7]かざしをおりてけるかな

中君にぞかゝせ奉給ふ〔いもうと君の事也〕。

かざし[8]おる花のたよりに山がつのかきねをすぎぬ春のたび人

御むかへに、藤大納言おほせ《天子より》事にて給へり。

4 笛をかほると推量して也。
5 かほるに代りて。
6 酣酔楽。
7 おなじかざしのごとく有度と也。
8 こなたへのためにはあらじ。花の次デニト也。

匂宮より御文はつねにあり。八の宮も返事聞え給へば、時々中の君ぞ聞え給ふ。大君は、かやうの事たはぶれにもてはなれ給へる御心ぶかさ也。大君〔廿五才〕、中君〔廿三才〕。

八の宮はをもくつゝしみ給ふべき年にて、物心ぼそく、「此姫君たちをまごゝ[9]ろにうしろみ聞えんと思ひよる人あらば、しらずがほにてゆるしてん」とおぼせど、さまでふかく尋ね聞ゆる人もなし。

フミ 七月ばかりに、かほるわたり給へり。八 待よろこび給て、「八宮詞 なからん後、此君たちを見す給ふな」ゝど聞え給へば、「かほる詞 かはらぬ心ざしを御らんじしらせん」など聞え給ふ。

御物語のついでに、姫君の御ことのねゆかしうの給へば、宮あなたに入給て、そゝのかし給ふ。ほのかにかきならし給ぬ。

宮　我なくて草のいほりはあれぬとも此ひとこと[10]はかれじとぞおもふ

打なき給て、かほる、

[11]いかならん世にかかれせんながきよのちぎりむすべる草のいほりは

かほる詞12「相撲など過てさぶらはん」と聞え給ふ。

9 真心。
10 一言ハ、かほるを頼み給ふと也。
11 生々世々忘れじと也。
12 相撲　神亀三年、令㆔諸国ノ進㆓相撲人㆒。七月十六、七日ノ間、召仰ス。廿六日内取。廿五日、廿八日召合。廿七日、廿九日抜出。廿八日、諸国ノ供御人ヲ召集テ御覧ずる也。粟津ノサルト云モノ也。供御ナドシタヽムル故也。抜出ハ、スグリテ御覧ズルヲ云也。

13 たじろぎ給ふな也。
14 念仏三昧。

匂宮も、秋の頃紅葉見におはしまさんの心して、御文は絶ず奉れ給ふ。八の宮はれいの、「しづかなる所にて念仏せん」とおぼして、君たちにさるべき事共聞え給ひ、「此山里あぐかれ給ふな。たゞかう《カク也》人にたがひたる[13]契りの身とおぼしなせ」とて、こなたかなたたゞずみ涙ぐみつゝ、人々にも事どもいひをき、かへりみがちにて出給ぬ。

ふた所《姫達》いとゞ心ぼそくかたらひ、「ひとり〴〵《母父》なからましかば、いかでくらさまし」となきみわらひみ過し給ふ。

「彼三昧[14]、けふはてぬらん」と待給ふ夕暮に、人参りて、「けさより《八宮》なやましうて、えまいらぬ。風か」とあれば、むねつぶれて《姫君たち》、「御ぞども、わたあつくいそぎ奉れ」などし給ふ。二、三日はおり給はず。

八《ハ》月廿日の月、水のおもてもすみわたるに、そなたのしとみあけて見いだし給へるに、人きて、「此夜中ばかりに、うせ給ぬる」となく〳〵申すを聞給ふに、あさましくて、涙もいづちかいにけん、只うつぶし〳〵給へり。

あざり、年ごろ契りをき給ふまゝに、後の事よろづにつかうまつる。姫君達は、なき人に成給ふ御かたちをだに、今一たび見奉らぬをなげき給ふ。かほる

15あへなく　あぢきなく也。
16「あけぬ夜の心ながらにやみにしをあくぞといひしこゑはきゝきや」
17山里　宇治也。匂ノ庭ノヲ見玉ヒテ思やり給也。
18そなたはもろ声、我は独なれども、をとらぬと也。

中納言聞給て、[15]あへなくくちおしくて、あざりのもとにも君《ミ》たちの御とぶらひもこまやかに聞え給ふ。

[16]あけぬよの心ちながら、九月《ナガ》になりぬ。匂宮より、

をじかなく秋の山里[17]いかならん小萩が露のかゝるゆふぐれ

「此返《リ》、中の宮に」とそゝのかし給へど、「かきくもり、物もみえぬ心ちし給へば」とてかき給はず。よひ過にければ、見わづらひ給て、大君、

なみだのみきりふたがれる山里はまがきに鹿ぞもろ《兄弟》こゑになく

御使、こはたの山の程、さゝのくまを駒引とゞむる程もなく、かた時に参りつきぬ。

霧ふかきあした、たてまつり給ふ。匂宮、

[18]朝霧にともまどはせる鹿の音をおほかたにやはあはれともきく

大君の心「なき御《八ノ宮ノ》ために、きずやつけ奉らん」とつゝましうをそろしうて、返し聞え給はず。

中納言《かほる》殿よりの御返《リ》ばかりは、かれ《匂ノ方》よりもまめやかに聞え給ふ。御いみはてゝ、かほるまうで給へり。ふる人《弁》めして、人づてに聞え侍らば、「ことばもつゞ

19「あさぢふや袖にくちにし秋の霜わすれぬ夢をふくあらしかな」
20かほるの心はれぬと也。
21あざりは何とかは見る也。
22雪は消ても又ふる也。

き侍らず」とあれば、大君すこしゐざりより給へり。くろき几丁のすきかげ心くるしげなるに、ほのみし明ぐれなど思ひ出られて、かほる、

[19]色かはるあさぢをみてもすみぞめ《服衣也》にやつるゝ袖をおもひこそやれ

大君　いろかはる袖をば露のやどりにてわが身ぞさらにをきどころなき

しのびがたきけはひにて入給ぬ。

おひ人出きて、昔今をきこゆ。雁なきてわたる。かほる、

[20]秋霧のはれぬ雲井にいとゞしくこの世をかりといひしらすらん

ふた所打かたらひ、ほすよもなくて、年も暮にけり。あざりの室より、すみなどやうの物奉れ給ふ。宮よりわた、きぬなどつかはしゝをおぼし出てやり給ふ。法師ばら、わらはべなどのぼり行も見えみえずみ、雪ふかきを、なく〳〵たち出て見をくり給ふ。

大君　君なくて岩のかけみち見《〈た〉》えしより[21]松の雪をもなにとかはみる

中君　おく山の松葉につもる[22]雪とだにきえにし人をおもはましかば

中納言《かほる》おはしたり。御火おけとり出て、ちりかきはらふ。匂宮の事かたらひ給へば、大君はみづからの事とはおぼしもかけず、人のおやめきて、「中君を」

23匂へ文などはなきと也。

24匂へしるべ也。

25「うばそくがおこなふ山のしゐがもとあなそば〳〵し床にしあらねば」かほる出家せば、爰ヲたのまんと思召しと也。

26「しなでるや片岡山に飯にうへてふせる旅人あはれおやなし」詞斗也。

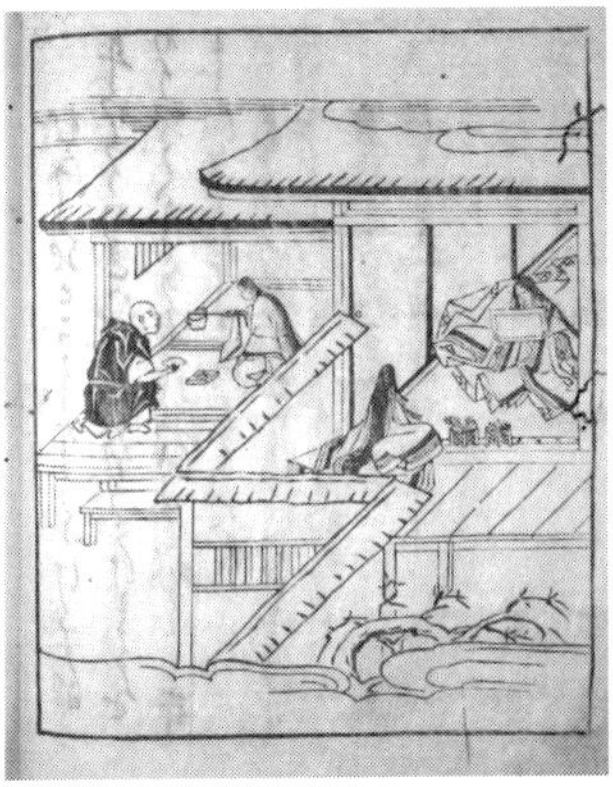

とおぼしながら、いらへもし給はで、打わらひ給ふ。かほる詞「匂への御返リなどは、いづかたにかは聞え給ふ」ととひ給ふに、

大君　雪ふかき山のかけはし君ならで又ふみかよふあとを見ぬかな[23]

「御物あらがひこそ、心をかれ侍ぬべけれ」とて、かほる、

つらゝとぢこまふみしだく山川をしるべしがてらまづやわたらん[24]

「暮はてなば、雪いとゞ空もとぢぬべし」と、御供の人こはづくれば、「帰り給はん」とて見めぐらさるゝに、彼とのゐ人、かづらひげとかいふつらつき、はかなのたのもし人やと見給て、めし出たり。とのゐ人詞ミ「御かげにかくれて、三十よ年過し侍り。今はいかなる木の本をばたのむべく」と申す。宮のおはせしかたあけさせ給へれば、仏のみぞ花のかざりみゆる。かほる、

[25]たちよらんかげとたのみししゐがもとむなしきとこになりにけるかな

年かはりぬれば、汀のこほりとけわたるを、ありがたくもとながめ給ふ。ひじりのばうより、芹、わらびなどたてまつれり。大君、

君がおるみねのわらびと見ましかばしられやせまし春のしるしも

雪ふかきみぎはのこせりたがためにつみかはやさん[26]おやなしにして

中納言殿よりも宮よりも、おりすぐさずとぶらひきこえ給ふ。匂宮、

　つてに見し宿のさくらを此春はかすみへだてずおりてかざゝん

中君　いづこ[27]とかたづねておらんすみ染にかすみこりたるやどのさくらを

かくつれなきけしきのみ見ゆれば、宮は中納言《かほる》をせめ聞え給ふ。

其年、三条の宮[28]やけて、入道の宮《女三》も六条院にうつろひ給ぬ。ものさはがしきにまぎれて、宇治のわたりひさしうをとづれ給はず。その年つねよりもあつさを、人わぶるに、「川づら涼しからん」と思出て、まうで給へり。西のひさしに、とのゐ人めしておはす。こなたにかよふさうじのはしに、かけがねしたる所に、あなのすこしあきたるよりのぞき給へば、君たちおはす。中君はそびやかに、やうたいおかしげにて、かみはうちきにすこしたらぬほどにて、うつくしくらうたげに、にほひやかにやはらかなり。大君はかしらつき、かんざしの程、今すこしあてに、なまめかしさまさり、かみはさはらかにおちて、すゑすこしほそり、ひすい[29]だちていとおかしげ也。

27霞へだてずニあたりて也。
28三条の宮　かほるの御母入道の宮ノおはします所也。
29翡翠。

1 あげまきハ、行香机ノ四角ニ名香ノ糸ヲ結び垂る也。五色也。童ヲ云ハ、総角ト書也。
2「よりあはせてなくなる声を糸にして我なみだをば玉にぬかなん」
3 姫君とあひ度との心をあらはせり。
4 たてぬきの心也。
5 無愛。
6 めしつかへの人々也。

角総[1]〔かほる廿三才、秋より暮まで。糸ノ名也。又歌詞にも〕

姫君たち、此秋は物がなしく、宮の御はての事共、中納言殿《かほる》、あざりも参給てつかうまつり給ふ。みやうがうのいとひきみだり、むすびあげたるたゝり、すだれのつまよりみえければ、其事と心えて、中納言も、[2]「なみだを玉とぬかん」とずし給ふ。御願文つくり給ふついでに、かほる、

[3]あげまきにながきちぎりをむすびこめおなじところによりもあはなん

大君 [4]ぬきもあへずもろき涙の玉のをにながきちぎりをいかゞむすばん

かほるは、みづからのうへは、えの給ひよらで、匂の事をまめやかに聞え給ふ。大君は、「中君をくち木になしはてずもがな」と思ひみだれ給ふけはひ哀也。かほる、弁をめし出て、「八の宮のゝ給しさまにはたがひて、御心ばへども[5]のあやにくに物つよげなるは、いかに。おぼしをきつるかたのことなるにや。おなじうは、我も人も、心とけて聞えかよはゞやとなん思ひよる」などの給へば、弁詞「もとより、かく人にたがひたる御くせどもに侍れば也。今は[6]さぶらふこれかれも、皆まかでちり、たのみなき御身どもにて、いかにも〳〵世になびき

給へらんこそ、めやすかるべけれ。中君をいかで人めかしうあつかひなし奉らんと、思ひ聞え給ふ。匂宮よりの御文などは、さらにまめ〳〵しき事にはあらじとおぼす」と聞ゆ。「《かほる詞》たゞかやうに物へだてたるさまならず。さしむかひて、さだめなき世の物がたりを聞え給はゞ、みづからのはらからのむつましきもなく、中宮《明石ノ》はなれ〳〵しう、思ひのまゝに聞ゆべきにあらず。三条の宮《女三》は、親とおもふべきにもあらぬわか〳〵しさなれど、かぎりあれば、たやすくなれ聞えさせず。其ほかの女は、すべてうとく、つゝましうおぼゆれば、心にしめたる事は、打出る事もかたくてなん」との給ふ。

　こよひもとまり給て、物語など聞えまほしうて、暮し給つ。

かほるの《大君の心》御心の有がたう、あはれなれば、こよなうもてなしがたくて、《大君》たいめし給ふ。仏のおはする中の戸あけて、みあかしの火けざやかにかゝげ、すだれに屏風そへて、しめ〳〵とかたり聞え給ふ。打とくべうもあらぬ御けしきにて、「人々ちかう」などの給ひつれど、さししぞきつゝ、皆よりふして、ともし火かゝぐる人もなし。人めせどおどろかねば、「心ちなやましう侍るを、ためらひて、暁に又聞えん」とて、入給はんとするを、「《かほる詞》山路わけきつるは、ましてくるしけれど、きこえうけ給るをなぐさめにこそ」とて、屏風をしあけて入給ぬ。

いとむくつけくて、なからばかりいり給へるに引とゞめて、かたはらなる几丁を、仏の御かたにへだてゝ、かりそめにそひぶし給へり。峰のあらしもまがきの虫も、心ぼそげにきゝわたさる。つねなき世の御物語に時々さしいらへ給へるさま、見所おほくめやすし。

明がたになれば、むら鳥のたちさまよふ羽風ちかう、かねの音かすかにひゞく。御ともの人々こはづくり、馬どものいばゆるをも、旅のやどり《かほるノ心》のあるやう、人のかたるをおぼしやられて、おかしうおぼさる。さうじをしあけて、もろ共に見給ふ。暁のわかれや、まだしらぬに、にはとりほのかになきければ、かほる、

[7]山里のあはれしらるゝこゑ〳〵にとりあつめたるあさぼらけかな

女君 [8]鳥のねもきこえぬ山とおもひしを世のうき事はたづねきにけり

さうじ口までをくり奉り給ふ。よべ入し戸口より出て、ふし給へれど、まどろまれず。名残こひしう、かへらん事物うくおぼす。

大君は、中君を人なみ〳〵に見なしたらんこそうれしからめ、かほるのなの

7 鳥、鐘也。

8「とぶ鳥の声もきこえぬおく山のふかき心を人はしらなん」

9後朝の文也。

めに打まぎれたるほどならば、かく見なれぬる年ごろのしるしに、打ゆるぶ心も有ぬべきを、はづかしげに見えにくきけしきも、中々いみじうつゝましくて、中の君のふし給へるおくのかたにそひぶし給へり。

中君、かくおはしたる御ぞのうつり香まぎるべくもあらねば、「うれし」とおぼして、ねぬるやうにて物もの給はず。かほるは弁にかたらひ置て出給ぬ。

9
御文あれど、「けさよりなやましくなん」とて、人づてにぞ聞え給ふ。

月頃《服衣》くろくならはし給御ぞ、うすにびにて、中君はさかりに、うつくしく匂ひまさり給へり。御ぐしなどすましつくろはせて、大君はうれしく、世の物思ひわするゝ心ちして、此君《妹》を、「かほるに見せたらば、うれしからまし」とおや心に成て、かしづき聞え給ふ。

九月《ナガ》の頃、かほる又おはしたり。れいのやうにもたいめし給はず。「思ひのほかにうき御心かな。人もいかに思ひ侍らん」と御文にてきこえ給へり。弁をめして、よろづにの給はすれば、「さし《大君詞》もうらみふかくは、中君ををしいでん。見そめては、あさはかにはもてなし給はじ」。宮《八》のゝ給ひをきし事などかたらひ、中君にかくといさめ給へば、「かく《中君詞心》心ぼそきなぐさめには、朝夕に大君を見奉るより、いかなるかたにか」となまうらめしく思ひ給へれば、げにといとおしうて、いひさし給つ。

暮ゆくに、かほるはかへり給はず。弁参りて、御せうそこども聞えつたふ。「《大君ノ心詞》中君のさかり過給はんもくちおし。まことに、昔をおもひ給ふ心ざし《かほるノ》ならば、おなじ《中君ヲ》事に思ひなし給へかし。身をわけたる、心のうちは皆ゆづりて、見奉らん」とのたまへば、「《かほる詞》さのみこそは、さき〴〵も御けしきを見給ふれど、さはえ思ひあらたむまじ。匂宮の御うらみまさるめれば、中君をば匂にうしろみ聞えん」となん聞え給ふ。

すべてことおほければ、「にくゝ心づきなし」とて、大君、中君、れいのやうにおほとのごもりぬ。まだあつき程なれば、すこしまろびのきてふし給へり。弁に、たばからせ、人とくしづめて、よひ過る程に、やをらみちびきいる。大君ふときゝつけ給て、おきて出給ぬ。中君は、何心なくねいり給へり。「うつくしうらうたげなるけしきはまさりてや」とおぼゆ。中君、「あさまし」とあぎれまどひ給へるを、これをもえ思ひはなつまじき心ちして、なつかしきさまにかたらひて、秋の夜なれど、程もなく明ぬる心ちして、「《かほる言》大君のつらき御さま、見ならひ給ふなよ」など、のちせを契て出給ふ。
かけ〳〵しきすぢは、いづかたもえ思ひすつまじく、かへり給ぬ。
御文には、
[10]おなじえをわきてそめける山姫にいづれかふかきいろとゝはゞや
大君　山姫の[11]そむるこゝろはわかねどもうつろふかたやふかきなるらん
有明の空おかしき程に、匂宮に参給へば、彼わたりの事いひかはし、かほるをうらみ給ふ。
をみなへしさけるおほ野をふせぎつゝこゝろせばくやしめをゆふらん
かほる　霧ふかきあしたのはらのをみなへし[12]心をよせてみる人ぞみる
かほるはおやがたに成て、中君の事をまめやかに聞え給ひ、宇治へおはすべきやうなど聞えしらせ、廿六日に《匂宮ヲ》ゐて奉り、近きみさうの人の家にしのびておろし、かほるばかりおはしぬ。大君は、うつろふ方ことにほはしをき給へり。中君は、うかりしのちは、有しやうにあね宮をも思ひ聞え給はず、心をかれ給ふ。
弁《かほる》めし出て、「中君のかたへみちびけ。夜をふかして」とたばかり給ふ。実

10 おなじ枝ハ、兄弟也。かほるは大君へそむる物をと也。
11 中君にあひ給し程ニ、うつろふかたなるべしと也。
12 心をよせずしては、見がたきと也。

13 紋也。あらはなる心歟。

は匂をいれんたくみ也。大君には、「一こと聞えさすべき事あり。たいめんし給へ」と聞え給へば、大君心「さればよ、中君に思ひうつりにけり」とうれしうて心おちゐながら、物ごしにたいめし給ふ。

さうじのなかより御袖をとらへて、引よせいみじううらむれば、大君心詞「いとうたてもあるかな、何に聞いれつらん」とくやしうむつかしけれど、「中君のかたに、こしらへいだしてん」とおぼして、かたらひ給ふ。

匂は、かほるノをしへのまゝに戸口によりて、扇をならし給へば、弁参りてみちびき入給ふ。

かほる詞「匂宮のしたひ給つれば、えいなびず、こゝにおはしつる也」と大君に語給ふ。大君心「今少し思ひよらぬ事の、めもあや[13]に心づきなく、いふかひなき心おさなさも見え奉りにけるおこたりに、おぼしあなづるにこそは」といはんかたなく思ひ給へり。

かほる、詞「今はいふかひなし。ことはり聞えさせてもあまりあらば、つみもひねらせ給へ。なを、いかゞはせんに、此さうじのかためつよきも、人はさ思ふまじとて引やぶりつべきけしき也。さらば、かくへだてながらもきこえさせん。[14]ひたふるにな打すてさせ給ふそ」とて、[15]山鳥の心ちしてあかしかね給ふ。

かほる、

しるべせしわれやかへりてまどふべきこゝろもゆかぬあけぐれのみち

大君

[16]かた〲にくらす心をおもひやれ人やりならぬみちにまどはゞ

宮は、よべのかたより出給ひ、女車のさまして六条院におはしぬ。宮より御文奉り給ふ。

よのつねにおもひやすらん露ふかきみちのさゝはらわけてきつるも

あね君に見せ奉る。此御返、中君にかゝせて、使に[17]しをん色のほそなが一かさね、三重がさねのはかま、ぐして給ふ。三日にあたる夜は、もちゐまいる。中納言《かほる》殿より御文あり。[18]みぞびつ、きぬ、あやなど、取そへ給へり。

[19]さよごろもきてなれきとはいはずとも[20]かごとばかりはかけずしもあらじ

大君

[21]へだてなきこゝろばかりはかよふともなれし袖とはかけじとぞ思ふ

匂の御ありきを、御母中宮せいし給へば、かほるにかたりあはせて、かほるは内へ参り給ひ、匂は宇治へ暮ふかきに出給ぬ。

夜なかちかう成て、おはしたるも、いかゞをろかにおぼえ給はん。さうじみ《中君也》

14 一向《ヒタフル》。永《同》。
15「あふ事は遠山鳥のめもあはずあはずてこよひあかしつるかな」
16 中君ト身ノ歎キかた〲也。
17 表紫、うらすはう。
18 御衣櫃。
19 大君へのうらみの歌也。
20 そとばかり馴しゆへはあらじやは也。あね君の事斗也。
21 心ばかりハ、等閑なし。なれしとハ、如何と也。

22「わすらるゝ身をうぢ橋の中たえて人もかよはぬ年ぞへにける」
23「さむしろに衣かたしきこよひもや我を待らん宇治のはしひめ」
24たえせじとの詞斗をたのみて也。

もいさゝ打なびきて、思ひしり給ふ事有べし。

大君の心は、「かほるに見えん事はかたはらいたう、今一とせ二とせあらば、おとろへまさりなん。はかなき有さまを」と御手のほそやかにかよはく哀なるをさし出ても、世中を思ひつゞけ給ふ。

宮《匂》は中宮《御母》の聞えしさまなどかたらひ給ひ《中君に》、「思ひながらとだえあらん。いかなるにかとおぼすな。京に渡し奉らん」など聞え給ひ、もろ共につま戸をしあけ、見給へば、霧わたれるさま、所がらあはれにおぼす。
[22]匂　中たえんものならなくにはし[23]ひめのかたしく袖や夜半にぬらさん
中君返　[24]たえせじのわがたのみにや宇治橋のはるけき中をまちわたるべき
朝けのすがたを見をくりて、名残とまれる御うつりがなども人しれず、物哀也。
九月十日の程、野山のけしきも思ひやらるゝに、かほる、匂をおどろかし聞え給ふ。
「いとうれし」とおぼし、ひとつ車にて宇治へおはす。日頃つぶやきつる女ばう、ゐみさかへ、おましつくろひ、ゆきちりたるむすめども、めいだつ人、一、

25客。
26「あしひきの遠山鳥のしだりおのなが〳〵し夜をひとりかもねん」おをへだつる故也。
27明石の中宮の大夫也。
28周章。アハタヾシ、アハテ。

三人尋よせて参らせたり。人々も、めづらかなるまらうど[25]ゝおもひ、大君もうれしう思聞え給ふ。

かほるは、「むねあかぬ心ちするを。有しやうにて聞えん」とせめ給へど、姫君は、「つねよりもわがおもかげはづる頃なれば、うとまし」と見給て、遠[26]山鳥にて明ぬ。

かほるは、三条の宮作り果て、大君をわたし奉らんの心也。匂は、中君を京にかくろへてわたし給ふべき所もなく、くるしとおぼす。

十月ついたち頃、「あじろもおかしき程ならん」と紅葉御らんずべう申さだめ給ふ。殿上人むつましきかぎり、右《夕霧》の大いどのゝ宰《の》相中将など参給ふ。かしこに、「中やどりし給はん」とて、まうけの物、かほるより奉れ給へり。船にてのぼりくだり、おもしろうあそび給ふも聞ゆ。御舟さしよせて、文つくり、紅葉をかざして「海青楽」吹たり。

内より中宮のおほせ事にて、衛門督おはしたり。かうやうの御ありきかる〳〵しとて、殿上人もあまた参るに、物のけうもなくなりぬ。又御むかへに宮の大[27]夫、殿上人奉れ給へば、こゝろ[28]あはたゞしうて、かへり給はんそらなし。

姫君へは御文つかはさる。「人しげきに」とて、御返《リ》なし。
此古宮の木ずゑおもしろう、ときは木にはひかゝれるつたの色などをみて、八の宮の事くち〲いひ出て、宰相《ノ》中将、

[29]○いつぞやも花のさかりに一め見し木のもとさへや秋はさびしき

中納言 [30]さくらこそ思ひしらすれさきにほふ花ももみぢもつねならぬ世を

衛門 いづこより秋はゆきけん山里のもみぢのかげはすぎうきものを

宮大夫 [31]見し人もなき山里の岩がきにこゝろながくもはへるくずかな

匂 [32]秋はてゝさびしさまさる木のもとをふきなすぐしそみねの松風

とて、いたう涙ぐみ給へるを、ほのかにしる人は、ふかうおぼす也。

姫君達の衆 かしこには、心まうけしつる人々も、いと口おしとおもへり。かゝるとだえを、大君は、「つらし」とおぼして、故宮のゝ給ひをきしいさめをおぼしあはせ、物おもひに、「いかでなく成なん」とおぼししづむに、露ばかり物も参らず、たゞなからむ後のあらまし事を、明暮おもひつゞけ給ふ。

匂 宮は、「れいのやうにしのびて」と出たち給ふに、内、中宮より、「御里ずみのあしき也」ときびしき事ども出きて、内につとさぶらはせ奉り給ふ。**夕霧** 右の

29 いつぞやも也。すみてよむべし。
30 飛花落葉の理を思へり。
31 此内の老人にや。八ノ宮を見馴しと也。
32 よそになしそと、松風を中君に比して也。

33 嗚呼。おかしき也。
34 伊勢物語ニは琴の事なし。大和物語ニ有。
35「うらわかみねよげにみゆるわか草を人のむすばん事をしぞ思ふ」

おほいどの丶六の君を、をしたちてむかへ給ふべくさだめらる。

　中納言《かほる》、「わがあまりことやうなるぞや、大君の、中君をと、とりもち給しを、あひなくもてなし丶も悔しうもあるかな。いづれをも我ものにて見奉らんに、とがむべき人もあらじ」。取かへす物ならねど、[33]おこがましう心ひとつに思みだれ給ふ。

「匂宮の御心につきておぼす人あらば、こゝに参らせて、れいのさまにもてなし給へ。かろびたるやうに人のきこゆべかめるは、口おしき」と御母大宮《明石中宮》、明暮聞え給ふ。

　匂宮、いもうとの女一の宮の御かたに参給て、御絵などかき、在五[34]が物語のいもうとにきんをしへたる所、「いかゞおぼすらん」とて、ちかくより給へるに、うつぶして御らんずる御ぐしの打なびきてこぼれ出たるかたそば、「すこし物へだてたる人と思ひ聞えましかば」とおぼすに、忍びがたくて、匂、

　[35]わか草のねみんものとはおもはねどむすぼゝれたるこゝちこそすれ

女一の宮、匂宮、此二所は、むらさきの上ならはしきこえ給し也。

宇治の大君なやましと聞て、かほるおはしたり。有しよりはなつかしき御け

36 程へだゝれども、心は宇治ニあると也。
37「霰ふるみ山の里のわびしきはきてたはやすくとふ人のなき」
38 験者。

しきなれば、ちかうよりてよろづの事聞え給ふ。弁に御ず法はじむべき事、あざりにもの給ひしらせてかへり給ふ。

匂より御文有。

[36]ながむるはおなじ雲井をいかなればおぼつかなさをそふるしぐれぞ

中君 [37]あられふるみやまの里はあさゆふにながむるそらもかきくらしつゝ

大宮は、匂宮に夕霧の六の君をあはせ、「其外、尋まほしうおぼさる《匂ノ》ゝ人あらば、参らせて、をも〳〵しくもてなし給へ」とかほるに聞え給ふ。

中納言《かほる》は、「五、六日、人も奉れ給はで、いかならん」と宇治へまうで給ふ。弁出て、御有さま聞ゆ。大君の枕がみちかうて、もの聞え給へど、御こゑもなきやうにて、えいらへ給はず。「かくをもり給ふまで、つげ給はざりける」とうらみて、[38]しるしある人あまたさうじ、御ず法はじめ給ふ。

南は僧の座なれば、東おもてのけぢかき方に、屏風たてさせて入ゐ《かほる》給ふ。「などか御声をだにきかせ給はぬ」とて、御手をとらへ給へば、「物いふがくるしき」とて、いきのしたにの給ふ。よもすがら、御ゆなど参らせ給へど、露ばかりまいるけしきもなし。

かほる　霜さゆるみぎはのちどり打わびてなくねかなしきあさぼらけかな
中君　あかつきの霜うちはらひなく千鳥[39]ものおもふ人のこゝろをやしる

かほるの、かくそひおはするうちに、「命もたえねかし、もしいきとまらば、やまひにことづけてかたちをもかへてん」とおぼ《大君》して、あざりの給《かほるニ》へど、聞えけれど、「有まじき事なり」とおぼしまどふ。

かほるは、かくこもりゐ給て、「[40]とよのあかりはけふぞかし」と京思ひやり給ふ。

[41]かきくもり日かげも見えぬおく山にこゝろをくらすころにもあるかな

かく《かほるノ》ておはするをたのみに、皆思ひたり。いよ〳〵哀に、かいなゝどもほそう、かげのやうによはげなる物から、色あひもかはらず、しろううつくし。中君《かほるノ》の事を聞え給へば、御袖をすこし引なをして、「此《大君詞》とまり給《中君の事》はん人を、おなじ事と思聞え給へ。これのみうらめしくてとまりぬべくおぼえ侍る」との給ふ。あざりめしいれ、さま〴〵にかぢまいらせ給ふ。

たゞ物のかれゆくやうにて、きえはて給ふ。[42]あしずりもしつべく、人の見ん事もおぼえず、中君、「をくれじ」と思ひまどへるさまも、ことはりなり。

39 物思ふ人ハ、我身也。
40 十一月辰日。
41 日蔭ノ糸。神代はつた、今は糸也。山ごもりなれば、かづらをもかけぬ也。
42 蹉跎。文選。サダトシテ、フシマロブ。土佐国ニ蹉跎寺ト云アリ。住侶他行セシニ、弟子慕テあしずりをせし由来也ト。

御となぶらちかうかゝげて見給ふに、かくし給ふかほも、たゞね給へるやうにて、うつくしげにて打ふし給へり。「かくながら、[43]虫のからのやうにてもみるわざならましかば」と思ひまどはる。とかくれいのさほう共するぞ、あさましかりける。

人々の色《服衣》くろうきかへたるをみて、かほる、

くれなゐにおつるなみだもかひなきはかたみのいろ《服衣》をそめぬなりけり

しはすの月に、むかひの寺の鐘をきゝて、かほる、

[44]をくれじと空ゆく月をしたふかなつゐにすむべき此世ならねば

「の《かほる心》たまひし《大君ノ》やうにて、中君を見るべかりける物を」といまはおぼす人々も、かほるのよそ人に成給はんを、「[45]あたらしう、口おしき御すくせかな」と思ふ。

かほる、

[46]恋わびてしぬるくすりのゆかしきに雪の山にやあとをけなまし

まだ夜ふかきに、人々の声あまたして、馬のをと聞ゆ。匂宮也。かほるは、かくろへたるかたに入給て、しのびておはす。日頃のつらさに、中君はたいめんもし給はぬを、たれも〴〵[47]いみじうことはりを聞えしらせ、物ごしにてぞ、

43「空蟬はからを見つゝもなぐさめつ深草の山煙だにたて」
44あね君にをくれじと也。
45あたら物也。
46生薬あらば、死薬もあらんと也。天竺雪山ニ薬ノある所にや。
47いみじう　つよき心也。

日頃のおこたりつきせずの給ふを、聞ゐ給ふ。けふは御身をすてゝとまり給ぬ。匂
「物ごしならで」とわび給へど、「今すこし物おぼゆる程まで」とて、物へだてゝきこえ給ふ。中君、

きしかたを思ひいづるもはかなきをゆくすゑかけてなにたのむらん

匂 行すゑをみじかきものと[48]おもひなばめのまへにだに[49]そむかざらなん

かほるの、いたうやせあをみて、ほれぐ\しきを、「心くるし」と見給て、まめやかにとぶらひ給ふ。かくつれなきものから、「内わたりにもきこしめしては、あしかるべきを」とて、けふはかへらせ給ぬ。

年の暮は、かゝらぬ所だに、空のけしき、れいに似ぬを、あれぬ日なくふりつむ雪に打ながめあかしくらし給ふ。

---

48 おもひなばハ、おぼさば也。
49 そむき給ひそ也。

1 十一月、大君かくれ給ふゆへ也。
2 籠。
3 嘉例の心也。

【第九冊】

宇治　中

さわらび
やどり木
あづまや
うきふね

早蕨〔薫廿四才。以歌ノ名也〕

中君は春のひかりを見給ふにも、「いかでかくながら[1]へける」と、夢のやうにのみおぼえ給ふ。

あざりのもとより、わらび、つくぐ〵し、おかしきこ[2]にいれて、「是はわらはべの供養じて侍るはつをなり」とて奉れり。

〈あざり〉君にとてあまたの春をつみしかばつね[3]をわすれぬはつわらびなり

4 披露状也。
5 かたみ　形見。籠。
6 かほるの実法にて、下の心は、さもあらぬと也。中君をうたがひての心歟。
7 見る人にかこつけて被仰がわづらはしさに、用心すべきと也。
8 道綱朝臣「限あればけふぬぎすてつ藤衣はてなき物は涙なりけり」兄弟ノ服ハ、三月ニ限る也。

4 「御ぜんによみ申さしめ給へ」とあり。中君返し、

5 此春はたれにか見せんなき人のかたみにつめるみねのさわらび

中納言《かほる》は、「心にあまる事、又たれにかはかたらはん」と、兵部卿《匂》の御かたに参給へり。さうの御ことかきならし、梅のかをめでおはする。宮、

6 見る人《かほる》の心にかよふはなれやいろにはいでずしたににほへる

7 みる人《かほる》にかごとよせける花のえをこゝろしてこそおるべかりけれ

つきせぬ御物語をえはるけやり給はで、夜いたうふけぬ。中君《京へ》をちかくわたしてんとする程の事どもかたり給ふを、かほる、「うれし」とおぼす。中君の恨《匂ヲ》給ふも、ことはりなれど、いかゞ心ごはくたへこもりても、たけかるまじく思ひみだれ給へり。きさらぎの《京へむかへ給はん事》ついたち頃とあれば、花《宇治ノ》の木どもけしきばむも残りゆかしく、心ひとつに思ひあかし暮し給ふ。

8 御ぶくもかぎりある事なれば、ぬぎすて給ふ。中君、

はかなしやかすみの衣たちしまに花のひもとくおりもきにけり

中納言《かほる》殿より、御車、御ぜん《供》の人々、かづけ物、しな〴〵におぼしやりつゝいとおほかり。

わたり給はんとての、まだつとめて[9]、かほるおはしたり。「我こそは、人よりさきに、かやうにも思ひそめしを、我心もて、あやしくもへだゝりしかな」と、[10]むねいたく思ひつゞけ給ふ。此《中君》たびは、[11]ねびまさり、めもおどろくまで、にほひおほく、「あな、めでたの人や」とのみ見え給ふ。[12]そのよの事、かけてもいはず、けざやかにもてなし給へり。花《中君心》の香も、まらうど《かほる》の御匂ひも、[13]昔思ひ出らるゝつま也。

中君　[14]みる人もあらしにまよふ山里にむかしおぼゆる花のかぞする

かほる　[15]袖ふれしむめはかはらぬにほひにてねごめ《根共二也》うつろふやどやことなる

「又もかやうにて聞えさせよるべき」などいひて、立給ぬ。とのゐ《宇治ノ》人には、此わたりのちかき御さう共の事の給ひあづけ給ふ。弁はかたちかへて残《宇治ニ》ゐる也。

弁　[16]さきにたつなみだの川に身をなげば人にをくれぬいのちならまし

かほる　[17]身をなげんなみだの川にしづみても恋しきせゞにわすれしもせじ

「人のとがむる事もや」と、かほるはかへり給ぬ。

弁　人はみないそぎたつめる[18]袖のうらにひとりもしほをたるゝあまかな

中君　しほたるゝあまの衣に[19]ことなれやうきたる波にぬるゝわが袖

9 朝也。
10 匂へノ中人ヲ後悔也。
11 調。ネビ。
12 一度あひ給ひし事。
13 「さ月まつ花橘の香をかげばむかしの人の袖の香ぞする」
14 姉君のなき事を。
15 姉君にかわらぬ也。京なれば、宿はかはりたる也。
16 姉君にをくれし心。
17 身をなげたりとも恋しからんと也。
18 袖のうら　出羽国。
19 ことなれや　不異也。

大夫の君　ありふればうれしきせにもあひけるを[20]身をうぢ川になげてましかば
今ひとり　過《大君》にしが恋しき事もわすれねどけふはたまづもゆくこゝろかな

七日の月さやかにさし出たるに、中君、
[21]ながむれば山よりいでゝゆく月も世にすみわびて山にこそいれ

よひ過てぞ、おはしつきたる。めもかゝやく心ちする[22]殿づくりの、みつばよつばなるなかに引《車》いれて、宮、「いつしか」と待おはしければ、御車のもとに、みづからよらせ給て、おろし奉り給ふ。

中納言は、むねつぶれて、ひとり《独吟也》ごたる。
[23]し《かほる》なでるやにほのみづうみこぐふねのまほならねどもあひみしものを

中納言《かほる》、宮《匂》の御もとに参給て、たい《中君也》の御かたに、御せうそこ聞え給へれば、心しれる人して御返り聞ゆ。「人々《かほる言》も、よのつねに、うと〳〵しくなもてなし給ふそ。かぎり《かほるノ》なき御心の程をば、しらせ給ふさまをも、見え奉らせ給へ」など聞ゆれど、人づてならで、ふと《中君》さし出きこえんも、つゝましきを、やすらひ給ふ程に、宮《匂》、「内に参給はん」とて、[24]御まかり申にわたり給へり。

20 身をなげぬがうれしきと也。
21 我ゆくすゑはいづくぞとの心也。
22「此殿はむべもとみけりさき草のみつばよつばにとのづくりせり」
23 級照。日本記。次第〳〵の心しなびてる也。
24 賽。マカリ申。

1 桑寄生。桑ニ生ズ。寄、一字もヨム。宿木。
2 賭。ノリモノ、カケモノ也。
3 斟酌也。
4 母ノナキ事。

寄生[1]〔かほる廿三才より廿五才、卯月まで。蔦の木にかゝりたるを、名にかりていへり〕

明石の中宮には、宮達あまたあり。故左大臣殿の御むすめ、藤つぼの女御《今上》には、女二の宮、一所おはします。十四にて、御裳きせ給はんのいそぎ也。女御、夏頃煩ひ給て、うせ給ぬ。内にもおぼしなげき、四十九日《ナヽナヌカ》すぐるまゝに、女二を見給ふに、くろき御ぞ《服衣》にやつれておはするさま、らうたげにあてなるけしきにて、御母よりも、づしやかに、をもりか也。

菊さかりなる頃、藤つぼにて、御碁《今御門》などうたせ給て、「源中納言《かほる》をこなたへ」とめして、「よきのり物[2]、かる〲しくは、えわたすまじき、何をかは」などの給はするは、女二を参らせんの御心也。三番に数ひとつまけさせ給ぬ。「けふは此花一えだ、ゆるす」とのたまはする。おりて、かほる、

[3]よのつねのかきねにゝほふ花ならばこゝろのまゝにおりてみましを

御　[4]霜にあへずかれにしそのゝ菊なれどのこりのいろはあせずもあるかな

かほるは、れいのくせなれば、いそがしくもおぼえず。「中宮《明石ノ》の御はらの女

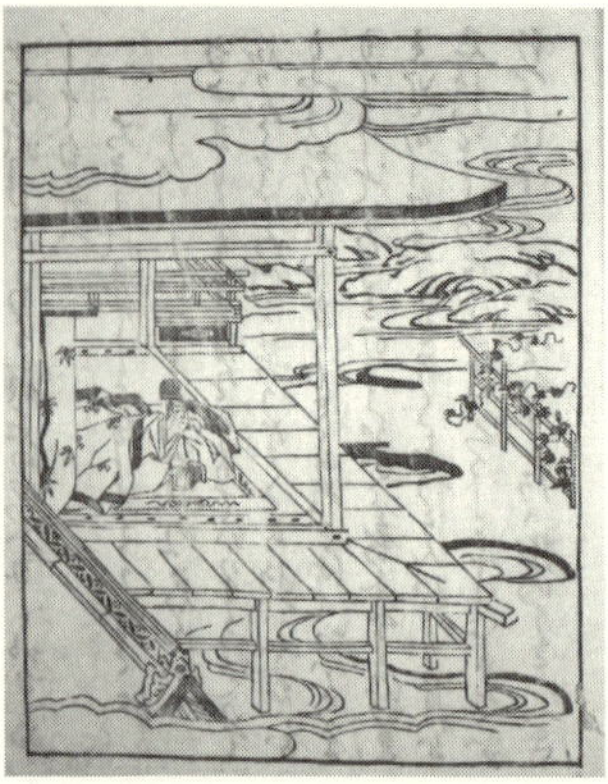

5 反魂香。
6 中君を匂宮ニゆづりけんと、かほる後悔也。
7 北ノ院ハ、二条也。かほるノ三条ノ殿より北ニあたる也。

一の宮ならば」とおぼす。其としもくれぬ。

宇治の大君の事を、かほるはわすれ給はず。[5]かうの煙につけてだに、「今一たび見奉る物にもがな」とおぼす。

夕霧の六の君を、八月ばかりに、匂宮に参らせんのいそぎ也〔六の君廿一、二才〕。二条のたい《宇治ノ》の御かた《中君》聞給て、「さればよ、数ならぬありさまにて、うき事出きなん。山里《宇治》にかへらんも、人わらへなり。かたちをもかへてん」などさまぐ〳〵におぼす。

五《サ》月ばかりより、れいならぬ《懐妊》さまに、なやましくし給ふ事も有けり。匂は常よりも、あはれになつかしく、おきふし、此世のみならず、たのめ聞え給ふ。

八《ハ》月になれば、六の君の事をいひ出んも、心くるしくおぼされて、の給はぬを、中君はそれさへ心うくおぼえ給ふ。かほるも、「いとおし」と聞給ひ、「[6]なにしにゆづりけん」と、くやしく思ひつゞけて、かうしもあげながら、かりそめに打ふしつゝ、あかし給へば、あさがほのひらくるをも、ひとりのみぞ見給ける。「[7]北の院のたいの御かた《中君》、なやみ給ふ也。とぶらはん。けふは内に参べき日なれば、日たけぬさきに」と出給ふ。

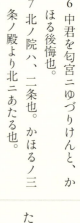

匂はよべより内に参り給ふよし、人々申。かほる、
[8]けさのまのいろにやめでんをく露のきえぬにかゝる花とみる〳〵
おりて、もたまへり。

すだれも引あげて、さしむかひ聞えまほしく、打なやみ給へらんかたち、ゆかしくおぼえ給ふも、「猶、世中に物思はぬ人は、えあるまじきわざにやあらん」とぞ思ひしられ給ふ。中君 花を扇にをきて、見ゐ給へるに、かほる、
[9]よそへてぞ見るべかりけるしら露のちぎりをきにしあさがほの花
中の君 [10]きえぬまにかれぬる花のはかなさよをくるゝ露はなをぞまされる

八

廿日の程は、故宮の三年忌也。「忍て宇治へわたさせ給てんや」との給へば、かほるノ詞「あらき山路に侍れば、おのこだにゆきゝむつかし。たゞあざりに、さるべき事いひをき侍らん」と聞え給ふ。日さしあがれば、出給ぬ。

十六日の月、さしあがる程、右のおほい殿《夕霧》より、頭中将して匂宮へ、
[11]大ぞらの月だにやどるわがやどにまつよひすぎてみえぬ君かな
匂、中君もろ共に、月をながめておはする程也。「[12]いで給はん」とて、よろづに契りなぐさめ給へば、女君はおもふ事おほ〈か〉れど、きゝもとゞめぬさまに、

8 大君の事を下ニふくみて。
9 中君を大君によそへて也。朝がほの花、中君也。
10 かれぬる花ハ、大君也。露ハ、中君。
11 元良親王「大ぞらの月だに宿といるものを雲のよそにも過る春かな」
12 六の君へ出給はん也。新枕の夜也。

[13]おほどかにもてなしておはするけしき、いと哀也。
さすがに、かれ《六の君》もいとおしければ、「今とく参りこん。[14]ひとり月な見給ひそよ。心そらなればくるし」と聞えをきて出給へり。ン御うしろ手見《中君》をくるに、たゞ枕のうきぬべき心ちして、山里の御すまゐに、をとりておぼす。

中君　山里《宇治》の松のかげにもかくばかり身にしむ秋の風はなかりき

おひ人共、「今は、いらせ給ひね。月見るは、いみ侍る物を」といふ。宮《匂》は、まちつけ給へる所の有さま《六の君》も、いとおかしく、秋の夜も程なくおぼえて、かへり給ひ、御文奉り給ふ。

たいの御かたに入給ふに、今朝はことに、おかしげさまさりて見え給ふ。こまやかなる事は、ふともえいひ出給はず。「《匂言》よしわが身になしても、思ひめぐらし給へ。身を心ともせぬさま也。も《自》し春宮に立給ふ世にもあらば、人にまさる心ざしの程、しらせ奉るべき」などの給ふほどに、六の君へつかはされし御使、南おもてに参れり。

女房して、御文とり入させ給ふ。「《匂心》おなじくは、[15]へだてなきさまに、もてなしはてゝん」とおもほして、引あけ給へるに、まゝ母の宮の御手也〔落葉の宮

13 おほどか　ゆるやか也。
14 「独ねのわびしきまゝにおきゐつゝ月を哀といみぞかねぬる」「大かたは月をもめでしこれぞこのつもれば人の老となるもの」
15 六ノ君と中君、へだてなきさま也。

の事也」。
　をみなへししほれぞまさる朝露の[16]いかにをきける名残なるらん
中君は、ひぐらしのこゑに、山かげのみ恋しくて、
　[17]大かたにきかましものを日ぐらしのこゑうらめしき秋のくれかな
こよひはまだふけぬに、宮《匂》は六の君へ出給ふ。

三日のいはひにて、かほるも、こゝにおはす。左衛門督《夕霧ノ子》、宰相《同》、あるじの頭中将《同》、盃さゝげて、二たび三たび、参り給ふ。中納言《かほる》、いたくすゝめ給ふ。御供の人々は、東のたいに殿上人、四位六人、五位十人、六位四人、めしつぎ、とねりなどまで、いかめしくろく給ふ。

かほるは、女三の女ばう衆、[18]あぜちの君のつぼねにおはして、こよひはあかし給つ。あぜち、
　[19]うちわたし世にゆるしなきせき川を見なれそめけん名こそおしけれ
かほる　[20]ふかゝらずうへは見ゆれどせき川のしたのかよひはたゆるものかは
匂宮は、中君のまします二条院に、え心やすく渡り給はず。六条院に、年ごろ有しやうにおはしまして、暮れば六の君へわたり給ふ。中君は待どをにて、「返

16をきける　起わかれの心。落葉ノそばにて見る目也。

17山里ニテきかば大かたニあらんと也。

18かほるの思ひ人也。

19をしなべての心也。夜ふかく帰給ふを思ひて也。相坂の関の小川なるべし。

20「あさくこそ人は見るとも関川の下のかよひはたゆるものかは」

すぐ〳〵も、山ぢわけ給はん」と、心ひとつにおもひあまりて、かほるへ御文奉れ給ふ。

かほるは、又の日の夕つかた、わたり給へり。中君は、「あやしかりし世の事共」などの給ひ、山里に渡り給はん事もいひ出給ふ。「かほるの心ひとつには、えつかうまつるまじき事也。宮に聞えさせ給て、御けしきにしたがひてなん、よく侍べき」との給ふついでに、過にしかたのくやしさをわするゝ折なく、とりかへさまほしきとほのめかしつゝ、やう〳〵くらく成ゆけば、中君、「心ちもなやましきに、又こそ」とて入給ぬる簾のしたより、やをら[21]御袖をとらへつ。

女は、「あな、心う」と思ふに、物もいはで引入給へば、それにつきて、なからは内に入て、そひぶし給へり。中君ノ心「人の思はん事よ。あさまし」と、なきぬべきけしき也。すこしはことはりなれど、「いにしへもおぼし出よかし」とて、くるしきさまをつく〴〵といひつゞけ給ふ。

ちかくさぶらふ女房二人《フタリ》ばかりあれど、[22]すゞろなるおとこのきたらばこそ、「いかなる事ぞ」とも申よらめ、うとからず聞えかはし給ふ御なからひなめれば、しぞきゐたり。

21 やをら　しづか也。
22 すゞろ　卒。不慮と云心もあり。

中君、日ごろなやましと聞わたりたるは、ことはりなり。「こしのしるし《懐妊ノ》の帯、はづかし」とおぼす。あかつきちかう出給て、御文あり。かほる、

[23]いたづらにわけつる道の露しげみむかしおぼゆる秋のそらかな

中君を、「宮《匂ノ》のかれはて給はゞ、我をたのもし人にし給ふべきに」など、たゞ此事のみにて、「けふは匂宮の中君へわたり給ふ」といふをきくにも、うしろみの心はうせて、むねつぶれて、うらやましくおぼゆ。

匂宮、わたり《中君へ》給て、彼人《かほる》の御うつり香の、ふかくしみ給へるを、とがめ出給ふに、もてはなれぬ事なれば、「いはんかたなくわりなくて、くるし」とおぼしたるを、「されば《匂》よ、たゞにはあらじ」と、御心さはぎけり。宮、

又人になれける袖のうつりがをわが身にしめてうらみつるかな

見《中君》なれぬる中の衣とたのみしを[24]かばかりにてやかけはなれなん

「かたみにぞ思かはすらんかし」と、はらだゝしく、ねたかりければ、又の日もえ出給はず。六条院《六ノ君》には、御文二たび三たび、奉れ給ふ。

かほるは、中君のめしつかへ人のけはひ、なへばみたりしを思やりて、御母女三の宮に、「よろしき[25]まうけの物共やさぶらふ。つかふべき事なん」と申

---

23 昔、姉君の中も如此有しと也。
24 かばかりはぞと斗也。又、香也。
25 まうけの物　用意の物の心也。

26御匣殿。御服所也。
27うちめ　綾ヲうちてかさぬる也。
28匂ト中君トノ契リ也。
29懐妊ノ帯。
30六の君へうつると恨給ふぞと也。
31かほるのやうに誰かは。

給へば、「《女三詞》しろき物どもやあらん、そめたるなどは、しをかぬを、いそぎてこそせさせめ」との給へば、「《かほる詞》何かこと〳〵しきようにも侍らずさぶらはんに、したがひて」とて、みくしげ殿[26]にとはせ給て、女のさうぞく、あまたくだり、《中君》みづからの御れうには、我御れうにありけるくれなゐのうちめ[27]、しろきあやあまた、はかまのこしひき、むすびくはへて、

《かほる》むすびけるちぎり[28]《匂ト中君》ことなる下ひも[29]をたゞ一すぢにうらみ[30]やはする

「[31]かやうには誰かは、うしろみ聞ゆる人のあらん。宮《匂》は、よろづおぼしをきてたれど、こまかなるうち〳〵《内々》の事までは、ならはせ給はぬ事なれば、しり給はぬもことはり也」と、めのとも人々もいふ。

かほるは、心にかゝりてくるしければ、御文こまやかに、けしきみせて聞え給ふを、女君、「昔よりたのもし人にならひきて、今さらさしはなたんも、人めあしかるべし。さりとて、心かはしがほにあひしらはんも、つ《ツ》ゝまし。いかゝすべからん」と、よろづに思ひみだれ給ふ。

しめやかなる夕つかた、かほるおはしたり。「なやまし」とて、人して聞え出し給へるを、いみじく《かほる》つらくて、「《詞》なやませ給ふおりは、しらぬ僧、くすし

32 近頃、去頃、近曾。

なども、ちかく参りよるを、かく人づてなる御せうそこなん、かひなき心ちする」との給へば、物うながら、すこしゐざり出て、たいめし給ふ。すのしたより、木丁をすこしをしいれて、なれ〳〵しげに、ちかづきより給ふが、いとくるしければ、少将といひし人を、ちかくよびよせて、「むねなんいたきを、しばし、をさへて」との給ふ。きく人あれば、思ふまゝにも、いかでかはつゞけ給はん。

やう〳〵庭の山のかたくらく、何のあやめもみえぬに、しめやかなるさまして、よりゐ給へるも、わづらはしとのみおぼさる。かほるは、「彼山里に、寺などはなくとも、昔おぼゆる人《大君ノ事》がたをもつくり、絵にもかきとめて、おこなひ侍らん」との給へば、「《中君詞》哀なる御ねがひかな。32さいつ頃きたりし人《うき舟》こそ、むかし人によくにたれ。とをきゐなかに、年頃へにけるを、母なる人のうれはしき事に思ひて、尋よりしを、思ひし程よりは、見ぐるしからずなんおぼえし。これをいかさまにせんと、母のなげきしを」などかたり給ふ。

かほるは、「山里の本尊に思侍らん。猶たしかにの給はせよ」とせめ聞給ぬ。

九月《ナガ》廿よ日ばかりに、宇治へおはして、弁の尼めして昔をかたり、あざりめ

33 退々。

して大君の御き日の経仏の事などの給ふ。「さて、此しんでんこぼちて、かの山寺のかたはらに、堂たてんと思ふ。こゝながら寺になさんは、びんなかるべし。兵部卿宮の北のかた《中君》こそ、しり給ふべけれ」など、の給へば、「《あざり言33》たい〴〵しき事也。後の世のすゝめともなるべき事に侍り。いそぎつかうまつるべし。物のゆへしりたらんたくみ《大エ》、二、三人を給て侍らん」と申。

みさうの人もめして、此程の事ども、あざりのいはんまゝにすべきよし、おほせ給ふ。

暮ぬれば、其夜はとまり給て、古権大納言《柏木》の御ありさまなど聞給ふ。さて、物のついでに、彼かたしろの事をいひ出給へば、「《弁詞》故北方うせ給へりし頃、中将の君とて、上らうの心ばせ、けしうはあらざりけるを、忍《八ノ宮》びて物の給はせ、女子をなんうみて侍けるを、故宮おぼしこりて、聖にならせ給にければ、中将の君は、みちのくにのかみのめに成たりけるが、のぼりて、又ひたちに成、此春のぼりて、中君に尋参りたりとなん、ほのかに聞侍し。廿ばかりに成給ぬらんかし」。

「《かほる詞》昔人に似たらん人をば、しらぬ国までも尋ねまほしきに、ちかき人《兄弟ナレバ也》にこそあなれ。此わたりに[34]をとなふおりあらば、つたへ給へ」など、の給ひをく。母君は、古北のかたの御めい也。弁もはなれぬ中也。「彼君、故宮の御はかに参りたきよし、大輔がもとより申たりし。いまさらば、さやうのついでに、かゝるおほせ事など、つたへ侍らん」と聞ゆ。明ぬれば、かへり給ふ。み山木にやどりたる蔦のいろ、まだ残りたるを、かほる、

[35]やどり木とおもひ出ずはこのもとのたびねもいかでさびしからまし

尼　あれはつるくち木のもとをやどり木とおもひをきけるほどのかなしさ

かへり給て、中君に紅葉奉れ給ふ。宮《匂》おはします程なれば、女君、れいのくるしけれど、取かくさんやは。宮、「おかしきつたかな」とて、めしよせて見給へば、御文には、山里のしんでん堂になすべき事ばかり也。「《匂詞》御返かき給ん。見じや」とて、外ざまにむき給へれば、かき給へり。

せんざいのおばな、打なびきたるに、宮、

[36]ほにいでぬ物思ふらししのすゝきまねくたもとの露しげくして

比巴をひきゐ給へり。中君、

[37]秋はつる野べのけしきもしのすゝきほのめく風につけてこそしれ

34をとづるゝ也。
35昔のやどり。
36中君のほに出ずして、下ニ物思ひのあるとえんじての也。
37秋になさるゝも忍びたるに、はやほに出て仰らるゝにて、知たると也。

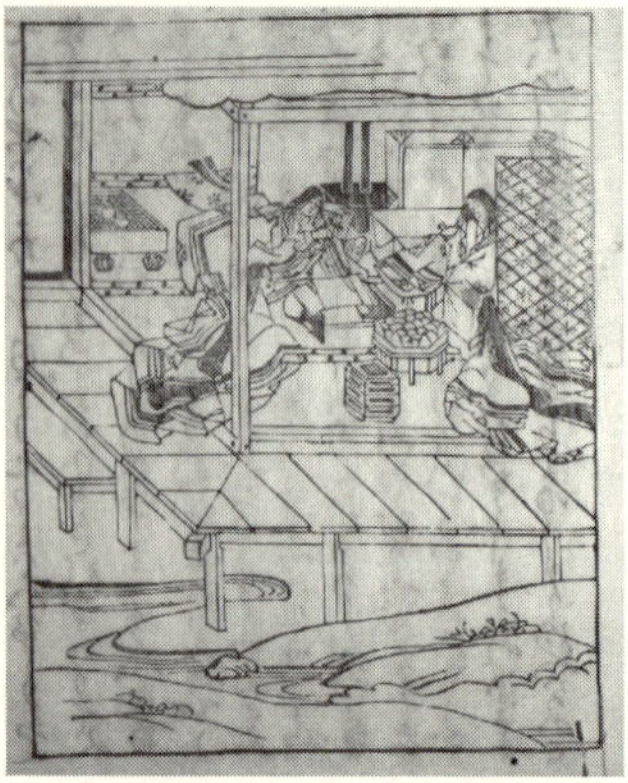

38 飩食。ツヽミ飯トテ、下臈ニ給ふ物也。
39 碁手ノ銭。仙郷ノ学也。
40 院(垸)飯。
41 衝重。
42 浅香。
43 高土器。台也。
44 粉熟。五穀ヲ五色ニして餅ニなして、甘葛ヲかけて竹の筒ニをし入て、しばしをきて築出して、双六ノ調度の如クまなぶ也。

さうの御こと取よせて、中君ひかせ給ふ。匂宮、かよひそめ給ては三とせに成ぬれど、皆しろしめさで、おどろき、御とぶらひあり。

女二の宮の御もぎ、此頃に成て、いとなみのゝしる。

二月ついたち頃、かほる権大納言に成、右大将かけ給ふ。其暁、中君、おとこ君うみ給へば、宮うれしく、大将もよろこびにそへて、御うぶやしなひ、三日は、御わたくし事にて、二日の夜は、大将殿《かほる》より、[38]どんじき五十具、[39]碁手のぜに、[40]わうばん、[41]ついかさね三十、ちごの御ぞ五重、御むつき、宮の御前にも、[42]せんかうのおしき、[43]たかづきにて、[44]ふずく参らせ給ふ。

七日の夜は中宮より内より、九日には大殿《夕霧》より参也。

廿日あまりに、藤つぼの宮《女二》の御もぎの事ありて、又の日、大将《かほる》参り給ふ。みかどの御むこになる人は、昔も今もおほかれど、かくさかりの御よに、たゞ人のやうにむこどりいそがせ給へるたぐひは、すくなくや有けん。

御母女三、うれしき事におぼしたり。しん殿ゆづり給《フ》べくの給へど、御ねんずだうのあはひに、らうをつゞけてつくらせ給ふ。西おもてにうつろひ給ふべきなめり。

宮《匂》の若君、いか《五十日》に成給ふ日かぞへて、[45]こもの、[46]ひわりごまで、かほるより奉給ふ。宮のおはしまさぬひまに、たいめし給て、わか君をせちにゆかしがり給へば、めのとしてさしいでさせ給へり。しろくうつくしうて、たかやかに物がたりし、打わらひなどし給ふかほを見るに、我もの《かほる心》にて見まほしく、うらやましきも、よの思ひ、はなれがたく成ぬるにやあらん。

四月《ウヅキ》には女二を、三条の宮にわたし給ふ。あすとての日、藤つぼにうへ《今上》わたらせ給て、藤のえんせさせ給ふ。かほる、

すべらぎのかざしにおるとふぢのはな[47]を《女二》よばぬえだに袖かけてけり

御　[48]よろづよをかけてにほはん花なればけふをもあかぬ色とこそみれ

誰ともなし　君がためおれるかざしは[49]むらさきの雲にをとらぬ花のけしきか

同　[50]よのつねのいろともみえず雲井までたちのぼりたるふぢなみのはな

女二の御をくりの、[51]ひさしの御車、ひさしなき[52]いとげみつ、[53]こかねづくりむつ、たゞの[54]びらうげ廿、[55]あじろふたつ、わらは、しもづかへ八人づゝ、又、御むかへのいだし車十二。

賀茂の祭過て、廿よ日の程、かほる、宇治へおはしたり。朽木のもとを見給

45 籠物。
46 檜破籠。
47 上枝也。下の心は女二也。
48「かくてこそ見まくほしけれよろづ代をかけてにほへる藤浪のはな」
49「藤の花宮のうちには紫の雲かとのみぞあやまたれぬる」
50 かほるの事を。
51 庇。
52 糸毛。
53 金造。
54 檳榔毛。
55 網代。

56 小掛　上ニきる物也。
57 なでしこ　表紅、裏紫。
58 ほそなが　袖なし也。
59 若苗色。表裏共ニこきもえぎ。
60 巨々等。多キ事也。

ひ、おはするに、女車ひとつ、あらましきあづまおとこ、こしに物あまたをひたるぐして、橋より今わたりくる。「ゐ中びたる物かな」と見給ふに、此車も、此宮をさしてくるなり。

声ゆがみたるもの、「ひたちのぜんじ殿の姫君、初瀬にまうでゝもどり給へる也」とて、車はらうの西のつまにぞよする。とみにもおり給はで、尼君にせうそこして、「たれ人のおはするぞ」とゝふ。つゝましげにおるゝをみれば、かしらつきやうだい、ほそやかにあてなる程は、よく昔人《大君》におぼえたり。[56]こうちきに、[57]なでしことおぼしき[58]ほそなが、[59]わかなへ色のこうちきゝたり。女房衆は、みちのほど、いづみ川の船わたりの事などいふ。そへたてたる屏風の、か《上》みよりのぞきて、かほる、み給ふ。

あなたより、わらはきて、御ゆなど参らせ、くだもの取よせ、くりなどやうの物にや、ほろ〳〵とくふ。かた《かほる》はらいたくて、しぞき給へど、又よりて見給ふ。弁は、「かほるの此ついでに、物いひふれん」とおもほすにより、「日ぐらし給ふにや」と思ふ也。かほるは、后《明石ノ》の宮をはじめ、かたちよき人、[60]こゝらあくまで見あつめ給へど、めも心もとまらぬに、かく立さりがたく、あながちにゆ

61 大君ノ顔ニ似たる心也。あひて物いひ度との心也。「夕されば野べになくなるかほ鳥のかほに見えつゝ忘られなくに」翡翠ノ事也。うつくしき鳥ト斗もあり。貌鳥。

かしきも、あやしき心也。

これを見るにつけて、「たゞ、それ《大君》」と思ひ出られて、れいのなみだおち給ぬ。弁よびて、「うれしくも、きあひたるを、彼聞えし事は」との給へば、「つ《尼詞》いで侍らばと、まち侍しに、去年《コゾ》は過《キ》て、二月、初瀬まうでのたよりに、はじめてたいめして、母君にほのめかし侍しかば、か《母》たはらいたく、かたじけなく、と侍しかど、聞《かほるニ》えさせ侍らざりし。彼母君は、さはる事ありて、此たびはひとりものし給ふめれば、かくとも、何かは物し侍らん」ときこゆ。

「ひ《かほる詞》とり物すらんこそ、中々心やすかなれ。かく契りふかく、参りきあひたると、つたへ給へかし」との給へば、「う《弁詞》ちつけに、いつのほどの御ちぎりにか」とわらひて、いるに、かほる、

61かほどりのこゑもきゝしにかよふやとしげみをわけてけふぞたづぬる

東屋〔薫廿五才、八、九月。以詞歌名也〕

ひたちのかみの子ども、もとばら、此はら五、六人ある中に、此姫君を思ひへだつるを、つらきものに母君おぼして、「いかで引すぐれて、おもだゝしき程にしなしてもがな」と明暮思あつかひける。

かみ《ひたち》もいやしき人にはあらず。上達部のすぢなれど、わかうよりさるあづまのがたに年へければ、声などうちゆがみ[1]、すこしだみたるやうにて、琴笛の道はとをく、弓をなんよくひきける。家の内きら〳〵しく[2]、物ぎよげにすみなし、[3]なを〳〵じきゝはともいはず、いきほひにひかされて、よきわかうどゞもつどひ、さうぞく[4]えならずとゝのへ、あそびがちにこのめるを、けさう[5]の君《ン》達、「ら《子共ヲ》うらうじくこそ有べけれ」と心をつくしあへる中に、左近少将とて、年廿二、三ばかりなるが、ねんごろにいひわたりけり。

母君、此少将におもひつきて、おり〳〵は宮の姫君《東屋》に返事などせさせ奉る。八《ハ》月ばかりと契りて、でうど、あそび物をせさせても、心ばへまさりたるは、此《東や》御かたに取かくし、をとりのを、「これなんよき」とてかみ《ひたち》に見すれば、か《守》

1 ゆがみ　だみたる、なまる也。かた言。
2 富貴也。
3 なを〳〵じき　凡俗。
4 装束。
5 懸想。

6 真心。

みはよくも見しらず、はかなき物のかぎりは、たゞ取あつめたるばかり也。我むすめには琴、びわをならはせ、手ひとつ引とれば、師をもてさはぐ。

かの少将は、此姫君をかみがまゝ子と聞て、なかだちをよびよせて、「かく」といふ。なかだちも、「まことのむすめとこそ思ひつれ。さあらば」とてかみ《守》にいへば、かみよろこびて、「少将のまごゝろ[6]におぼさば、まことのむすめをあはすべし。たから物をもつくさん」などいふ。中だちうれしく成て、母のかたへはよりつかで、少将にきこゆれば、「す《少将心》こしひなびたる」とは聞給へど、打ゑみて契りし暮にぞおはしそめける。

北のかたは人しれずいそぎ給ふに、かみ《守》きたりて、「我子のけさう人をうばゝんとし給ふ」と腹だちたり。北のかたあぎれて物もいはれず。

めのとゝ二人打なげきて、中君《宇治ノ》の御もとに文を奉り、「つゝしむべき事侍れば、姫君は所をかへさせんと思ふ也。しのびてさぶらふべきかくれあらば、うれしくなん」とあり。「西《返》のかたに、かくろへたる所しいでゝ、しばしの程」と聞え給ふ。

姫君《東ヤノ》は、この中君をば、「むつび聞えまほし」と思ふ心なれば、中々かゝる事の出きたるをうれしとおぼす。北のかた、此少将の事を、「見すてゝしらざらんもひがみたらん」と思ひたゝざるまゝに、まかせてゐたり。

母君も中君《匂》に二、三日ゐたるに、宮《匂》のさまきよらにかたちとゝのひ、かみよりもこよなくみゆる五位、四位どもひざまづき、「此事、かの事」など申す。我まゝ子《ひたちガ子也》の式部のぞう、内の御使に参れり。御《匂ノ》あたりにもえちかく参らず。此有さまをみれば、「七夕ばかりにても、かやうに見奉りかよはんは、いみじかるべきわざかな」と思ふに、わか君いだきて、うつくしみおはす。

故宮《八ノ宮》、大君の御事など、大将殿《かほる》のよろづあさからぬ御心のさまを語り給ふ。母君、弁の尼の《かほる事》ほのめきし事いひ出せり。かほるもこゝ《中君》におはして、れいの物語なつかしきついでに、彼人がたの給ひ出れば、「さらば、つたへさせ給へかし」とて、かほる、

[7]見し人のかたしろならば身にそへてこひしき人の[8]なでものにせん

姫君にかはりて、中君、

[9]みそぎ川せゞにいださんなでものを身にそふかげとたれかたのまん

何事も[10]おこがましきまでかたらひをきて、かほるは出給ぬ。母君は、此

7姉君の恋しきを忘れんと也。

8なで物ハ、人形也。嗯。《ナデモノ》

9なで物《ツバキハク》はゆくする〻ながす物なれば、とがめ給ふ也。うき舟ヲうらみての事也。

10嗚呼《ヲコ》。おかしき也。

11 大夫ハ、中君にめしつかはるゝ女房也。
12 掩韻。詩ノ韻ヲふたぎて、何の韻ト云アツル事也。
13 沐《ユスル》。髪あらふ也。

御《かほるノ》さまのめでたく、思ふやうなるに心づきけり。

車引出る程に、宮《匂》は中宮より帰り給ひて、「なぞの車《母ノ》ぞ。くらき程にいそぎ出るは」と、めとゞめ給へば、「ひたち殿のまかで給ふ」と申す。中君にとひ給へば、「大夫[11]などがわかき頃のともだち也。ゆへ〳〵しげにもの給ひなするな」と取なし給ふ。宮はしんでんにて、君たち《御子》と碁うち、ゐん[12]ふたぎなどしてあそび給ふ。

夕つかた、宮こなたにわたり給へれば、女君《中君》、御ゆする[13]の程也。御前に人もなし。匂宮たゝずみありきて、西のかたにわらはの見えたりけるを、屏風の一ひらたゝまれたるよりのぞき給へば、姫君《東ヤ》あやしと思《ヲボ》して、扇をさしかくし見かへりたり。あふぎをもたせながらとらへ給て、「なのりこそゆかしけれ」との給ふに、かほを外ざまにかくし、たゞならずほのめかし給ふ。「大将《かほる》にや。かうばしきけはひ」などおもひわたさるゝに、はづかしくせんかたなし。めのときて、「これはいかなる事にか」と聞ゆれど、はゞかり給ふべき事にもあらず。何やかやとの給ふに、暮はてぬ。「匂宮なり」と思ふに、めのとはいはんかたなくあぎれたり。

大夫がむすめの右近きて、くらきにさぐりより、「《右近言》こゝに、おとこのいとかうばしくてそひぶし給へり。女の心あはせ給ふまじき事」とをしはからるれば、「参りて御前《中君》にこそは聞えさせめ」とてたつを、あさましく思へど、宮《匂》はをぢ給はず。右近、中君に聞ゆ。「《中君ノ心》れいの、心うきさまかな」と、いとおしくおぼせど、いかゞ聞えん。

「大宮《明石ノ中宮》、此夕暮より御むねなやませ給ふ」とて御つかひ参る。「中務《匂ノ弟》の宮も参り給ぬ」と申せば、宮《匂》はいみじううらみ契りをきて出給ぬ。

おそ《東ヤノ君》ろしき夢のさめたる心ちして、あせにをしひたして、ふし給へり。めのと、あ《ヲ》ふぎなどして、「かゝる御すまゐ、つゝましうびんなかりけり。かくおはし《匂ノ》そめては、よき事あらじ」と思へり。うへ《中君》は、「ゆするのなごりにや、心ちなやましくておきゐ侍る。わたり《東ノ君ニ》給へ」と聞え給へれば、姫君は人の思ふらん事もはづかしけれど、引おこされて参り給へり。

物がたりなつかしくし給て、「故姫君《大君》によく思ひよそへられ、なぐさむ心ちして、哀になん」などの給ふ。

暁がたに成て、ね給ふ。かたはらにふせ給て、故宮《八》の御事、年頃おはせし有さまなどかたり給ふ。

めのとはひたち殿へいにて、北のかたにかう《匂ノコト》〳〵といへば、むね《母君》つぶれて、夕つかた参り給ぬ。「うしろやすく聞えさせながら、よからぬもの共ににくみうらみられ侍」と聞ゆ。中君、「さいふばかりのおさなげさにはあらざめるを」とわらひ給ふ。「又《北ノ方言》も参らせ侍らん」とて、いざなひ《東ノ君ヲ》出給ふ。

三条わたりに、ちいさき家まうけたり。「忍びておはせよ。ともかくもつかうまつりてん」といひをきて、みづからはかへりなんとす。君《あづまや》はうちなき、所せきなる身とおもひくづし給へり。

北のかたかへり給へれば、少将《わこノ》は御ぞきよらにて、せんざいを見てゐたり。むすめは14まだかたなりに、何心もなくそひぶしたり。

北のかた　15しめゆひし小萩がうへもまよはぬにいかなる露にうつるした葉ぞ

少将　16みやぎのゝこはぎがもとゝしらませば露もこゝろをわかずもあらまし

母君、「三条の家つれ〴〵ならん」とて文あり。返事、

姫君　17ひたふるにうれしからまし18世中にあらぬところとおもはましかば

母君　19うき世にはあらぬ所をもとめても君がさかりを見るよしもがな

14 不似合体也。

15 小萩が上ハ、姫君也。いかで少将は此娘ニうつりしぞと也。

16 八ノ宮のと知たらば、心をわけし物をと也。

17 「世の中にあらぬ所もえてしがな年ふりにたるかたちかくさん」

18 爰も京ノ中なれば、山陰ニもといふ心也。

19 我身は山居をしても、姫君を可然やうニと也

20 誘。イテ。
21 戸をさしてかほるを久しくまたせたる心のへだてをよめり。
22 四阿。四方へふき出したるを云也。

大将殿《かほる》、秋の頃宇治の御堂つくりはてつと聞て、おはしたり。かほる、

たえはてぬ清水になどかなき人のおもかげをだにとゞめざりけん

弁の尼のかたに立より給へば、かなしと見奉る。なげしにゐ給て物語し給ふことのついでに、「彼人《東君》は」ととひ給ふ。「ひとひ《尼詞》、母君よりの文に、物いみたがふとて、あやしき小家《三条》にかくろへ給ふと也。こゝに心やすくと侍し」と聞ゆ。「尼君《かほる詞》京にきて、[20]ゐて《姫君ヲ》給へ」との給へば、弁、三条にいきて、大将殿ののたまふやうを聞ゆ。君《東ヤ》もめのともめでたしと見をきし御さまなれば、哀に思給へり。

よひ過る程に、「宇治より人参れり」とて、忍びやかにたゝく。あけさせたれば、いつはりて、かほるわたり《三条へ》給へり。たれも〳〵心どきめきしぬべきけはひ、おかしげ也。「月ごろ思ひあまる事も聞えさせんとてなん」との給へり。めのとは、「しか《かほるノ》おはしたらんを、立ながらやはかへし奉り給はん。母君に聞えさせん」といふ。「わかきどち物聞え給はんは、ふとしもしみつくべきにもあらぬに」と弁いへば、さとびたるすのこのはしつかたにゐ給へり。雨やゝ降くれば、かほる、

[21]さしとむるむぐらや[22]しげきあづまやのあまりほどふるあまぞゝきかな

23 物売ものゝ体也。
24 古姫君ノかたみ也。

南のひさしにおましつくろひて、いれ奉る。

程もなう明ぬる心ちするに、大路近き所におほどれたる声して、聞もしらぬ名乗して、打むれてゆくなどぞ聞ゆる。「物[23]いたゞきたるは、おにのやうなるぞかし」と見給ふもおかしかりけり。人めして車をつま戸によせさせ、かきいだきてのせ給ふ。人々思ひさはぐ。尼君も、おもひのほかなる事と思へり。「ちかき程にや」と思へば、宇治へおはす也。尼君と侍従は、ひとつ車に乗たり。

かほる、大君の事をおぼし出て、

[24]かたみぞとみるにつけてはあさ露のところせきまでぬるゝ袖かな

母君の思ひ給はん事なげかしけれど、あはれにかたらひ給ふに、思ひなぐさめており給ぬ。

かほるは文かきて、「仏のかざり、けふあすいそぎ物し侍る」とて、母宮《女三》にも女二の御かたへも聞え給ふ。

女《東ヤノ君》はいとはづかしくて、しろき扇をまさぐりつゝそひぶしたり。「琴ををしへなさばや」とて、すこしほのめかい給ふ。

尼君のかたよりくだ物参れり。はこのふたに、紅葉、つたなどおりしきたる、

25 前ノ巻ノ歌ニ、「やどり木とおもひ出ずは木の本の旅ねもいかにさびしかるらん」是ヲ思ひ出せり。

26 里の名　昔も今もうきとの心也。

ふつゝかにかきたるもの、月にみゆ。弁、

大君ならぬとの心也

[25]やどり木は色かはりぬる秋なれどむかしおぼしてすめる月かな

かほる

[26]里の名もむかしながらに見し人のおもがはりせるねやの月かげ

1 中君の沐の時、東の君にあひ給ひし事ヲ也。

浮舟〔かほる廿六才、正月、三月。以歌名也〕

匂宮は、[1]彼ほのかなりし夕《沐の時也》をわするゝよなし。この人を中君の誰としらせ給はぬも、ねたくおぼす。中君、いとくるしくて、「有のまゝに聞えんか」とおぼせど、「かほるのやんごとなきさまに、もてなしかくしをき給ふを聞え出たらんに、宮《匂ノ》の聞過し給ふべき御心にもあらず。めしつかはるゝ人の中にも、物の給ひふれんとおぼすをば、さるまじき里までも尋させ給ふ、よからぬ御本じやう也。外より聞つけ給はんは、いかゞはせん」とおぼして、聞え給はず。

かほるは、「彼君《宇治ニ》のまちどをならん」とおもひやりながら、さるべきついでなくて、日数も過ぬ。「人のしるまじきすみ所して、彼人の心をものどめ、我ためにも、人のもどきあるまじきかたを」とおぼしまうけて、しのびて三条近き所につくらせ給へり。されど、中君には猶たゆみなく心よせ給ふ事、同じやう也。昔をわすれぬ名残さへ浅からぬためしなれど、哀もすくなからず。

む月のついたち頃、匂宮、わか君の御年まさり給へるをもてあそび給ふ。ひるつかた、ちいさきわらはは、みどりのうすやうなるつゝみ文に、ひげこを小松

2 大夫殿也。老たる女房衆也。
3 作り松也。
4 たゆふがりハ、もと也。
5 卯槌ハ卯杖同㆑之。年中ノ悪鬼ヲをふ心ニ用ユ。大学寮ヨリ献《ケンズ》二卯杖八十枝《ヲ》一。木の枝ニ作り花ニシテ、卯槌ヲつらぬけり。ぶり〳〵のやうなる物也。
6 杈椏。
7 松ト待。
8 廊。

につけ、又たて文とりそへて、はしり参りて、女君《中君》に奉れば、宮《匂》、「それはいづくよりぞ」とゝひ給ふ。「宇治より、たゆふ[2]のおどゝ《（おとゞ）》にとて、もてわづらふ。「文此籠《コ》は、かねにて作り、いろどり、松[3]もよくつくりたり」とて、み給ふ。「[4]はたゆふがりやれ」とあるを、宮《匂》は、「大将《かほる》のさりげなくしなしたるにや」とおぼして、此文をとり給ふ。打返し〳〵御覧じて、「たがぞ」との給へば、「昔の《中君詞》山里に有ける人のむすめ、此頃かしこにあり」となん聞え給へば、「みやづか《匂心》への人の文とは見えぬかきざま、又右近が方よりのたて文に、うづち[5]おかしう、つれ〴〵なる人のしわざ」とおぼす。またぶりに[6]、山たちばなつくりて、

まだふりぬ《れノ心也》物《手馴ぬ也》にはあれど君がためふかきこゝろにまつ[7]《千年》としらなん

「御返事し給へ」とて、宮はたち給ぬ。

我《匂》かたにおはして、「あやしうもあるかな、宇治に大将《かほる》のかよひ給ふは、年ごろたえず《ル》夜とまり給ふ時もありと人のいひしも、かやうの人かくしをき給へるなるべし」とおぼし、大内記なる人、かほるへしたしくたよりあるをめしてとひ給ふに、内記、「しか〳〵」と聞ゆ。宮は、「うれしくも聞つるかな」とおぼし、「たしかに其人とはいはずや」との給へば、「もとより《内記詞》ある尼は、らうに[8]

9 はやう　もとの心也。昔也。
10 法性寺。
11 おぼえたりハ、似たり也。

すみて、きたなげなき女ばうあまたして、此頃たてられたる所におはす也。たれともしらず」と申す。「此人《匂詞》は、はやう[9]ほのかに見し人の、ゆくゑもしらずなりにしが、大将に尋とられにけり。それかあらぬかと見さだめんに、人にしらるまじきかまへは、いかゞすべき」との給ふ。内記は、彼殿の人にあないよく聞たり《テ也》ければ、此内記、御めのとごの蔵人〔時方也〕《出雲守》御ともにて、ほうさう[10]じまでは御車にて、それよりは御馬にて、よゐすぐる程におはしぬ。

とのゐ人のあるかたにはよらで、あし垣したる西おもてをすこしこぼちて入ぬ。まだ見ぬすまゐなればたど〱し。しんでんの南おもて、火ほのかにみゆ。これよりしるべしていれ奉る。かうしのひまよりのぞき給へば、火ともして物ぬふ人、三、四人。わらは糸をよる。右近となのりしわか人もあり。君《東》は、かいなを枕にて火をながめたるまみ、かみのこぼれかゝりたるひたいつき、いとあてやかになまめきて、たいの御かた《中君》によくおぼえたり[11]。

「大将殿《かほる》はついたちころおはしまさんと、きのふの御使の申ける」など右近いふ。「よべもおきあかしてねぶたし」とて、しさしたる物どもは、几帳に打かけてふしぬ。君《東》もすこしおくに入て、右近はあとちかくふしたり。

せ《匂》んかたなくて此かうしをたゝき給ふ。右近きゝつけて、「たそ」とゝふ。こはづくり給へば、かほると思ひておき出たり。「ま《匂言》づこれあけよ。道にてわりなくをそろしき事のありつれば、あやしきすがたに成たり。火くらうなせ」との給へば、火とりやりつ。「我を人に見すな」と声をにせて入給ふ。「い《右近心》かなる御すがたならん」といとおしくて、我もかくろへて見奉るに、ほそやかにて香のかうばしき事もをとらず《かほる二》、御ぞどもぬぎて、なれがほに打ふし給へれば、女君は、「あらぬ人なり」と思ふに、あさましういみじけれど、声をだにせさせ給はず。夢の心ちするに、彼二条院にてつらかりし事のたまふにぞ此宮《匂》としり給ぬ。中の《東ノ心》君のおぼさん事など思ふに、やすからず。

夜はたゞ明にけり。御供の人こはづくる。右近聞て参れり。出給はん心ちもなく、「け《匂詞》ふはかくてあらん。何事もいけるかぎりのためこそあれ」。たゞ今出給はんは、まことにしぬべくおぼさるれば、右近をめして、「け《匂言》ふはえ出まじ。おのこどもは此わたりちかき所によくかくろへてさぶらへ」との給ふに、あ《右近》さましくあぎれたり。「母君よりけふ御むかへにと侍しをいかにせさせ給はん」と申せば、「御返《東君詞 リ》には、けふは物いみなどいへかし」との給ふ。「時《匂詞》方は京

12 あなかま　あな、かしがまし也。
13 あやにく　あひなく也。
14 けふ無事ニ也。

にかへりて、山寺に忍びてなどいらへよ」との給ふを、右近《申次也》いひきかす。「《右近詞》大将殿は、道にていみじき事ありて、御ぞども、よさりしのびてもて参るべくなん仰らるゝ」と人々にいつはれば、後達、「《詞》あな、むくつけや。こはた山はおそろしかなる山ぞかし」といへば、「《右近詞》あな、かま[12]。げすなどのきゝたらんに」といひたる心ちをそろし。「《右近心》あやにくに[13]大将殿より御使のあらん時、いかにいはん」と、「初瀬の観音、けふ事なくて[14]暮し給へ」と、大願をたてける。

匂宮の御てうづを女君とりまかなひ、はぢさまにいらへきこえなどしてなびきたるさま、かぎりなくらうたしと見給ふ。

日たかくなる程に、母君よりむかへの人きたり。「けふ石山にまうでさせん」とて、車ふたつ、馬なども参る。右近、返事かく。「よべよりけがれさせ給て、くちおしくおぼしなげくめり。こよひ夢見さはがしく」などかきて、人々に物などくはせてやりつ。尼君《弁》にも、「けふは物いみにて、わたり給はぬ」といはせたり。

れい《姫君うき舟也》はくらしがたくながめわび給ふに、けふは暮行もわびしうおぼす。硯引よせて手ならひなどし、ゐをかき給へれば、わかき御心ちには、思ひもうつり

15 人の心さだめなければ、命のみニかぎらず。

ぬべし。おとこ、女そひぶしたるかたをかき給て、匂、

ながき世をたのめても猶かなしきはたゞあすしらぬいのちなりけり

女君 心[15]をばなげかざらましいのちのみさだめなき世とおもはましかば

京へつかはしたる時方参りて、右近にあひたり。「后の宮《御母》、左の大殿《夕霧》もかる〳〵しき御ありきは、内にきこしめさん事、身のためからき《辛》と申させ給ひけり。東山にひじり御覧じにと物し侍つる」などいふ。「げに《匂心》いかならん」とおぼしやるに、「所《詞》せき身こそ侘しけれ。かろらかなる殿上人などにてしばしあらばや。夢にも人にしられ給はぬ所にゐて奉らん」との給ふ。「明はてぬさきに」と人々聞ゆれば、妻戸にもろともにゐておはしてえ出やり給はず。

匂 世にしらずまどふべきかなさきにたつなみだもみちをかきくらしつゝ

女君 なみだをもほどなき袖にせきかねていかにわかれをとゞむべき身ぞ

御馬の口には、此五位二人さぶらひける。汀のこほりふみならすあしをとさへ心ぼそく物がなし。

二条院にてもねられ給はず。中君を見給ひても、「猶有がたきさまはし給へ

16あやぶむハ、とだえの事也。

りかし」と見給ふ物から、よく《中君ノ》にたるを思出給ふもむねふたがれば、御帳にいり、おほとのごもる。

内より大宮の御文あれど、其日は参り給はず。夕つかた右大将《かほる》参給へり。かしこ《宇治》には、石山もとまりて、つれ〴〵也。宮より御文をつかはす。

正《ム》月もたちぬ。すこしのどかなる頃、大将殿おはしたり。仏などおがみ、僧に物給ひなどして、夕つかた、こゝに入給ふ。女君、「いかでみえ奉らん」と空さへはづかしくおそろし。「つれ《東君ノ》〴〵なるすみかのほど思ひ残す事あらじ」と見《かほる》給ふも、心くるしくて、つねよりも心とゞめてかたらひ給ふ。「つく《かほる詞》らする所、三条の宮《女二ノ宮かほるノ殿也》もちかく、明暮おぼつかなきへだても有まじ。此春の程にわたしてん」との給ふ。

山のかたはかすみへだてゝ、さむきすさきに、かさゝぎのすがたも所がらおかし。宇治橋のはる〴〵と見わたさるゝに、柴つみ舟の所々に行ちがひたる、見給ひても、そのかみの事、たゞ今の心ちして、涙ともすれば出たつをなぐさめかねつゝ、

かほる　うぢばしのながき契りはくちせじを[16]あやぶむかたにこゝろさはぐな

17まかで　退出也。
18ざれたる　曝、古キ也。常盤ニよせて也。

女君　たえまのみ世にはあやうきうぢ橋をくちせぬものとなをたのめとや
暁かへり給ぬ。

二《キ》月十日の程、内に文つくらせ給ふとて、此宮《匂》も大将《かほる》も参あひ給へり。雪俄にふり、風などはげしければ、御あそびとくやみぬ。此宮の御とのゐ所に人々参りて、物まいりなどして打やすみ給へり。

宮の文をすぐれたりとずしのゝしりて、みな人まかで[17]給ふ。

宮《匂》は宇治へおはしたり。内記は夜更て右近にせうそこしければ、右近は侍従をかたらひ、「同じ心にもて《匂ノ事ヲ》かくし給へ」といひていれ奉る。

夜るの程にて立かへり給はんも中々なるべし。こゝの人めもつゝましさに、時方にたばからせ給て、川よりをちなる家にゐておはせんとかまへて、女君をかきいだき出給ぬ。右近は、こゝのうしろみにてとゞまり、侍従を御供に奉る。ちいさき舟にのり、さしわたる程、はるかなるきしにこぎはなれたらんやうに心ぼそし。有明の月すみのぼりて、水のおもてもくもりなきに、「これなんたちばなのこじま」と申て、御舟しばしさしとゞむ。岩のさましてざれ[18]たるときは木の陰しげれり。

宮　年ふともかはらんものかたちばなのこじまのさきにちぎるこゝろは

女君　[19]たちばなのこじまのいろはかはらじをこのうきふねぞゆくゑしられぬ

きしにさしつきており給ふに、[20]君をば宮のいだき、人にたすけられて入給ふ。時方がをぢ、いなばのかみがらうずる庄に、はかなくつくりたる家也。

女君は白きかぎり五つばかり、袖口、すその程までなまめかし。侍従も、めやすきわか人也。匂詞「これはたそ。わが名もらすな」と口がため給ふ。時方、御てうづ、御くだ物など取つぎて参る。侍従、色めかしきわかうどの心ちに、時方をおかしと思ひて、物語して暮しける。

雪のふりつもれるに、**東君**わがすむかたは霞たえ〴〵にこずゑばかりみゆ。山は、かゞみをかけたるやうにきら〳〵と夕日にかゝやきたるに、よべわけこし道のわりなさをかたり給ふ。宮、

みねの雪汀のこほりふみわけて君にぞまどふみちはまどはず

うき舟　ふりみだれみぎはにこほる雪よりも[21]なかぞらにてぞわれはけぬべき

御物いみ二日とたばかり給へれば、すこし心のどかなるまゝに、かたみにあはれとのみおぼしまさる。けふはみだれたるかみ、すこしけづらせて、こうば

19 此歌より、此姫君をうきふねの君といふ也。

20 姫君をば匂ノいだき、又人ニ手をそへられて也。

21 匂、かほる、いづかたへともつかざる心也。

22 消はてたきとの心也。

いのをり物などきかへ給へり。

よろづにの給ひあかして、夜ふかくゐてかへり給ふ。右近、つま戸はなちていれ奉る。やがて、これよりわかれて出給ふ。

母君は、うき舟の君を大将《かほる》のちかくわたし給はん事をうれしく思ひて、むかへをおこせらる。

雨ふる頃、宮より、

　ながめやるそなたの雲もみえぬまでそらさへくるゝころのわびしさ

おりしも、大将殿より御使あり。

侍従は、「宮《匂》の御かたちをば后《中宮》の宮にも参りて、つねに見奉らまほし」といふ。

右近は、「大将《かほる》殿のかたちはしらず、御心ばへ、けはひなどにはをよび給はじ」と、ふたりかたらふ。

かほるのには、

　水まさるをちの里人いかならんはれぬながめにかきくらすころ

宮へ返　里の名をわが身にしれば山しろのうぢのわたりぞいとゞすみうき

同　[22] かきくらしはれせぬみねのあま雲にうきて世をふる身ともなさばや

23 あえなく　無敢。
24 いみじと　つよく也。

かほるへ返　つれ〴〵と身をしる雨のをやまねば袖さへいとゞみかさまさりて

女二の宮へ、此君の事聞え給て《かほる》、三条の家作りて、卯月十日となんさだめ給ふ。内記がしうとの大蔵のたゆふにの給ひつけたりければ、聞つぎて、宮《匂》にはかくれなく聞えけり。わが御めのとのずらうのめにてくだる家、しもつかたにある。ヤ「三月つごもり頃にくだるべければ、其日わたさん」とおぼしかまへて、宇治へいひやり給ふ。

うき舟心「いかにしなすべきにか」と、うきたる心ちすれば、「母の御もとにわたりて、思ひめぐらす程あらん」とおぼせど、少将の妻の子うむべき程近く、さはげば、母ぞ宇治にわたり給へる。浮舟は、「いかにせん」と心ちあしくて、ふし給へり。母君、「など、かく、れいならず、いたくあをみやせ給へる」とおどろき給ふ。

昔物語などして、あなたの尼君《弁》よび出てかたる。それをうき舟は聞て、心中「よろづ思ひつゞくるに、此水のをとの、をそろしくひゞくにつけても、我身ゆくゑもしらず成なば、たれも〳〵、[23]あえなく[24]いみじとしばしこそ思給はめ、ながらへて人わらへにうき事もあらんは、いつかその物思ひのたえん」とおぼす。

匂、かほるよりけふも御使きあひたり。かほるの御使の随身、見とがめて、

25 まうと　真人。むかひを賞翫して云詞也。

26「君をゝきてあだし心をわがもたばすゑの松山波もこえなん」心のかはる時、松を波のこさんと契りし事也。

「[25]まうとは、何しにこゝにはたびく参るぞ」といふ。「わたくし《匂ノ使詞》にとぶらふべき人のもとにくる也」といふ。「ものがくし《かほるノ詞》はなせそ」といふ。「まこと《匂ノ使詞》は、時方の、御文、女ばうに奉り給ふ」といひて、をのく参りぬ。

宮よりの御使に、わらは《かほるノ使ノものノ》をつけて、「時方が家にやいる」と見せければ、「宮《匂》へ参て、式部のぜうに御文はとらせつ」といふ。匂もかほるも内に参給ふに、時方、此御文を奉るを、大将《かほる》、御前のかたよりそばめに見給て立どまり給へり。くれなゐのうすやうにこまやかにかきたり。

火ともすほどに、かほる随身めせば、始をはり申す。「あやし」とおぼす。此君《かほる心》を我すさまじく思ひなりてすてをきたらば、かならず宮のよびとり給てん。さやうにおぼす人、一品の宮の御かたに二、三人もあり。そのなみに見きかんもいとおしく、猶捨がたく、けしきも見まほしくて、御文《うき舟へ》つかはさる。

　[26]波こゆるころともしらずすゑの松まつらんとのみおもひけるかな

うき舟、「あやし」と思ふに、むねふたがりて、此御文はもとのやうにして、「所たがへのやうに侍れば、あやしく」とかきそへて返し給つ。

侍従、右近が見、思ふらん事もいみじく《ツヨク》はづかし。「我心もてありそめし事ならねど、うきすくせかな」と思ひいりておはす。「右近《右近詞》あねのひたちも、人ふたり見侍りしを、今のかた《後ノ男》に心よせまさりけるをねたみて、今のをばころしてしぞかし。此あやまちたるものを、いかでつかはんとて、国のうちをひはらはれ、あねはあづま人に成て、恋なき侍る。上《ウヘ》も下も、かゝるすぢ、おぼしみだるゝは、いとあしきわざ也。一かたにおぼしさだめよ。物ないたくなげかせ給ふそ。やせおとろへ給ふもいとやくなし[27]」といふ。

「此大将殿のみさうの人々は、いみじきぶだう[28]のものにて、一るい此うぢの里にみちて侍る也。大かた、山しろ、大和に、殿《かほる》のらうじ給ふ所、此人なん、此うどねり[29]といふものゝゆかりかけつゝ、それがむこの右近の大夫といふをもとゝして、よろづのをきて仰《かほるより》られけり」。

此うどねりきて、右近にあひたり。「殿《かほる》にめして、ざうじ[30]ども仰《かほるノ》られけるついでに、なにがしらさぶらふとおぼして、こゝ《宇治》には、とのゐ人もさし奉らせ給はぬに、此頃、女ばうの御もとに、しらぬ所の人かよふときこしめす。そのあんない、とひきゝたらん、しらではいかでかとゝはせ給ふ。なにがしは病をもくて、とのゐもおこたり、えしり侍らずと申す。今より後、びんなき事もあら

27 やくなし　益なし也。
28 不道。無道。
29 うどねり　内舎人。侍の品也。
30 雑事。

31 勘当。
32 いざとげ　ねざとき也。

ば、をもくかんだう[31]せしめ給ふべきよし仰事侍」といふ。右近はをそろしくていらへもせず、「さりや。物のけしき御覧じたるなめり」となげく。

む《君》つかしきほぐなどやりて、とうだいの火にやき、水になげいれなどし給ふ。侍従見つけて、「などかくせさせ給ふぞ。人にこそ見せさせ給はざらめ、物のそこにをかせ給て御覧ずるなんあはれに侍るべけれ」といふ。「何《君詞》か、むつかしく。ながゝるまじき身におちとゞまりて、人の御ためもいとおしからん」との給。「お《うき舟心中》やをゝきてなくなる人は、つみふかゝるなる物を」などおぼす。

彼家あるじ、廿八日にくだるべし。宮は、「其夜、むかへん」との給へど、返事も聞え給はず。

宮《匂》は、「あひみぬとだえに、人々のいひしらするかたによるならん」とおぼしておはしぬ。あし垣のかたを見るに、「あれはたそ」といふ声々いざとげ[32]也。立《匂》のきて、心しりのおのこをいれたれど、それをさへとふ。時方入て、侍従にあひてとふ。「い《侍従言》かなるにかあらん、殿より、とのゐ人、さかしがり、いとわりなき也」といふ。「いざ、給へ。ともに聞えさせ給へ」とて、侍従をゐてまいる。

33 白雲のかゝらぬ山はふかゝらねどもと也。

34 「うつせみはからを見つゝもなぐさめつ深草の山けぶりだにたて」自水ノ用意歟。

殿《匂宮》は、馬にてとをく立給へるに、さとびたる声して、いぬのゝしる。かたらひ給ふべきやうだになければ、山がつの垣のおどろ、むぐらのかげに、あふり《馬ノ》をしきておろし奉る。「《匂宮詞》いかなれば、今さらにかゝるぞ。人々のいひなしたるやう有べし」との給ふ。有さまくはしく聞えて、「御むかへの日をかねて、たばかり給へ。侍従も身を捨てもたばかり侍らん」。

夜はいたくふけゆくに、犬の声たえず、弓引《との為人》ならし、「ひあやうし」などいふも、心あはたゞし。かへり給ふほどいへばさら也。宮、

[33]いづくにか身をばすてんとしら雲のかゝらぬ山もなく〳〵ぞゆく

侍従いりて、ありつるやうかたるに、いらへもせでなきふし給へり。うき舟、

なげきわび身をばすつともなきかげにうき名ながさん事をこそおもへ

おや《うき舟心》も恋しく、れいは、思ひ出ぬはらからも恋し。みな人は物そめいそぎ、何やかやといへど、みゝにもいらず、よるとなれば、人に見つけられず出て行べきかたを思ひまうけてねられ給はず。

[34]からをだにうきよの中にとゞめずはいづこをはかと君もうらみん

母君より、「夢見あし」とて御文あり。「参りこまほしけれど、少将《姫》のかたの

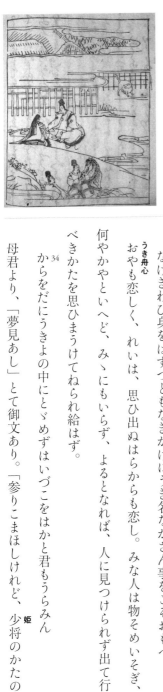

なやみ侍れば、その近き寺にも御どきやうせさせ給へ」とてかきそへてもてきたり。うき舟、

のち[35]に又あひみん事をおもはなん此世のゆめにこゝろまどはで

同

かねのをとのたゆるひゞきにねをそへてわが世つきぬと君につたへよ

巻数にかきそへ給へり。

35 来世。

【第十冊】

宇治　下

かげろふ

手ならひ

ゆめのうきはし

蜻蛉[1]〔かほる廿六才。うき船の君、行かたなく成し跡の事也〕

宇治には、うき舟のおはせぬをもとめさはげど、かひなし。母君よりの使かへらねば、又人おこせたり。めのとよりはじめて、あはてまどふ。右近、侍従は、「身をなげ給へるか」とあしずり[2]してなく。匂宮、おぼしさはぎて、御使あり。「きのふの返事はさりげもなくて、常よりもおかしげなりし物を」とおぼしやるかたなくて、時方参り、右近、侍従にあひたり。

母君もわたり給へり。**母ノ言**「めの前になくなしたらんかなしさは、よのつねの事也。

1 かげろふもゆる春日トは、陽焔なるべし。此巻は蜻蜓也。蜓はとんばう也。目ニも見えぬ程の虫也。

2 蹉跎。サタトシテフシマロブ。文選。

これは、いかにしつる事ぞ」とまどふ。「おにやくひつらん。きつねやとりもていぬらん。彼おそろしき女二の宮の御めのとや、たばかりつらん」とげすなどをうたがひ給へり。右近は、宮《匂》の御事を母君にきこゆるに、「さては、此川にながれうせ給にける」と我もおち入ぬべき心ちして、「からをだに尋ておさめん」との給へど、さらにかひなし。右近、侍従、車よせて、おまし共、御でうど、御ふすまなど取いれて、人のなくなりたるまねびして、むかひの山のはらに、法師のかぎりしてやかす《焼スル也》。はかなくて、煙ははてぬ。

大将殿《かほる》は、入道の宮のなやみ給ければ、石山にこもり給ふ。みさう《御庄》の人参りて、「かく」と申せば、たゞ涙におぼゝれ、はか〴〵しくもいらへ給はず。「うかりける所かな。鬼などやすむらん」とくやしく、むねいたくおぼえ給ふ。宮は、二、三日物おぼえ給はず、「いかなる物のけならん」とさはぐ。かほる、これを聞て、「さ《心中》ればよ。猶、よその文がよはしのみにはあらぬ也けり。此うき舟の君ながらへては、我ために[3]おこなる事もいできなまし」とおぼすに、むねすこしさむる心ちし給ひけり。「かくこもりゐて参らざらんもひがみたるべし」と匂宮へ参給ひて、此事かたり出給ふ。

3 嗚呼。おかしき也。

4「しでの山こえてきつらん郭公恋しき人のうへかたらなん」

5下の心は、かほるに御対面の時、涙おとし給しをとがめて用心あらんと也。

卯月に成て、「京へわたし給はん」と思給へりし日、おまへ近きたち花、香のなつかしきに、時鳥の二こゑなきてわたる。かほるより匂宮へ、

4 しのびねや君もなくらんかひもなきしでのたおさにこゝろかよはゞ

匂 宮は、中君のよく似たるを、あはれにおぼして、

5 たちばなのかほるあたりはほとゝぎすこゝろしてこそなくべかりけれ

宮は、二条におはして、時方めして、右近を 宇治へ むかへにつかはさる。母君は、宇治川 此水のをとをきくに、まろびぬべく、かなしくてかへり給ふ。

右近は、「人あやしといひ思はん。此いみはてゝ」とて、うごくべくもあらず。時方申す 「わざと御車奉れ給へるに、今一所にても参り給へ」といへば、侍従ぞ参ける。

侍従ニ 宮はしん殿におはしまして、わたどのにおろさせ、有しさまくはしくとはせ給ふ。侍従 暁かへるに、うき舟ノ 彼御れうにまうけ給へるくしのはこ、衣ばこ、をくり物にせさせ給ふ。

大将殿、宇治へおはして、「宮はいつの程よりありそめけん。さやうなるにつけてや、身をもうしなひ給へるかとなん思ふ、猶いへ」との給へば、右近言 「御文はたひ〳〵侍しかど、御覧じいるゝ事も侍らざりしを、かたじけなく、中々う

6 七僧ノ法会ハ、四十九日ノ行事也。
7 さう〴〵しく　さびしき也。寂寞。
8 いたき物　おかしき物にして也。かたはらいたきといふ詞也。

たてあるやうになんなど聞えさせしかば、一たび二たびや聞えさせけん。それよりほかの事は見侍らず」と申す。かほる、

われもまたうきふる里をかれはてばたれやどり木のかげをしのばん

あざり〔今は律師也〕めして、此法事の事をきてさせ、七日〳〵に経仏くやうずべきよしなどのたまひ、くらう成て帰給ふ。尼《弁ノ》君へもせうそこせさせ給ひ、母君へも御文あり。

彼りしの寺の六十僧のふせなどをきてらるゝに、母君も事どもそへ《加》給へり。宮より右近がもとに、しろかねのつぼにこがねいれて給へり。中君も、ときやうし給て、[6]七僧の前の事せさせ給ふ。

宮は、[7]さう〴〵しく物哀なるまゝに、御はらからの一品の宮の御かたをなぐさめ所にし給ふ。かたちよき人おほかる中に、大将殿の忍びてかたらひ給ふ小宰相の君《一品ノ宮ノ女房達》、琴をかきならす、つまをと、ばちのをとも、人にはまさり、文をかき、物いひたるもよしあるふしをそへたるを、年《匂》ごろ、[8]いたき物にし給て、れいのいひやぶり給へど、「など《かほるノ心》か、さしもめづらしげなくはあらん」と心づよくねたきさま也。うき舟の事、かほるのおぼすさまも小宰相見しりて、

あはれしるこゝろは人にをくれねどかずならぬ身にきえつゝぞふる

かほる　[9]つねなしとこゝら世をふるうき身だに人のしるまでなげきやはする

つぼねに立より給へば、程なき《セバキ也》やり戸口、かたはらいたくおぼゆれど、「うき舟よりも、これは心にくき気そひてもあるかな。さるもの丶数にして、をいたらまし物を」とおぼす。

故《源》六条院の御ため、明石の中宮、御八講せらる。紫の上など、おぼしわけつゝ、[10]御経仏など供養ぜさせ給ふ。五日に十座也。

大将殿、僧のなかに、の給ふべき事あるにより、つり殿のかたにおはしたるに、池のかたに、かりそめのうへつぼねあり。「こゝにや小宰相はあらん」と、[11]めだうのかたより見給へば、さやうの人のゐたるけはひには似ず、はれ〴〵しくしつらひ、おとな三人、わらはゐて、[12]氷《ヒ》を物のふたにをきてわる也。[13]しろきうすもの丶御ぞき給へる人、ひをもちながら、すこしゑみ給へる御かほ、いはんかたなくうつくしげ也。あつき日なれば、[14]こちたき物ぐし、こなたになびかしひかれたるほど、たとへんものなし。「[15]こゝらよき人を見あつむれど、にるべくもあらず〔女一の宮也〕。小宰相もひをあつかひかねて、たゞ[16]さながら見

9 我さへ世上の事しらざるニとの心也。
10 「法花経をわがえし事は薪こり菜つみ水くみつかへてぞえし」
11 馬道。縁つゞきの廊下也。
12 氷ノ物。六、七月ノ暑キ時ハ、加増シテ主水司ヨリ奉る也。今物語ノハ、中宮へ奉リタル氷なるべし。
13 しろきうす物　すゞしのひとへ也。
14 こちたき　ことの外也。
15 巨々等。多キ心也。
16 さながら　其まゝ也。

17夙。晨。朝也。旦。

給へかし」とて、わらひたるまみ、あひぎやうづきたり。かしらにをき、むねにあてなどする人もあり。おまへにも参らせたれば、「《一品ノ宮言》いな、もたらじ。しづくむつかし」との給ふ御声きくも、かぎりなくうれし。下らうの女ばう、とみ《頓》の事にて、さうじをあけながらくるに、此《かほる也》なをしすがた見つくれば、大将殿はたちさり、かくれ給ぬ。

17つとめて、おき《かほる》給へるに、女二《一品ノ宮ノいもうと也》の御かたち、「いとおしげなめるは、これより女一はまさるべき事かは」と見えながら、「さらに似給はず。え《女一ハ》もいはざりし御さまかな。思ひなしか、折からか」とおぼして、「《かほる言》いとあつしや。是《女二ニ》よりうすき御ぞ奉れ」とて手づからきせ奉り、御はかまも、きのふのやうなるくれなゐ也。ひ《氷》をめして、人々にわらせとりて、奉りなどし給ふ、心のうちもおかし。

又のあした、かほる、大宮《中宮》に参給ふ。匂宮も、ゑをおほくもたせて参給ふ。大将、ちかく参りより、絵共見給ふついでに、「此《女一》宮の女二の宮を、うとくしなさせ給ふ。かやうの物の時々は、なにがしがおろしてもて《絵》まからん」など聞え給へば、「《中宮詞》などてか捨聞え給はん。とだえそめ給へるにかあらん。そなたより、などかは」との給ふ。かほる、立出給て、「小宰相にあはん」と西ざまにおは

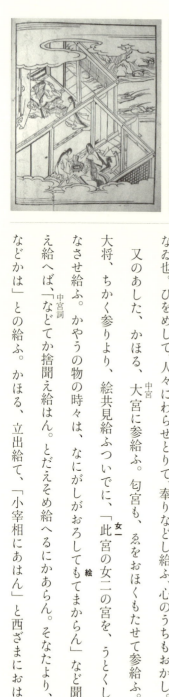

するを、人々心ことにようゐす。女一の宮のつま戸の前にゐ給て、「大かたに《かほる詞》は参りながら、げざんにいる事のかたく侍れば、いと[18]おぼえなく、おきなびはてにたる心ちし侍る。今よりは思ひおこしてなん」と申給ふ。「今よりならはせ、わかくならせ給へ」など女ばう達いふ。

姫宮《女一》は、中宮の御もとにわたらせ給へり。大宮《中宮》、「大将《詞》はそなたにか」、大[19]納言の君、「[20]小宰相に物《かほるノ》の給はんとにこそ侍らめ」と聞ゆれば、「[21]まめ人《女一ノ詞》の、いかでかさは。[22]小宰相などは、いとうしろやすし」との給て、「[23]匂宮こそ、いとなさけなくおはしますと御いらへをだに聞えず」。わらひ給へば、大宮もわらはせ給て、「いと《大宮詞》見ぐるしき御くせ《匂ノ》也。はづかし」との給ふ。

其後、一品の宮より二の宮に御せうそこあり。大将殿見給て、「かくてこそ、とく見るべかりけれ」とうれしくおぼす。ゐどもおほく、一品の宮に参らせ給ふ。せり川の大将の十《トヲ》君の、女一宮思ひかけたるゐを、いとよくおもひよせてたてまつらる。

おぎの葉に露ふきむすぶ秋風もゆふべぞわきて身にはしみける

とかきそへまほしくおぼす。

18 おぼえず斗よりたるとの詞也。
19 大納言ノ君。
20 小宰相　二人ながら女房達也。
21 かほるはいかでまめ人なればと也。
22 小宰相も実法なればと也。
23 匂はあだなりといひさし給ふ也。

24 ひきかけ給ふハ、裳ノ事也。召つかへ人のかたち也。

彼宇治には、人々いきちりて、めのと、右近、侍従ばかりぞゐける。今は、心うく物おそろしくて、侍従は京に出ゐたりけるを、匂宮、尋出給て、「かくてさぶらへ」との給へど、「人々のいはんも聞にくき事あらん」とうけひき聞えず。「中宮に参らん」と申せば、「人しれずおぼしつかはん」との給はせけり。此春うせ給し式部卿宮《八ノ宮の弟》の御むすめを、まゝ母のせうとのむまのかみ、心がけたるを、大宮《中宮》いとおしとおぼす。せうと《式部ノ御子》の侍従いひて、此頃大宮にむかへとらせ給て、やんごとなくさぶらひ給ふ一品宮の御ほど也。式部卿宮は、八の宮の御弟なるに、[24]ひきかけ給ふぞ、いと哀也ける。匂宮は、此宮の君を恋しき人に思ひよそへつべきさまし給へり。「此宮の君は、きのふけふといふばかり、春宮に奉らん」と大将《かほる》のおぼし、「けしきばませ給きかし。世のおとろへを見るには、水のそこに身をしづめても、もどかしからぬわざにこそ」などおもひつゝ、人よりは心よせ聞え給へり。

「秋のさかり、六条院の紅葉の頃などを見ざらんこそ」とて、わかき人々参りつどひ、匂宮もてはやし給ふ。

大宮のお前に、匂、かほるゐ給ふを、侍従《宇治ノ》は、物よりのぞき奉る。かほる、人々《女房衆》

あまたゐたる所におはし、ことかはし《人々ニ》給て、

25 をみなへしみだるゝ野べにまじる《自》とも露のあだ名をわれにかけめや

「我をば心やすくはおぼさで」と、此さうじにうしろしたる人にの給へば、みじろきもせず、のどやかに、

女ばうたち　花といへば名こそあだなれをみなへしなべての露にみだれやはする

弁のおもと　旅ねして猶こゝろみよをみなへしさかりのいろに26うつりうつらず

かほる　宿かさば一夜はねなんおほかたの花にうつらぬこゝろなりとも

れいの、西のわたどの《渡殿》を、ありしにならひて、おはしたるもあやし。女一の宮より大宮の御かたにわたらせ給ければ、人々、「月見る」とて打とけ、さうの琴なつかしうひくつまをと、おかしく聞ゆ。かほる、より《寄》おはして、「《かほる言》など、かくねたましがほにかきならし給ふ」との給ふに、皆《女房衆》おどろき、おきあがりて、

詞　「にるべきこのかみ《兄》や侍べき」といらふるこゑ、中将のおもとゝかいひつる也けり。女一を思ふ《かほるノ》を人々しりて、「匂を見給へ」といふ也。「《かほる詞》まろこそ、御母かたのをぢなれ」とはかなき事をの給て、あなたにおはす大宮、女一も、月をみ給ふ程也。宮の君《式部卿ノ御娘》は、此西のたいに御かたしたりける。わかき人々、月をめで

25 女房衆ノおほき中ノ心也。「女郎花おほかる野べにやどりせばあやなくあだの名をやたてなん」

26 うつりうつらぬハ、後ニ決定あれと也。

あへるに、南おもてのすみのまによりて、こはづくり給へば、おとなびたる人いできたり。「《かほる言》人しれぬ心よせなど、うゐ〳〵しきさまにて、まねぶやうに成侍り。まめやかに」との給へば、君《宮ノ君也》にもいひつたへず、「此宮づかへにつけても、[27]御しりうごとをも、宮の君はよろこび聞え給ふ」などいふ。「《かほる詞》もとよりおぼしすつまじきすぢよりも、今はまして、おぼしたづねん。うと〳〵しく人づてなどにてもてなさせ給はゞ、えこそ」との給ふに、「《宮の君詞》[28]松も昔のと、ながめらるゝに」と、まめやかにいひなし給へるころ、いとわかやかに、あひぎやうづきたり。

此姫君を見給ふにつけても、八の宮の大姫君の事おぼし出られて、かほる、

ありと見て手にはとられずみれば又ゆくゑもしらずきえしかげろふ[29]

27 後言《シリウゴト》。宮の君をかほるの恋ニおぼしめすを聞給て、よろこび給ふとの事也。

28「誰をかもしる人にせん高砂の松も昔の友ならなくに」

29 秋、夕日ニあるかなきかに飛虫也。

手習〔薫廿六、七才。かげろふの始と同時也。詞、四所にあり〕

其頃、横川に、なにがし僧都とかいひて、たうとき人有。八十あまりの母、五十ばかりのいもうとありけり。願[1]ありて、「初瀬にまうでん」といへるに、弟子のあざりをそへて、仏、経くやうずる事おこなひけり。なら坂こえけるほどより、母の尼君心ちあしければ、宇治にしれる人の家ありけるに、とゞめて、やすめ奉り、横川にせうそこしたり。僧都おどろきておはしたり。此家あるじ、「むつかし」といへば、宇治院といふ所にしりたる人ありて、わたし給へり。

あざりは下らう法師に火ともさせ、人もよらぬうしろのかたにいきたり。森かとみゆる木の下、「うとましのわたりや」と見いれたるに、しろき物のひろごりたるぞ見ゆる。「何ぞ」と、火をあかくなしてみれば、物のゐたる姿也。「きつねのへんげしたる。にくし。あらはさん」とてあゆみよる。今ひとりは、「あな、ような[2]。よからぬ物ならん」といひて、しぞくべきゐん[3]をつくる。

此火ともしたる大とこ、ちかくよりてみれば、かみはながくつや〳〵[4]として、木のねによりゐて、いみじうなく。「僧都の御房に御らんぜさせ奉らばや」と

1 二人の尼達、初瀬への願有也。
2 ような　無用。
3 印をむすぶ也。
4 光《つや》々。厳。

5 何にまれ　なにゝもあれ也。

いひて、「かゝる事」と申す。

そうづの詞「狐の人にへんげすると昔よりきけど、まだ見ぬ物也」とておはしぬ。四、五人してみるに、「人か何ぞ」と心にしんごんをよみ、ゐんをつくりてみれば、「これは人也。しにたる人を捨たるが、よみがへりたるか」といふ。宿もりのおのこをよびて、「こゝには女などやすみ給ふ。かゝる事あり」とてみすれば、宿守詞「きつねのつかうまつる也。此木のもとに、時々あやしきわざし侍る。おとゝしの秋も、人の子のふたつばかりに侍しを、とりてきたりし」といふ。

「猶よく見よ」とて、此物をぢせぬ法師をよせたれば、法師言「鬼か、神か、きつねか、こだまか。かばかりの天の下のげんざのおはしますには、えかくれ奉らじ。名のり給へ〳〵」と、きぬを取てひけば、かほをひきいれていよ〳〵なく。法師言「いで、あな、さがなのこだまのおにや。まさにかくれなんや」といひつゝ、かほを見んとするに、「昔ありけん、めもはなもなかりけるめおにゝやあらん」と、むくつけきを、きぬを引ぬがせんとすれば、うつぶして声たつばかりなく。僧都言 5「なにゝまれ、かくあやしき事、世にあらじ」とて、「見はてん」とおもふに、「雨いたくふる。かくてをきたらば、しに果ぬべし。其いのちたえぬを、みる〳〵

6をのが　自也。
7尼のむすめ死たりしを、かなしぶ也。
8むなしく成給はゞ、物思はん也。

すてん事いみじき事也。ゆをのませ、たすけ心みん」とて、大とこにいだき入させ給ふ。

あま君《大尼》すこししづまりて、「有つる人は」ととふを、いもうとのあま君聞て、「《尼言》[6]をのが初瀬の寺にて見しゆめあり。まづ其さまをみん」といそぎ見給へば、わかううつくしき女の、しろきあや、くれなゐのはかまぞきたる。いみじくかうばしくて、あて《妙》なるけはひかぎりなし。「[7]たゞ、我《ガ》こひかなしむむすめの、いきかへりおはしたるなめり」とて、なく〳〵いだきいれさす。「いかなる人か、かくては物し給へる」といへど、物おぼえぬさま也。てづから《尼》、ゆをすくひいれなどするに、よは〳〵とたえいるやう也。「此人、かぢし給へ」とて、母あま君よりも、此人をいけて見まほしうおしみて、そひゐ給へり。

時々め見あげなどして、なみだのながるゝを、「かなしと思ふ人《むすめ》のかはりに、仏のみちびき給へると思ひ聞ゆるを。[8]かひなくなり給はゞ、中々なる物やおもはん。いさゝか物の給へ」といへば、「《うき舟言》人に見せず、此川におとしいれ給てよ」と、いきのしたにいふ。「いかなればかくはの給ふぞ」といへど、物もいはず成ぬ。

二日ばかりこもりゐて、二人の人をいのり、車ふたつして、おひ人《大尼》のり給へるには、つかうまつる尼二人そへ、次のには、此人《うき舟》をふせて、いもうとの尼、乗そひて、道すがらゆをまいりなどして、ひえ坂もと、小野といふ所にぞすみ給ひける。老のやまひよろしう、僧都は横川にのぼり給ぬ。

「此人、いつしか人になしてみん」と思ふに、つく〲としておきあがるよもなく、「つゐにいくまじき人にや」とおもひながら、打すてんもいとおしく、四、五月《ツキ》も過ぬ。

尼君より僧都に御文ありて、おり給へれば、よろこび《いもうとの尼》おがみて、月頃のありさま、なく〳〵の給ふ。

僧都、夜一よかぢし、あかつき、人に[9]かりうつして、「何やうのもの丶かく人をまどはしたるぞ」と、弟子のあざりもとり〴〵にかぢし給へば、物のけてうぜられて、「をのれ《霊ノ言》は、こ丶まできて、[10]てうぜらるべき身にもあらず。昔は、おこなひせし法師、世に[11]うらみをとゞめてたゞよひありきしに、よき女のあまた住給ふ所《宇治》にすみつき、[12]かたへは《大君ノ事》うしなひてしに、此人は、観音の[13]とざまかうざまにはぐ丶み給ければ、此僧都にまけ奉りぬ。今はまかりなん」との丶しる。

[14]さうじみの心ちはさはやかに、いさ丶か物おぼして見ましたれば、ひとり

9 かりうつし　物のけヲより人ニうつして也。
10 調。
11 怨念。
12 かたへは　一人は也。
13 とざまかうざま　兎角。
14 正身。うき舟也。

15 ほゐの事ハ、川ニ身をなげんと思ひし也。
16 現心《ウツシ》。

もみし人のかほはなく、みな老法師、ゆがみおとろへたるなれば、しらぬ国にきたる心ちして、いとかなし。「我《うき舟心》はかぎりとて、身をなげしに、いづくにきにけるにか」とせめて思ひ出れば、物を思ひなげきて、みな人ねたりしに、つま戸をはなちて出たりしに、風はげしう、川波もあらう聞えしを、ひとり物をそろしかりしかば、来しかたゆくすゑもおぼえず、すのこのはしにあしをおろしながら、いくべきかたもまどはれて、かへりいらんもなかぞらにて、心づよく、「うせなん」と思ひたちしを、「人に見つけられんよりは鬼も何もくひてうしなひて」といひ、つく〴〵とゐたりしを、きよげなるおとこのよりきて、「いざ給へ。をのがもとへ」といひて、いだく心ちのせしを、「宮《匂》と聞えし人のし給ふ」とおぼえし程より心ちまどひにける。「しらぬ所にすへをきて、此おとこきえうせぬ」と見しを、「つゐに、[15]ほゐの事もせず成ぬる」と思ひつゝ、なくとおもひし程に、其のちの事は、たえておぼえず。

「人のいふをきけば、おほくの日ごろもへにけり、いかにうきさまを、しらぬ人にあつかはれ見えつらん」とはづかし。かくて、「いきかへりぬるか」と思ふもくちおしければ、いみじくおぼえて、中々しづみ給へり。日頃は、[16]うつし心もなく、もの参る事も有つるを、今は露ばかりのゆをだに参らず。

尼君、「いかなれば、たのもしげなくおはするぞ」と、なく〳〵そひゐてあつかひ給ふ。やう〳〵かしらもたげ、物参りなどし給ふにぞ、中々おもやせて、いさゝかうれしく思ふに、「尼になしてよ。さてのみいくるやうも有べき」との給ふ。「いとおしげなる御さまを、いかでか、尼にはなし奉らん」とて、たゞいだゝ《(たゞ)》きばかりをそぎ、五かいをうけさせ奉り。僧都はかへり給ぬ。

あま君、御ぐしてづからけづり給へば、つや〳〵ときよら也。「いかなれば、さる所《宇治》にはおはせしぞ」ととふを、はづかしと思ひて、「世中にありとしられじ。聞つくる人もあらば、いみじうこそ」とてなき給ふ。

此尼君は、上達部の北のかたにてありけるが、其人《夫》なく成て、むすめたゞひとりかしづきて、よき君達をむこにして思ひあつかひけるを、其むすめなく成にければ、「心うし」と思ひて、かたちをかへ、かゝる山里にはすみはじめたる也。「彼むすめによそへつべからん人をだに」と思ひなげきけるに、かく、かたちけはひまさりざまなるをえたれば、うつゝ[17]の事ともおぼさず、あやしき心ちながら、「うれし」と思ふ。

---

17 夢のやうなると也。

18柔。和。
19たゞ都と斗の心也。
20無敢。
21こもき　女童ノ名也。
22調。
23水飯。干飯ノ類也。

此山里は、水のをとも[18]なごやか也。せんざいなどもおかしく、ゆへをつくしたり。秋になれば、門田のいねかるとて、物まねびしつゝ、わかき女どもは歌うたひ、けうじあへり。ひた引ならすをともおかし。月の夜は、尼君、きんなどひき給ふ。少将のあま、びわ引てあそぶ也。うき舟の君の手ならひに、

身をなげしなみだの川のはやき瀬をしがらみかけてたれかとゞめし
われかくてうき世の中にめぐるともたれかはしらん[19]月のみやこに

母君《うき舟の心》いかにまどひ給はん。めのとの人、「なみ《我ヲ》〳〵になさん」と思ひいられしを、いかに[20]あへなき心ちしけん。よろづへだつる事なく、かたらひたりし右近なども、折々は思ひ出らる。此山里には、年へにける尼七、八人、それらがむすめ、むまごやうのもの、京にみやづかへするも、時々ぞきかよひける。侍従、[21]こもきとて、尼君のわがうどにしたる二人を、此御かた《うき舟》にいひわき給へり。

尼君の昔のむこ、今は中将にて、弟のぜんじのきみ、僧都の御もとに山ごもりしたるを、とぶらひにかよふたよりに、こゝにおはしたり。年廿七、八のほどにて、ねび[22]とゝのひ、心ちなからぬさまもてつけたり。

尼君、たいめんし、まづ打なきて、過にしかたの事共繕給ふ。人々に[23]すいは

24 はすのみ　蓮子。盃ノ事也。
25 おなじくは此中将ヲうき舟ニあはせて、昔ノ如クむこニテ見ばやト思ふ也。
26 女郎花ヲうき船ニして、われ領せん也。

んなどやうの物〻はせ、君にもはすのみ[24]など出す。むら雨ふり出るにとゞめられて、「けしき《空ノ》みん」とて、少将の尼よびよせて、「らうのつま《廊端》入つる程、すだれのひまより、うちたれがみの見えつるは、たれぞと、おどろかれつる」との給ふ。尼うへ、「おぼえぬ人をえ奉りて、明暮の見物に思ひ給ふめる」といふ。「雨もやみ、日も暮ぬべし」といふに、そゝのかされて、出給ふ。「いときよげに、ねびまさり給ひにけるかな。[25]おなじくは、むかしのやうにて見奉らばや」と人々おもふ。

中将、横川におはして、ぜんじにとひ給へば、春よりのさま、かたり聞え給ふ。又の日、かへり給ふにも、「過がたくてなん」とておはし《小野へ》たり。物語のついでに、尼君にもとひ給ふ。「物《尼詞　うき舟》思ひしげきさまにて、世にありと、人にしられん事をくるしげに思て物せらるれば、かゝる谷のそこに、たれかは尋きかんと思ひつゝ侍るを、いかでかは聞あらはさせ給ふらん」といらふ。「い《中将詞》かなるすぢに世をうらみ給ふ人にか。[26]なぐさめ聞えばや」などのたまひて、中将、

あだし野の風になびくなをみなへしわれしめゆはんみちとをくとも

とかきて、少将の尼していれたり。君《うき舟》は、「あやしき手をば、いかで」とてきゝ

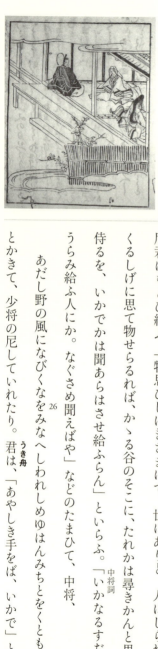

27 こだみ　此度也。
28 宿から也。手習の君をかこち給ふなと也。
29 ひとりごつ　独言也。
30 はやく帰給ふなりと也。
31 板間のひまなどのゆるしもあるやと也。
32 はしたなめ　せいせらるゝ心也。いましめ也。

給はねば、尼君、

うつしうへておもひみだれぬ[畢]をみなへしうき世をそむく草のいほりに

「こだみ[27]は、さも有ぬべし」と思ひゆるしてかへりぬ。

[ハ]八月十日あまり、小鷹がりのついでにおはして、少将の尼よび出て、「一め見しよりしづ心なくて」などの給へり。

中将　松むしのこゑをたづねてきつれども又おぎはらの露にまどひぬ

「此御返事をだに」とせむれど、いらへをだにし給はず。

尼君　秋の野の露わけきたるかりごろもむぐらしげれる[28]やどにかこつな

中将、いたくなげきて忍びやかに笛吹ならし、「鹿のなくねに」など[29]ひとりごつけはひ、まことに心ちなくは有まじ。尼君、あかずおぼして、

[30]ふかき夜の月をあはれと見ぬ人や山のはちかきやどにとまらぬ

中将　[31]山のはに入まで月をながめ見んねやのいたまもしるしありやと

大尼君、笛の音をきゝつけ、出て打しはぶき、むすめの尼に、「きんひかせ給へ」と也。大尼、[詞]「昔、あづま琴を引侍しかど、今はかはりたるにやあらん。僧都の、念仏よりほかのあだわざなせそと、[32]はしたなめられしかば、引侍らぬ」

とて、ひかまほしげなれば、中将、忍やかに打わらひて、「《詞》あやしき事をせいし給ふ僧都かな。極楽といふ所には、ぼさち《菩薩》などもみなかゝる事をして、天人などもまひあそぶこそたうとけれ。こよひは聞侍らばや」とすかせば、取よせて、笛の調子をもたづねず、たゞをのが心をやりて、つまさはやかにしらぶ。「今の世に聞えぬことばこそひき給けれ」とほむれば、み[33]ゝほの〴〵しく、かたはらなる人にとひ聞て、我《レ》、かしこげに打あざわらひてかたるを、かたはらいたしとおぼす。これに事さめてかへり給ふ。

つとめて、中将、

[34]わすられぬむかしの事もふえ竹のつらきふしにもねぞなかれける

尼君　笛の音にむかしの事もしのばれてかへりしほども袖ぞぬれにし

尼君は、「此君をえたるは、観音の御しるしうれし」とてかへり申[35]だちて、九月《ナガ》に初瀬にまうづ。「此君《手習ノ君》いざ給へ」とそゝのかしたつれど、「昔《うき舟心》、母、めのとなどのたび〳〵まうでさせしを、かひなきにこそ、命[36]さへ心にかなはず」と、心ごはきさまにはいひもなさで、「《詞》心ちのあしく侍れば」との給ふ。手習の君、

[37]はかなくて世に[38]ふる川のうきせにはたづねもゆかじ《かへらじとの心也》二もとの杉

33 耳とをくて也。
34 わすられぬ昔ハ、尼のむすめ手習の君ニもねニなくと也。
35 祈かへす也。だちてハ、めきて也。
36 命さへ　身をなげ捨んと思ひしも、かなはずとの心中也。
37 年ふとも、又も本へはかへらじとの心ニよめり。
38 「はつせ川ふる川のへに二もとある杉年をへて又もあひみん二もとある杉」

39 局《バン》。ツボネ

ふる川のすぎのもとだちしらねども過にし人《我むすめ二》によそへてぞ見る

みな人《参詣也》したひて、こゝ《小野》には人ずくなにて、少将の尼、左衛門とて、おとなしき人、わらはばかりぞとゞめたりける。中将より御文あれど、聞いれ給はず。つれ〴〵なるに、「御碁うたせ給へ」と、ばんとり[39]にやりて、うつに、少将の尼まくる也。尼君、「いとつよかりし。僧都の君、昔よりこのませ給て、けしうはあらず」といへど、僧都もまけ給ふ。夕暮の風の音あはれなるに、手習君、

こゝろには秋のゆふべをわかねどもながむる袖に露ぞみだるゝ

月おかしき程に、中将おはしたり。「あな、うたて《手習ノ心》。こはなぞ」と、おくふかく入給へば、中将、うらみて、

山里の秋の夜ふかきあはれをものおもふ人《君》はおもひこそしれ

手習 うきものとおもひもしらで過す身をものおもふ人と人はしりけり

「たゞいさゝか出給へ」と聞えうごかせど、此人々をわりなきまでうらみ、大尼のかたに入ゐ給ひ、うつぶし〳〵て、いもねられず。大尼君、いびきしつゝ、そばなる尼もをとらじといびきあはせたり。中将はいひわづらひてかへりにければ、人々みな一所にねぬ。

40 からうじて　辛。明しかねたる心也。明しかねて鳥の音をきくさへうれし。母の声を聞たらば、いかばかりうれしからんと也。

---

40 からうじて、鳥のなくを聞て、「《手習心》いとうれし。母の御声をまして聞たらんは、いかならん」と思ひあかし給へり。

一品の宮、御物のけになやませ給ひ、后の宮《明石ノ中宮》より僧都へ御文まいれば、けふおりさせ給ふ。手習の君、「大尼にいむ事うけなん」といひて、僧都にたいめし、「かく」との給へば、「《僧都詞》ゆくさきとをげなる御程に、いかでかは」との給ふ。「《手習詞》おさなくより、物をのみ思ふべきさまにて、親なども、あまになしてや見ましなどの給ひしを、まして物おもひしりて後は、れいの人ざまならで、後の世をだにと思ふ心ふかゝり」との給ふ。

「《僧都詞》おぼし立てのたまふを、三ぼうのいとかしこくほめ給ふ事なり。いとやすくさづけ奉るべきを、きうなる事にてまかでたれば、七日はてゝまかでん」との給ふ。

「《手習心》初瀬よりかへり給ひなば、かならずさまたげてん」とおぼして、「《詞》心ちあしく、いとくるし。猶をもくならば、いむ事かひなくや侍らん。けふはうれしきおり」とてなき給へば、「《僧都言》しかおぼしいそぐ事なれば」とて、はさみとりて、始見つけ奉りし二人の法師よびて、御几帳のかたびらのほころびより、御かみをかき

41 あふなき　奥なき也。浅きと云心也。
42 同じ心也。
43 此岸彼岸。我も同じごとく道心おこさんと也。
44 いみじく　忌々敷也。

いだし、「おやの御かた、おがみ給へ」といふに、いづかたともしらぬほどなん、なき給ふ。少将のあまは、「などかく[41]あふなきわざせさせ給《フ》。う《尼》へかへらせ給ひて、「いかなる事ぞ」との給はせんに」といへど、「流転《僧都詞》三界中」などいひて、「尼君たち、よくなをさせ給へ」といふ。ひたいは、僧都そぎ給へり。む《君》ねのあきたる心ちして、手習、

なき物に身をも人をもおもひつゝすてゝし世をぞさらにす《尼》てつる

[42]かぎりぞとおもひなりにしよの中をかへす〴〵もそむきぬるかな

中将、きゝて、

[43]きしとをくこぎはなるらんあま船にのりをくれじといそがるゝかな

手習　心こそうき世のきしをはなるれどゆくゑもしらぬあまのうき木を

れいのてならひにし給へるを、少将の尼つゝみて奉る。

物まうでの尼君、かへりて、「をのれは《我は也》、けふともあすともしりがたきに、い《手習ノ君ヲ》かでうしろやすくと、仏にも祈り聞えつれ」とふしまろび、[44]いみじく思給ふ。

一品の宮の御なやみ、おこたらせ給ひ、中宮、僧都にたいめんし給て、彼初瀬の道にてうき船を見つけ給ひし事かたり給ふに、大将《かほる》の思ひ人の宰相の君、

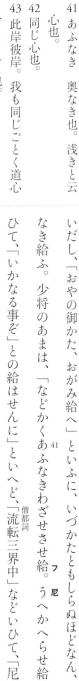

聞けり。「其頃《中宮の御心》、彼《宇治》わたりにきえうせにけん人を、おぼしいづ。それにやあらん。大将にきかせばや」とおぼせど、打出の給はんもつゝましくて、やみにけり。

手習の君、はしのかたに出て見給へば、かりぎぬすがたいろ〳〵みゆ。彼中将也。尼君、

こがらしの吹にし山の[45]ふもとにはたちかくすべきかげだにぞなき

中将 [46]まつ人もあらじとおもふ山ざとのこずゑを見つゝなをぞ過うき

「《中将言》さまかはり給へらんを、いさゝかみせよ。それをだにちぎりしるしにせん」と、せめて、中将、

[47]大かたの世をそむきける君なれど《手習ノ》いとふによせて身《我》こそつらけれ

君、今は朽木などのやうにて、尼君とはかなきたはぶれ事いひかはし、碁うちなどして明し暮し給ふ。おこなひもよくして、経よみ、法文おほくよみ給へり。

雪ふり、人めたえて、年もかへりぬ。手習、

かきくらす野山の雪をながめてもふりにし事ぞけふもかなしき

若菜をこ《籠》にいれて、人のもてきたるを、尼君、

山里の雪まのわかなつみはやしなを[48]おひさきのたのまるゝかな

45昔ノ子　今ノ手習かくるべき陰なき也。
46むすめもなく、手習さへ尼ニ成給ふ也。
47出家は世上のならひなれど、我をいとひてかとつらき也。
48おひさき　小大。

手習　[49]雪ふかき野べのわかなもいまよりは君がためにぞ年もつむべき

ねや近き紅梅の色香かはらぬを、手習、

[50]袖ふれし人《昔人》こそみえね花の香のそれか《かほる》とにほふ春のあけぼの

大尼君のむまごの紀のかみ、此頃のぼりてきたり。「ひたちの北の方をば、をとづれ給ふや」といふは、いもうとの事なるべし。手習の君きゝて、「我おやの名《ひたち》」と、みゝとゞまるに、又いふ。「かほる大将、宇治におはせし御供につかうまつりて、故八宮の住給ひし所に日をくらし給ふ。故宮の御むすめにかよひ《かほる》給ひし。一所《大君》はうせ給にき。その御いもうとを、又忍びすへ給へりけるを、こぞの春又《うき舟》うせ給にければ、其御はてのわざ《此事》せさせ給はん事、彼寺のりしにの給はせつ」といふを聞に、いかで《手習ノ君》かは、あはれならざらん。

尼君、「彼八宮の御むすめは、[51]二人とこそ聞つれ」とのたまへば、「大将殿の御後のは、をとり腹なり」とかたる。川近き所にて、大将殿、水をのぞき、うへにのぼりて柱にかきつけ給ひし歌、

見し人はかげもとまらぬ水のうへに[52]おちそふなみだいとゞせきあへず

とかたりて出ぬ。手習の君、

49 別ニ頼み給ふ人もなし。只尼君ノ為ト也。

50 昔の人は見えぬニ、匂ひはあるやうなると、かほるの事を思へり。本心ニ成たるゆへ。

51 本妻ノ腹ニ二人。後妾ノはうき船。

52 おちそふハ、姉君うき船。

53「ありし世の形見の袖をあま衣かはれる身にやかけて忍ばん」昔のためとの衣なれば、かけて忍ばんと也。

54（「かほる詞」を抹消し、朱で「大君うき舟」と書入れ）

53 あまごろもかはれる身にやありしよのかたみの袖をかけてしのばん

大将殿《かほる》は、彼ひたち《手習ノ継父》の子のなかに、きよげなるわらは、「ちかくならさん」とぞおぼしける。雨ふりしめやかなる頃、后の宮《中宮》に参給へり。中宮、宇治には、「《詞》をそろしき物やすむらん。いかやうにて、彼人はなく成にし」とゝはせ給ふ。「打《54かほる詞》つゞ《大君》きたる《うき舟》を、よからぬ物なんすむにや。いとあやしく侍」とて、くはしくは聞え給はず。

小宰相に、「僧都のゝ給し事かたれ」とのたまへば、立よりていひいでたり。「其人《かほる詞》は、猶あらんや」との給へば、「彼僧都、山より出給ふ時、尼になしつるといへり」とかたる。其頃、思ひあはするに、たがふしなければ、「まことに尋出たらん、あさましき心ちもすべきかな。いかでか、たしかに聞べき」とおぼす。

月ごとの八日には、薬師仏にこゝろよせ、中堂に参給ふ。「それより、横川におはせん」とおぼして、彼せうと《うき船ノ弟》のわらはをゐておはす。

1 世間万物、夢のごとし。源氏一部も夢也。夢と斗は聞よからぬゆへ、浮橋也。
2 いむ事　五戒。
3 なのめ　大かた也。
4 その人とは、かほるとはなくて也。
5 尼に成給へば、あひ給ひても、何のとがあらんと也。

夢浮橋[1]〔薫廿七才。夢と云詞、五ケ所有〕

山《比叡》におはし《かほる》て、経仏れいのごとくくやうじ給ふ。

又の日、横川におはす。僧都おどろきかしこまり、御物語こまやかにて、「小野のわたりに、しり給へる人やあり」ととひ給へば、「しか侍り」と聞ゆ。「御弟《かほる詞》子になりて、いむ事[2]さづけ給へりときゝ侍るは、まだ年もわかく、おやなど有し人にて、我にかごと《うらみ》かくるなん」などの給へば、「されば《僧都心》よ。たゞ人と見えざりし」と思あたりて、宇治のゐんの事よりくはしく語給ふ。「母《かほる詞》なる人につげしらせまほしく侍れば、彼さかもとにおり給へ。かばかりにて、なのめ[3]に思ひすぐすべくは侍らざりし人なるを、夢のやうなる事どもかたりあはせんと思給ふる」との給ふ。「ま《僧詞》かりおりん事、けふあすはさはり侍る。月たちて」と申給ふ。「此《かほる言》わらは、其人のゆかり也。かつ〴〵物せん。御文一くだり給へ。その人[4]とはなくて、たゞ尋聞ゆる人あるとばかりの心をしらせ給へ」との給へば、「今《僧》は、御みづから立よらせ給はんに、何のとが[5]ゝ侍らん」と申給へば、打《かほる》わらひ給て、昔よりふかゝりしかたの心ばへをかたり、日も暮ぬれば、かへり給ふ。

僧都、文かきて、此わらはにとらせ、「時々は山におはしてあそび給へよ」など打かたらひ給ふ。此子、文とりて、御供《かほるノ》にいづ。

小野のあま達、大将殿のよ川におはしたるを、ひるのたよりにしりて、御さきの火おほうともしたるを見給ふ。

「此子をやがてやらん」とおぼせど、人めおほくて、又の日、出したて給ふ。人きかぬまによびよせて、「あこ《かほる詞》がうせにしいもうと[6]のかほは、おぼゆや。今は世になき人と思ひ果しを、たしかにこそ、物し給ふなれ《ありと聞しと也》。うとき《外》人には聞えじと思ふを、いきて尋ねよ。母にはいふな。中々さはがん程に、しるまじき人もしりなん」との給ふ。おさな心ちにも、「いとかなし」と思ひわたるに、うれしきにも涙のおつるを、「はづかし」と思ひて、「おゝ《歎状ノ詞也》」と聞え給たり。

かしこには、つとめて[7]、僧都より、「よべ《文言》、大将殿の御使に、小君やまうで給へりし。けふあす過してさぶらふべし」とかき給へり。尼君おどろきて、君にみせ給へば、おもてあかめて、いらへんかたなくてゐ給へり。「猶、のたまはせよ。心うくおぼしへだつる事」とうらみて、ことの心をしらねば、あはたゞ

6 此小君のためには、あねなれども、惣じて女兄弟はみないもうとゝ云也。
7 旦、夙。

しく思ひたる程に、また、「僧都よりの御せうそこ」とて、きよげなるわらはのきたる。わらうだ[8]さし出たれば、簾のもとにゐて、「《小君言》かやうにては、さぶらふまじくこそは、僧都はの給しか」といへば、尼君いらへなどし給ふ。文とり入てみれば、「入道の姫君の御かたに、山より」とて名かき給へり。あらがふべきやうもなし。はしたなくて、いよ〳〵引いられて、かほも見あはせ給はず。「《尼詞》此小君は、たれにかおはすらん。なを、いと心うし。今さへ、かくあながちにへだてさせ給ふ」とせめられて、すこしとざまにむきて見給へば、此子は、今はと世を思ひなりし夕暮にも、いと恋しと思ひし人也。母のいとかなし《愛》くして、宇治にも時々ゐておはせしかば、まづ母の有さまとはまほしく、ほろ〳〵となかれぬ。いとおかしげ[9]にて、少し似給へれば、「《尼君詞》御はらからにてこそおはすらめ。聞えまほしくおぼす事もあらん。内にいれ奉らん」とあま君いふを、「《手習心》あやしきさまにおもがはり《尼ニ成テ》して、ふとみえんもはづかし」と思へば、「《詞》かゝる人にも、ありとしられでやみなんと思ひ侍る。彼母、もし世にものし給はゞ、それひとりになん、たいめんせまほしく思侍る。此僧都ののたまへる大将殿《かほる》には、さらにしられ奉らじとこそ思ひ侍れ。かまへて、ひが事なりと聞えなして、

8 わらうだ　円座也。
9 おかしげハ、うつくしうて也。手習の君ニ似たる也。

10 今きこえん　やがてきこえん也。
11 見奉る人　かたはらなる人も、いひかくすはつみ也ト。
12 周章。

もてかくし給へ」との給へば、「《尼詞》後にかくれあらじ。かろ〴〵しき程にもおはしまさず」などいひさばき《(さはぎ)》て、も屋のきはに几帳たてゝ、小君をいれて、「御文御覧ずべき人は、こゝに物せさせ給ふめり」とて、なを猶をしよせ奉りたれば、「《小君》御返り給りて参なん」といそぐ。

尼君、御文引ときて、見せ給へば、有しながらの御手にて、かほる、

　法のしとたづぬるみちをしるべにておもはぬ山にふみまどふかな

「《手習詞》心ちかきみだるやうにし侍る程、ためらひて、[10]いまきこえん。昔の事思ひ出れど、さらにおぼゆる事もなく、夢にかとのみ、心もえず。此御文、けふはもてかへり給ひね。所たがへにもあらんに、かたはらいたかるべし」とて、尼君にさしやり給へば、「《尼詞》あまりけしからぬ事かな。[11]見奉る人もつみさり所なかるべし」などいふも、聞《尼》にくゝて、ふし給へり。「《尼君小君ヘノ詞》物のけにやおはすらん。なやみわたり給て、御かたちもことに成給へるを、尋給ふ人あらば、わづらはしかるべき事と見るも、心くるしく」など尼君聞え給ふ。

おさな心ちに、[12]あはてたる心ちして、「わざと奉れさせ給へるしるしに、何事をかは聞えさせん。たゞ一ことをのたまはせよかし」などいへど、物もの給

はねば、尼君、〔詞〕「雲のはるかにへだゝらぬほどに、山風ふくとも、又も立よらせ給へ」といへば、〔小君〕ゐくらさんもあやしく、心ゆかずながら参りぬ。かくたど〱しくかへりきたれば、〔かほる心〕「すさまじく、中々なり」とおぼす事さま〲にて、「人のかくしすへたるにや」とおぼす。

- 太政天皇〔桐壺ノ御門也〕 **榊ノ巻崩御**
- 前坊
  - 秋好中宮 **冷ノ**〔母六条御休所〕
- 桃園式部卿宮ノ
  - 槿斎院ノ **女五ノ宮トあひすみ也**
- 三宮ノ **摂政ノ北ノ方**
- 女五宮ノ **桃園ノ宮にすみ給ふ也**
- 朱雀院〔御母弘徽殿悪后〕
  - 今上〔母承香殿女御〕
    - 春宮〔母明石中宮〕
    - 式部卿宮ノ〔同〕
    - 匂兵部卿宮ノ〔同〕 **三ノ宮**
      - 若君〔母宇治中君〕
    - 常陸宮ノ〔母更衣〕
    - 中務宮ノ〔母明石中宮〕
    - 一品宮ノ〔同〕
    - 女二宮ノ〔母藤壺女御〕
  - 女一ノ宮
  - 落葉宮ノ〔母一条御休所〕 **柏木ノ北ノ方**
  - 二品内親王〔女三也〕〔母先帝源氏宮藤壺〕
  - 女四ノ宮
- 六条院ノ〔母桐壺更衣〕 **光君**
  - 夕霧左大臣ノ〔母葵上〕
    - 右衛門督〔母三条上〕
    - 中納言〔母藤内侍〕
  - 薫大将〔母女三宮〕

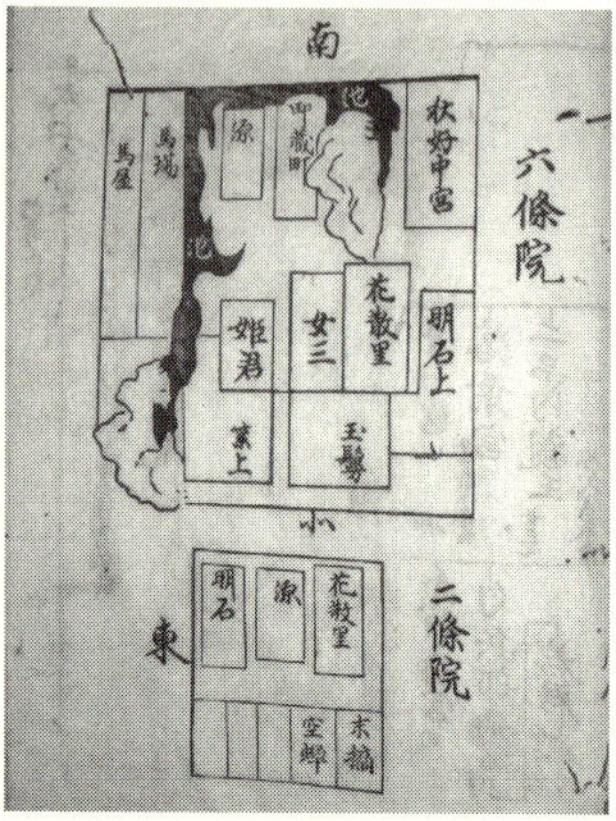

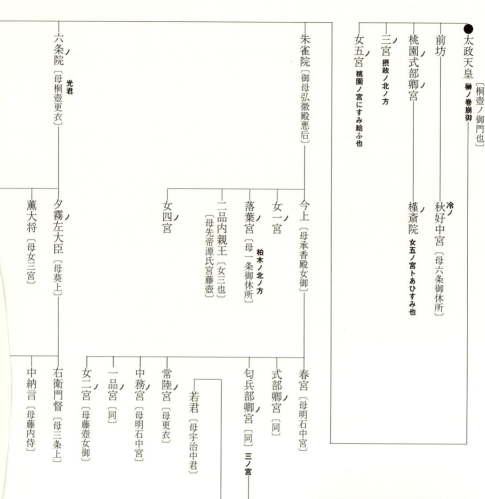

- 蛍兵部卿ノ宮
  - 重ノ宮
  - 同
  - 宮ノ御方〔母真木柱上〕
- 四ノ宮〔母承香殿女御〕
- 帥ノ宮
- 八ノ宮〔母大臣女〕
  - 角総ノ大君〔母大臣女〕
  - 中君〔同〕
  - 三ノ君〔うき舟也〕
- 式部卿宮
  - 侍従
  - 宮君
- 冷泉院
  - 一宮
  - 女一宮〔母致仕大臣女〕
  - 女二宮〔母一宮同〕
- 一品宮〔母弘キ殿女御〕
- 女二宮
- 前斎院

- 今上ノ明石中宮〔母明石上〕

- 右大弁〔三条上〕
- 侍従ノ宰相
- 源宰相中将〔三条上〕
- 頭ノ中将〔藤内侍〕
- 四位ノ少将〔三条上〕
- 童
- 春宮ノ女御〔三条上〕
- 中君〔同〕
- 三君〔藤内侍〕
- 四君〔三条上〕
- 五君〔同〕
- 六君〔藤内侍〕

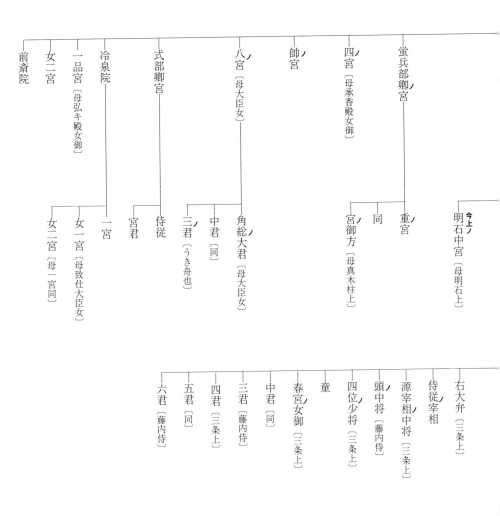

- ●先帝
  - 式部卿宮
    - 源中納言
      - 若君
  - 薄雲ノ女院（藤壺ノ中宮）
  - 朱ノ源氏宮（藤壺女三ノ御母）

- 中将
- 侍従
- 民部大輔
- 髯黒ノ大将ノ室
- 紫ノ上
- 冷泉院ノ女御

- ●常陸ノ宮
  - 阿闍梨
  - 蓬生君

- ●摂政太政大臣
  - 致仕ノ太政大臣
    - 柏木権大納言
    - 紅梅ノ右大臣
      - 大夫
      - 冷ノ麗景殿女御
      - 中君
    - 左衛門督
    - 藤ノ宰相
    - 頭ノ中将
    - 蔵人ノ少将
    - 八郎君
    - 玉鬘ノ曲侍〔母夕顔上〕
    - 冷ノ弘徽殿ノ女御
    - 夕霧ノ大臣ノ室
    - 近江ノ君
  - 左中弁
  - 藤大納言
  - 春宮ノ大夫
  - 葵上

- ●左大臣
  - 大蔵卿
  - 修理大夫
  - 女子
  - 今上ノ藤壺ノ女御（女二ノ御母）

- ●左大臣
  - 女御

- ●按察大納言
  - 北山僧都
  - 紫ノ上母

- ●二条太政大臣

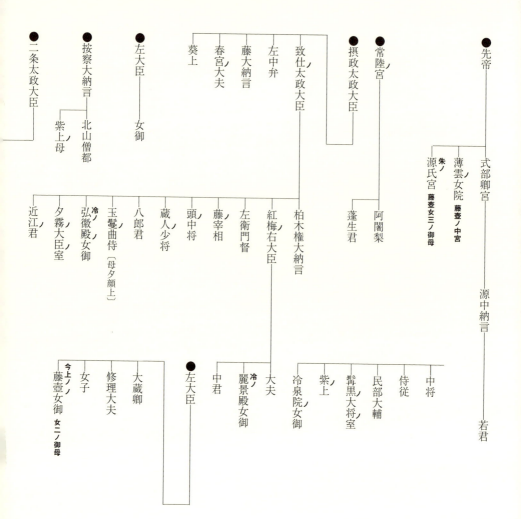

藤大納言
　頭弁ノ
　朱ノ 麗景殿
四位少将ノ
左中弁
桐ノ 弘徽殿大后ノ
帥宮北方ノノ
致仕大臣室ノノ
五君ノ
朧月夜尚侍ノ

●右大臣
　髯黒大政大臣ノ
　　藤中納言
　　次郎君
　　右兵衛督
　　右大弁
　　頭中将
　　真木柱上
　　冷ノ 女御
　　今上ノ 尚侍
　頭中将
　朱ノ 承香殿女御

●権中納言
　左衛門佐　小君
　空蝉君

●三位中将――夕顔上
宰相――宰相君

●大臣――前播磨守入道――明石上ノ
按察大納言ノ
　雲林院律師ノ
　桐壺更衣ノ

●竹川左大臣ノ――女

●大臣――女御〔宇治八宮御母〕

●大臣――六条御休所

- ●右衛門督
  - 女〔小野ノ尼〕
- ●伊与介
  - 紀伊守
  - 蔵人右近将監
  - 蔵人少将妻
- ●参議藤原ノ惟光
  - 兵衛尉
  - 藤曲侍 乙女 夕霧ノ妾
- 山阿闍梨
- 少将命婦
- 三河守妻
- ●前播磨守
  - 源ノ義清
  - 五節 乙女
- ●参議宮内卿
  - 明石ノ乳母
- ●太宰大弐
  - 筑前
  - 五節
- ●太宰少弐
  - 豊後介
  - 次郎
  - 三郎
  - 揚名ノ介妻
  - アネノ婦御許
  - 兵部君
- ●常陸介 うき船ノ継父
  - 蔵人式部丞
  - 蔵人右近ノ将監
  - 童
  - 源少納言妻
  - 讃岐守妻
  - 少将北方

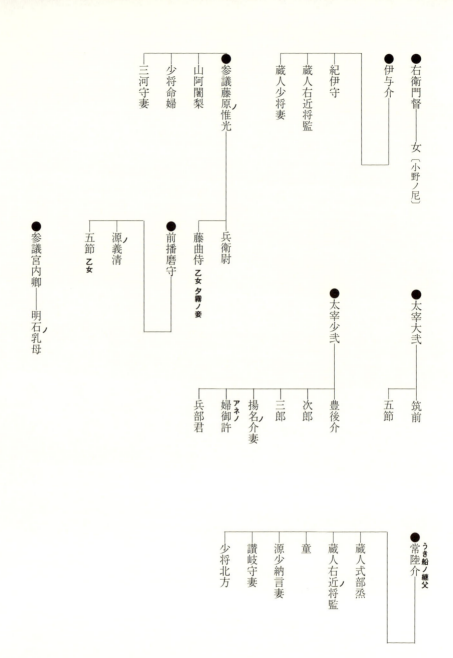

（献辞）

此一部、年来心にしめて見れ共〳〵、はゝ木のことはりにも違はず。まして齢かたぶき、たそかれのそらめあやしく、まき返す手もたゆし。さりとていたづらにさしをき侍らんも、ほゐなきわざなり。所々書ぬき侍らばめやすからんと、筆のしりくはふるまもなく、あやまるふしをもかへりみず、よしある所々に絵をかきそへ、我身ひとつのなぐさめぐさとす。たゞわらはべのひいな遊びに似たり。老て二たび児に成たるといふにや。

立圃（花押）

白石良夫

解説――異版と著者書入本

一　従来の『十帖源氏』版本研究

『十帖源氏』は大本十巻十冊。著者野々口立圃《ののぐちりゅうほ》の跋文を根拠に、承応三年（一六五四）成立と推定され、万治四年（一六六一）刊行とされる（註1）。その跋文（第十冊最終丁ウラ）であるが、伝存する版本によって、次の四種あることが報告されている（註2）。

㋐　跋文そのものがない本（該当箇所白紙）
㋑　跋文末に著者名（「立圃」）のみ彫られた本
㋒　跋文末に年記（「万治四年卯月吉辰」）と書肆名（「荒木利兵衛板行」）の彫られた本
㋓　跋文末に年記（「万治四年卯月吉辰」）と著者名（「立圃」）の彫られた本

図版Ⅰに見るように、年記・著者名・書肆名以外は、一見したところ同一の版木で刷られたかに見える。跋文の丁だけではない。右の四種の版本はいずれも全十冊、これらもざっと見たところ、全冊にわたって同一の版木で刷られたかに見える。ということで吉田幸一は、これらの版本が同一の版木によって刷り出されたものという前提でもって考証をおこなった。すなわち跋文の最後の部分のみを埋木《うめき》による修訂と見なして、あとは刷の前後関係を観察し、その刷の順序を、

㋐　→　㋑　→　㋒　→　㋓

と推定した。繰り返しになってしつこいが、㋐㋑㋒㋓四種の版本が、跋文の一部のみを操作しながら、あとは同一の版木によって刷り出された、と考えての推定であった。爾来、『十帖源氏』の版本に関してはこのことを前提にして語られてきた（註3）。

二　異版の存在

もってまわった言い方をしたのは、伝存版本の詳細な観察の結果は、一見したところとは異なるからである。すなわち、右の四種の版本は、同一の版木で刷られたものではない。㋐㋑と㋒㋓に使った版木はそれぞれ異なっていた。㋐㋑が初版で、刷の状態から判断して、㋐のほうが早い刷、㋑が後刷ということになる。㋒㋓は再版であり、そのうち㋒が早い刷、㋓が後の刷である。この事実は、われわれの研究会（小城鍋島文庫研究会）によって明らかにされたところであり、メンバーのひとり沼尻利通に論文がある（註4）。詳細は沼尻稿に譲るとして、吉田の研究との決定的な相違は、右記の図式に倣えば、

㋐→㋑

㋒→㋓

となる。㋒は新たに彫り起こした版木で刷った版本（異版）である。

　吉田を始めとする従来の版本研究が異版の存在に気づかなかったのは、これが厳密な意味での覆刻（いわゆる「被《かぶ》せ彫《ぼ》り」）だったからである。丁寧に覆刻されたものなら、二本を同一机上に並べて比較観察できる環境でないと、覆刻された事実に容易に気がつかない。当研究会でそれができたのは、たまたま小城鍋島文庫に『十帖源氏』版本が二部、先の㋐㋓にあたる本が伝存していたからである。きわめて精巧な覆刻であるが、ご覧のように、両者対照して、あきらかに彫りが異なっている（図版Ⅱ・Ⅲ）。

　したがって、これまでの吉田の研究とその上に立って行われていた『十帖源氏』の版本研究は、これをご破算にしなければならない。

三　小城鍋島文庫『十帖源氏』の意義—自筆書入れと献呈の辞

小城鍋島文庫所蔵の『十帖源氏』は、しかし、当文庫が学界に知られた当初から（註5）、また別の点で注目されていた。一方の本（函架番号 o91-9）は初版本の㋐に該当するのであるが、㋑以下に版刻された跋文と同じ文章が、著者立圃の直筆によってそこにしたためられていることと（図版Ⅳ）、かつ小城藩第二代藩主鍋島直能《なべしまなおよし》の蔵書印「藤」が捺されていることである（さらに藩校興譲館の印「荻府学校」が捺される）。

此一部、年来心にしめて見れ共〱、はゝ木のことはりにも違はず。まして齢かたぶき、たそかれのそらめあやしく、まき返す手もたゆし。さりとていたづらにさしをき侍らんも、ほゐなきわざなり。所々書ぬき侍らばめやすからんと、筆のしりくはふるまもなく、あやまるふしをもかへりみず、よしある所々に絵をかきそへ、我身ひとつのなぐさめぐさとす。たゞわらはべのひいな遊びに似たり。老て二たび児に成たるといふにや。

立圃（花押）

そこから、著者献呈の本であろうと推測されている。この注目すべき一本を、われわれは「甲本」と呼ぶ。もう一方（函架番号 o91-10）は再版本㋓に該当する版本で、それを「乙本」と呼ぶ。

ところで、甲本における立圃直筆は、右跋文のみにとどまらない。これまで指摘されてこなかったが、毎丁に施された夥しい墨筆の書入れが（本書口絵参照）、じつは立圃の筆跡に等しい。版本『十帖源氏』の版下は立圃の筆になるものであり、図版Ⅴに見るように、書入れと照合して筆跡はそれに一致する。たとえば、「ら」「に」「ぬ」「た」「は」「け」「ひ」「ふ」などに同じ癖が見いだせる。

墨筆書入れはその内容から見て、当時おこなわれていた源氏註釈書を適宜写したものと思われる。いまだそれと特定するに至っていないが、『河海抄《かかいしょう》』『紹巴抄《じょうはしょう》』などに一致する記事が多い（註6）。該書甲本は著者の手元にあった手沢本であって、書入れは講義・講釈用のノートとして物されていたのだと思われる。それを直能に親しく献呈した、あるいは直能のほうから所望したか。

そう考えれば、これまで跋文とされていた右の文章は、時間的にも空間的にも、墨筆書入れの後ろに直接接続するものであり、この文意を忖度して、立圃から直能に宛てたプライベートな献呈の辞と読み取ることができる。それを、㋑において版刻流用して、跋文のごとくに仕立てたのである。

直能と立圃の交渉をうかがわせる同様の資料として、小城鍋島文庫にはもう一点、立圃の紀行文『みちのき』の、これも直能蔵書印の捺された著者自筆本がある。直能はその後室が公家の坊城《ぼうじょう》家の出であり、自身も飛鳥井《あすかい》雅章《まさあき》の門人であって、宮廷歌壇との交遊も厚かった（註7）。一方の立圃も堂上サロンに出入りし、とくに大名と公家との文芸を通したパイプ役をはたしていた（註8）。そのような環境が、立圃と直能の交渉の背景にあったのである。

四　『十帖源氏』の成立と刊年再考

だとすれば、右献辞文末の「老て二たび児に成たるといふにや」を『十帖源氏』成立の年（立圃還暦の承応三年）とした渡辺守邦の説も再考を要しよう。

還暦の年とするのは渡辺の推理であるが、かりにこの解釈が当たっているとしても、それは該書甲本を直能に譲った年と考えるのが自然であって、承応三年（一六五四）の時点ですでに版本㋐は存在していたということを意味する。よって、本書成立も溯らせねばならない。

そのことを具体的に裏付けるのが、該書冒頭部分（第一冊二丁オモテ）の立圃の次の墨筆書入れである。

一条院寛弘ノ初ニ作り、堀河院康和ニ流布ス。寛弘より康和まで九十六年、寛弘より慶安まで六百五十年余。

右はすなわち慶安年間（一六四八〜一六五二）に記されたものであり、当の版本㋐がそれ以前に出来《しゅったい》していたことの紛れもない証拠である。㋒㋓の版本にある万治四年（一六六一）の年記は、覆刻したときに書肆荒木利兵衛が加えたもの、ということになる。

以上を時系列で整理すれば、次のようになる。

慶安ないしそれ以前に、版本㋐は作られていた。この版本からは、刊年はもとより著者や版元に関する情報を得ることはできない。著者は手元にある版本に書入れをしてゆき、それを承応三年、鍋島直能に献呈の辞を添えて差し上げた。献呈の辞は、後刷のさい、跋文のごとくに仕立てて版刻追加された。このとき初めて著者名が書中で明かされる（版本㋑）。万治四年、荒木利兵衛が跋文末を替えて覆刻版を作った（版本㋒）。なお、荒木利兵衛が初版本の版元だったかどうかは不明。のち、跋文末の版元名を著者名に彫り替えて、覆刻版後刷本（版本㋓）を出した。

五　朱筆の書入れ

甲本にはほかに、墨筆のそれとは筆跡の異なる朱筆書入れがある。内容的には次のように分けられる。

①墨筆書入れとの照合のための合印
②濁点
③墨筆書入れの訓点
④振り仮名
⑤主語・目的語・会話主などの補足
⑥相当する登場人物名

⑦簡単な語釈

などである。朱筆書入れがいつ、だれによって施されたかは、今にわかに判断できない。なお、乙本も甲本の書入れを墨・朱ともに写しているが、まま写し漏らしもある。

六　濁音表記について

「まえがき」で触れた濁点、とくに読み癖の表記について、問題提起も兼ねて、ここに付記しておきたい。『十帖源氏』版本は、第一冊に濁点は存在せず、第二冊以降にそれが見られる。このことは、あるいは初版の版木成立に関する問題をふくんでいるのかもしれないが、いまはそれ以上を言わない。ここでは、版本で濁点表記された語彙、および朱筆で濁点が補われた語彙、を問題にする。

濁点が付されるといっても、この版本では、あるべきところにないことのほうが断然、多い。朱の濁点は、すなわちその補完なのであるが、それとて、補わるべきものを補っていないほうが多い。同一語でも、濁点のある箇所、ない箇所とまちまちである。要するに、清濁に関しては恣意的と片づけていいテキストであり、これを正確な清濁表記に校訂することが、われわれ国文学者の仕事となる。ここでいう正確な清濁表記とは、国語史の知識にのっとることである。

しかしながら、本作品版本においては、現在の国語史の知識をもって清濁の振り分けをおこなおうとすると、「まえがき」で示したような、違和感のある濁点にしばしば出会う。朱筆で補われた濁点にも、そういったものが多い。加えて、同一語で複数例出現するとなると、これらの違和感を無視するわけにはいかなくなる。単純な間違いではなく、著者立圃による、および朱筆書入れ者による確信的な濁点ではないかと予測させられる。はたして、該当語のかなりの濁点が、後掲の清濁表に見るように、同時代の源氏物語音読資料『源氏清濁』（京都大学国語国文資料叢書）のそれと一致する。本書底本の濁点が、近世初期の古典作品の読み癖の意識的な反映であると断定してもいいであろう。

ゆえに、本書においては、読み癖表記の再現を試みた。古典の読み癖の研究については、『源氏清濁』の紹介者遠藤邦基に一連の業績（註9）があるものの、資料も十分に整備されておらず、実態の解明もいまだ途上といわざるをえない。そんな環境での本書の試みは、ひとえにこの方面の研究に、一石ならぬ捨石を投じることにある。

註

1 日本古典文学大辞典「十帖源氏」の項（渡辺守邦稿）。

2 古典文庫『十帖源氏』（一九八九年一月）解説（吉田幸一稿）。ただし、吉田の叙述では、版本書誌学で重要な「刊・印・修」の概念が明確にイメージされない。

3 清水婦久子『源氏物語版本の研究』（二〇〇三年三月）など。

4 「佐賀大学小城鍋島文庫『十帖源氏』の挿絵と覆刻」（白石良夫編『小城藩と和歌—直能公自筆『岡花二十首和歌』の里帰り』（二〇一三年十月）、「野々口立圃『十帖源氏』の初版と覆刻」（雅俗十三号、二〇一四年七月）。

5 島津忠夫「小城鍋島文庫善本書目解題」（佐賀大学文学論集三号、一九六一年九月、島津忠夫著作集第十巻所収）。

6 研究会では『紹巴抄』との関係に注目している。貞門派俳諧師（立圃）と連歌師（紹巴）となら、きわめて近しい。

7 井上敏幸「直能の和歌」（前掲『小城藩と和歌』）、日高愛子「飛鳥井雅章と鍋島直能—「道」の相伝と和歌」（佐賀大国文四十三号、二〇一五年三月）。

8 小高敏郎「貞門時代における俳諧の階層的浸透」（国語と国文学三十四巻四号、一九五七年四月）、菅原郁子「鳳林承章サロンにおける江戸初期の文人たち」（二〇一四年度日本近世文学会秋季大会口頭発表）。

9 『読み癖注記の国語史研究』（二〇〇二年十月）など。

図版

Ⅰ ㋑国立国会図書館蔵本

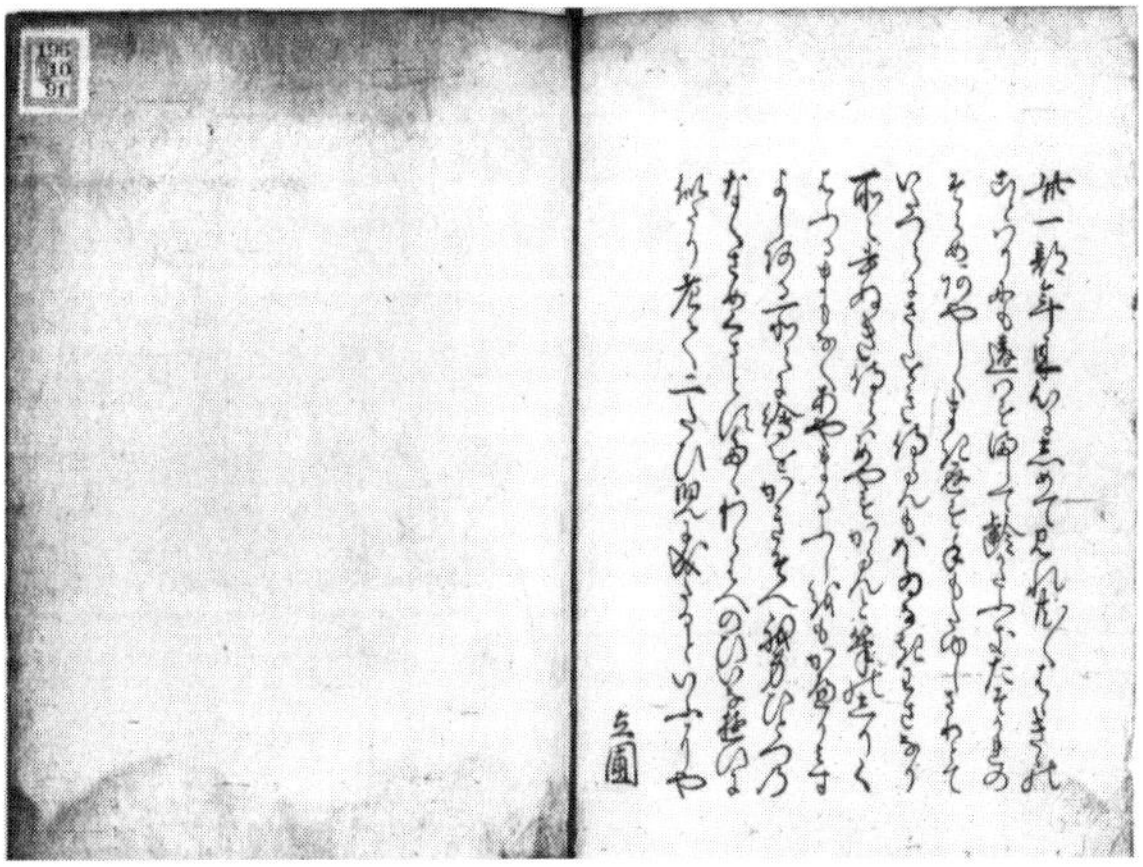

㋒国文学研究資料館蔵本

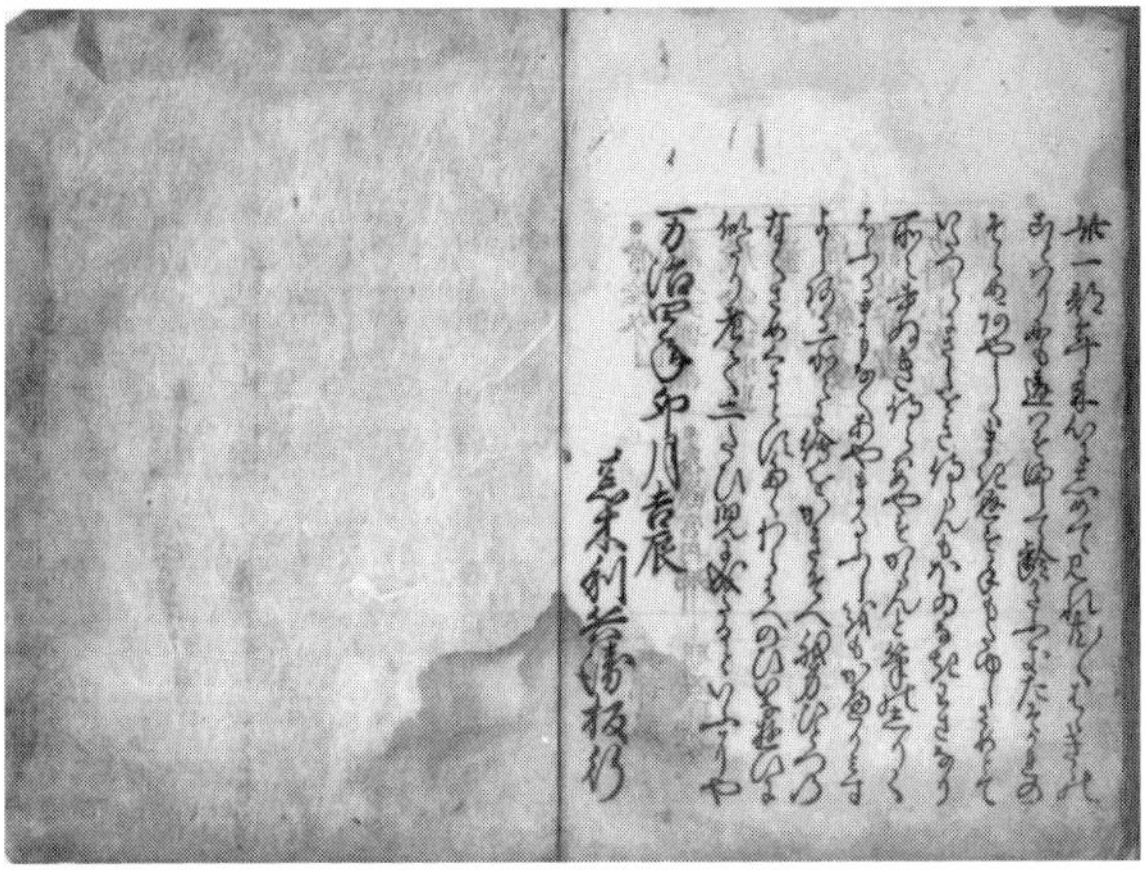

㋓小城鍋島文庫蔵本（乙本）

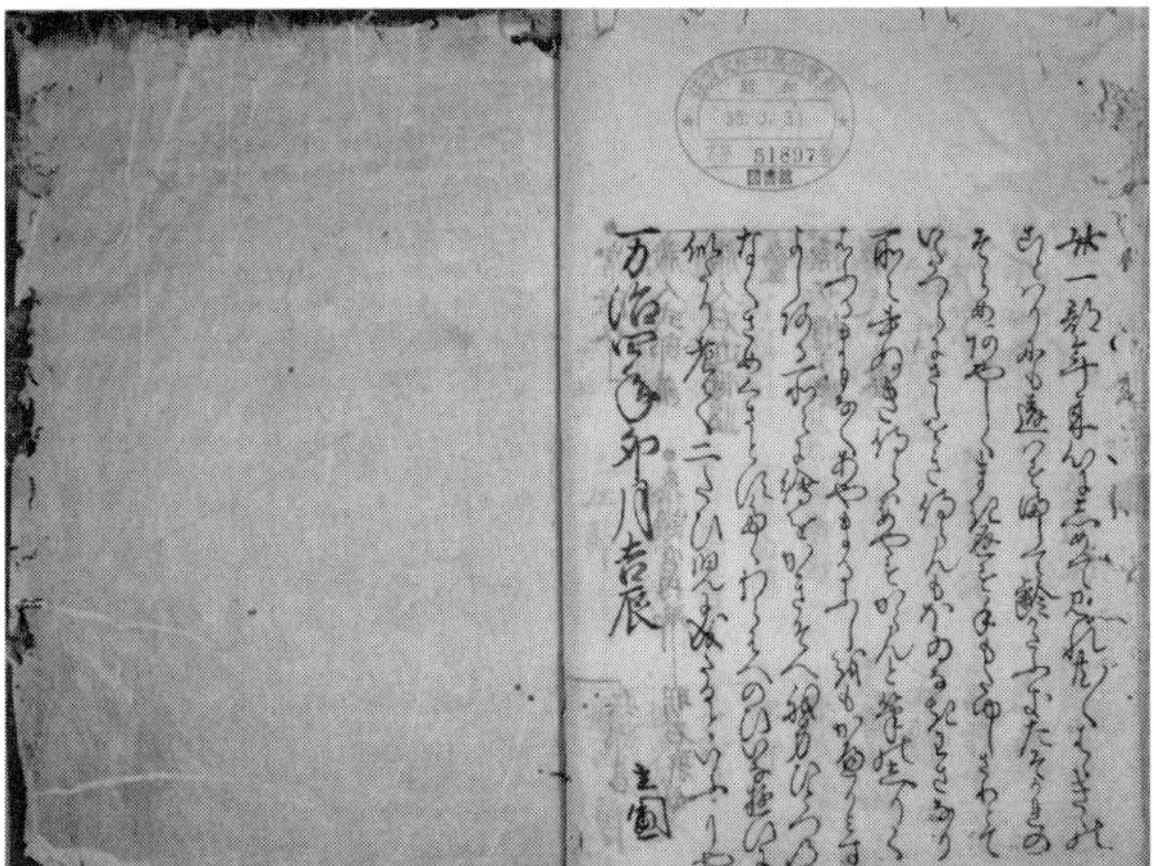

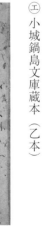

Ⅱ 若紫巻挿絵（上が初版、下が再版）。下方、人物の目鼻などに注目されたい。

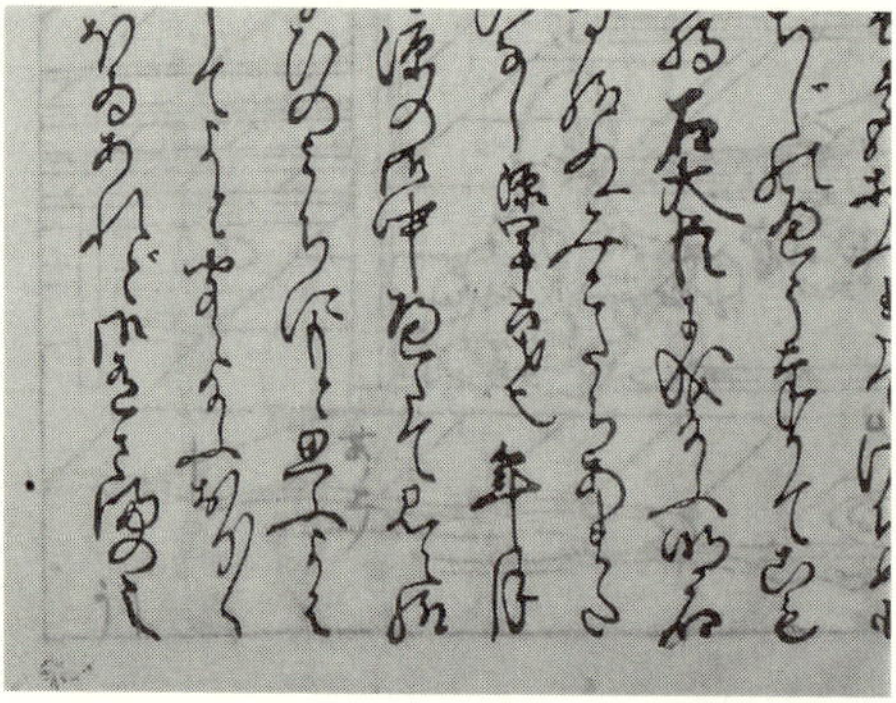

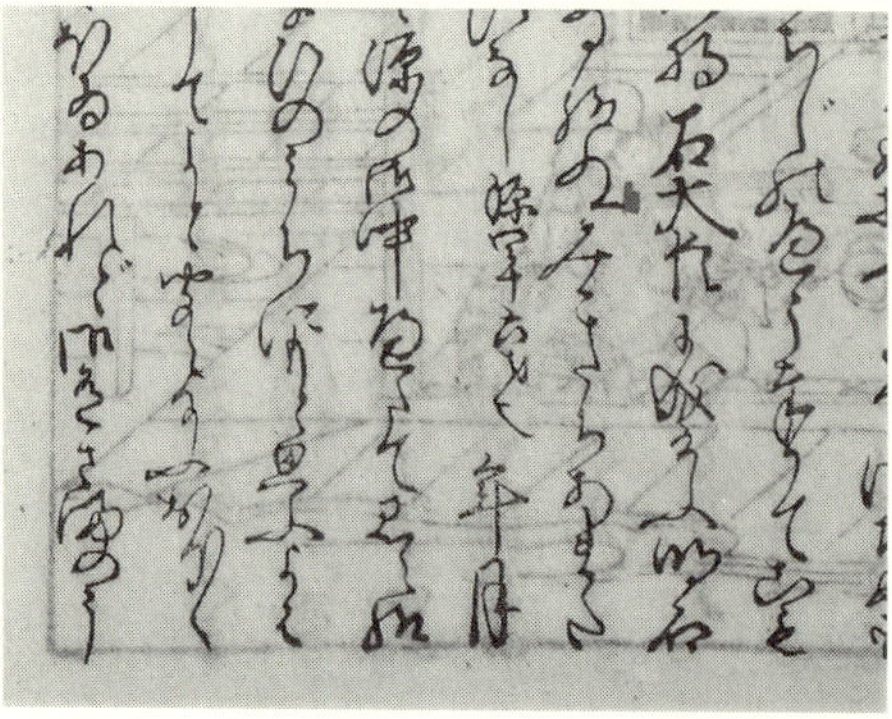

Ⅲ 若菜下巻本文の一部

掲出部分の最終行は「御有さまのう（しろめたき）」とあるべきところだが、初版（上）は「う」とは読めない。おそらく版下の字が歪で、それをそのまま彫ったのであろう。再版（下）できちんとした「う」に修正されている。そのほか、一行目「こも」、二行目「右大臣に成」、四行目「年月」、六行目「思ふ」など、異なる版木であることを示す。

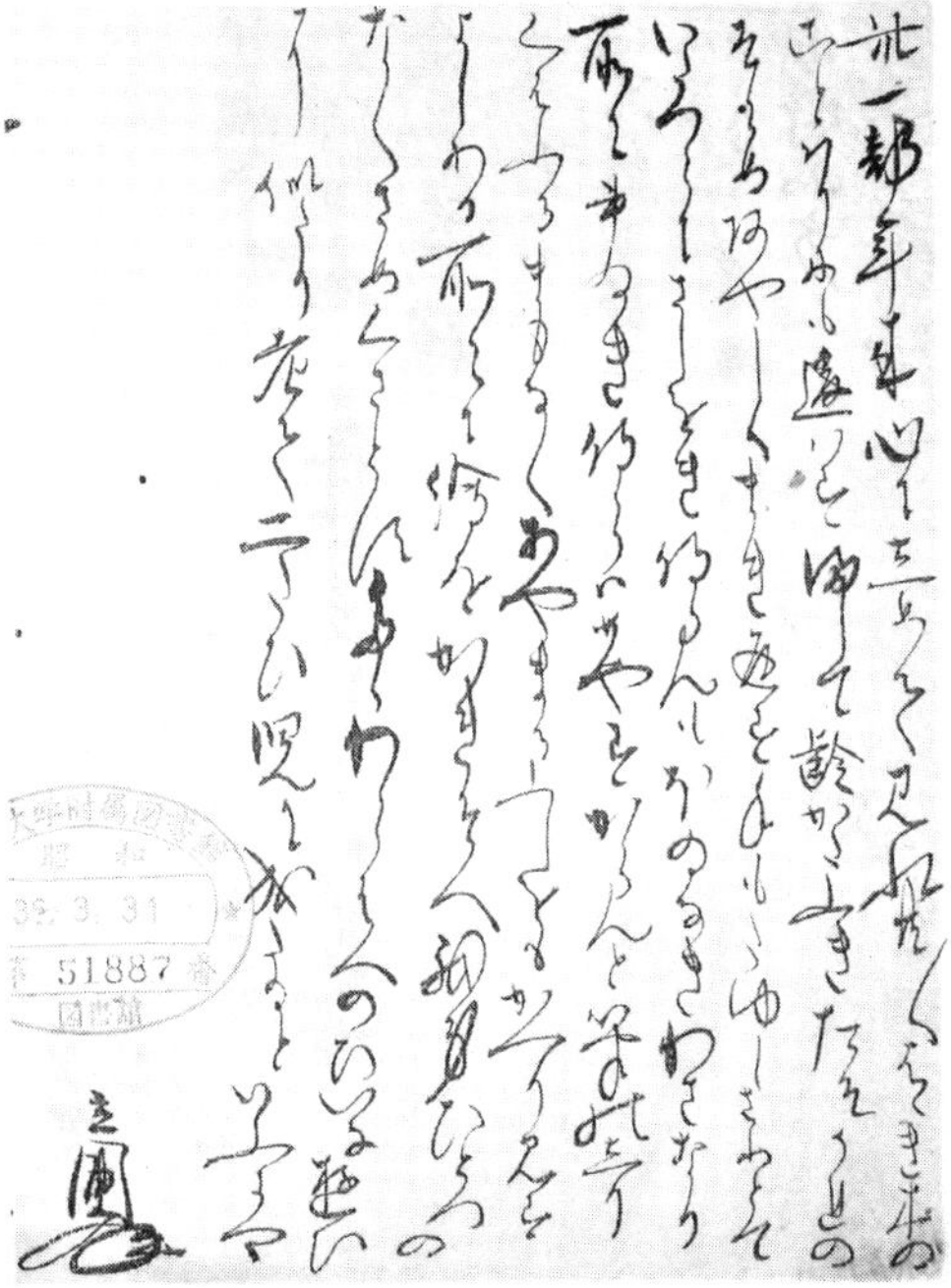

Ⅳ 立圃直筆跋文（献辞）

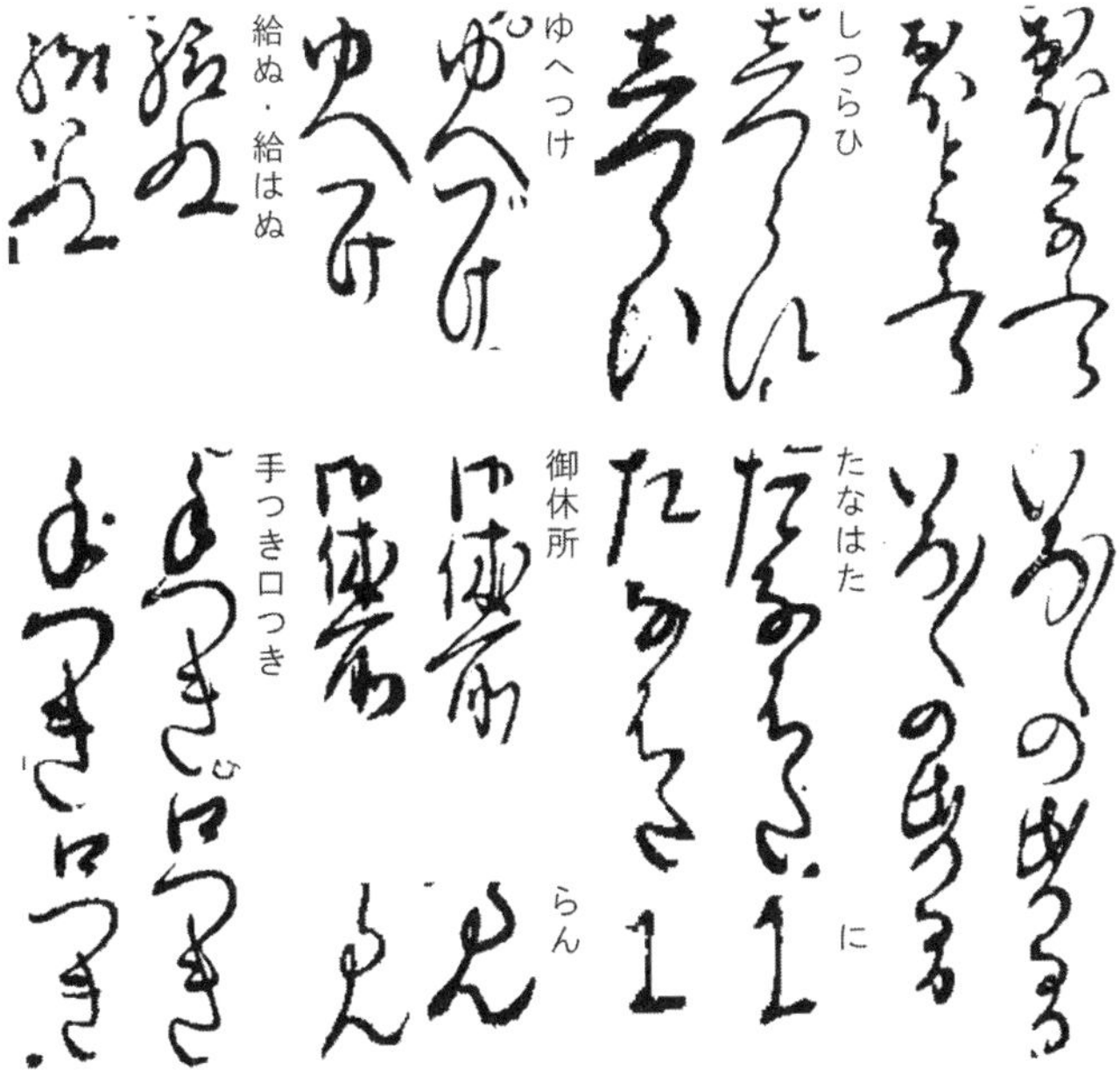

Ⅴ 版本（右）と書入れ（左）の筆跡（甲本第一冊より）

甲本の濁音表記

底本の表記 ＊1	濁点例の出現する巻 ＊2	源氏清濁	国語史 ＊3
あい**ぎ**やう（愛敬）	螢（版）・常夏（版）・野分（版）		あいぎやう
あか**づ**き（閼伽坏）	鈴虫（版）	あかづき	あかつき
あ**が**れ（分）	若菜下（版）	あがれぬるに	あかれ
あ**ぎ**れて（呆）	東屋（版）		あきる
あ**ぐ**かれ（憧）	真木柱（朱）・柏木（朱）		あくがれ
あま**ぞ**ゝき（雨注）	東屋（版）	あまぞゝき	あまそそき
いき**ず**玉	葵（朱）	いきすだま	（諸説あり）
おほ**ぞ**う	帚木（朱）・少女（朱）	おほぞう	おほぞう
おほ**ど**れ	東屋（版）	おほどれ	おほどれ
くやう**ず**（供養）	鈴虫（朱）・手習（朱）・夢浮橋（朱）	くやうぜさせ	
げん**ざ**（験者）	若菜上（版）・若菜下（版）	げんざ	げんざ
けん**ぞ**（見証）	竹河（版）	けんぞし給	けんぞ
げん**ぶ**く（元服）	桐壺（朱）・少女（版）		げんぶく
心**ぎ**たなし	帚木（朱）		心きたなし
心**ぎ**よく	澪標（朱）・藤袴（版）		心きよし
心**げ**さう（化粧）	須磨（朱）	心げさう	心げさう
心**ご**はき	手習（版）	こゝろごはき	心こはし
心**づ**きなや	少女（版）		
心**ど**きめき	螢（朱）	心どきめき	心ときめき
こ**ざ**う**じ**（小障子）	野分（版）		こさうじ
ごだち（御達）	末摘花（版）	ごだち	ごたち
こり**ず**ま	須磨（版）	こりずま	こりずま
さう**が**（唱歌）	橋姫（版）		さうが
さう**じ**（精進）	夕顔（版）	さうじ	さうじ
さう**じ**（障子）	紅葉賀（版）・少女（版）		さうじ
ざうし（曹司）	帚木（朱）	ざうし	ざうし
さう**じ**み（正身）	帚木（朱）・総角（版）・手習（版）	さうじみ	さうじみ
さう**ぞ**く（装束）	玉鬘（版）・胡蝶（版）・行幸（版）		さうぞく
さう**び**（薔薇）	賢木（版）・少女（版）		さうび

さ**ゞ**やか	帚木（朱）・常夏（朱）	さゞやかに	ささやか
ざれ**ば**みたる	帚木（朱）		されば む
じゝま（無言）	末摘花（版）	じゝま	しじま
じそく（紙燭）	夕顔（版）		しそく
しな**で**る（枕詞）	早蕨（朱）	しなでる	しなてる
ずぎやう（誦経）	朝顔（版）・若菜上（版）	ズギヤウ	ずきやう
ずほう（修法）	葵（版）・賢木（版）	みず法・みずほう	ずほふ
ぞう（族）	賢木（版）・行幸（版）	ぞう	ぞう
そひ**ぶ**し	桐壺（朱）	そひふし	そひぶし
御**づ**き（坏）	若菜上（版）		つき
でう**ど**（調度）	蓬生（版）・梅枝（版）・若菜上（版）	てうど・でうど	てうど
どん**じ**き（屯食）	柏木（版）・宿木（版）	どんじき	とんじき
なき**ど**よむ	明石（版）	なきどよむ	なきとよむ
なをなを**じ**	若菜上（版）・東屋（版）		なほなほし
ひげ**ぐ**ろ（鬚黒）	胡蝶（版）		
ひ**ず**まし	常夏（版）	ひすまし	ひすまし
ひ**ゞ**らき	帚木（朱）	ひゞらき	（諸説あり）
ほう**づ**き（植物名）	野分（版）		
御**ぞ**（御衣）	玉鬘（版）・胡蝶（版）		（諸説あり）
むつ**が**り	少女（版）		むつかる
むつ**び**（睦）	薄雲（版）・蛍（版）	われもむつび	むつび
め**だ**う（馬道）	桐壺（朱）・真木柱（版）	めだう	めだう
物**ぐ**るをし	常夏（版）		物ぐるほし
物**げ**なき	少女（版）		物げなし
らうらう**じ**く	東屋（版）	らうらうじ	（諸説あり）
わた**づ**海	明石（朱）		（諸説あり）
を**ぜ**なか（背長）	末摘花（版）	をぜなが	をせなが

＊1　現代人の感覚で違和感のあるもの、紛らわしいものを掲げた。
＊2　（版）は版刻された濁点、（朱）は朱で補われた濁点。全用例は挙げなかった。
＊3　おおむね中古・中世の形を示した。

あとがき――著者書入本の周辺

中尾友香梨

本研究会の前身「十帖源氏を読む会」には発足のときから参加したが、当初のわたしには、ただくずし字を読む練習という軽い気持ちしかなかった。だが、県外の若手研究者も糾合して本格的な研究会に衣替えし、それが軌道に乗ってくると、国文出身でないわたしも、次第に源氏の世界に引きずり込まれるようになった。くわえて、佐賀大学教員という立場上、末席に座っているわけにもいかなくなった。

研究会を維持するためには、毎月一回、佐賀に通ってくるメンバー(特に大学院生)の交通費を工面せねばならなかった。また、小城鍋島文庫本『十帖源氏』を正当に位置づけるためには、文庫全体の書誌調査が必要であった。多くの貴重書を擁しながら、その全貌が未だ明らかにされておらず、充分に利活用されていないという当文庫の現状も、その思いを強くさせた。

そこで、名称を正式に「小城鍋島文庫研究会」と改め、わたしが研究代表者になって科研費に応募、採択された。夏と春に文庫の書誌調査を実施するとともに、毎月一回の例会ではひきつづき『十帖源氏』の輪読と翻字を重ねた。研究会のウェブサイトも立ち上げ、活動と研究成果について随時発信してきた。

本書は右の活動の成果の一端である。われわれの研究は緒についたばかりで、やるべきことはまだ多くある。が、科研の終了年度に当たることもあり、一応の区切りをつけるため、さらには来年度以降の活動への弾みをつけるため、出版に踏み切った次第である。

「十帖源氏を読む会」の発足から六年が過ぎた。本当に、あっという間であった。心底からそう思えるのは、何より楽しかったからである。夏と春の合宿調査も、毎月の例会も、また年に一、二度開催する研究発表会も、とにかく楽しかった。誰もが忌憚なく自分の考えを述べることが許され、それゆえ時には議論が白熱することもあったが、研究会終了後の懇親会ではまたそれが笑いのネタとなり、場が盛り上がった。

九州の一支藩にすぎなかった小城の藩主家蔵書のなかに、江戸前期に活躍した京都の俳諧師、野々口立圃《りゆうほ》（一五九五〜一六六九）の自筆書入本『十帖源氏』が含まれていることの意義は大きい。

立圃は松永貞徳《ていとく》の門下である。したがって、その源氏理解には貞徳の影響が見られるはずであり、この点に関してはすでに先行研究もある。ただ、先行研究はいずれも『十帖源氏』の本文または挿絵を通して、立圃の源氏理解及びそこに投影された貞徳の源氏解釈を説明しようとするものであった。これまでは、それしか方法がなかったからである。

一方、ここに翻刻する小城鍋島文庫蔵『十帖源氏』は、立圃が自ら註釈を書き入れたものであり、立圃の源氏理解を直接窺うことのできる、注目すべき資料である。この点については、本書解説が、立圃自筆版下本文と墨筆書入れの筆跡を照合して論証するところであるが、その傍証としてもう一つ根拠をあげよう。

早稲田大学図書館所蔵の九曜文庫本『十帖源氏』（請求記号　文庫30-A0213）は寄せ本であり、うち第九・十冊が、小城鍋島文庫本ときわめてよく似た註釈の書入れを持つ。その第十冊末尾に、

源氏物語十冊　本主岩田有次（花押）

とあり、俳諧師、有次《ゆうじ》の所有本であったことがわかる。該書は無跋無刊記本であり、本書解説が指摘する『十帖源氏』版本四種のうちの㋐に該当する。有次、生没年未詳、江戸の人。立圃門。通称は二郎兵衛、薙髪して有哉と号す（生川春明編『誹家大系図』天保九年刊）。作品に万治二年成立の『俳諧仙台紀行』がある。

有次の書入れは、基本的に文字はすべて墨筆、合点のみが朱筆である。立圃から『十帖源氏』の講釈を受ける際になされた可能性がある。国会図書館にも同様の書入れを持つ版本の『十帖源氏』（請求記号196-91）が蔵されており、その書入れ筆者

は判明しないものの、有次と同じく立圃から『十帖源氏』の講釈を受けた人物であったと考えられる。

ただ、九曜文庫本と国会図書館本の書入れはいずれも、小城鍋島文庫本に施された立圃の書入れよりも詳しい。その理由として考え得る可能性は二つある。一つは小城鍋島文庫本に存する立圃の書入れが、『十帖源氏』註釈の全部ではなく抜粋であるということ。つまり立圃はオリジナルの書入れ本を手元に残し、その中から一部を抜書きして小城藩主鍋島直能に献呈した可能性がある。もう一つは立圃の『十帖源氏』註釈が段階を踏んで増加したことである。直能に『十帖源氏』を献呈した段階では、まだ比較的に少なかった註釈が、後に講釈を重ねるうちに増補された可能性もあるのだ。

いずれにしても、これらの書入れが立圃一門における源氏理解、または源氏解釈を投影するものであることは間違いない。では、彼らの源氏理解は何にもとづいているのか。基本的に『紹巴抄《じょうはしょう》』と『河海抄《かかいしょう》』である。特に書入れの多くは『紹巴抄』からの抜書きである。有次書入本の第九冊、「寄生」の巻末には、「かほどり」歌の註釈として、「巴注　此かほ鳥姉君ニ似タル顔ト云シ為也云々」と明記してある。

立圃が『十帖源氏』を編纂・出版した目的は、けっして従来よく言われているように、難解な古典の源氏物語を、当時の婦女子にもわかりやすいように俗訳・要約して、広く普及させるためではない。『十帖源氏』を少し読んでみればすぐわかることだが、その本文は源氏物語の原文をほぼそのまま用いており、当時(江戸初期)の言葉で要約してダイジェスト版にしたものではない。ただ、所々を大幅に省略して、分量を十冊に縮小させただけである。

そのため、話のすじみちがいきなり飛んで、わかりにくくなっている部分も少なくない。このことから推測されるのは、立圃が『十帖源氏』に求めたのは、源氏物語の物語性ではなく、「原語」の魅力であるということだ。言い換えれば、『十帖源氏』の読者層として想定されたのは、源氏物語のストーリーを楽しもうとする一般人ではなく、表現の面白さや奥深さを堪能しようとする「玄人」であったと考えられる。

その玄人とは、具体的にどういう人たちなのか。『十帖源氏』が源氏物語の地の文を大幅に省略しながらも、和歌は基本的にすべて載せていることから、これを歌詠みのために提供された歌書としてとらえることもできそうだが、基本的には俳諧を嗜む人のために提供された参考書またはテキストであったと見なすべきであろう。

小城鍋島文庫蔵『十帖源氏』巻末に記される立圃自筆奥書（本書三八三ページ）、これはまぎれもなく一篇の俳文である。源氏物語の名場面や面白い表現をふんだんに用いながら、我が意を優美かつ滑稽に表現しているのである。立圃の『十帖源氏』編纂の主旨も、まさにこの一文に端的に示されていよう。

古典の源氏物語を俳諧の嗜みの基礎と見なす立圃のこのような文芸観は、同じく貞徳に学んだ北村季吟《きぎん》が『誹諧用意風体』のなかで、

誹諧は詞こそ今やうの世話をも用ひてつらね侍れ、さすがに古今集の歌の一体にして、風雅《フウガ》のわざにて侍れば、（中略）かの源氏枕双紙などやうの歌書をよく見て、心を古風にそめ、詞を様々にはたらかすにあらずば、いかでまことの誹諧をしらむ。貞徳老人は細川の御流れをうけて、全体《ゼンタイ》和歌の余瀝《ヨレキ》より誹諧口をうるほせる故に、詞づかいおもしろく、心やさしくて、且《カツ》は政道のたすけともなるべき事おほかりし。（中略）源氏枕双紙などのたぐひの歌書《カシヨ》を見ずして、古人の風流しらぬ誹諧は、いかでかかの四座のぬけぶしにはあらざらん。

と記したように、貞門俳諧の共通認識でもあった。

立圃は慶安元年（一六四八）十二月から翌二年正月まで九州に下向しており、この時に筑前秋月藩主黒田長興《ながおき》（一六一〇～一六六五）とともに、俳諧連歌千句を太宰府天満宮に奉納したとされる。島津忠夫・重松裕巳の両氏による全文翻刻が、西日本国語国文学会翻刻双書『連歌俳諧集』（一九六五年）に収められている。

慶安三年三月末から翌四年二月中旬まで、立圃は江戸に滞在したが、この頃に書かれた自筆俳諧紀行文『みちのき』（慶安

四年二月成立）が、本書に翻刻した自筆書入本『十帖源氏』と同じく小城鍋島文庫に、また自筆句日記（慶安三年八月成立）が鹿島の祐徳稲荷神社中川文庫に蔵されており、いずれも『近世文芸資料と考証』三号（七人社、一九六四年）に白石悌三氏による全文翻刻（「立圃三点」）が備わる。

中川文庫は、小城鍋島文庫と同じく佐賀藩の支藩の一つ、鹿島藩の歴代藩主たちの蔵書であり、年代から考えると、立圃の自筆句日記は第三代藩主鍋島直朝《なおとも》（一六二二〜一七〇九）に贈られたはずである。直朝と直能は叔父と甥の関係であるが、同年生まれで、またともに和歌や書画を好んだことから、交流が深かった。

句日記には、立圃が大名らに召し出されて作ったと見られる句が複数含まれており、そのうちの

青山と云所を砌にかこひこめてすませ給へる人の御もとにまかりて

青山の松はかはらぬいろはかな

すゝむしの声やまろめて露の玉

の二句は、断定こそできないものの、直朝の青山屋敷で作られた可能性がある。

また、『みちのき』の冒頭には、

いにし年やよひのすゑつかたより江戸にすみて、明暮連歌のたゞごとを心にかけ、是をすける友をまねき、一とせが程にをよそ六、七千句をつらね、又人々のこのめるにしたがひ、あるひは月に花に、或は絵に所によそへて、上の句百あまりをつゞる。外の人もかやうのあだごとをすけるにや、われによしあしをいへとて、見せられたる巻もの四、五百に及びぬ。

とあり、立圃は江戸に滞在した約一年の間、六、七千句の連歌を興行し、人々の需《もと》めに応じて百余の発句を作り、加点も四、五百巻に及んだことがわかる。ちなみに句日記には、

月次の会に

一とせの風を心の団かな

という句もあり、毎月一度、連歌の座がもうけられ、立圃はその宗匠を務めたと見られる。

これらのことからわかるように、立圃はこの時期、江戸に滞在して、連歌の宗匠、点者としてめざましい活躍をしたが、右に掲げた二、三の発句例からも窺えるように、句日記と『みちのき』に記された作品はいずれも俳諧的なものであり、同時期に立圃が江戸で興行した連歌も当然、俳諧の連歌であったと推測される。

なお、前述したように、立圃はこの時期、江戸で諸大名とも交流しており、前年九州に下ったことが関係したのかどうかは定かでないが、鍋島直能や直朝とも交流があった。

立圃の自筆書入本『十帖源氏』が直能に贈られた背景に、これらの一連のことがあったことを勘案すれば、立圃の註釈的書入れはおそらく直能の需めに応じて施されたものであり、直能がそれを所望したのも、この頃、江戸ではやりだした俳諧の連歌に興味を寄せたからではあるまいか。立圃が江戸市中に巻き起こした新風と、それに敏感に反応した直能の知られざる一面が映し出されていて興味深い。

『十帖源氏』の成立については、立圃の自筆奥書末に「老て二たび児に成たるといふにや」とあることから、渡辺守邦氏が『日本古典文学大辞典』(一九八四年)の「十帖源氏」項で立圃還暦の承応三年(一六五四)成立説を提示して以来、ほぼ定説となっているが、本書解説が指摘するように、小城鍋島文庫本『十帖源氏』における立圃の自筆書入れは、慶安年間になされたものであり、したがって『十帖源氏』の成立は当然、慶安年間を下らない。

これまで、源氏物語の絵入り版本としては、立圃と同じく貞徳に学んだ山本春正の慶安三年十一月跋を有する『絵入源氏物語』が最初のものとされ、立圃の『十帖源氏』はこれに対抗して作られたものと推測されてきたが(吉田幸一『絵入本源氏物語考』所収「『十帖源氏』考」)、事実は逆であったかもしれない。つまり、立圃の『十帖源氏』が先行し、これに対抗する形で春正の『絵入源氏物語』が作られた可能性があるのだ（詳しい論証は別稿に譲る）。

そして、立圃が直能のために『十帖源氏』の註釈的書入れを施したのは、おそらく前述した慶安三年三月末から翌四年二月中旬までの江戸滞在中のことであり、該書が直能に贈られたのもさほど時期を隔ててはいないはずである。「老て二たび児に成たるといふにや」とは、単に立圃が年取った自分を諧謔的に表現したものであり、必ずしも還暦を示唆するものとは限らないのである。

実は、慶安二年正月に太宰府天満宮に奉納したとされる俳諧連歌千句の中でも、立圃は「老ぬれば二たび児の花心」の句を詠んでおり（第七巻「賦何駒俳諧連歌」、当時五十五歳）、また立圃が福岡に残したもう一点の自筆作品（白石悌三「立圃三点」に全文翻刻あり）の末尾にも、「老は児年も二たび小春哉」とある。立圃がこの時期に好んで使った表現と見られる。

末筆ではあるが、本書の刊行を快くお引き受けくださった笠間書院の池田圭子社長と定年を迎えられた橋本孝元編集長、面倒な編集作業にあたってくださった西内友美氏に、心よりお礼申し上げたい。

また、佐賀大学附属図書館には、われわれの活動にご協力いただいたこと、底本として蔵書の使用を許されたことに感謝したい。蔵書画像を掲載させていただいた国立国会図書館、国文学研究資料館にもお礼申し上げる。

最後に、研究会のメンバー全員に、心から「ありがとう！」と言いたい。

本研究はJSPS科研費JP15K02251の助成を受けたものである。

二〇一八年二月吉日

校訂者及び担当巻一覧

白石 良夫（しらいし よしお） 元佐賀大学教授　博士（文学）（九州大学）
著書『本居宣長「うひ山ぶみ」』（講談社 2009 年）
担当　序文・桐壺・松風・行幸・竹河・椎本・東屋
中尾 友香梨（なかお ゆかり） 佐賀大学准教授　博士（比較社会文化）（九州大学）
著書『江戸文人と明清楽』（汲古書院 2010 年）
担当　花宴・少女・藤裏葉・紅梅・早蕨
大久保 順子（おおくぼ じゅんこ） 福岡女子大学教授　修士（文学）（東北大学）
編書『仮名草子集成』第 46 巻（共編 東京堂出版 2010 年）
担当　空蟬・関屋・真木柱・幻・橋姫・宿木
亀井　森（かめい しん） 鹿児島大学准教授　博士（文学）（九州大学）
編書『国立台湾大学図書館典蔵長沢伴雄自筆日記』第 1 巻（国立台湾大学図書館 2013 年）
担当　賢木・初音・鈴虫
土屋 育子（つちや いくこ） 東北大学准教授　博士（文学）（京都大学）
著書『中国戯曲テキストの研究』（汲古書院 2013 年）
担当　紅葉賀・朝顔・若菜下・柏木
沼尻 利通（ぬまじり としみち） 福岡教育大学准教授　博士（文学）（國學院大學）
著書『平安文学の発想と生成』（國學院大學大学院 2007 年）
担当　帚木・蓬生・藤袴・梅枝・総角・手習
日高 愛子（ひだか あいこ） 志學館大学講師　博士（文学）（九州大学）
論文「実隆五十首の成立と道堅」（和歌文学研究 110 号 2015 年 6 月）
担当　末摘花・明石・澪標・篝火・野分・夕霧・匂宮・蜻蛉・夢浮橋
三ツ松 誠（みつまつ まこと） 佐賀大学講師　博士（文学）（東京大学）
編書『花守と介次郎―明治を担った小城の人びと』（佐賀大学地域学歴史文化研究センター 2016 年）
担当　若紫・若菜上
村上 義明（むらかみ よしあき） 九州大学大学院生　修士（文学）（九州大学）
論文「高井蘭山の家系と著述活動」（近世文芸 106 号 2017 年 7 月）
担当　葵・薄雲・玉鬘・横笛・浮舟
二宮 愛理（にのみや あいり） 九州大学大学院生　修士（文学）（九州大学）
論文「史実を欺く『栄花物語』―巻五「浦々の別」における年次設定」（語文研究 123 号 2017 年 6 月）
担当　夕顔・須磨・絵合・蛍・御法・系図
脇山 真衣（わきやま まい） 伊万里特別支援学校教諭　修士（文学）（九州大学）
論文「『児戯笑談』解題と翻刻（1）」（文献探究 55 号 2017 年 3 月）
担当　花散里・胡蝶
片桐 美優（かたぎり みゆ） 福岡女子大学大学院生
担当　常夏

竹河巻までは、佐賀大学文化教育学部研究論文集（20 巻 1 号・2 号）及び佐賀大学地域学歴史文化研究センター研究紀要（11・12 号）掲載のデータを礎稿にして、各担当者が本書の方針に従ってあらたに校訂した。

なお、下記の巻の紀要掲載原稿はつぎの研究会会員が作成した。

夕顔・絵合　明石 麻里（鳥栖商業高等学校教諭）
梅枝　河野 未弥（大分上野丘高等学校教諭）
野分　溝内 菜央（佐賀市職員）

佐賀大学附属図書館小城鍋島文庫蔵

十帖源氏《じゅうじょうげんじ》 立圃《りゅうほ》自筆書入本《じひつかきいれぼん》

【翻刻と解説】

平成30年（2018）3月20日　初版第1刷発行

白石良夫・中尾友香梨 編

小城鍋島文庫研究会 校訂

https://sagakoten.jimdo.com/

［発行者］

池田圭子

［装幀］

笠間書院装幀室

［発行所］

笠 間 書 院

〒101-0064　東京都千代田区神田猿楽町2-2-3

電話 03-3295-1331　FAX03-3294-0996

http://kasamashoin.jp/　mail：info@kasamashoin.co.jp

ISBN978-4-305-70895-3　C3093

印刷／製本　モリモト印刷